おまえの手を汚せ

Ryuichi Saeki

佐伯龍一

講談社

「チャンピオンはジムで作られるものじゃない。
彼らの奥深くにある〝何か〟で作られるんだ」

とモハメッド・アリは言った。
日本が震災で受けた痛みを分かち合い、
カオスの中で奮闘する、
すべてのチャンピオンたちへ。　祈りを込めて。

装幀　多田和博

カバー写真　ゲッティ イメージズ

＊本書に登場する人物、出来事の背景等はすべてフィクションです。執筆にあたり、日本経済新聞、日経産業新聞、日経ＭＪ（流通新聞）、日経ビジネス、週刊東洋経済、週刊ダイヤモンド、週刊エコノミスト、プレジデント、ＡＥＲＡ、Ｎｕｍｂｅｒ各紙誌に掲載の記事を参考にしています。

おまえの手を汚せ　目次

主要登場人物

田布施淳平　五稜物産エネルギー事業本部ロシア事業部課長
北條哲也　新田自動車バンガロール工場副工場長。田布施と大学時代にアメリカン・フットボール部同期
楠見マキ　新田自動車グローバル戦略本部課長

□五稜物産（総合商社）
尾関正美　エネルギー事業本部ロシア事業部長
神野　卓　エネルギー事業本部長
澤村孝蔵　代表取締役社長
飯塚洋二　米国駐在、シェールガス担当。過去にロシア事業部で田布施の部下

□新田自動車（日本最大手の自動車メーカー）
阿部　剛　常務執行役員アジア事業本部長
新田修一郎　創業家御曹司、代表取締役副社長
熊谷丈一郎　調達本部次長、北條の同期
伊勢崎祐一　財務部次長

第一章　終わりの始まり

2006年9月18日、サハリンB・プロジェクト　田布施淳平

The future is uncertain and the end is always near.（未来のことはわからない。でも終わりはいつでもすぐそこにある）

学生時代に好きだったドアーズのジム・モリソンは、そう歌っていた。その「終わり」の感覚が、38歳にもなった今この瞬間、肌で感じることができた。しかも、総合商社・五稜物産エネルギー事業本部ロシア事業部にある、この自分の課長席で。

部下の飯塚洋二が、机の向かいで膝に手を突き、肩で大きく呼吸を繰り返していた。猛然と駆け込んできた飯塚は、開口一番「やばいです」と言ったように聞こえた。正確には覚えていない。次の言葉で、自分も激しく動揺したからだ。

「ロシアの天然資源省が、サハリンB・プロジェクトの開発中止を決定しました！」

「開発中止？　本当か？　おい飯塚、冗談よせよ」

「今、サハリン・グローバル・エナジー社（SGE、現地の合弁会社）経由で、情報を入手しました。天然資源省からの通達があったようです」

「そんなこと――」

あるわけないとは言えなかった。相手は何でもありのロシア政府だ。飯塚がかいつまんで状況を説明するのをうわの空で聞いていた。聞き終えるまでにロシアに飛ぶ決意が固まっていた。

「これでわが社のサハリンでの資源権益も、紙くず同然になってしまうのでしょうか……」

「そんなことさせるか！　ロシアの野郎！　日本を潰す気かよ！」

立ちあがり、思わず叫ぶ。

「日本……ですか？」

「馬鹿野郎！　飯塚、俺たちが今やっていることは、五稜物産が儲かるかどうかじゃないっていつも言っているだろう。資源も何も持たない日本にとって、このサハリンの天然ガスは、きわめて重要な〝生命線〟なんだ」

「開発が中止になるということは――」

「日本に未来はねえよ」

〝日本の未来のことはわからない。でも終わりはいつでもすぐそこにある〟とでも言うべきか。

「ロシア政府と直接コンタクトはしたか？」

「いえ、まだ……」

「なに悠長なことやってるんだ。至急ウチのモスクワ事務所を動かして、クレムリン（ロシア大統領府）に行かせろ！」

「承知しました！」

飯塚が躍るようにして走っていく背中を見ながら、自分の顔中の皺が、すべて眉間に寄った気がした。一体どうなっているんだ。不安と憤りが心で交錯した。

サハリンでの天然資源開発プロジェクト（「サハリンB・プロジェクト」）に、3社の企業連合は総力戦で挑んでいた。五稜物産、ライバル商社の三友商事、そして「スーパー・メジャー」と業界で呼ばれ、世界第2位の英・蘭合弁石油エネルギー企業のロイヤル・ユーロ・ペトロリアム（Royal Euro Petroleum）の3社だ。

サハリン島東北部の海域に広がる、ピルトン・アストフスコエ、ルンスコエ鉱区の資源開発権益を手に入れたのは、14年前の1992年のことだ。資源の存在を確認できた当初、歴史的に待望の資源開発だと日本の関係者は色めき立った。

当然だ。ルンスコエ鉱区だけでも、東京都の1・5倍の広さがあり、そこに約400メートルの深さで豊富なガス層が横たわる。天然ガスの合計推定可採埋蔵量は、調査の結果、日本の年間需要の6年分に相当する3億4000万トン、原油は11億バレルの産出と見込まれていた。

しかし、眠る資源規模の魅力とは裏腹に、今日まで紆余曲折を繰り返した。どうにか2003年に事業化宣言がなされたが、それは終わりの始まりにすぎなかった。ロシア国内の政情不安と混乱、追加も含めると総計で200億ドル（当時のレートで約2兆2000億円）ともいわれる巨額の資金負担、厳冬の中での極限の開発環境、どれを取っても難題揃いだった。

実際、生産開始は延期を何度も繰り返し、まだそのめどさえ立っていない。そんな状況を横目に、1年前からロシア政府は身勝手な強硬論を持ち出していた。権益の一部に対して、ロシアの企業が投資すべきという主張だ。

「田布施、ロシアはいったいどんなカードを切るつもりなんだ？」

気がつくと、ロシア事業部長の尾関正美が、机の前で腕組みをして立っていた。尾関は直属の上司にあたる。ただでさえ作りが大きい顔を、尾関は膨らませるようにして紅潮させていた。

それも無理はない。エネルギー事業本部は傘下に3つの事業部（LNG事業部、ロシア事業部、石油・原子燃料事業部）を抱えるが、中でもロシア事業部はサハリンBを手掛ける中核の存在として重責を担う。その中心には、つねに尾関がいた。サハリンBに関する14年間すべての歴史は、尾関の歴史と言ってもいい。

「権益を絶対に奪うという、最後のカードだと思います。そうとしか考えられません」

「いくらロシアでも、そんな寝首をかくようなまねはしないだろ？」

「今年6月初めに、ガスプロム（天然ガスを独占するロシア国営企業）に、天然ガス輸出独占権を付与する法案がロシア下院に提出されたのを覚えていますか？　あれは、今回の動きに打って出る伏線だったのかもしれません」

「あのスピード審議で成立した法案か？　まさか――」

「ガスプロム抜きにこのサハリンBのガスは輸出させない、と主張する可能性はあります」

「可能性がある」じゃない。ロシアは「必ずそうする」だろう。権益を手に入れ、さらにはその輸出にも大きな権限を持つ。そうなれば、当然日本への待望の天然ガス輸出も、シナリオどおりではなくなる。まさに日本の将来エネルギーの危機だ。

そのとき、窓際にある個室から顔を覗かせ、咳払いをした男がいた。エネルギー事業本部長の神《しん》野卓《のたく》だ。部長や課長はフロアを一望できる平場に肩を寄せ合うように席を置くが、本部長は大抵、個室という穴倉に籠りきりだ。

　中でも神野は、きわめて存在の薄い本部長だ。もともと鉄鋼事業の分野が長い。近年の鉄鋼ビジネスの先細りが危惧される中でふらふらと漂い、いつの間にか横滑りでエネルギー事業本部長の座を射止めた。運のいい男だ。ゆっくりとした足取りでこちらに近づいてきた神野は、尾関の体をよけるように顔を見せ、子どものようにその薄い唇を尖らせる。

「田布施課長、緊急事態なら、まず尾関部長より本部長に最初に報告だと思うがね」

「申し訳ありません。今ご報告に伺おうかと……」

　すばやく尾関が平身低頭した。自分が尾関なら、「今、おまえのご機嫌を気にしている事態ではない」と言い返すだろうなと思う。

「それで尾関君、ロシアは何と言っているんだい？」

「まだ情報が錯綜していますが、建前は環境対策の不備ということになっています。ロシア天然資源省は来月までに環境への影響を再度調べた上で、最終判断するとしています」

「その最終判断次第では、開発中止もありうると？　それはまずくないか？　ウチがここまでいくらカネを注ぎこんでいると思っているのかね？」

　事の重大性にようやく気がついたのか、神野は不愉快そうな顔つきでこちらへ身を乗り出す。

「環境への影響を最小限に抑えたパイプライン経路の見直しや、鋼材高、それに加えて新たに調達する資機材コストまでもが高騰している。その結果プロジェクトの総事業費は、当初計画の約2倍に当たる200億ドルに達するのだよ。いまさら環境対策の不備が理由で開発中止なんて、社内に説明がつかんぞ！」

「昨今の資源高は追い風ですので――」

「当社だけで約5000億円も注ぎこんでいる投資だよ。そんなことで、尾関君は社内論議を押し切れるとでも思っているのかね？　君ね、冗談はよしてくれ！」

本部長が「俺の責任でなんとかする」と言うべきところを、口を開けば神野はすぐにカネの話だ。「一体、何と社長に説明すればいいのかね？　本当に開発中止になるというのなら、僕の首が飛ぶだけではすまないよ！」

「なんとか……できる限りの対応を尽くしたいと思います」

「尾関君、君の理想や妄想で、社内の意見はまとめきれんぞ！　ましてや経産省がこれを知ったら、大変な事態になる。この間も経産省からプロジェクトを滞りなく推進するよう、通達があったんだ」

「経産省からですか？」という尾関の声と、「マジですか？」という自分の声が重なる。

「彼らは、このサハリンB・プロジェクトは、単なる当社の開発プロジェクトではなく、万が一のことがあれば、日本の恥とも言うべき事態であり、産業衰退、日本企業の凋落として世界では受け止められるとまで脅された」

神野の声は、経産省の威嚇に怯えていた。この9月下旬には政権与党の総裁任期満了に伴い、政局は慌ただしくなっている。次の総裁候補の呼び声が高い経産大臣ともなれば、このサハリンBでみずからの功績を残したいと考えてもおかしくはない。

「経産省が身を乗り出してくれるのはありがたいですが……」

尾関の言いたいことはわかる。身を乗り出した経産省が、いったい何をしてくれるのかという疑問だ。

「今聞きたいのは、経産省への愚痴ではない。君がどうするかだ」

「開発中止はないと思いますよ」

即答で言い切る自分がいた。言っておきながら、理由もなく強気な不良のようだなと思う。神野は四角い顔をぬんとこちらに向け、いらだたしそうに手の中の万年筆をくるくると回した。「ロシア政府にとって、サハリンBから得られる利益はヨダレモノなんです。いくら環境問題に本腰を入れ始めているとはいえ、中止にするとは俺にはとても思えないです」

「ということは――」

「資源をコントロールして、国際的な発言力を高める政治的行動に出たということです。あの2003年のときと、ロシアがやっていることは同じです」

サハリンBの計画は、産出した天然ガスを、パイプラインを使い同じサハリン島の南部・プリゴロドノエまで送る。そこでLNG（液化天然ガス、Liquefied Natural Gas）プラントにより、マイナス162度まで冷やして液化後、日本に輸送される。2003年、ロシアはそのパイプラインの所有権を持てるのは、国営企業だけという持論を突然展開した。事業化宣言へ向けた最後の合意を引き延ばし、自国の利益を少しでも確保しようとした事態だった。

「原油高に加えて、ロシアはパリクラブ（第32回主要債権国会議）での債務の全額返済を達成した。国内の経済情勢に足を取られずに、強気の外交政策が今なら取れる。田布施、そういうことか？」

刑事が何か嗅ぎつけたときのような、低く乾いた声で尾関が言った。

「国家が経済活動に積極的介入する、ステート・キャピタリズム（国家資本主義）の台頭です」

「その中枢にいるのは――」

「プーチンです」

第2代ロシア連邦大統領のウラジーミル・プーチン。元KGBのスパイという異色の大統領だ。政界の有力者の陰で暗躍し、サンクトペテルブルク第1副市長から徐々に中央政界に足場を築いた男は、47歳の若さで大統領にまで上り詰めた。現在は、ロシアにおける絶対権力者だ。

「やりかねないな。ガスプロムと現在のロシア政権は一蓮托生だ。ガスプロムが権益に大きく刺されれば、政権幹部も潤う」

プーチンの脅威を見定めるように、尾関は目を細める。

「とにかく、プーチンが何を考えていようと、わが社の投資したカネをドブに捨てるようなことはあってはならん！」

「本部長、お言葉を返すようですが、今われわれに問われていることは、〝当社の利益〟ではありません」

「国家には永遠の敵も味方もない。あるのはただ永遠の利益だけだ」と、その昔、英国の外相が言った。俺たちが追い求める永遠の利益は何か？　当社の採算や利益などではない。

「田布施君、どういうことかね？」

「サハリンBでのLNGの生産量は、年約960万トンになります。すでに日本の中央電力をはじめ、日系の電力会社とは長期供給契約を締結しています。すなわち、このサハリンBでの全生産量の約6割が日本向けなのです」

「だから？」

「日本は将来的に、このサハリンにガス需要の約8〜10％もの量を依存することになる。この絶対的なエネルギーの安定確保を成し遂げ、日本に確かな未来と成長を約束すること、それこそが俺たちが追い求めるべき――」

「〝永遠の利益〟だな」

尾関はそう言うと、片方のサスペンダーを右手の親指と人差し指でつまみ、神経質に触り続けた。自分の思いと別の方向にプロジェクトが進むとき、尾関はよくこの癖を見せた。しかし、その指がかすかに震えていた。


2006年9月、インド・バンガロール郊外　北條哲也

外のむせるような熱気を打ち消すように、工場の中はエアコンがギシギシとした音を奏でながらフル回転し続けていた。この車体組み立ての工程には数百人以上が携わっているが、人が密集する熱はない。そこにあるのは、〝モノ作り〟に対する人々の情熱だけだ。

天井から伸びる鉄のハンガーによって抱きかかえられるようにして車体が吊られ、ゆっくりと列を成して進む。その車体の下で、ベルトコンベアーの上で上半身だけを巧みに動かし、一人ひとりの作業員が流れ作業に身を投じる。ある者はサスペンションを、ある者はエンジン本体を、器用にアシストの機械を使って持ち上げ、車体に組み付けていく。

人と機械が絶妙な間合いでモノ作りという名の協奏曲を奏で、同じタイミングそして同じスピードで精緻に一台一台に息が吹き込まれる。一糸乱れぬその様子は、まるで壮大なオーケストラのように均整がとれ、美しい旋律を等間隔で生み出す。そんな感覚にいつも鳥肌が立つほど心が躍り、そしてそこに現場の匂いを感じることができた。

インドの首都ニューデリーから南へ約1700キロメートル、インド第3の都市、バンガロール郊外の工業団地に「ニッタ・カラーム・モーター（NKM）」の生産工場はある。インドのカラーム財閥との合弁生産工場だ。そこの生産管理・技術担当の副工場長として、北條哲也は駐在していた。

1990年代のインドにおける経済自由化、外資参入規制の大幅緩和を機に、新田自動車もこのインド市場に参入した。1999年に合弁で生産を開始し、当初年間約2万台程度であった生産規模が、ようやくここにきて約5万台に成長を見せている。自分としては、「よくぞここまで成長した」と言いたいが、本社は違う。連結売上高21兆円、当期純利益は2兆円を超え、全世界で750万台を生産するニッタからしてみれば、このインドでの成長は、まだ立ちあがりの段階と言えた。

駐在は4年になる。ニッタの生産方式をきちんとこの地に植え付け、ここにいる従業員だけで自立してオペレーションを軌道に乗せることが最大の使命だ。そのためには、ニッタのモノ作りに対する思いや考え方を、きちんと根付かせることに時間を費やさなくてはならない。たとえネジ1個でも、どこに在庫を置いたら作業の動きが1秒節約できるか、さらにはその打ちつける際の角度一つまで、徹底的にニッタの生産方式を現場に叩きこむのだ。

でも、口で言うほど簡単ではない。インドにおける言語、文化、習慣、そして個々の従業員のマインドセット一つとっても、日本とは大きく違う。さらにはカースト制度や労働争議といった一面もいたるところに顔を出す。そんな状況で一体どうすればよいのか？　答えは一つしかない。

　時間をかけ、何があっても寄り添い、そして、作業員一人ひとりの頭で考えさせることだ。ニッタのモノ作りの神髄を、肌身を通して身につけてもらうには、それしか方法はない。最新の設備があるだけでは、ニッタの生産方式を実現してはくれないのだ。それができなければ、本当の意味でこの工場はニッタのモノ作りを担う工場にはならない。そう信じていた。

「すべて順調です。問題はありません」

　エンジンの組み立て工程で、インド人のチーム長に声をかけると、彼は現地カンナダ語訛りの英語で、そう即答した。直感的にわかった。「順調です」と即答できる従業員は、何か大切なモノを見誤っていることを。

　直感に対する答えは、「ストア」と呼ばれる仕掛品を置く棚を見て、すぐに明白になる。置かれた部品在庫は埃を被り、置き晒しにされていた。埃が溜まるのは、きちんとタイミングよく部品が補充・使用されていないということだ。その上、ストアにある仕掛品に、「カンバン」と呼ばれる部品名やロット数を書いたカードが、かかっていないものもある。

　後ろの工程の人がこの仕掛品を取ると、外れたカンバンが前の工程に送られ、それが追加の生産指示となる。決められた場所に決められた数しか置けず、作る分しか仕掛品を流さない。作りすぎを防ぐ究極の仕組みは、ニッタのモノ作りの強みでもある。「切れるな、北條」、右の耳に誰かが囁く。驚いて右へ首を振るが、そこには誰もいなかった。

「部品在庫に埃が溜まっています！　それにカンバンがかかっていないのもありますよ！」

「まだ30分ほどしか、そこに置かれていませんけど……」

「30分だろうと、ここに置かれているだけで、これは死んだも同然のアセット（資産）になるんです。リードタイム（工程が完了するまでの時間）自体に問題があるなら、すぐに話し合いましょう！　グループ長いますか」

チーム長の上司でライン全体を見るグループ長を筆頭に数名が、ゆっくりとした調子で歩いてくる。日本だと駆け足だぞ！　と言いたい気持ちを堪える。ここはインドなのだ。

「いいですか、みなさん！　よく聞いてください！　ここにある部品在庫に埃が積もっているということは、ニッタが車を売るよりも、作るスピードが速すぎるってことです。わかりますか？」

作業員たちは無表情で頷く。「改善できることはないか、一緒に考えましょう。ここにある部品が必要なものかどうか、きちんと〝見える化〟しましょう。それとこのカンバンですが――」

「カンバンが大切なのはわかりますが、こまめな部品補充は非常に効率悪いです」

太り気味のグループ長が言った。彼はいつも曲者だ。必ず肯定よりも否定から入る。

「カンバンは必要なときに必要なモノを必要なだけ作るシステムとして、きわめて重要な役割です。付けるのを忘れましたでは許されません。いつどのタイミングでどれだけこのストアに来るべきものか、今一度一緒に把握しましょう」

とにかく、「一緒に」という言葉を必要以上に使う。そして言葉で言ったことを率先して実行する。それを大袈裟なほど徹底的にやらないと、現地の作業員はついてこない。「その〝こまめな〟部品の補充についても、納品の段階、それと工程内の運搬という面も含めて、適正なレベルとは何か、本当に効率が悪いのか、一緒にすぐ検証しましょう。いかなる無駄も今すぐに解決し改善する、それが約束です」

「今ですか？　後で、在庫量とリードタイムのデータを洗ってみますよ」

グループ長は、一つ仕事が増えたことを面倒くさがるように言った。その顔に、日本人は本当に細かいと書いてある。「今すぐ解決と言ったら、今なんだよ！」と叫びたいが、言えるわけはない。彼らの間違いを正すのは自分の役割であり、それをできないのは、自分の責任だ。まずは、目に気持ち悪いほどの穏やかな笑みを浮かべる。完全に職業病だ。

「グループ長、いつも言っていますよね？　まずは現場を見ようって。データで問題を突き詰めた後に手を打っていたのでは遅いのです。まず、とにかく現場で何が問題なのかを見て、触れて、そして考えることが大切なのです」

グループ長は眠たそうな目でこちらを見つめ、うんともすんとも返さない。「切れるな、北條」、今度は左耳に声が聞こえてきた。

そのとき、別の工程で、通路上部にかかった「アンドン（行灯）」と呼ばれる液晶掲示板が、持ち場の番号「5」を表示すると同時に黄色く点滅した。「アンドン」とは、ラインの流れ作業で、不具合の発生や異常事態を知らせるために、問題の〝見える化〟の先陣を切ってニッタが導入したやり方だ。黄色ということは何かしらの不具合や作業の遅延で、その持ち場の作業員がひもを引っ張ることで知らせたのだ。

「不具合が出ました！」作業員が叫ぶ。続けざまに、「ラインをすぐに止めて！」という声があがる。所定時間内に問題が解決できないと現場が判断した証拠だ。誰かが生産ラインを停止させるスイッチを押し、ラインは時間を止めたように静寂を取り戻す。それに応じてアンドンも赤色（停止）の点滅に変わった。自分も現場に駆けつける。細身で背の高い担当グループ長は、その工程の作業員も交えて自発的に議論を始めていた。先ほどのグループ長とは対応が違う。

問題が起こった場所に知と技がすぐに集結し、モノ作りは自分たちが担うという強い絆で解決に当たる。これこそ、新田自動車の生産方式における神髄とも言うべきモノだ。徐々にではあるが、この地でその大切さが根付き始めていることの証だ。

「工場のフローを止めてしまい申し訳ありません……」

作業員がうな垂れる。まだ20歳そこそこの若者だろうか。

「不具合を見つけ、アンドンのひもを引いた君を僕は誇りに思う。いいかい、不良品は絶対に次の工程に流させてはダメだ。なんとしても自分たちの工程でくいとめる。それを心に誓って作業に当たってくれ」

「はい、承知しました！」

素直さは、現場を正しく動かす唯一無二の道具だ。

「ミスター・北條、加工用ドリル工具のモーターがいかれていますね。買い替えるのが早いかもしれません」

腕組みをして振り返った担当グループ長が、結論づけるように言った。

「それだけですか？〝なぜ〟って問いかけましたか？」「なぜ」を強調して言う。

「いえ……やっていません」

「だめじゃないですか。きちんと工程を遡って、〝なぜ〟を5回繰り返す。それが約束ですね？不具合の発生原因は何なのか、モーターはなぜいかれたのか、材質、作業員の技能、使い方の手順、モーターそれ自体の異変、細かいことでもきちんと問題の本質を追求してください」

不具合の影響で後工程に不良品が起きていないか、確かめるようにとも指示を出す。もし不良品が後工程に流れていれば、大変なことだ。下手をすると、部品メーカーと対応について膝詰めで協議をしなくてはならない。系列部品メーカーと機敏な対応ができるのか、不安は募った。

２００４年まで3年連続、2桁の増加率で日本の自動車メーカーの海外生産台数は増えていた。今年は海外での生産台数が、国内での生産台数を超えることが確実視されている。

ニッタも当然ながら、海外生産の現地化を急ピッチで進めていた。昨年米国テキサスに巨大工場を立ち上げ、ロシアへも日本企業としてははじめて工場建設を決めた。中国では広州に新工場が立ち上がったばかりだ。チェコでは合弁での生産工場が本格稼働し、来年頭にはタイで第3の工場が本格稼働の予定だ。それだけではない。インドネシア、ブラジルと生産拡大の順番待ちの列が並んでいる。

そんな中で、従業員に大きな声では言えないが、次々にこういう試行錯誤の現場が増えていた。海外へ積極的に出ていくトレンドは当然の戦略として描かれ、誰もそこに疑念を挟むことは許されないほどニッタの業績はバブルだった。そんな中で、最も恐れるのは何か？　業績が予想外の方向へ振れ始めたときだ。必ず何か大きな問題を引き起こすことになる。

そのとき、自分の肩を叩く人間がいた。財務部次長の伊勢崎祐一だ。自分より10歳年次が上で、痩せこけた頬をことさら強調する淀んだ目、そしてスーツが浮くほどの線の細い身体が特徴の男だ。縁なしの眼鏡越しに、忌み嫌うモノでも見るかのようにこちらを見ていた。

「伊勢崎次長！　ご無沙汰しております。ご出張……でしょうか？」

経理関連の打ち合わせか何かで出張してきたのだろう。出張して「本社の人間」としての威光を背景に、伊勢崎は愚痴や説教をするのが好きな人間だった。

「古くさい」

挨拶もなしにいきなり伊勢崎はそう言った。

「私……のことですか？」

「君も、工場も、やり方も、すべてだよ」

冷めた微笑を、伊勢崎は顔全体でぎゅっと絞り出す。「このインドの市場は、今の高級車ラインのみならず、価格競争に勝てる小型車を生産できれば、２０１５年にシェア20％も夢ではない。ただ――」

「ただ？」

「この古くささを払拭できれば、の話だがね」

伊勢崎は冷淡な言い方をした。「約11億人の人口、乗用車市場約１４０万台、20％もの驚異の市場成長率、そんな市場を目の前にして、ウチは――」

「約5万台にも成長を遂げました」

「ま・だ・5万台程度に過ぎないのだよ！　インドの消費者は、〝超〟の付く低価格車を求めている。低公害や高い燃費効率という機能性の面以上に、価格の低さがマーケットを早い段階でドミナント（占有）できる近道だと、君もわかっているよね？」

「ええ……。低コスト化技術の進展によって、インドでは低価格車が商用化される段階に入っていることは承知しています。ですが、それはニッタが作るモノではありません」

「なんと呑気なことを！　いいかい北條君、〝走る、曲がる、止まる〟の基幹機能以外の部品は、現地でのコストを抑えた部品調達を加速させる、そして現地の安い人件費であらゆる機能を省いた低価格車の生産に舵を切る、それしか方法がないと思わんか？　君の地味で鈍い今のやり方は、古くさいと言わざるを得ない」

またその話かと思う。最近では、社内で口を開けば、誰もが〝現地化〟を口にする。

「数字の上では、そのやり方がコスト削減につながることはわかります。ですがニッタの〝モノ作り〟を本当の意味でこの地で体現するには、まだ時間と試行錯誤が必要になります。当社のモノ作りは、現場で作業員一人ひとりが五感を研ぎ澄まし、互いに議論し、改善し、そして一歩一歩みずからの手で生み出していくのです。それがニッタに受け継がれてきたやり方です」

「だから？」

「原価低減だけを優先させ、闇雲に生産能力を倍増できたとしても、すぐにそのニッタのモノ作りを現場に浸透させることはできません！」

「君は何もわかっていない。本当に残念だよ」

あきらめた口調で言うと同時に、伊勢崎は両手を合わせて祈るような仕草をした。「阿部常務の工場視察が、1ヵ月後にここで実施される。そんな古くさいことを言っていると、君は討死することになるぞ」

とうとう来たかと思った。それもよりによって、常務の阿部剛の視察だ。1980年代、新田自動車が単独で工場設立を米国で成し遂げたプロジェクトを阿部はリードし、海外展開の先駆者とも言うべき功績を残した。だから今でも海外への生産拠点のスピード展開や、海外での〝現地化〟戦略を語る上で、阿部は神のような存在だった。

「すべて順調です。問題はありません」

先ほどの従業員の台詞と同じことを自分が言っていた。

開発中止の報告を受けてから3時間後　田布施淳平

神野の本部長個室で誰もが黙りこみ、次の一手について考え続けていた。サハリンBのプロジェクトは、いつもこんな感じだ。まるでパズルを前にして、「正解はないが解き方はある」といわれているような錯覚を覚える。

バン！　ドアを勢いよく開ける音と同時に、腕まくりをしてノーネクタイ姿の五稜物産代表取締役社長・澤村孝蔵が入ってきた。通常、総合商社の社長ともなると、事業本部のあるフロアにみずから下りてくることはない。座っていた本部長の神野は、跳ね上がるように席を立つ。

以前は、世界の政治家や大物ビジネスマンに丁々発止の議論を挑める、〝政商タイプ〟の人間が社長に就くことが五稜物産では慣例だった。しかし、澤村はタイプが違った。組織をぐいぐいとリードするというよりは、社内の顔色を窺いながら意思決定をする、調整型の社長だ。商社の役割とともに、時代は変わったなと思う。

「今、経産大臣から直接電話をいただいた。一体何が起きているんだ？」

頭のてっぺんの汗を手で拭いながら澤村は言った。〝経産大臣〟というフレーズで、そこまですでに情報が伝わっているのかと、神野の顔が露骨に歪む。

「現在、情報収集中ですが、ロシアが環境問題を理由に開発中止の命令を下しまして——」

「そんなことはもう知っている！　私が聞きたいのは現場の見解だ！」澤村の視線は、神野、田布施、そして尾関に落ち着く。「尾関、君の意見は？」

「絶対に呑めない話ではありますが、ロシアは分け前を狙っているのだと思います」

「確かか？」

「おそらく間違いないと思います。本件の背後には、プーチン大統領が動いています」

「プーチンねえ。ロシアでの資源開発は、想定外の事態が付き物だからな」

深淵の縁から中を覗き込むような澤村の顔つきだ。

「パイプラインも全長１５７２キロメートルのうち、すでに１４００キロメートルが完成していますので、ほぼプロジェクトの完成は間違いないとロシア政府も踏んでいるはずです。そうなると狙いは、ガスプロムによる一層の権益への参画かと思われます」

「最悪のケースはどうなる？」

「ロシア政府次第ですが、環境対策の不備が理由というのであればその違法とされる状態を解消しないことには、開発中止命令を撤回させられないと思います」

「それじゃあ、その違法状態を解消すればいい」

ずいぶん簡単に言ってくれるではないかと思う。でも、社長相手に言えるわけがない。

「ただ、相手がロシア政府ですから——」

尾関の声のトーンが、悪い話をするのを躊躇する子どものように一段弱くなった。

「一度振り上げた拳を下ろさせるのは、それなりの犠牲が必要になってくるってことです」

と自分が代わりにずばりと言った。遠回りな社内議論よりも、一刻も早くこの事態に対処することのほうが先決に思えた。「犠牲とは、言うまでもなく権益の譲渡です」

「それを拒否したらどうなる？」

「現在の生産分与契約（ＰＳＡ）を、ロシア政府が見直す可能性があります。今年5月には、サハリンＢのＰＳＡについて、天然資源省がすでに見直しを下院に要請しています。ロシアは本気だという意思表示です」

ＰＳＡとは、資源の探査・開発を外国企業に許可することで、案件ごとにロシア政府が外国企業と生産計画や利益配分で合意する契約だ。今回、まず開発のために必要な資機材・費用を3社連合がすべて負担する。そして生産開始に伴い、一定のロイヤルティーをロシア側に支払う。最後に資源を輸出することで投資回収し、利潤を一定の割合でロシアとの間で分配する方式だ。

「7月のサンクトペテルブルク・サミット（主要8ヵ国首脳会議・Ｇ8）での批判を懸念して、最終的にＰＳＡ見直しによる資源の囲い込みを見送ったはずではないかね？」

「サミットが終わった今、本腰を入れて資源を押さえようということだと思います」

「仮にロシアが本気でこのサハリンＢを押さえ、われわれが対峙することになると——」

「巨額の損失になります」と神野は言い、同時に「日本は沈みます」と自分は言った。今は五稜物産の危機ではない、日本が将来エネルギーを確かなものとすることができるかどうかの危機なのだ。顔を赤くした澤村は、「畜生！」と大声を出して近くの椅子を蹴り上げた。社長を怒らせてしまったと慌てる神野は飛び上がり、尾関は壁を背にして身体を強張らせた。

「今、われわれができることがあるとすれば、それは何だ？」

澤村はこちらの顔を指差した。憂鬱と希望、両方を澤村の視線は語っていた。

「一つは環境対策を含めた事業費見直しを行い、いかなる手段を取ってもPSAを維持することです。もう一つは、PSAを破棄し、優遇措置のない事業としてプロジェクトを進めることですが、それはプロジェクト自体の大幅縮小を意味します」

「田布施君、一つ選択肢を忘れているよ。全権益の売却も最悪ありうるだろう？」

神野の無責任な言葉に、何も返答しない。そんな選択肢は、そもそもこちらにはない。

「いずれにせよ、環境対応に不備があるのであれば、誠意を持ってそれを改善するように対処してくれ。それと、至急3社トップが集まれる時間を持ちたい」

「承知しました」

尾関が頭を下げて言い終わるかどうかのうちに、澤村は振り返ると、「君、田布施課長といったな？　ロシア語はできるか？」と思い出したように声をかけた。

「ええ……」

「ちょっとついてこい。ロシア大統領府の関係筋に面談を直接申し込む。通訳してくれ」

顎で出口のほうを指すと、澤村はすたすたと歩きだした。怪訝な表情の神野を部屋に残し、駆け足で澤村を追いかける。

「君はどう思っている、この件を？」

エレベーターホールまで歩く通路で、澤村は唐突に尋ねた。その口調は真摯に意見を求めるというより、刑事が取り調べをするときに近い。

「私が、ですか？」

「そうだ。君がだ。尾関はこのプロジェクトにどっぷり浸かっちまっている。身も心もロシアに捧げてきた奴に、このプロジェクトを後退させる決断はできない。いかにリスクを背負ってでもやり遂げる危険な方向に走る。神野はまだビジネスの本質を理解するには時間が浅い。彼らに見えていなくて、君には見えているものがある、違うか？」

すぐには言葉が出てこない。エレベーターが到着し、澤村は軽い身のこなしでエレベーターに乗り込む。「心配はしなくていい。神野にも尾関にも君の意見を言うつもりはない。これはあくまでも私の意思決定の土台として使うまでだ」

「尾関部長のご見解のとおりだと思っています」

「それは本心かね？　君は先ほど、〝いかなる手段を取っても〟と言っていたはずだが」

澤村は脂がのったサンマのように、艶々とした顔を強引にこちらへ近づけた。たしかに自分と尾関とは、少なからず違う考えを持っているのはわかってはいた。しかし、尾関のいないところでそれを言うのは卑怯に思えた。「君も社長に意見を求められて、自分の信念を伝えないわけにはいかないのではないか？」

急きたてるように澤村は凄む。覚悟を決めるというのは、ある意味、称賛に値する精神的勇気だといつも思う。首筋が汗でひんやりとした。

「これから日本は、みずからの手でパラダイムを生み出さなくてはならない時代が来ます。特にエネルギーにおいては、この時点で当然と考えられている常識や価値観を〝シフト〟するのではなく、〝クリエーション〟する時代だということです」

「〝パラダイム・クリエーション〟ということかね」

「そうです。新しいパラダイムは、従来の考え方では生み出せません。今目に見えているモノの先を見なくてはならないと思います。今回の一件は、天然資源省の独断や一部官僚の暴走といった表面的なことではない。すべては、陰で政権を支配するプーチン大統領へとつながっています。それは裏を返せば、プーチンをこのプロジェクトに巻き込むチャンスでもあります」

「そうなると――」澤村の顔色が変わった。

「目の前の資源をたんに奪いにいくという目先のモノを捨て、ロシア政府の要求を呑む選択肢もありだと考えます」

「奴らの要求を呑む？　権益上でいかなる譲歩も辞さない……ということか」

予想外の選択肢に、澤村の喉が大きく上下に動いた。「勝算はあるのだろうね？」

「ロシアでのＬＮＧ開発に関しては、幾度となくロシア国内の政争や思惑に巻き込まれ翻弄されてきました。それこそが、このプロジェクトの最大のリスクなのです。でもプーチンを巻き込めれば、そういう雑多なリスクから身を守れる。今何かを捨てることで、その先の未来を取るべきかもしれません」

「なるほど、実に面白い」

「今われわれが直面していることは、まさに資源ナショナリズムです。これからは資源を産出する国自体が資源権益を囲い込み、それを武器に外交上の交渉力を強める時代です。それはすなわち、資金力や技術力だけで、資源を押さえられる時代ではもはやないということです」

「闘いを挑めば、プーチンは狡猾な交渉プロセスの中で、われわれの首をさらに締め上げるな」

「それは、ひいては日本の首を絞めるのです。そういう不毛な闘いがはたしてわれわれ商社がめざすべきモノ、このプロジェクトがもたらす本質なのか、私には疑問です」

「君が言う本質はどこにある？」

エレベーターの表示板に出る数字が、一つずつ増えていくのをじっと見つめる。

「教科書では、資源開発は取引であり、資本の論理であり、国家の繁栄だと教えます。でも、私は、資源国家とともに将来を見据えた、〝国創り〟だと思っています。互いの国家の信念を泥くさく、辛抱強く、そして時間をかけて分かち合う。資源開発とはそういうものです。日本のためにも、たとえ今は何かを捨てたとしても、その先にあるモノを見据えてわれわれは決断すべきと思います」

「日本のため、そしてこのサハリンBの先にあるモノ……か、言うじゃないか。たしかに、君の言うとおりかもしれんな。この資源権益が一体どのような意味を持ち、そして誰の何を癒すのかという原点に立ち返れということだ。しかし、そんな資源ナショナリズムの親玉みたいなロシアと、尾関は刺し違える覚悟もあるということだな？」

「わかりません。それは社長のご想像にお任せします」

不敵な笑みを見せる澤村から目をそらす。これ以上見ていると視線で肌が切れそうだった。ちょうど扉が開く。澤村はエレベーターを降り、すばやく振り返ると、一緒に降りようとする自分を手の平で制した。

「スレザーミ・ゴーリュ・ニ・パモージェシ（涙は悲しみを克服するための助けとはならない）」

ロシア語は堪能だと言いたげに流暢に澤村は言うと、「今われわれは、この突然の逆境を泣いて悲観しているときではない。君がさっき言ったその意見、堂々と神野にも尾関にもぶつけてみろ。責任は私が取る。君ができることはそこからだ」と言った。最後に意味深な笑みを残し、澤村は足早に社長個室のある通路へと消えていった。

1ヵ月後、2006年10月　北條哲也

誰かが遠くから、「北條副工場長、視察団が到着されます！」と叫ぶ。その声で、今日はいつもとは違う特別な日だったことを思い出す。常務の阿部がこのバンガロールの工場へ視察に訪れる日だ。

阿部剛は今春、常務執行役員アジア事業本部長に就いたばかりだ。白髪交じりの豪快な顎鬚《あごひげ》、若い頃の柔道で潰れた痛々しい右耳、そして低くしゃがれた声、そのすべてが士気勇壮な盗賊を思わせる。工場の一作業員から始まり、一貫して生産管理・技術畑を歩いて役員にまで上り詰めた。すでに59歳と出世は遅いほうだったが、代々の経営陣からの信頼はずば抜けて厚い。

工場長たちに並んで、玄関で恭しく視察団一行を出迎えた。わざわざ来なくてもいいのにといつも思う。それが「視察」というものだ。それ以上に、現場に張りついていたかった。現場と一緒に時間を過ごし、そして一日でも早く、当たり前のように従業員みずからニッタのモノ作りを体現できるようになるほうが大切だった。「切れるな、北條」、その声は、両耳にはっきりと聞こえた。

厳粛で形式的な視察が開始される。視察団長でもある常務の阿部に寄り添うようにして、北條が

ついていった。

先頭を歩く。その少し離れた後方を、製造技術や部材調達の幹部たちが大名行列のようについていった。

阿部は丹念に生産ラインに目を配りながら、肥った腹を擦ってゆっくりと歩く。ときおり、微に入り細を穿ち鋭い質問を北條へ投げかけた。その間、歩みが止まることはない。片手に持った分厚い資料ファイルを捲《めく》り、額に汗して必死で答える。想定問答を自分なりに整理したつもりだったが、実際には、阿部への説明に苦心惨憺した。阿部の視察は厳しく、ミスをすると左遷されると有名だった。

「申し訳ありません。そのラインの改修による一台当たりの製造原価に対するインパクトにつきましては、追ってシミュレーションいたしまして――」

「君な、私の指摘を即座に説明できなくてどうする？　私の質問に対する先延ばしは、許されないのだよ。即断即決、スピード感を持ってその場で意思決定をするのが私の信条だ。担当者がそんな曖昧な態度でどうする」

「申し訳ありません」

嫌みたっぷりに阿部は言うと、こちらの言葉を待たずに歩き続ける。

「君はたしか……、生産管理・技術本部の背番号だったな？」

「一応、そうなっていると思います」

入社したときに、所属する部署の目には見えない〝背番号〟が付く。わずか半年だけ、本社の生産管理・技術本部で過ごした経験がある。その後、38歳になるこの年まで工場一筋だ。背番号といっても、こちらにとっては何の思い入れもない。

「それにしては、現場で生産管理に対する君の自負や信念が息づいているとは、私には到底思えん。つまらん素人レベルの説明が繰り返され、示し合わせたように、早く帰ってくれと言いたげな愛想笑いが続く」

わかっているなら来るなよ、と言いたくもなる。とりあえず張り付いた愛想笑いを拭っておこうと、自分の頬をなでた。「1999年に生産を開始してから、ここは重要拠点になった」阿部は巨大な生産ラインの見えない端を見るように、細めた目を遠くに向けた。

「今ではマニュアル・トランスミッションの部品生産も順調に軌道に乗り、年産16万基になります。タイ、インドネシア、そして南アフリカへの部品供給拠点として重要な機能を担っています」

「重要な拠点にしては、車両の生産台数のみならず、部品生産の規模も足りない」

切れ味鋭く阿部は言った。「われわれは小型車の生産・販売で、この国のマス・マーケットに深く入っていかなくてはならないことは明白だ。2010年までに年産20万台体制をめざすつもりでいてくれ」

「そんなに大規模に！　現状の4倍近くの生産規模になります！」

「当たり前のことだ。今でこそインドは100人に1台しかない自動車普及率だが、それを劇的に押し上げる可能性がある。そのカギになるのは、低価格で誰もが手にできる小型車だ」

1ヵ月前に起きたばかりの、生産ラインでの問題が頭に浮かぶ。これからさらに生産能力が増強されれば、一体誰が問題に目を配るのか、そして、どうやって未熟な従業員たちは、その問題に対して迅速に立ち向かうのだろうかと考えた。急に「不安」の2文字だけが、心の中のアンドンに赤く映し出される。

「ですが常務、大規模な海外生産拠点の拡充が推し進められる一方で、その兵站《へいたん》が伸び切ってしまっているのも事実かと思います。それでは、一時的に生産台数は増えても、本当の意味でモノ作りが追いついていきません」

「それはどういうことだ？」

「兵站が尽きれば、必然的にその最前線で生み出されるモノに対して、ニッタのモノ作りのＤＮＡも限界が来ます」

「ずいぶん偉そうなことを言ってくれるじゃないか。君は、本社での意思決定が拙速だとでも言いたいのか？」

「いえ、そうではありません。現地従業員の作業レベルを日本と同等レベルに均質にする、あるいは部品のクオリティを高く維持する、そういった日本で培った〝モノ作り〟をきちんと海外の生産拠点で育て、根付かせる時間も必要かと考えています」

「君は、何にもわかっとらん！」

首を勢いよく横に振りながら、阿部はまるで一心不乱にタクトを振る指揮者のように両手を振り上げた。「今後、自動車メーカーが持続的な発展を継続するには、所得水準こそ低いがモータリゼーションが急速な勢いで立ちあがる新興国の消費者を取り込まなくちゃならない。だが新興国でその潜在ニーズが爆発的に表面化したときに、慌てて海外進出して生産ラインを立ち上げても遅いのだよ。国内に留まり、歩くのをやめることは、現状維持することではない。それは衰退を意味するんだ」

「ですが、今の飛ぶ鳥を落とす勢いで伸びる当社の世界販売台数を前提にして、仮に生産能力を増やしても、販売台数が落ち込んだときに見るも無残な結果だけが残ります」

「それでは販売台数を落とさないように頑張ればいい」

「それでは夜も寝ずに練習すればいい」大学時代、アメリカンフットボール部で試合に出られない控え選手だったときに、試合に出してほしいと直訴した。そのとき、監督が言った言葉に似ている。もうすでに答えは決まっている人間の言い方だ。

「それではニッタのモノ作りの根底が……崩れてしまいます」

「何を言っとるか！　あと一歩で世界ナンバーワンに上り詰めようとしているこのニッタは、一体何によって支えられていると思っているんだ？　海外での生産拠点の拡大なしに、君は一体どうやって世界ナンバーワンの販売台数を成し遂げようと言うのだ？」

阿部はいやいや被っていたヘルメットを被り直しながら言った。周囲の作業員も、後方を歩いていた幹部も凍りついたように二人を見ていた。「問題は生産方式だけではない。海外現地での原材料調達を増やすことも加速させる。２０１５年までに現地原材料調達を80％へ高める」

「80％！　現地の原材料調達比率40％の現在でも、日本と同様の品質を維持するのに困難を極めています！　今でも、ここインドでは、不良品発生率が約６００ＰＰＭ（１００万個当たりの該当する不良品数）と高い。それでも、必死に抑えている状況なのです。たとえ原材料調達のコストを落として原価低減だけを見据えても、技術や品質レベルがついてこられず、モノ作りは疲弊します。それでももし、万が一のことが起これば――」

「万が一？」はじめてそこで阿部は歩くのをやめた。

「品質、安全性、性能、あらゆる基幹となる大切な部分で、問題を生じる可能性があります」

本当にわずかだが、阿部の頬に引き締まるように筋肉が浮き出た。生産現場を長年歩んできた阿部は、その問題の大きさをきちんと理解している、そう信じたかった。

「リコールにつながる問題が起きるとでも言いたいのか？」

「一つの可能性としてあると思います」

「リコール」自動車メーカーを震え上がらせ、凍りつかせる恐怖の4文字だ。「リコール」とは、一般的に設計・製造上の過誤による製品欠陥があることが判明した場合に、製造者が無料で回収・修理をすることを指す。巨額の損失とともに、メーカーの技術や品質を根本的に問われる事態を意味していた。

「これは終わりの始まりかもしれません」

「終わりの始まり」、そう言わざるを得なかった。ニッタのモノ作りの終わりであり、リコールという危機の始まりでもある、そんな気がしていた。海外での生産拡大による利益と引き換えに起こり得る問題は何か、その根本的な解決につながる正しい決断を阿部が口にすることを願った。ふうと音になるほどの息を吐いた阿部は、天井を見上げ、何度か瞼を瞬かせると、「古くさい過去の成功にしがみついたやり方の終わりであり、世界ナンバーワンの自動車メーカーをめざす道のりの始まりだよ」と言った。

思わず手に持ったファイルを床に勢いよく落とす。「すでに時間をかけ、徹底的に経営陣で議論され、新田自動車が世界でナンバーワンになるための明確なストーリーと目標はもう定まっている。後はどうやってそれを具現化できるか、その〝意識〟をいかに現場が持てるのかが成功のカギになる。わかるか？」

「でもそれでは現場がついてきません。そのストーリーは、現場を見ていただいた上で――」

阿部は人差し指を立て、もうしゃべるなという仕草をした。

「君みたいな人間が、一番困る。ニュートロン爆弾と一緒だ」

「ニュートロン爆弾……ですか？」

「建物などを破壊せず、生物だけを殺戮する中性子爆弾のことだ。持論をとうとうと述べ周囲を混乱させる。みんなの心の中で湧き始めた、海外展開を加速させるために力を合わせようという意識だけを破壊する。しかし、組織を破壊してまで持論を掲げる覚悟もなく、自分の立場を犠牲にすることまでは望んではいない。そんなニュートロンな人間の存在が、組織が本当にやるべきことを見失わせ、周囲のやる気を削ぐんだ」

「そんなつもりは、ありません！　私の信念からの意見です」

「やるんだ。しかも徹底的にだ。3年以内に、約350億円を投じて、年間生産能力10万台の新規工場稼働の可能性を探る。その工場では、全量、新型小型車を生産する！」

「10万台……、当社が作ったこともない小型車……、しかも3年以内なんて無理です！」

「いいか、これは命令だ！　生産現場が疲弊を来さず、技術や品質における問題もきちんと解決しながらスピード感を持って取り組むんだ。やらない君の理由は、もう聞きたくない！」

憮然とした表情で阿部は歩きだす。

「問題が起きてからでは遅いと思います！」

「今、確固たる勢いで成長を遂げようとしている新田自動車は、もう世界生産台数が750万台を超え1000万台も射程圏内に入りつつある。ナンバーワンの米国ルネッサンス・モーターズの背中に追いつく後一息まで迫っているんだ。君の理屈に付き合っている暇はない」

「常務！　販売台数や収益も大切ではありますが、経済合理性だけでは割り切れないモノが、ニッタの生産現場にはあるのです！」

そこで阿部は立ち止まり、振り返った。

「そこまで言うなら、君がその小型車開発・生産、並びにその量産のための新工場立ち上げをやってみろ。でも、もし今のやり方を大きく変え、目に見える革新ができず、私が納得する小型車を生み出せないようであれば――」

「であれば？」

「工場は閉鎖し、インドからは撤退する」

阿部はそう言って再び前を向くと、止める手段を失った機関車のように立ち去った。体から一気に力が抜け、その場に立ち止まる。もう終わりだ。このインドで地道に積み重ねてきたモノが、音を立てて崩れた気がした。

背後からはせせら笑いが聞こえた。視察団の面々は、次々に追い越すようにして生産ラインを後にする。中には、もうそこまでにしておけと言いたげに、肩を叩く者もいた。そして、視察団は誰もいなくなった。残されたのは大きく舌打ちをして、一人古びた天井を見上げて佇む自分だけだった。先ほどの誰かの声も、もう聞こえてこなかった。

第二章　ケイレツを切れ

2006年12月、モスクワ　田布施淳平

3社連合の面々が、厳寒のロシア・モスクワに入った。クレムリンの中にある肌寒く殺風景な応接室で、すでに1時間以上待たされていた。

「社長、ロシュコフ駐日大使とグレフ経済発展貿易相との面談はいかがでしたか？」

澤村の横の席に座っていた神野が、さばさばした表情で尋ねる。

「PSA自体、一方的にロシアに不利な条件が織り込まれており、まったく納得のいくものではないという意見で一致していたよ」

「やはり、そうですか！」

薄気味の悪い笑みを湛えて、神野はどこか嬉しそうに言った。「二人が口を濁し始めたところを見ると、相当クレムリンから圧力がかかっていると考えて——」

「間違いないようだ」

「社長、私は以前からこのプロジェクトには問題が多いと申し上げておりますが、これは実に厳しい決断を迫られる段階に来たのだと考えております」

「ちょっと待ってください！　神野本部長、まだそのお考えは早いと思います。ＰＳＡの契約は遵守すべきであるとも彼らは言っています」

神野の意見を制する。勝手なことを言わせておくと、プロジェクトは消失していく気がしていた。「このＰＳＡ契約を破棄することは、ロシアの国際的信用の失墜になる。まだ悲観するのは早計です。これからロシア政府と対峙するというタフなタイミングです。今は弱い姿勢を見せるべきではありません」

「田布施課長、そんなこと私だってわかっているのだよ！」神野が語気を荒らげる。

「二人とも、そんなに頭に血を上らせるな。ロシア側にも考えがあるだろう。今日、何かしらの折り合いをつける必要があることに変わりはない」

椅子の背もたれに片腕をのせ、澤村は少しばかりの余裕を見せた。

「社長、経産省のほうは、もう少し後押しできないのでしょうか？」

澤村の背後にいた尾関が言う。

「それなのだが……、〝可能な限りのサポートはする〟の一点張りだ。大臣も様子見を決め込んでしまっている」

「それはおかしいです！　総合資源エネルギー調査会の総合部会でも、資源確保の重要性が改めて強調されています。それなのに様子見を決め込んでいるなんて！」

「私もそれは十分に理解している。だが、国を動かすには時間がないのも事実だ」

「資源外交については、関係機関一体となって推進してもらう必要があります。経産省がきちんと旗を振り、今ここで一緒に力を合わせていただけなくて、いつやるのですか！」

尾関の気持ちは痛いほどわかる。14年ものキャリアを懸けたこのプロジェクトが、終わるかどうかの瀬戸際に立たされているのだ。自分も尾関とともに、何があっても一緒に踏みとどまる覚悟はできていた。

そのとき、ロシア第一副首相のドミトリー・メドベージェフ（後の大統領）と天然資源省大臣のセルゲイ・シュメイコ（後の副首相）がゆっくりとした足取りで入室してくる。二人は待たせたことを詫びるような素振りもなく、威風堂々と関係者と挨拶を交わした。

メドベージェフは、現大統領のプーチンとサンクトペテルブルク市における地方政治に携わっていた頃から、長く歩みをともにしてきた過去がある。２０００年の大統領選でプーチンの選挙対策本部責任者として当選に貢献し、大統領府第一副長官に昇格したのを皮切りに、２００５年に第一副首相に任命されていた。仕立てのよいヨーロッパ・ブランドの高級スーツで身を包み、赤いシルクのタイが、メドベージェフの死んだような目を一層際立たせる。

最初は開発中止命令に関する型どおりの説明だ。シュメイコが、でっぷりとした腹をさすりながら面倒くさそうに行う。説明は約30件にのぼる環境保護法令違反の一点張りだった。澤村をはじめ3社首脳の顔には不快感が滲み出る。シュメイコが説明している間、メドベージェフは口元の前で指を組み、こちらの首脳陣を見つめていた。その冷たく凍るような視線が一体何を語ろうとしているのか、ずっと気になっていた。

「ロシア政府としての今回の開発中止命令における意図がよく見えません。どこのポイントにご不満がおありかを確認させていただき、われわれは誠心誠意対処して参りたいと考えております」

澤村が座ったままテーブルに手を突き、改まった様子で頭を下げる。この3社連合の核になるのは五稜物産であり、澤村はその交渉リーダーだ。それと同時に、先ほどまで色彩のなかったメドベージェフの目付きが変わる。

「不満？　不満なんてものではない！」

顔を紅潮させ、大声をあげてテーブルを叩くと、「開発中止に値する不満だ！」と言った。腹の底に長い時間をかけてひたひたと溜まっていた汚泥を、いきおいよくかき出すような言い方だ。

「開発に関しては、すでにPSAで互いに合意したことのはずです！」尾関が言う。

「PSAは、ロシアにとってまったくもって不平等な内容だ。議会の強硬派からの突き上げも激しくなっている。このプロジェクトを政府が推し進めていく上で、政府は議会にも国民にも説明することができない！」

「しかし、われわれも一度合意した内容を簡単には修正できるものではない」

「このまま平行線であれば、おそらくプーチンはPSAを破棄するでしょうとしか申し上げられない」

完全に話がすり替わっていた。環境保護法令違反で開発中止なのではなく、PSAを修正しなければ開発中止にすると言わんばかりだ。その上、議会や絶対権力者であるプーチンの名前を出し、揺さぶりをかけていることは間違いなかった。

「副首相、こういう法的にも疑義のある動きをされると、われわれとしても今後膨大な資金を注ぎ込んでプロジェクトを進めることを躊躇せざるを得ない」

「われわれロシア政府は、フェアでいたいと考えているだけです。サハリンB・プロジェクトのPSAは、あきらかにおかしい」

「どこがでしょうか？」思わず澤村を差し置いて、声が出てしまった。

「収益率17・5％未満の場合は投資家の利益取り分が90％もあるのに、ロシアは10％しかない。収益率が17・5％以上24％未満でようやく、投資家50％、ロシア50％とイーブンになる。すなわち、収益率24％を超えないとロシアの取り分が投資家を上回らないというのが、この契約の骨子だ」

「何の齟齬もないはずです。その契約書にロシア政府はきちんと合意した」

「あなた方に開発費が償還されるまで、ロシアの取り分はゼロですよ、ゼロ！　しかも総事業費が倍増したことにより、開発コストが膨らみ、その分だけ償還期間も延びることになる。それは、われわれロシアへの利益配分が遅れるということです。わが国家に土足で踏み込んできて、なぜロシアはそんな仕打ちを受けなくてはならないのだ！　あなた方は国家資源の略奪者だ！」

シュメイコが顔を赤く膨らませて、聞きとりづらい英語をかすれた声に乗せる。大袈裟な身振りと威嚇。ロシア政府特有の交渉スタイルが顔を出す。「この現行のPSAの条件ですと、ロシアは100億ドルもの利益を失う。まさにこれは〝搾取〟そのものであり、ロシア政府に対する〝暴挙〟と言っても過言ではない！」

「副首相、これはあきらかに信頼関係を損なう行為です！」

思わず怒りに任せて、日本語が出てしまう。ロシア政府が何らかの条件見直しや、大幅な譲歩を要求してきていることは間違いなかった。互いの間にある見えない壁が、建設的な議論をはね返し、嫌な喪失感だけをその場に残す。

「何度も申し上げているとおり、もうプーチンは拳を振り上げてしまったのです。その拳をどうやって下ろすべきかを考えていただきたい。私たちは交渉をするためにここに出てきているわけではない。この事態の収束へ向けてともに解決策を見出すか、プロジェクト自体をやめるかのいずれかなのです」

「産出されるLNG全量の販売に、われわれは死にもの狂いでめどをつけました。すでに大口の契約も成立しています。2年後の2008年夏には出荷開始を見込んでいるのです。原油も、来年には夏季だけでなく通年での出荷に移行することを予定しています。需要家の信頼を裏切るわけにはいきません」尾関が言った。追い打ちをかけるなら今だ。

「それにこの極寒の地における資源開発に対して、特別な開発技術を提供できるのはわれわれだけだと自負しています。それらすべてを白紙にしてしまうのは、ロシア政府としても国益にならないと考えます」

五稜物産は2006年の段階で、サハリンBの総産出量年間約960万トン、日本のLNG輸入量の約14%にあたる全量を、すでに中央電力や韓国電力を含め全10社へ完売した。その上、日本の誇るプラント技術を袖にできないロシアの事情を鋭く突いた。

「いいかげんにしていただきたい！　LNG施設の7割が完成する中で、このプロジェクトの事業費は大幅に膨らんでいる。供給先を確定し、収入のトップライン（売上高）をきちんと達成させることは、あなた方、企業連合の役目だ」

「われわれの当然の役目？」

「販売先10社の内、8社は日本の電力・ガス会社です。特に日本企業のあなた方には、格段にメリットの大きいプロジェクトだ。汗をかいて当然です」

メドベージェフはつれない女性のような言い方をした。

「副首相、開発費の低減は検討の余地があるかもしれない。その理解でよろしいか？」

澤村が出口を探して、最後に食い下がる。

「それだけではすみませんな」

「では一体、何が望みなのですか？　もういいかげん、率直に話し合いましょう。われわれはビジネスマンだ。政治的駆け引きをし続けるつもりはない」

このロシア訪問で決着をつけないと、プロジェクトは延期を繰り返し、ＰＳＡの破棄という最悪の事態で幕を閉じることになりかねない。それはここまでの努力を無にすることになる。

「われわれの望みは、ロシアのための、ロシアによる本質的な参画です」

企業連合側の一同が顔を見合わせる。とうとう最後のカードをメドベージェフは切った。

「本質的な参画とは一体どういうことですか！　そもそもＰＳＡは、きちんと利益配分がロシアに支払われると謳っている。その一方で資金を拠出せずに、海外から開発投資を呼び込める利点もロシアは享受している。すべていいとこ取りするその政策が、現実のものとなっている。違いますか！」尾関が顔を赤くして口を尖らせる。

「あなた方は何もわかっていない。それは前政権の大統領である、エリツィンが推し進めた政策です。今の政権のすべてを掌握しているのはプーチンなのです。そのプーチンが収益配分で外資企業が手厚く利益を受けるシステムは、西側諸国が資源を盗んでいることに等しいと考えているのです。That is all about it!（それがすべてなのです！）」

早口でまくしたて、最後にテーブルを強く叩くことで、結論を出す段階であることをメドベージェフは示唆した。「明日が最終回答期限です」

「明日なんて無理です！」

「それ次第では、協議を打ち切ります」

相手のこめかみに銃を突きつけるような言い方だった。立ちあがり、神経質そうにスーツの裾を直したメドベージェフは姿勢を正す。そして、立てた人指し指を折り曲げる仕草で、澤村をそばに呼んだ。警戒を崩さずに近づいた澤村の耳元に、一言、二言、メドベージェフは何かを言い残す。それに一言だけ澤村は何かを言い返すと、メドベージェフは無表情のまま再度何かを言った。澤村の今にも襲いかかりそうな視線は、部屋を後にしたメドベージェフの背中をいつまでも追っていた。


五稜物産の澤村をはじめ関係者が、ホテル・バルチュグ・ケンピンスキー・モスクワに戻る。すぐにスウィート・ルームの一つで話し合いが持たれた。メドベージェフとの会談は、あまりにも関係者に濃く暗い影を落とした。澤村は他の企業連合関係者にこの置かれた状況の悲哀を語ると、後は五稜物産に一任いただきたいと伝えた。

他社の関係者が去った後、鉢植えが置けそうなほど幅のある窓枠に座る尾関は、腿《もも》の上に受話器を置き、東京サイドと険しい表情で連絡を続けていた。熱気がこもった部屋を換気すべくいくつかの窓が開け放たれていた。窓のすぐ下にはモスクワ川を遊覧船がゆっくりと通り過ぎ、対岸を並行して走るモスクヴォレツカヤ通り越しに聖ワシーリー大聖堂が見える。その左手には、薄暗くなってきた夕闇に照らし出されたクレムリンの赤茶けた建物群が、これからの五稜物産の行く手を待ち受けるかのように陰鬱に広がっていた。

「予想以上に厳しい対応だ。社長、ロシア側に妥協する素振りはなさそうですなあ」

澤村の横で音を立ててアイス・ティーを飲む神野はそう言うと、牽制球を投げるように、向かいのソファに座る田布施に向き直る。「段取りが悪いよ、尾関部長も田布施課長も。社長がもう現地入りしているのに、最終局面が見えてこない。僕はね、社長にロシア政府との合意だけを想定していただいていたんだ」

「みんな頑張っているんだ。神野君もそういう言い方はよしなさい」

澤村は穏やかにたしなめると、関係者を見渡す。「まあ、それにしても1992年から14年か……。時間とカネがかかるリスクの大きいプロジェクトだが、それに見合うだけのモノがあると信じたい」

「しかし社長、この案件はとにかくロシアを相手にリスクが大きく、時間もかかりすぎです。本当にそれに見合うだけのストーリーがあるのか、私は懐疑的です」

本来ならば、部下たちとともに数ヵ月前に現地入りし、本部を統轄するトップとして交渉や調整に奔走するべきだった。最後のこのタイミングにだけ社長とともに現れたことが、神野の本部長としての資質を如実に示していた。

「本部長！　今、ダメな理由を探しているときではないと思います！」

口をついて言葉が出た。いや、正確には、その瞬間を確信的に待っていた。背筋を伸ばして反吐が出ると言いたげに顔をしかめた自分の顔は、不細工だろうなと思う。「リスクは多い。だ・か・

ら・やるのです」

「その言い方は何だ！」

「あらゆる法制面が整い、競合が押し寄せた後に出ていこうとしても、それでは遅い。混乱しているときほど、大胆な方程式でビジネスを仕掛けるチャンスがある。われわれはそれを実践することで、日本の将来にわたる資源確保の一助となるべきなのです」

「そんなこと、君に言われなくても私だってわかっている」

「何もおわかりではないと思います！」

心の中は、不思議なことにとても穏やかだった。耐えきれずに外へ向かって止めどもなく放出される熱を、まるで客観的に静かに眺めているような心境だ。神野の腹心の部下といわれている同じロシア事業部課長の吹田が、遠くからにやにやした顔でこちらを見ていた。年次は2年後輩で、神野が本部長に就いたときに、やはり鉄鋼事業の本部からこの本部にやってきた。

「き、君！　誰に向かってモノを言っているんだ！　生意気な口をきくな！」

眠そうな目をこすり、叩きつけるように神野はグラスを机に置く。相手になってやろうじゃねえか。席を立ちあがり、神野に直接相対峙する姿勢を鮮明にする。一触即発の怒りが、まるで停滞する低気圧のように鈍く、虚ろな影をその場に創り出した。

「田布施！」電話を強引に終わらせた尾関が、怒声をあげる。

「納得と覚悟、それがなければ海外での仕掛けに道は開けないですよ！　本部長にも、それはご理解いただく必要があると考える次第です！」

神野の目を見つめたまま言う。そこに恐れも戸惑いもない。今ここで長年苦労してきたサハリン

Bを神野に潰され、日本の大切な将来資源への足掛かりを捻じ曲げられてたまるか。

「田布施君、言いたいことは言いなさい。この最後の交渉を前にして上も下もない。あるのは最善の答えだけだ。そうだな、尾関君？」

「社長、そうではありますが……」

澤村は腕組みをして静かに目を閉じる。先日エレベーターの中で交わされた奇妙な澤村とのやり取りを思い返す。「君がさっき言ったその意見、堂々と神野にも尾関にもぶつけてみろ。責任は私が取る。君ができることはそこからだ」と澤村は言っていた。それはある意味、社長と交わした「約束」でもある。何も怖じ気づくような理由はない。

「神野本部長には、目に見えるモノの奥にある本質・本物をきちんと見ていただきたい。この日本が沈むかどうかを決定づけるモノが、このサハリンという地に埋まる資源にはあるのです。その資源で、日本は将来の成長に向けた〝ウネリ〟を創り出せる。そう信じていただかないことには前に進めません」

「ウネリ？　笑わせるな！」

「一人の挑戦者として、五稜物産として、いや日本国家として、新しいまだ目には見えていないモノを私たちの手で創り出す挑戦なのです！」

「もう沢山だ！　挑戦だかなんだか知らんが、私は投資した資金の大きさからして、リスクがあると言っているんだ！　責任を取れる分際でもないくせに、大きなことを言うんじゃない！」

「当社のリスクを最小にできるかどうかに、このプロジェクトの成否はかかっていると、私は思いません。未開の地、新しい国家同士のパートナーシップ、そして手つかずの資源、これは日本が世界で生き残れるかどうかの分岐点なんですよ！」

言ってしまってから、そこまで言って大丈夫かよと自分で思う。だが、ここまで来たら、ハッタリでもなんでも構わない。答えは、できるかできないかではない。やるかやらないかだ。「今までの物差しで測るのではなく、新たな本質の原点にわれわれは立つべきだと思います」

自分の足下を人差し指で指し、「原点に立つ」ことを力強く主張した。神野がふんという鼻息を押し出すと、沈黙が部屋に訪れる。一人ひとりが、今ここにいることの意義を確かめ合うような息遣いだけが聞こえる。

「やるしかなさそうだな、神野君」

澤村が審判のように試合終了を告げた。神野は窓の外へ不服そうに顔をそらしたが、何かを思いついたように冷笑を見せた。そして「勝手にするがいい」と捨て台詞を吐き、部屋を後にした。課長の吹田が慌ててその後を追う。

「あの野郎……」

そう言って怒《いか》らせた自分の肩を摑んだのは、尾関だった。何も言わずに首を横に2度振る。

「ここで、二人に言っておきたいことがある」澤村が冷静に言った。「あの会談の最後、メドベージェフは部屋を去るときに私にこう言った。〝取引をしよう〟と」

「取引……ですか？」

「〝ガスプロムの51％の権益取得、そしてプラスαをロシアに与えれば、その代わりにロシアはこのサハリンBを守ると約束する〟と奴は言った」

「あの野郎！」尾関が一瞬にして沸騰する。

「ガスプロムに対する51％の権益譲渡に加えて、総事業費200億ドルに追加でかかってくる費用の負担は、われわれ3社で呑む」

「社長、本気ですか！　な、何をおっしゃっているのかおわかりですか！　そんなことありえない話です！」尾関がうろたえるように言った。

「ああ、本気だよ。その代わり、それ以外のすべてのことが当初の約束どおり解決されるなら、と私は伝えた。利益配分を定めたPSAの維持、事業予算の承認、その他すべての解決だ」

「そんな取引、取引ではありません！　それは相手の要求に完全に屈したも同然です！」

常軌を逸した人間はこういう顔になる。目と口を同時に大きく開いて、今にも飛びかかりそうに尾関は澤村に詰め寄った。

「メドベージェフは何と言いましたか？」

尾関と対照的に、自分は冷静に尋ねていた。シナリオは不気味なほど自分が澤村に進言したとおりに進んでいた。そして、根拠はないがそのメドベージェフが言った「約束」は、守られるような気がしていた。

「〝ブスョー・パニャートナ（承知した。すべてAll Clearだ）〟と奴は言った。そのときに、私はこう思った。このサハリンが生み出すモノ、その奥深くにある今は見えていないモノを私たちは見るときなのかもしれないと。日本という国がそれを見ることができるなら、私はこの犠牲を惜しむつもりはない」

〝あのとき〟、自分が言った台詞をそのままなぞるように澤村は言った。腹の底が熱くなる。まるでまったく乱れていない湖面に投げられた小さな石が、静かに2つ、3つ、と連鎖して波紋を作るかのように感じられた。みずからの進言がきちんと形となり、組織が動き出した気がした。それは勝利の感覚とでも言うべきだろうか。でも俺は何に勝ったというのだ。

「それは、ロシアの企みです！　社長、何卒ご再考を！」尾関が執拗に食い下がる。

「〝あらたのし思いは晴るる身は捨つる浮世の月にかかる雲なし〟」

目の前のグラスに残っていた水を呷《あお》り、澤村は自分の胸に手を当ててそう詠んだ。赤穂浪士の首領、大石内蔵助が詠んだ辞世の歌と言われている。「討ち入りを果たして、死ぬことになるけれど、雲一つかかっていない浮世の月に何の不満もない、楽な気持ちである。討ち入りで無念の思いは晴らせた、この世に思い残すことはない、心に迷いはない」という意味だ。澤村は討ち入りをした赤穂浪士にみずからを重ね合わせていた。

「社長、辞世の歌を詠むのはまだ早いと思います！　われわれは最後まで徹底抗戦で闘わずして――」

「尾関君、もうこのへんで決着をつけようじゃないか」

やはり澤村の口からは、この日本のために意思決定をしたという言葉は出てこない。出てくるわけがないのだ。辞世の歌を詠んだのは、もう役目を終えた心境なのだろう。

「いくらなんでも……、それでは、ここまで合意された権利を守り、生産開始へ向けて汗をかいてきた長年の努力が報われません！　きちんとわれわれの立場を明確にし、ロシアに突き返すべきです！」

「そう思っているのは、尾関、君だけかもしれんぞ」

澤村の言葉に、自分の胸にナイフを突き立てられたかのようにはっとする。まずい。

「一体何を根拠に、そんなことを！」

「田布施課長の進言では、君のように闇雲に突っ走るストーリーではなかったと理解しているが。田布施君、説明したまえ」

澤村はあっさりと名前を出した。あまりに軽率で無責任な発言だった。「責任は取る」と大見得を切ったあの発言は一体何だったのか。

「田布施、おまえ！　何を進言したんだ！　ここまでともに汗水たらして、必死にこのプロジェクトに命を懸けてきたんじゃないのか！　よくもロシアに権益をくれてやれなんて言えたな！」

抵抗する間もなく尾関はこちらの胸倉を掴み、力いっぱい持ち上げた。澤村は目を閉じて腕組みをしたまま何も言わない。後は二人でどうぞと顔に書いてある。

「もうロシアには、散々な目にわれわれはあってきています！　違いますか！」

「黙れ！」

「もうロシアの身勝手な動きによるリスクはウンザリです！　捨てるモノは捨てて、その先にある大切なモノを手にすることができるのであれば、われわれはロシアとの〝約束〟を取るべきだと思います！　ロシアに恩を売り、約束を守らせれば、必ず次のチャンスで取り返します！」

「貴様！　誰にそんな生温いマインドを焚きつけられた！　言ってみろ！」

「大切なその先にあるモノを見るように教えられたのは、尾関さんからです！　なぜこの段階になって、目の前の利益にばかり目が行くのですか！」

震えながら、尾関は一気に手の力を抜く。自分は後ろ倒しに床に落ちた。澤村は薄目を開け、こちらを睨みつける。自分の言葉に責任を負えと凄む目だ。折れ曲がるようにして頭を垂れ、膝に手を突いた尾関の姿は、自分自身と葛藤をしている人間の姿だった。

これでは、まるで自分が尾関を撃つ引き金を引いたみたいだ。ぼんやりと窓の外に目を向ける。モスクワの空は珍しく澄み渡り、美しくそして怪しい光を放つ満月が見て取れた。尾関が顔を上げたとき、その月明かりに照らしだされた歯噛みする表情は、裏切りを怒りに変え、今にも襲いかかろうとするウルフそのものだった。

2007年2月、ニッタ・テクノロジー・スクール　北條哲也

バンガロールの生産工場の敷地に、「ニッタ・テクノロジー・スクール」の校舎がある。この夏開校する予定の、ニッタによる独自の技術訓練学校だ。モノ作りは、人づくりだ。5年前この地に来たときから、現地人の人材育成の必要性を本社に説き続けてきた。授業料は無料。組み立てや溶接、塗装といった基本技術からニッタの生産方式全般まで、3年をかけ徹底的に教え込む。モノ作りの神髄を教え込む、ニッタ独自の学校だ。

可能な限りの飾り気を排除した校舎、食堂に整然と並べられる三食の学食、壁に日本語で、「カイゼン(改善)」、「整理整頓」と貼られた教育スローガン、すべてが保守的な日本企業の代名詞のようだが、現地風にアレンジする気などまったくなかった。新田自動車の〝思い〟を学んでもらうには、そこからが大切だと感じていた。

施設で一番大きな会議場に、本社の〝精鋭チーム〟が集結していた。先日阿部が言った、小型車

の開発、そして新工場での生産に向けて、本腰で本社は動き出したということだ。メンバーは、生産管理・技術、調達、商品企画、グローバル戦略、マーケティング、財務といった主要な部署のエース級の人材ばかり。もう現場の自分は、まな板の上の鯉だ。

大会議室では、テーブルが巨大なロの字に配列され、何人かのメンバーはすでに着席し始めていた。作業服を着ているのは、自分しかいない。工場での勤務が長いこともあってか、周囲の本社から来た連中との雑談にもうまく加われないでいた。どの顔も選ばれし者という目には見えない鋭気を見せつけ、新田自動車の好調すぎるほどの業績を謳歌する言葉が互いに飛び交う。

その中に余裕の表情で紅茶をすすり、他の参加者と談笑する熊谷丈一郎の姿があった。ベージュ色をした麻生地のジャケットを羽織り、大き目の鼻が特徴の清潔感溢れる顔だ。細身で背は高くないが、その吊り上がった目にはいつも自信で彩られた陽が差し込んでいた。

東京大学工学部の出身で、ニューヨークへの駐在経験もあれば、社費留学で米国ＭＢＡ（経営学修士）も取得した。しかも今度は、歴代の社長が必ず通った「社長への登竜門」といわれる調達本部の次長に昇格を果たした。もう社内では、史上最年少の部長誕生も遠くない話だと囁かれていた。視線が合うと、無駄のない動きで熊谷は近づいてくる。

「久しぶりだな、北條」

「おお、熊谷じゃないか。米国への留学からはいつ戻った？」

「２ヵ月前に帰国して、調達本部に配属になった。その上、次長に祭り上げられたよ」

「栄転だな。おめでとう」

「２年間も米国ＭＢＡへの留学で会社に遊ばせてもらったのはよかったが、だいぶタイムスリップした気分だ。これからは少し原点に戻って、お勉強しなくちゃならない」

熊谷は照れくさそうに言った。熊谷が言うと、なぜか嫌味が中和されてマイルドなコーヒーを飲んでいる気分にさせられる。「調達本部は、昔とはだいぶ様相が違う。海外の扱いも格段に増えた。調達本部の次長ともなると、新田自動車の膨大な数の系列メーカーを一手に束ねる。昔みたいに飲んで語って下請け企業とつながっている時代ではなくなったよ」

腕組みをしながら、頭の回転計を示すようにすばやくその目だけが動いていた。次長ともなれば、当社の看板と言うべき「原価低減政策」を社長のお膝元で指揮し、国内外でのグローバル調達戦略を一手に担う。扱う予算権限や闘うステージ、部下の数にいたるまで、副工場長の自分とは大きく差があった。すべての歯車が絶妙に嚙み合い、寸分の狂いもなく熊谷のために動き続けていた。「それにしてもすごいな、インドは。いつ来ても、人々の生きる熱気と、消費大国としての成長を感じる。街中を走っている車は日本のタカマツ自動車の小型車ばかりだ」

軽自動車の開発技術に強みを持つタカマツ自動車は、1982年、他社が世界最大市場の米国に目が向いているときに、外資系自動車メーカーとしてはじめてインド市場に参入した。国営企業と手を組むことで、乗用車市場で現在50%にも達するシェアを手に入れていた。

「北條のほうは、最近どうなんだ?」

「このバンガロール工場に出向して5年になる。何歳になっても生産現場を渡り歩く、〝何でも屋〟みたいなものさ」

「大変そうだな、現場は」

相手を気遣うように、どこかの国で見た仏像のような微笑を熊谷は浮かべた。「いずれにせよこの手の会議は、今までのニッタにはないような常識を破ることが求められる。言いたいことを言って帰る。俺はそう決めている」

「常識を破る……か。お手柔らかに頼む」

「俺としては、問題はケイレツにあると思っている。まずはそこから大きく変えていかなくてはいけないんだ」

　熊谷の荒い鼻息とともに、「ケイレツ」のフレーズが飛び出した。問題はケイレツにあるなんて、いきなり待ってくれよと思う。ケイレツとは、単純に言えば新田自動車系列の部品メーカーのことだ。しかし、それだけを指してはいない。目に見える資本だけでなく、人や取引関係、さらには新田の生産方式の根底を成す目には見えない絆がそこにはある。それがケイレツだ。

　日本を代表する自動車メーカーの新田自動車を抱える新田グループは、ピラミッド構造の頂点に新田自動車が君臨し、主要グループ関係会社だけで15社、新田自動車の連結子会社として530社がある。有価証券報告書に出てくる「目に見える」ケイレツはここまでだが、さらにその下には主要な系列サプライヤー約350社を筆頭に、約2万社にも及ぶ二次・三次下請けの中小系列サプライヤーが存在していた。

「相変わらず熊谷は気合が違うな。そのケイレツに対する意見だけど――」

「いいか北條、この手の会議に阿部常務みずからご出席されるのは、とても珍しいことなんだ。だから、要注意だ。俺たちにミスは許されない」

　こちらの言葉を遮って熊谷は言った。阿部常務も来るなんて、そんなことすら知らなかった。いずれにせよ、〝俺たち〟と自分も含まれたことで、不思議な仲間意識が芽生える。さりげなく闘争心らしきモノをちらつかせると、熊谷は悠然と向かいの席に座った。そして「現場に容赦するつもりはないから。そのつもりで、よろしく」と自信ありげに言った。

会議室に阿部が入ってくる。参加メンバー全員の顔が引き締まった。それと同時に滑り込むように部屋に飛び込み、席に駆け込む女性がいた。自分の隣に着席すると両手を小さく広げ、セーフというジェスチャーをした。いやアウトだろと言いかけてやめた。女性で初のグローバル戦略本部課長に昇進したばかりの、楠見マキだった。自分より4歳年次が下で、米国ブラウン大学を卒業した才媛だとは聞いていた。会うのははじめてだった。

白いプリーツスカートに、謙虚に咲くユリ科のアガパンサスのブルーが映えるノースリーブシャツを上品に着こなしている。ポニーテールに結ばれた髪は、その柔らかさと張りのある艶が、会議室の薄汚れた蛍光灯の下でもはっきりと見て取れた。隣に座った楠見は、小さく舌を出して頭を下げた。

「熊谷次長、君から意見の一つでも述べてもらおうか」

阿部が眠たそうな目の奥に、獲物を狙う獅子のオーラを漂わせて言った。やはり熊谷なのかと思うが、なぜ自分ではないんだとは思わないところが情けない。熊谷は待っていましたと言わんばかりに、躊躇なく立ちあがる。

「結論から申し上げます。開発・調達・生産、あらゆるプロセスにおける最適な方式を、グローバル展開における〝現地化〟の中で、新しく生み出していく必要が今求められています」

いきなり結論かよと思うが、目を閉じた阿部は満足そうに頷く。「特にここインドのステージで、低価格車を作る競合とまともに闘おうとするならば、部品の見直しや調達価格の引き下げを徹底し、互角に闘える土台が必要になる」

「ということは――」阿部が合いの手を入れる。

「国内で生産工場やケイレツに過度に依存し、ノックダウン方式（部品を日本から輸送し、現地で組み立てる）という旧態依然のやり方をやっているようではとても太刀打ちできないということです。現地生産・現地調達の新しい仕組みを、私たちの手で創り出すのです。今までの常識を破った新しいやり方が必要になる。それは唯一、新興国市場で生き残る道でもあり、市場を掴むチャンスでもあるのです」

議論の縦軸・横軸をきちんと測り、定規を使って線を描くような熊谷の意見に感心してしまう。簡単なようでそう簡単にできる芸当ではない。しばらくすると次々に手が挙がり、メンバーの間から声があがり始める。どの声も熊谷の意見に賛同するものばかりだ。

「たしかに当社は今期、飛ぶ鳥を落とす勢いで業績を伸ばしている。海外展開による生産・販売が予想以上に功を奏し、売上高、営業利益ともに過去最高を更新する勢いだ。その流れを汲んでか、今のケイレツのあり方を考え直し、企画や設計・開発の上流を含め、海外で直にその生産・調達の仕組みを作る〝現地化〟の意見が大勢だな」

「常務、もはや勝負する前提が違うのです。ケイレツと馴れ合いの関係を続けることによる目に見えないイシュー（課題）に縛られていては、このインドでたった４％しかない当社のシェアを劇的に変えることはできません」

「なるほど。調達本部の人間らしい意見だ」

自分が作った流れに賛同する意見が出た上に、阿部にも受け入れられたことで気持ちよさそうに熊谷は表情を緩めた。

「えーっと、君、熊谷次長の意見にどこか納得いかなそうな顔だな。君はどう思う?」

そんな表情をしていたつもりはなかったが、突然、阿部はこちらを指す。やはり〝君〟と呼ぶだけに、阿部はこちらのことを覚えていないのだろう。

「熊谷次長のご意見からしますと、ケイレツの存在や国内生産へのコダワリは不要ということでしょうか?」言った後に、何て間抜けな切り出し方だろうかと思う。

「はあ?」熊谷は露骨に顔をしかめた。「北條副工場長、だから言っているじゃないですか。コスト面でのインパクトは大きいのですよ」

「たんにケイレツを切り、コスト削減を念頭に海外での現地生産・現地調達を進めることが、私自身は腹の底にしっくりと落ちません。何と言うのでしょうか……、現場で長く培った本当に大切なモノを、経済合理性の名の下で失っていくように感じます」

議論に摩擦を起こしたつもりはなかった。しかし、その発言によって薄気味の悪い沈黙が足を止めてこちらを見ていた。

「現地化のメリットは、コスト面だけではないわ。シェアを奪い返し、この11億人という巨大市場をがっちりと掴むインパクトがあるんですよ」

楠見がはじめて口を開いた。現地にいてなぜそれがわからないのですか? と顔に書いてある。

「それでも僕は、単純にケイレツを後ろに置いていくようなことはするべきではないと思う。ニッタは日本において、彼らとの二人三脚で生み出したモノ作りで育てられた自動車メーカーです。それに、国内生産が100万台減少すると、22万人の雇用が失われることも、きちんと念頭におかなくてはならない」

「〝日本でのモノ作りをあきらめない！〟という精神論だけで今の戦略を語るのは、もうやめにしようじゃないか！」

黙って聞いていた阿部が、わざと大声をあげて言った。「きちんとブランドが確立して基幹となる車種であれば、たしかに新興国でも先進国でもどちらの市場も狙える。それは販売量が確保できるからだ。だがインドは、現在5万台しか当社は販売できていない。国内生産でコストを下げるのに限界もある。それでは、いつまでたっても、この国の消費者が求める超低価格車なんか作れっこない！」

「常務のおっしゃるとおりです。今後、円高への急速な流れが起こる可能性もある。それを避けようとすれば、採算がよくて成長性のある新興国へもっとスピードを上げて展開し、直接現地で調達・生産をするという方向性はなおさら不可避だ。違いますか？」

まるで国会での論戦のように熊谷のパフォーマンスは板についていたが、先ほどまでの鷹揚な態度ではもはやなかった。

「でも、当社が部品メーカーに求める品質・性能レベルは相当厳しい。新興国の現地部品メーカーが適正なリードタイムの中で、それ相応の質と量を当社へ提供することができるとは思えません」

「たしかに今すぐには不可能かもしれないわ。でも、それを可能にするしか、これからの戦いでは勝てない。新田自動車の持つ強みと、将来に向けてすべきことの間で整合性を取るしかないと思います！　答えは黒か白かなのです」

よく通る声で楠見が一喝する。現場対本社の構図はよくあることだったが、今回は何かが違った。新興国市場を攻め落とそうとする阿部の執念が、本社にいる一人ひとりの身体に乗り移っているようにも感じられた。この現場を守れるのは一体誰なんだ？　自分だな。

「君、不満そうだな？」〝君〟のほうへ阿部は向き直る。

「新田自動車の強みは、在庫を持たずに、ジャストインタイムで必要なものを、必要なときに、必要なだけ部品メーカーから調達する方式での生産です。そこにはケイレツとでしかなし得ない絶妙な信頼と、息の合わせ方がある」

「だから？　切ってしまえばいいじゃないか！　現地で新しいケイレツを創り出せばいい」

あらゆる生を受けたものを皆殺しにする、無慈悲な心に駆りたてられた表情で熊谷は言った。

「どうして、そんなことが決めつけられるのですか！　それはニッタのやり方ではない！」

言ってから、しまったと思う。会議室は息を呑んだように静まり返った。ここまで言ったら、最後まで言わなくてはならない。出てこなくていい勇気が顔を出す。「現場をよく見ていただきたい。当社の成長を裏付けてきたモノは、ケイレツと〝カイゼン〟を重ねてきた〝現場〟にあります。目先の利益を優先するだけが、本当に進むべき道ではない！　そういう思いが生きていない現場から生まれる車は、ニッタの車ではない！」

周囲が啞然とした顔でこちらを見ていた。とうとう言ってしまいましたかという軽蔑と、言ってしまってもよかったのですかという恐怖、どちらにも取れる目を誰もがしていた。阿部は固く腕組みをして、ジージーと音を立てる蛍光灯を見上げ、憮然とした表情を崩さない。細い目をした熊谷は、こちらの顔のどこか一点をじっと睨みつけていた。そして周りの誰も見ていないところで、さりげなく親指を立て、自分の喉をかき切る仕草を見せた。

2007年3月、モスクワからの帰路　田布施淳平

「アフリカに行ってもらいたいと思っている」

モスクワのドモジェドヴォ国際空港を飛び立った日本航空777の機体が、雪交じりの風に煽られて細かい揺れを体の芯に運ぶ。尾関と田布施は、日本への帰国の途につこうとしていた。すでに前回のメドベージェフとの会談以来、何度もモスクワへ出張してロシア政府と協議を繰り返した。ロシア語、英語が飛び交う中で熱のこもった議論が連日交わされ、互いの利益をテーブルの下で確認し、そしてこれからサハリンで手を携えることの意味を契約書に落とし込んだ。

しばらくして安定飛行に入り、シートをゆっくりと倒しながら、尾関が明瞭な声で言った台詞がそれだ。目尻を人差し指と親指でつまみながら優しく揉む尾関の表情には、何かを躊躇《ためら》うように話す素振りは見られない。

最初、誰のことを言っているのだろうかとさえ考えた。自分が澤村に進言したとおり、権益全体の51％をガスプロムに譲渡することでロシアとは決着していた。きちんとみずからの進言がそのまま形となり、そしてサハリンBの危機を乗り越えた。これからようやく本腰を入れて生産に向けて走るときではないか。

なぜだ？　なぜ今なのだ？　なぜアフリカなのか？　思考回路は、ある一定の予見されていた答えを探す。答えはすべて〝あの日〟に収斂《しゅうれん》された。神野が不敵な冷笑を見せ、「責任は取る」と言

っていた澤村はあっさりと逃げ、尾関には殺されかかった。そう、モスクワでの〝あの日〟だ。

「アフリカ……ですか？」

「そうだ。アフリカ南東のモザンビーク共和国だ。モザンビーク・プロジェクトの開発室長として赴任してもらう」

アフリカ大陸の輪郭を頭に思い浮かべる。五稜物産は、過去にアフリカ全土で23拠点を有したが、法整備の遅れ、内戦の激化、労働生産性の低さを背景に、2000年代に4拠点まで縮小させた過去がある。特にモザンビークに関しては、五稜物産の最大のライバルである三友商事が、アルミ精錬事業を手掛けているぐらいだ。

「アフリカに当社も大きく打って出るということですか？」

「現在策定中の中長期戦略の中で、アフリカを戦略的エリアとして攻めることで社長を説き伏せた。2000年に約3434億ドルしかなかったサブサハラ地域（サハラ砂漠以南）の名目GDPが、2006年には約7000億ドルに膨れ上がっている。特にモザンビークは、まだ手つかずの資源が山ほど眠っているからな。本腰を入れるなら今だ」

「対象鉱区はどこですか？」

「米国大手独立系石油・ガス開発会社のデルコア社がモザンビークに保有する、北部沖合のロブマオフショアエリア1鉱区、1万7000平方キロメートルだ。権益が取得できれば、早ければ翌年からの今後4年間で探査調査、探鉱作業及び9坑の大水深試掘井を掘削する計画だ」

「モザンビークは当社も知見がなく、不慣れですから時間がかかるようにも思います」

モザンビークでの資源開発の〝ダメな理由〟を探す、情けない自分がそこにはいた。

「デルコア社の開発能力は確かなものがある。俺の目は節穴じゃない」

尾関はそんなこちらの心境を慮《おもんぱか》ることなく、いつものように運を手繰り寄せる軍師のような鋭い目を見せた。「いいか、これから確実に日本の天然ガスの輸入は先細る。現在、日本への最大の天然ガス供給国である、インドネシアを見てみろ。埋蔵量は年々減少だ」

「そうなるとロシア、豪州に次ぐ大きなＬＮＧ調達先の柱が必要ということになります」

「それが、このモザンビークだ」

「でも、アフリカでなくても……。南米北部のベネズエラには、サウジアラビアに匹敵する埋蔵量の超重質油がオリノコ川流域に存在しているし、ベネズエラ湾には大規模な天然ガスが埋まっているという説もあります」

「一つ注目しなくてはならないことは、イデオロギーの見地だ。たしかにベネズエラなんてとこは資源が豊富だが、反民主主義勢力が国を支配している。圧政の拠点ともなると、プラント一つ建てるのも至難の業だし、ましてや天然ガスの買い手が付かない。それはイラン、ウズベキスタンにしたって同じことだ。米国が首を縦に振らない。そういう地域は、猛烈な勢いで資源を漁り始めている中国にでもやらせておけばいい。そうなると――」

「残るはアフリカしかないですね」

そう、アフリカしかないのだ。膨大な手つかずのエネルギーが眠る未開の地、疑いなく日本が資源確保の足掛かりを作るべき大陸、それはアフリカだ。安定飛行に入り、ドリンクをサービスし始めたキャビンアテンダントに、尾関はホットワインを注文した。

「今まで、米国の重要戦略地域は、アフリカでも、セネガル、南アフリカ、ボツワナ、ナイジェリアですかね」

「それらは、南部・西部アフリカ地域だ。だがこれからは違う。いずれ東部のモザンビークにも目を向け始めるってことだ」

「西側のアンゴラみたいに、内戦が終結しているにもかかわらず、山のような地雷が埋まっているって状況ではないことを祈るばかりです」

「モザンビークは、そこまでひどくはない」

そこまでひどくはないということは、〝少なからず〟ひどいということだ。「ま、いずれにせよ、モザンビークの資源開発で当社が先手を取れれば、これは日本にとってアフリカでの資源確保における大きなチャンスになる」

新種の虫を探し続ける昆虫学者のような目で尾関は言った。たとえ今、目には見えなくても、まるで目の前にあるかのように考え、話し、そして相手を納得させる。尾関にはそんな不思議な力が備わっていた。

もう一度だけ「モザンビーク」と口にしてみる。どこかうまく力が入らない。長期出張で滞在したモスクワの寒さが身体の隅々まで入り込み、体力を知らぬ間に消耗させていた。商社では僻地に向かう仲間は多くいたが、モザンビークとなるともう日本にいなくていいと言われているような感覚を受ける。

「どうした、この異動は不満か？　神野を恨むべきか考えているのか？」

「いえ……」

「サハリンBを最後まで見届けることができないという点では、神野を恨むべきだ。そして俺のことも恨め。どこにも逃げも隠れもしないぜ」

後ろめたいこともはっきりと話し、胸襟を開く尾関のよさはいつも粋に感じていた。しかし、ここまではっきりと言われると、あきらめに近い気持ちが顔を覗かせる。「それと、嬉しい話と、面白くない話が一つずつある。どちらから聞きたい？」

「まだあるのですか？　お気遣いなく、どちらからでもどうぞ」

「それでは嬉しい話からだ。おまえにこんな話をした後でなんだが、俺がＬＮＧ事業部長に就く。今のロシア事業部長と兼務することになる。だからこの付き合いに変わりはない。少しは心が晴れたか？」

「ご栄転ですね」

その言葉ほど心がこもっていない言い方をわざとした。たしかに気になっていたことは、自分の異動だけではない。モザンビーク・プロジェクト開発室はＬＮＧ事業部傘下になる。ロシア以外の天然ガス・プロジェクトは、ＬＮＧ事業部の管轄だ。現在その部長は、神野が鉄鋼事業を扱っていた時代から連れ添った部下が就いていた。結局、神野の仲間たちの下で見殺しにされることは避けたかった。刺された後に、じわじわと首を絞められるような死に方はしたくない。

「栄転かどうかは、わからねえな。役割と責任が大きくなるだけで何も変わらない。おまえをモザンビークに行かせるからには、俺が必ず一緒に汗をかく。心配するな」

「面白くない話は、何ですか？」

「神野は腹心の部下である課長の吹田を、ロシア事業部次長に抜擢すると言ってきた。おまえの後任としてこのサハリンＢ・プロジェクトのリーダーを任せるつもりだ。たしかにロシアとの面倒な交渉ごとは落ち着いた。吹田みたいな、管理しかできない能無しでもなんとかやっていける。おそらくこのタイミングを狙っていたのだろう」

「そうですか……」面白くないどころではない、最悪な話だ。

「そしてそれを阻止できなかった俺は、憎まれても仕方ないかもな。事業部長じゃ、持てる権限は使いっぱしりの小僧と同じもんだ」

田布施はサハリンのプロジェクトで尾関の絶対的な後任者と目されてきた。だが、まるで手の平から砂がこぼれおちるように、その座を吹田に奪われたことになる。しかも、次長に昇進だ。とうとう年下にプロジェクトを奪われたかと、心の中に半べその自分がいた。「一つだけ聞いてもいいか？　どうしてあのとき、神野にあそこまで噛みついた？　社長は、〝あるのは最善の答えだけだ〟なんてしゃあしゃあとした顔をしていたが……、何か社長に焚きつけられたか？」

「焚きつけられてなんか……いませんよ」

何も返す言葉が見つからなかった。複雑に絡み合った人事の糸が、右に左に揺れながら澤村の手の中に落ちていく様子が脳裏に浮かぶ。「まあ、何も言いたくなきゃ言わなくていい。すでに起きちまったことだ。ただな田布施、誰かを敵だとか味方だとか、黒や白だけで向き合うな。白だと思って心を許し、自分が引き立てられていると錯覚すると、裏切られたと感じたときに倍返しで痛みを感じることになる。青も紫も赤も……人にはいろんな色があるんだ」

「社長なんて、もともと信用なんかしていませんから」

「澤村は、周囲に嗅覚が利く。特に〝偏った人の心〟には抜群にカンがいい。巧みにそれを梃子《てこ》にして、自分の望む方向に組織や周囲を向かわせる。一本気で自分の信念をひたすら貫こうとする柔軟性のない人間の心、それを巧みに動かすことで奴は偉くなったんだよ」

「引き金を引いたのは自分です。後悔はないです」

「でも、俺も熱くなりすぎていたのかもしれないな。おまえが考えていたとおり、今回のロシアとの一件における結末は悪い結果ではなかったと思っている。〝大切なその先にあるモノを見る〟、ずいぶん成長したこと言ってくれるじゃないか、田布施」

尾関は目を閉じ、ニヤリと片方の口元だけを吊り上げて見せた。

「これからも、全力を尽くすだけです。いずれにせよ、また尾関さんと引き続きプロジェクトを追えて幸せです」

「幸せかどうか決めるのは、まだ早いぜ。何もないゼロからビジネスを創る、それがおまえのこれからの任務だ。シビアな闘いになる」

「あいつを行かせなければよかったと言われないようにだけはしますよ」

「若い奴らをお勉強で行かせられないからな。最近の奴は、アフリカなんかに放り込んだら半年で音を上げちまう。特にプロジェクトの初期段階は、田布施、おまえみたいなタフなリーダーがみずから乗り込んで、その国のインサイダーになることが肝心だ」

尾関自身、それを地で行くように、中間管理職時代、みずから率先して海外の開発現場に乗り込んだ。「それと、もう一つおまえに任務を与える」

「何ですか?」

「いつか、俺とキリマンジャロに登ろう」

仕事のときは見せない穏やかな声で尾関は言った。モザンビークの隣国のタンザニアには、アフリカ大陸最高峰のキリマンジャロがあった。資源を追う以外で言えば、尾関は登山とともに人生を歩んできたと言っても過言ではない。

「身体が疼きますか？」

「まあそんなところだ。それまで生き残れ」

「独り身ですから、のたれ死んでも迷惑かけませんから」

不貞腐《ふてくさ》れ気味にわざと言う。それぐらいは許されるだろうと心は少し軽くなっていた。

「モザンビークの首都マプトに駐在員事務所を近いうちに作るが、当面は南アフリカのヨハネスブルクを拠点に動くことになる。それに、まだアフリカはなんだかんだ言っても、政治的なリスクが大きい。だから経産省や外務省も、国と国のレベルで可能な限り支援すると言ってくれている」

「本当にそう動いてくれるなら、ありがたいです。期待はしませんが」

官僚はいつも好きになれない。海外でのビジネスでは、なおさら期待はできない。経験からそう思っていた。「いつから行けばいいですか？」

「可及的速やかにだ。先月、中国の胡錦濤国家主席がモザンビークを含めアフリカ8ヵ国を歴訪した。政治・経済面での関係強化が表向きの目的だが、あきらかに資源エネルギーの権益確保を狙うトップ外交だ。早く俺たちも権益を確保する入り口に立たなくちゃならない」

中国とアフリカ諸国の貿易額は、２００６年には約５５５億ドル（約６兆６６００億円）に膨れ上がり、前年比39・６％増の勢いで伸びていた。数字からだけでも、果敢にアフリカに喰らいつく中国の姿勢が見て取れる。「おまえの双肩にかかっているぜ」と言いながら、尾関はこちらの膝を叩いた。気がつくと機内の揺れはぴたりとおさまり、静けさだけが耳に戻る。

「なあ、田布施。アフリカでの潜在資源の獲得競争を契機に、世界は修羅場になる。そうなると、資源を持つ国と持たざる国の間で大きな格差が生まれ、熾烈な争いが起こる。そこにファンドや愛国心を謳う政治家のようなハイエナも群がり、今までの美しい方程式では解けないような〝黒〟の局面に人々は置かれる。そのとき、誰がそれを〝白〟に変えると思う？」

「さあ……」

「目には見えない本質を形にできる奴さ。たとえ一人になっても変化に怯まず、強い信念を掲げて行動し、誰もが納得するような結果を手繰り寄せられる強い意志を持った者だ。金融テクニックや、イデオロギー、国家の威信なんかじゃない。だからこそ、おまえにやってほしいんだ」

尾関はホットワインが入っていた空になったグラスをまじまじと眺め、何か自分の思いを重ね合わせるように言った。

「Deliver on the promise.（約束を果たせ）」

短い言葉を尾関ははっきりとした発音で押し出す。尾関がいつもプロジェクトの修羅場に向かう部下に対して使うフレーズだ。資源を追い求める中で、自分の約束を果たせということだ。そのフレーズだけで、いつものごとく自然と身体にスイッチが入った気がした。

第三章　ガン・ファイター

2007年4月、銀座　北條哲也

銀座にある高級ホテルのバーで、田布施と待ち合わせていた。大学時代、田布施とはアメリカンフットボール部の同期として4年間、汗を流した仲だ。長くなるに違いない〝別れ〟を、少しでも祝ってやりたかった。そのために休暇を取り、わざわざバンガロールから日本へと久しぶりに帰国した。

東京は4月にしては湿っぽく、汗ばむほどに暑苦しい。インドのようにあらゆるものが密集していないすっきりした街の感覚が、なぜか落ち着かなくさせていた。早くバンガロールに戻りたい。雑踏、街の埃、そしてビジベルバス（豆と野菜をふんだんに入れた南インド流炊き込みご飯）、生きる力が溢れだすあの街が愛おしく感じた。

田布施はすぐに現れた。コットンのラフな白シャツによれたチノパン姿の田布施は、相変わらず男の色気が漂う。駐在を前にして頻繁にアフリカへ出張を繰り返していたためか、無精ひげが斑《まだら》に生え、肌も学生のときのように褐色が板についてきていた。尽きることなく指示される予防注射を終え、ようやく明日、モザンビークへと飛び立とうとしていた。

アメリカンフットボールでは、守備の要ともいうべき「コーナーバック」というポジションがある。パスが投げられれば、それを阻止するために俊敏に走り、敵がランで走ってくれば強烈なタックルを見舞う。二人は同期で、互いにその同じポジションを担った。田布施が常時レギュラー選手で、そのリザーブ（補欠）として北條が支えた。

野性的で攻撃的な田布施、誠実かつ実直なプレーが持ち味の北條、二人とも対照的なスタイルで学生アメフトの世界を盛り上げた。特に田布施は、〝シャットダウンコーナー（Shutdown Corner、相手の攻撃を必ず封じ込めることができる最後の砦）〟と称され、スピード、クイックネス（敏捷性）が大学の中で群を抜いていたスター選手だった。

その身体の動きたるや、野に解き放たれた野獣を彷彿とさせ、田布施は縦横無尽にグラウンドを駆け回った。こういう奴が、辺境なアフリカの地でも日本の新しい〝パラダイム〟を創り出すように思えた。砂漠に雨を降らせるとしたら、田布施しかいない。

席に着くと挨拶をすることもなく、田布施はウィスキーを頼んだ。惜しみもせずに1杯目はストレートで勢いよく呷り、すぐにロックで2杯目を注文する。二人はしばらく無言で、互いが話し始めるのを待った。

「なんだか離婚して再婚するような気分だ」

グラスを傾けて、カラカラと歯切れのよい音を出す氷を眺めながら田布施が言った。

「どういう意味だ？」

「離れることで気持ちはせいせいしているが、必ずしも腹の底ではバッサリと断ち切れない。それでいて新しい居場所は落ち着かず、昔と比べちまう。切ない気分ってことだ」

「ロシア事業部からは完全に外れたのか？」

「今度はモザンビーク・プロジェクト開発室長だ。使い勝手がいい奴は損だよな、マジで。誰もがお決まりのように、〝できるのは君しかいない〟と餞別の言葉をよこす」

「まあそう言うなよ。おまえがいなくなると寂しくなる」

永遠の別れでもないのだが、アフリカは気安く行き来できるような場所ではない。無理に別れの言葉を探さなくても許される人間関係が、二人の間にある。それがせめてもの救いだった。「なあ田布施、覚えているか、あの〝Don't quit（あきらめるな）〟の詩？」

それは当時アメフト部の監督が、愛してやまなかった作者不明の英語の詩だ。

「いつもロッカーに貼って眺めていた。今でもそらで言えるぜ」

田布施は天井に視線を移し、その中の一節を流暢な英語で詠む。すぐに北條も声を合わせた。

〝Success is failure turned inside out ― （成功は失敗の裏返しである）
The silver tint in the clouds of doubt, （疑いの雲にも銀の光が差す）
It may be near when it seems so far, （遠く感じる道のりも実は近い）
So stick to the fight when you're hardest hit ― （叩かれても戦い続けろ）
It's when things seem worst that you must not quit. （最悪のときもあきらめるな）〟

「あの当時は、くせえ詩だなって思っていた。だけど自分が逆境に身を置くと、この詩が本当に持つモノが見えてくる気がする」

「世界のどこにいようとも、田布施は田布施だ。決してあきらめず、戦い続けろ」

田布施は空になったグラスを指さして、バーテンダーにお代わりを注文する。

「お待たせしました」

背後で声がした。紺色のシンプルなワンピースを着て、腰に細い白のベルトをした楠見マキが立っていた。田布施と二人でしんみりするのを避けようと、楠見を誘った。

「あ、紹介するよ、わが社のエース、楠見マキさん。こちら五稜物産の田布施」

「よろしくどうぞ、田布施さん」

楠見は仕事のときにはない、艶やかな女性の微笑みを見せる。ピンク色の口紅がいつも以上に際立って見えた。田布施は軽く眉を上げただけで、そこにまるで楠見がいないかのように視線を外す。気のない田布施の仕草に、楠見は不満げだ。そして、北條を挟んで田布施と反対側に座ると、ドライ・マティーニと軽食のパスタを注文する。

「お嬢さんさあ」肩越しに田布施が声をかける。

「お嬢さんじゃありません！　楠見です」

「しっかり頼むよ、北條のことを。こいつの人のよさに任せていたら、新田自動車が世界で覇権を握るチャンスをあっという間に逃しちまうぜ」

「その言い方、北條さんに失礼だと思います」

「いいんだ、楠見さん。今日は申し訳なかったね。こいつ、明日からモザンビークに発つんだ」

二人の言い合いに、亀のように首をすくめるしかできない。

「モザンビーク？」

「その顔！　だいたい10人の内９人はそういう顔をする。生き残れるかどうかわからない、そういう場所へ行くってことさ」

「日本にいるよりマシかもしれないわ」

出されたドライ・マティーニを一口だけ口にして子どものように淡い微笑みを見せ、楠見はカクテルの表面に向かって囁くように言った。「もしかしてその異動を悲観しているのですか？　なら、聞きます。左遷の定義って何ですか？　あなたがこれから挑む挑戦を、一体誰が、何によって白か黒かをつけるというのですか？」

まるで純粋無垢な少女が、母親に質問するように楠見は言った。

「それは……考えたこともない」

「〝あなたは、どこに行っても輝いているわ〟なんて、目をうるうるさせて言ってほしかったですか？　しかも、〝生き残れるかどうかわからない〟なんて言って……」

「人は見かけほど、そんなに強くはねえからさ」

「〝生き残るのは最も強い種でも、最も知的な種でもない。変化に最も適合した種だ〟って言葉を知っていますか？　田布施さんは感傷に浸りたいだけだと思います」

「俺が？」田布施が親指で自分の顎を指す。

「もしそうではないなら、アフリカで変化に適合してみてください」

そこまで言うか、楠見？　よほど残業で腹が減っていたのだろうか。目の前に運ばれた至極まっとうなルッコラのパスタに、楠見は喰らいつくようにフォークを入れた。途中で、「その人の理想に添うような異動ではない限り、それはすべて左遷です。それが定義です。会社がポンと出した答えは、すべて田布施さんにとっては不服、違いますか？」と鼻にかかる低い声で楠見は言った。

「不服」という言葉が、ざらざらした響きだけを耳に残す。

「でも他人の物差しで見ようが、自分の理想郷から眺めようが、心は傷ついたんだろ、田布施？」

「ああ……、相当傷ついている」

簡潔に田布施は身の上に起きた出来事を話した。神野との確執、目障りな吹田の存在、頼れる尾関との間にできた距離感、そして澤村の裏切り……。あまりまとまりのないストーリーだが、その中で組織の〝あるべき〟輪の外に置かれ、一人の男が傷ついたことに変わりはない。「どいつもこいつも汚ねえ奴ばかりだ」

「ひどい言い方。でも、どうして傷つくのですか？　その神野っていう人が何を言おうが、あなたを嫌いになろうが関係ないと思う。田布施さん自身が社長に進言したことが、きちんと通っているではないですか」

「たしかに……そこに反論はない」

「それでは、まるで西部劇に出てくる荒くれ者のガン・ファイターですよ。銃の腕は立って正義心は強いけど、反抗精神旺盛で、やることは列車強盗で一攫千金を夢見ているガン・ファイター。社会からは認められないけど、ひそかに庶民からは人気あるんですよね、そういうガン・ファイターって。死ぬのも早いですけど」

口元を斜めに曲げて、田布施は目の高さでウィスキーグラスを回す。楠見は胸のあたりまで伸びた髪を、左側だけ耳にかけた。「一つ聞いてもいいですか？　なぜ、田布施さんはロシアに勝たせようと？　その性格ならロシアを叩きのめしましょうって言うような気がしますけど」

「相手を叩きのめすだけが交渉ではない。人は時として捨てる決断も必要だ。今の上司に、新人のときに言われたことがあった。資源開発というのは、人が見たことのない世界を見させる〝ロマン〟を語ることだってね。資源国に謙虚に耳を傾け、そして手を携えて本気で信念を分かち合う。そうすることで、プロジェクトの見えないところにある本質的な流れや動きをとらえる」

「ロシアのやり方は純粋に納得いくものではないけど、もし本気でその先にあるロマンを語るのであれば、ロシアを勝たせて終わるというストーリーもありだと？」

「ロシアの政治的なカードとして、サハリンBが利用されなくなる。でも本当の意味で、五稜物産、いや日本が見るべき〝本質〟は、さらにその奥深くの見えないところにある」

田布施の表情は、試合に挑むときの真剣な表情に変わっていた。

「興味あります、その〝見るべき本質〟」

「シェールガスだよ」

ワイシャツが張り付くように包む鍛え上げられた田布施の身体が、自信ありげに少し膨らんだように見えた。シェールガスとは、地中の頁岩《けつ》（シェール）層から採取される天然ガスを指す。従来のガス田ではない場所から生産されることから、非在来型天然ガス資源と呼ばれていた。シェールガスを含む頁岩は、泥岩の一種で硬く薄片状にはがれる性質を持つ一方で、粒子が細かく流体を通す隙間がほとんどない。そのため、ガスの採取も難しく、自然の状態では天然ガスの商用資源とはなりえないというのが定説であった。

しかし、アメリカでは１９９０年代からその採掘における技術革新が進み、新しい天然ガス資源として重要視されるようになった。２０００年にわずか１１０億４８００万立方フィートでしかなかったシェールガス生産が、２００８年には１・７兆立方フィートまで拡大するという調査結果もある。米国の天然ガス生産量の約20％を占める勢いだ。

「サハリンＢを譲っても、シェールガスで得るものがあるということですか？」

「いずれ中東のみならず、ロシアの石油やガスは枯渇への一途をたどる。だからロシアは強引に自国の権益を守ろうとすることに今は目を向けざるを得ない。でも、われわれには、シェールガスという切り札がある。以前から五稜物産では、米国でシェールガスの採掘を追い続けてきた。今ようやく、本格化の兆しを見せている」

「まさにシェールガス革命と呼ばれるやつだな、田布施」

「それって、エネルギーに対する考え方、戦略を一転させる力を持っているということですか？」

「シェールガスの生産が拡大すれば、日本の調達価格も変わる可能性がある。それに、シェールガスがあるとわかれば、ロシアは慌ててサハリンＢのガスを安く売るしかない。それだけではない。ロシアには米国同様に膨大なシェールガスの埋蔵量があるとされているけど、それを開発するための技術力や安定的な供給力において、ロシアは必ず日本企業の力を必要とする」

「今は譲って恩を売り、最後は日本が勝つってことですね。すごい！」

横目で楠見の表情を一瞥するが、先ほどまでの突っかかってくるような表情はそこにはない。秘めた思いを語る一人の荒くれ者を、優しく見守る妻のような表情だ。

「日本のような小資源の国は、資源の安定的確保を語る上で、目先のことに執着してはダメなんだ。資源を〝奪う〟ことや〝所有〟することに力点を置くことは、必然的に――」

「将来の大切な可能性に線を引くことになる」楠見が田布施を指さして言った。

「それは、日本が取るべきシナリオではない」

「田布施さん、ただのガン・ファイターじゃなさそうですね。しかも時流に乗って西部に行きついた開拓者でもなさそう。あなたは一体何者なの？」

「通りすがりの愚か者さ」

「つまんない」

田布施ははじめてそこで頬を緩め、楠見と二人でくすくすと笑い出す。意外にこの二人は気が合うのかもしれない。こんな時間がずっと続けばいいなと思った。でも、その田布施の目を見て、そう簡単ではないことはわかっていた。その目は、これから挑む未知の大地への畏怖の念と、もう日本に帰れないかもしれないという覚悟の間で、かすかに揺れているように見えた。

2007年5月、リングサイド　北條哲也

埃くさい熱気、ボクサー同士の乾いたパンチの音、そして飾り気のない閑散として無機質なホール。ところどころ黒ずんで薄汚れたリングの上では、日本スーパー・フェザー級4回戦の試合が行われていた。注目を浴びるタイトルマッチと違い、プロのライセンスを取得したばかりのデビューを飾る選手が多く出場する。

技術的には未熟だが血の気の多そうな金髪の若者に、もう引退してもおかしくないベテランの選手は殴られ続けていた。強烈な連打だ。目を背けたくなるが、そのベテランの選手が、今の自分に重なる。早く倒れたほうが楽になるのになと、心の中で呟く。

インドでのニッタとして初となる低価格小型車の開発・生産の議論は、本社に場を移して続いていた。田布施を見送った後、再び東京に戻ってきたのは1ヵ月後のことだ。熊谷も楠見も、相変わらず、呪文のように〝現地化〟を口にした。それで、インドをはじめとした新興国市場を攻め落とせると信じてやまないようだった。彼らは現場を知らない。そのために失うモノも大きいのだ。しかし、彼らの有無を言わせない攻勢に、自分だけが殴られ続け、そして防戦一方だった。

インドに置いてきた妻の洋子は、こんなめった打ちにされている自分の姿を見たらどう思うだろうか。インドに駐在した当初、洋子をバンガロール工場が見渡せる小高い丘に連れていった。「インドでシビアな闘いが始まるよ」と弱音を吐いたとき、彼女は、「〝デタント〟はあると思うの」と言った。デタント（Détente）、対立する緊張が緩和することだ。戦争の危機にある2国間の対立関係が、緊張緩和へ向かうとき、それをデタントと呼ぶ。

おそらく、洋子は予想していたのだろう。インド人の従業員とのデタント、そして本社との間に起きるデタント。さまざまな確執や葛藤が存在し、そして互いにその対立や危機を乗り越え、よい兆しへ向かうということを。「そうかなあ。どうしてそう思うの？」と尋ねると、洋子は言った。

「人が黒か白しかないなんて、残念すぎるから」と。

鈍い自分には当時その言葉の意味がわからなかった。工場に反射した太陽が鋭く目に入り、思わず手をかざし、目を細めた。その視線の先には、工場ではなく、ボクシングのリングが浮かび上がる。そうか、今日の会議が終わった後、楠見をボクシングに誘ったのだ。どうしても、楠見に伝えておきたいことがあったからだ。

横に座る楠見は、紙コップの中で温くなったビールを手に、先ほどから黙ってリングを見つめていた。田布施が旅立ってしまったからなのか、ここのところ、会議でもどこか元気がないように見えた。

「早く倒れちまえよ！　死んじまうぞ！」

口の端に手を添えて、リングに向かって叫ぶ。若手ボクサーのえぐるようなボディブローで、完全に中年ボクサーの足が止まった。「動け、動け！」「ガード上げて、ガード！」、セコンドが必死の形相で声をあげる。

「まだ終わりじゃないわ。そう決めつけるのは早いと思う」楠見が独り言のように言った。

「もう、終わりだよ。あのベテラン選手、へろへろだろ。立っているのが精一杯だよ」

「そんなことないわ。あの目がまだ何かを信じている」

楠見は、選手を目で追いながらぽつりと言った。何かを信じる、自分もまだそんなかすかな光を探し求めているのだろうか。本社での新興国への戦略議論は日増しに白熱し、しだいにニッタの強みをどう生かすかを語るよりも、世界で一番になるには何ができるかを誰もが語り始めていた。一体、現場はどこに向かうのか？　それだけが気掛かりだった。

「今日、呼んだのはさ——」

「工場閉鎖はさせたくないって言いたいのですよね？　それって自分が逃げるためですか？　それとも現場を守るため？」

唐突に楠見が言った。すでに言いたいことを先に読まれていた。

「インドの現場で汗をかく仲間のために、工場閉鎖だけはどうしても避けたい。現場とは、そう約束してここまで一緒にやってきたんだ。それだけは君にわかってほしくて」

そうですねとも、そんなことありませんとも、楠見は言わなかった。おそらく阿部が本気だということを、本社にいて身に染みてわかっているのだろう。「あの工場で必死に汗をかいている現地作業員たち、痛みを分かち合いながら信じてついてきてくれるケイレッツ、彼らを裏切るようなことだけはしたくない」

「北條さんが言いたいことは、よくわかります。でも、加速する円高基調、ライバルとの熾烈な価格競争、新興国へシフトする消費者マーケット……、今までどおりのやり方を許さない流れが、私たちに押し寄せているのは事実です」

「ブランド力を低下させずに原価を低減させ、それと同時にきちんと新興国のニーズに合った商品力と価格競争力を成し遂げる。そのために、本当のニッタのモノ作りを知るケイレッツと互いに胸襟を開き、将来へ向け彼らと手を取り合ってどんなやり方ができるのか、それをまず考える必要があると僕は思う」

「ニッタの強みを生み出す国内での技術開発や生産方式を、ケイレッツとともに磨きをかけることは、たしかに見失ってはならないことだと思うわ。でも厳しい言い方ですが、時代の流れがそれをもう許さない」

楠見はそう言うと、自分の言葉にしっかり頷く。「非情な決断」とも、「やらざるを得ない決意」とも、どちらにも取れる頷きだ。そして温くなったビールを一気に胃に流し込む。

ミッション系女子大の付属小学校を皮切りに高校まで12年間通い、大学は海外に飛び出した。12年間もの閉鎖的で内向きな学生生活の鬱憤を晴らすかのように、自由を求めて海外へと向かったタイプの女性だ。内に秘めた力を外へ向かわせる瞬発力、厳しい決断で舵を切る強靭な意志が備わっているのだろうと、余計なことを考えてしまう。

「楠見さんはまだ入社して間もなかったときだと思うけど、1995年の超円高時に、海外へ生産拠点を加速度的に移すべきという議論が湧き起こったときがあった。でも、当時の経営陣は国内工場を温存し、強みであるケイレツとの絶妙に息を合わせたモノ作りに執着した。あのときに国内の工場を見限って閉め、ケイレツとの関係を断ち切っていたら、今の新田自動車はなかったと僕は思っている」

「1980年のニッタの自動車生産は約330万台、そのうち、海外生産は約9万台に過ぎなかった。生産・販売の拠点はこの日本市場にあったのです。でも、今期、その海外生産台数は約400万台と全生産台数のおおよそ半分にまで迫っているんですよ。その当時とは、置かれた立場が違う。やり方を変えなくちゃならないわ」

楠見は言い終わると同時に、飲み干した紙コップをくちゃっと手の中で潰した。過去なんか振り返っていられない、そう言っているように思えた。楠見、目の前にあるのは、世界販売台数1000万台の頂だけなのか。「北條さん、本当に現地従業員やケイレツと力を合わせたいと思っていますか？　本気でインドの現場を守りたいと思っていますか？」

「もちろんさ」

「それじゃあ、やるしかないと思います！　証明するしかないのです！」

楠見は突然、威圧するかのような大声を出した。

「一体……何を証明しろと？」

「2年前から、新興国向け低価格車開発を当社は進めてきました。新興国を攻め落とす、80万円という驚異の低価格車です。それをインドで実現してください」

「そんな車本当に作れるのか？」という声と、「80万円？」という疑いの声が身体の中で弾ける。ようやく出てきたのは、「ウソだろ？」だ。

「そんな超低価格な小型車の開発は……無理だと思う。世界170ヵ国どこを見ても当社が売ったことは一度もない」

「もしそれができなければ、インドはもう終わりです」このストレート・パンチが避けられますか？　その拳に絶対の自信を込めたボクサーのように、楠見は顎を引いて言う。「ケイレツを含め、グループの総力を挙げてこそニッタの思いが乗ったモノ作りができる、そう信じているなら、証明してください」

「証明しろって言っても……」

「低価格にするためには、系列の部品メーカーの原価構成を打ち崩さなくてはならないわ。われわれのような完成車メーカーに詳細な原価構成を知られたくないのが、ケイレツの本音です。すなわち、コストは〝ブラックボックス〟にして、その中で自分たちの利潤を調整しながら最終価格を導き出す、それこそが目には見えない〝慣例〟なのです。それを崩せますか？」

できるわけないですよね？　と言いたげな楠見の口調だ。

「生産活動もコストも丸見えになることを、ケイレツが喜んでするとは僕には思えない。でも、モジュール化（製品の構成要素を機能的に独立したいくつかの固まりに集約すること）というやり方もある。エンジンとその周辺部分のエンジン・コンポーネント、車台や足回りのフロント・アンダーボディといった具合にモジュール化する。そうすれば、煩雑な複数の部品単位での開発も必要ないし、個別の取引量も減らせる。結果、工場だってスリム化できるし、生産効率をあげることもできる」

エンジン・駆動系などをモジュールとして開発できれば、主要車種ごとに部品を共通化することで開発コストを大きく引き下げることができる。異なる車種で共有する部品の数を増やし、車1台で3万点とされる部品点数の削減を進める。それによって原価低減は飛躍的に高まる。

「でも、モジュール化を安易に推し進めると、当社の付加価値を部品メーカーに手渡し、長期的には当社のモノ作りの弱体化にもなりかねないと思います。一定の成果はあると思いますが、どこかで限界があると私は思います。そうなると――」

こちらの表情と呼吸を確認するように、楠見は間を置いた。もしかして、決めのストレートか？体が身構えたように硬くなる。「部品の80％現地調達しかないと思います」

「なんだって！」

80％。阿部が視察のときに言っていた数字だ。

「部品だけじゃなく、樹脂一つとっても、現地の材料で、かつ徹底的に現地の生産に合わせて調達をする。必要なければ、捨てる。成形しにくいものであれば、成形しやすいモノにする。部品点数を減らし、生産工程も究極まで短くする。それがインドでやるべき、〝モノ作り〟だと思います」

「ちょ、ちょっと待ってくれよ！　それによって、車の仕様や設計も変わってくることになるじゃないか」

「そういうことになります」

「待ってくれよ。素材や部品の仕様を、設計の段階からケイレッツと膝詰めで全面的に見直すつもりだ。それに、エンジンをはじめとする駆動部品、ボディやシャーシ（車台）ごとにコストを洗い直し、安価な素材への切り替えも進める。そのために、ケイレッツ部品メーカーの工場現場まで入り込んで一緒に僕も知恵を絞る。やるなら、まずそこからだ」

「いきなり現地調達80％は無理だということですか？」

「それでは、現場がついていかない。それに品質にも齟齬《そご》が起きる」

二人は互いに無言のまま、視線の中で何かを言い合う。楠見、君もニッタの人間なら、大切なことはわかるはずだろ？　そう目で訴えかけた。

「北條さん、はっきり言います。本来の競争関係の中で、妥当かつ適切な価格や品質面を提示できるケイレッツは、全部品調達のおそらく2～3割しかない。インドでは材料から現地で調達すると、物流費を含めても日本製よりも10～15％は安いという試算もあります」

「部品の調達価格だけで判断できない〝価値〟が、ケイレッツとの関係にはある」

「でも、それでは死に物狂いでコスト低減に挑む世界の競合に、勝てないんです！　インドの大手地場メーカーが作る小型車は、部品点数自体も、当社の半分程度しかない。過剰な装備や品質を削ぎ落とし、当社の品質基準を満たせそうな現地メーカーの中から部品を選定する必要があると思います！」

「いいかげんにしてくれ！　価格やコスト、そして利益の先にあるモノをきちんと見てほしいんだ！」

気がつくと、そう叫び返していた。言っておきながら、どこかで聞いた台詞だなと思う。そう、親父の言葉だ。親父は、トナーを開発していた、しがないエンジニアだった。「モノ作りは、目の前のモノだけを見てするものではない。目に見えるモノのその先にある、本当にあるものに触れ、感じ、そして考えることだ」とよく言っていた。

学生時代、トナーの開発なんかに情熱を傾けている〝つまらない〟親父だと思っていた。いや、人生を毀損しているとさえ考えていた。それも、長い間そう感じていた。だが、その言葉だけは心に突き刺さるように残っていた。モノ作りに携わる人というのは、技や経験を述べる人ではなく、数十年後に目を向けて、何が本当に大切なモノ作りかを考えて行動できる人だと言っている気がした。

「北條さん、私が言いたいのは――」

「やってみせるよ。その超低価格車を、あの工場で作ってみせる。価格やコストそして利益の先にあるモノを、一緒に仲間で実現してみせる。だが、やり方は僕が決める。ニッタの現場でしかできない車作り、品質、技術、生産方式、それらの強みを消さずに、新興国で新しいモノ作りを成し遂げることはきっとできる」

「本当にそんなことできるのかしら……」

不安そうな楠見に構わず、右手の人差し指と親指の間にわずかな隙間を作り、自分の目の前にかざして見せる。

「ニッタができないことはない。本当にできることとできないことの差は、こんなものしかないよ」

その指の間からは、リング上でふらふらになりながらも、まだ殴り合おうとする禿頭のボクサーが見えた。その瞬間、若いボクサーは最後の力で右のジャブを連打し、すばやく左のストレートで獲物を仕留めに入る。突然「ああ！」という歓声が沸き起こり、二人は時間が止まったかのように眼下のリングへと釘付けになった。

ベテランのボクサーが、若いボクサーの右のロングフックに合わせるように相手の胸元に一瞬で踏み込むと、寸分の狂いなく、強烈な右のアッパーカットで相手の顎を正確にとらえた。スローモーションのようにゆっくりとマットに若者は沈み、老獪なボクサーは歓喜に酔いしれるでもなく、そのダウンした相手を呆然と見つめていた。逆転の勝利だった。

２００７年６月、新年度戦略説明会　北條哲也

「これからはこの圧倒的な成長を加速させるのです！　それも爆発的な加速です！　そのためには海外生産・調達を軸とした成長戦略に大胆に舵を切らなくてはならないことは、もはや明白なのです！　２００９年に世界シェアの15％、世界販売台数１０００万台は、世界のトップを走るランナーとして決して譲ることのできない目標なのであります！」

阿部がスピーチを締めくくると同時に、聴衆は総立ちでスタンディング・オベーションを送った。それにつられるように、立ちあがった自分と熊谷も拍手を送る。

２００７年３月期の驚異的な決算が対外的に発表となった。連結売上高約24兆円、営業利益約２

兆2000億円という、最高益の決算だ。管理職層に対する「新年度新田自動車戦略説明会」において、阿部の海外生産・調達への思いが異常なまでに熱を帯びていた。現在の好業績を支える新興国での生産拠点の拡大が、社内外で高い評価を受けている証だ。

「規模の勝負か……」

「勝ちパターンが鮮明になった今、それを妨げる理由はないだろ」

熊谷が、小声で言い返す。「〝ここまで生産拠点が拡大すると、現場は相当振り回される〟、なんて泣き言を言うなよ」

「泣き言を言うレベルじゃないよ、現場は。もう天と地がひっくり返るほどの衝撃だ」

「しまいには、拡大する海外の生産拠点の立ち上げで、日本からエンジニアがいなくなるかもしれないな」片目を瞑《つむ》って、熊谷は冗談を言った。

「でもさ、世界シェア15％って、今現在の12％から考えると、相当数の生産拠点を立ち上げるか、あるいは既存工場の生産能力を大幅に増加させせなければならない。そんなことを阿部常務は明言してしまってもいいのかな？」

「タイ、中国の天津、米国のテキサス、そういうまだフル稼働していない工場がある。それにロシアでの生産工場立ち上げも急ピッチで進んでいる。必ずしも雲の上の目標ではないよ。今は業績も俺たちニッタの背中を押している。きちんとコミットメント（約束・責務）して、派手にいこうじゃないか」

書き上げた筋書きに自信を覗かせる脚本家のように言う熊谷は、いつもの会議のときと変わらない鼻息の荒さだ。

立てて遮る。

「いや、熊谷――」そう言いかけた言葉を、熊谷はきちっと水を堰《せ》き止めるダムのように手の平を
「言いたいことはわかっている。国内生産工場で培った生産方式のノウハウや技術力・人材力、それらを海外に横展開すること自体聞こえはいいが、そんな単純なものでもないって言いたいんだろ？　注意すべきこととして、心に留めておくよ」

「いや、むしろ〝注意〟を超えて、〝危機〟だと思ってもらったほうがいいのかもしれない」

「危機？」驚いたように熊谷は一段高い声を出した。

「考えてもみてくれ。１９９５年には当社の世界生産台数はまだ４４０万台だった。それがとんとん拍子に、昨年には７５０万台になった。この２００７年3月期で８１２万台だ。とどまるところを知らず、世界規模で当社の生産台数は膨れ上がっている。連結販売台数の伸びのうち、約7割は北米市場での販売だ。米国経済にいったん陰りでも出てみろ、世界中に減産や閉鎖する当社の工場が溢れかえる。いつ爆発するかわからない時限爆弾を背負っているのと、同じレベルの〝忍び寄る危機〟だよ」

「言いすぎだよ」

熊谷は肩をすくめて、そんなに悲観的に責めないでくれと言いたげに口を斜めに曲げた。「なあ、北條、当社は巨額の資金を、環境規制に対応した技術開発や設備投資に投じている。それをきちんと正当化するには、販売台数の増加と、目に見える利益の成長が必要だ」

「本社では、そんなロジックが堂々とまかり通っているのかい？」

「現場にいるなら、現実を見ろよ。米国市場全体での販売台数は、昨年（２００６年）で１７０７万

台、その一方で中国、ロシア、ブラジル、インドの合計した販売台数は1276万台と米国に迫る勢いだ。2008年には新興国市場は、米国市場を追い抜くことがすでに確実視されている」

「国民一人当たりのGDPが3000ドルを超えると、自動車が爆発的に普及する。その数字に肉薄する経済成長を遂げている新興国が次に控えていることは僕も理解はしている」

「すでに世界の自動車需要の2割をBRICsが担っているんだ。中国だって見てみろよ。今年は870万台にまで到達し、年率約20%で成長が続いている。インド、ベトナム、ミャンマー、中南米にアフリカの諸国……、そんな国の自動車市場の熱狂を目の前にして、指をくわえて見ているだけなんて、俺にはできないよ」

「販売台数を伸ばす余地が目の前にあるだけじゃないか。それを支えるモノがない」

「〝伸ばす余地〟じゃない。〝伸ばさなくてはならない余地〟だ。ウチは全生産台数のうち、約8割は海外で売っている。もはや日本の企業ではない。世界の中でシェアを取り、販売台数を伸ばさなければならないんだ」

熊谷は負けてばかりの選手を見るマネージャーのように、寂しそうな笑顔を見せる。「なあ北條、実は俺の中でもうシナリオはできている」

「シナリオ？」

「近々、それについて……ゆっくり話させてくれ」熊谷はそう言い残すと、ニヒルな微笑だけを残し、会場を後にした。

シナリオなら僕にもあるさ。楠見に啖呵を切った超低価格車のインド市場への投入だ。もちろん、そのためにはいくつもやらなくてはならないことがあるのはわかっていた。出張で日本に帰国したこの際に、ケイレツ各社を回ろうと決めていた。素材そのものの見直しのみならず、部品点数自体の改善、そしてそのための生産設備や生産方式自体の新しいやり方がインドで可能なのか模索しなくてはならない。

　でも、おそらくそれだけでは低価格は実現できないだろう。海外の部品メーカーと協力した物流費や在庫の削減、さらには、海外版ジャストインタイムという考え方も先々は検討しなくてはならない。そうなると、インドという国だけで完結するのは非効率だ。多国間で現地調達した部品の相互供給を進める体制も視野に、サプライチェーンやシステムもきちんと確立しなくてはならない。なんだ、かっこつけてやってやると意気込んだ割には、山のように課題がある。

「実に面白いねえ」

　突然、隣から声がした。先ほど熊谷が座っていた席に一人の老人が座っていた。よれたベージュ色の作業着姿から、どこかの工場の熟練の生産ライン長だろうと推察した。「今ね、後ろの席に座っていたのだが、君がさっきの彼に言っていることが実に興味深くてね。君は今のこの海外に勢いよく打って出る戦略が勝ちパターンではないと？」

　こちらの煙たげな表情に気を留める様子もなく、老人は突然質問を切り出す。

「いや、もちろん、海外の販売市場を開拓することに異議はありません。しかしそれをどう支えるかが課題です。自動車は一つの企業で作るものではありません。地域や社会がともに力を合わせて潤い、そして何よりも汗をかく数万人のグループ従業員の総力があってはじめて作れる」

「正論だね」

「当社は、国際的な再編の波にも揉まれず、原価低減・効率生産の究極の方程式を、この日本の現場でみずから創り出してきました。すべてのニッタを形作る技術、ノウハウ、そしてマインドセットはこの日本から生まれ、そして多くの優秀な人たちの手を経て、海外へ向かっている。世界の現場を根底で支えているのは、この日本の現場ですよ」

「それだけではないですな」老人は矍鑠《かくしゃく》と背筋を伸ばして言った。「当社の看板技術の粋を集めたハイブリッド車の開発にしたって、ケイレツをはじめ、この日本の現場を生かす地域や社会の存在があってこそ生まれた」

「それを一足飛びに海外でも同じことができるという考え方は、傲慢以外の何物でもない。おじさんもそう思うでしょ？　本当の意味での当社の強さはそこにある。規模を追求し、その規模の拡大を下支えする海外生産拠点の立ち上げを急ぐことだけが、勝者の条件ではありません」

ふむと音にならない相槌をその老人は打った。

「なかなか鋭く、そしてこの保守的な組織においてはきわめて反抗的な意見ですな」

老人は誰もいないステージを見やり、白い眉毛を1度だけ慎重に上下させた。「あなたは、どちらの部署の方かな？」

「本社ではありません。インドのバンガロールに駐在しています。今、まさに低価格車の投入に向けて試行錯誤を始めているところです」

「そうなると、量産化できれば、また生産能力の増強が求められる。たとえば2年以内に新しい工場を新たに立ち上げろと言われたら、あなたはどうされますかな？」

「2年以内？　それは無理ですよ。通常早くても3年ないし4年はかかります。たんに機械を並べて、工場という名の箱モノだけを作るのとは違う。最新鋭の機械を揃えても車はできませんし、それはニッタがやるモノ作りではない」

「先ほどの常務の話だと、それが現実になりつつある」

「それは私自身にとっては、ありえない筋書きです」

「ほうっ！　ありえない？　販売が拡大すれば、生産拠点自体の生産能力の増強や新しい生産拠点の拡大は避けられませんよ。当然インドから他の新興国へ輸出することになれば、さらにピッチもあげていかなくてはならない。何もしなければ、兵站が尽きて生産ができずに自滅することになりますが、それでもよいと？」

　こちらの目を直接見ようとはしないが、老人の目は何か目には見えていない本質を探しているように鋭く動いていた。

「工場の能力というのはその生産ラインのキャパシティ（容量）だけでなく、人間の能力による力も大きいのです。海外に次から次へ生産ラインを立ち上げても、それを支える人々に負担を強いる上に、未熟な工員でも生産ラインにどんどん配置しなくてはならなくなる。それはニッタの足腰を弱め、品質の劣化、効率生産の陳腐化、そして自動車メーカーとしてのモノ作りの〝品格〟さえも見失わせる結果になると私は思っています」

「なるほど。一理ある意見だと思います」

「おじさんの工場でも、よくそれは上の人間に言って聞かせたほうがいいと思います。こういうのは現場からきちんとあるべき姿を伝えていかなくちゃならない。結局海外での生産工場を立ち上げれば、日本の工場から大勢の技術者を送り込んで、設備のセットアップから、オペレーション、そして作業員の教育まで一からやらなくてはならないのですから。本社の人間がお絵描きするのとは違います」

「大切なのはその生産工場に根付かせるための、人の〝魂〟なのかもしれませんな。やはりモノ作りというのは人づくりということに行き着く」

老人が口にした〝魂〟という言葉が、その堅苦しい古くささを取り除かれた言い伝えのように、瑞々《みずみず》しく聞こえた。超低価格な未知の車を作りだすのには、なおさらモノ作りにおける人の魂が問われる。「おそらく、その超低価格車を生み出すには、機械化された工場でやるのは難しいでしょうな。大半の作業が手作業になると推測します。低価格を実現するにはそれしかない」

「同感です。そうなると、やはり人づくりからだということになりますね。でも、細かい作業マニュアルに対する理解の深め方一つとっても、インドと日本では大きく違います。〝塗装なんて吹きかけりゃいいんだろ〟、〝溶接なんてすぐできる〟なんてことを、現地の従業員たちは平気で言う。

「塗装一つとっても、バーナーの持ち方、作業姿勢、そしてその火をつける距離やスピード、そして吹き付ける時間とその均質性……品質にばらつきが出ないように、細かく指導しなくてはならないことは山のようにある。ごもっともですな」

人づくりはそう簡単なことではありませんね」

老人はスプレーを持って慎重に何かに吹き付ける仕草を、何も持たない両手でやってみせる。

「私もその昔、〝カイゼン〟というニッタの哲学を外国人作業員に教えるのに苦労した口でしてね。生産性を高めカイゼンしていくことに対する彼らの思いや信念は、日本人と雲泥の差がある。しかしそれを従業員みずからできるようにならなくては――」

「生まれてくる車は、ニッタの車とは言えません」

老人は大きく頷いた。

「あなたは〝自工程完結〟という考え方をご存じかな？」

「たしか、自分の担当する持ち場の工程だけをしっかりやるのではなく、他の工程のことも考えて、組織の人間が気持ちをつなげること」

「〝自工程完結〟とは、自分の工程だけでなく、前工程の人間がどういう気持ちで作り、そしてどんな思いを込めて自分の工程にその製品を送ったのかに思いを巡らせる。そして次の工程の人間がどんな気持ちで受け取るかを考えつつ作業に取り組むことです。そういう魂のつながりとも言うべき、心のつながりを生む生産工程の中で、車に手を加え、人の知恵を加え、その品質は磨きこまれていく」

「それこそニッタのやり方です。魂をきちんと持った人を育て、その一人ひとりの思いや信念がつながらないと、そうはいきません」

「ええ、そうです。逆を言えば、それができれば、低価格車だろうとなんだろうと新しいモノ作りはニッタのやり方で必ず実現できる」

白髪の老人は、気持ちが通じ合えた異国の人のように、胸に手を当てて嬉しそうな顔をした。そして、「強い組織にはカルチャーがあります」と言うと、汚れた作業着の埃をはたいた。

「カルチャーというのは、会社に自分の思いや夢を託す者たちの強烈な信念が創り上げるのです。そこにはカネという物差しもなく、利益に一喜一憂する世界観もない。世界に誇れる自動車開発という純粋な志、〝カイゼン〟による生産効率へのあくなき追求、持てるものすべてを分かち合っていく謙虚さ……それらすべてが、新田自動車の看板を背負って汗をかく者たちのカルチャーなのです」

「たやすくそのカルチャーが海外の生産拠点で生み出されるとは思えません」

「大切だとわかっていることでありながら、残念なことです。でも、それを強烈に人々の心に想い起こさせることは、できるものです」

「どうやって？」

「強烈な痛みを伴う危機感です。その痛みが身に沁みてわかるときでないと、人は大切なことも見ようとしません」

老人は片方の人差し指を立てた。「もう一つ絶対にわかっていることがあります」

「何ですか？」

「このよい時期というのは、永遠には続きません」

その言葉の持つ呪文のような不思議な感覚が、鼓動を速めた。沈黙はどこからともなく二人の足下に忍び寄った。「よい時期は永遠には続かない」、それはあながち間違いではない。新田自動車自身、その浮き沈みを繰り返した歴史をひた走ってきたのだ。今、その歴史をひもときながら、正確に、そして迅速に警笛を鳴らすタイミングなのかもしれない。それも、問題が起きる前に。それを老人に言おうとして顔を上げるが、すでに隣の席には誰もいなかった。先ほどの作業着を着た老人の姿は、跡形もなく消えてしまっていた。

2007年8月、日本を発って4ヵ月後のモザンビーク　田布施淳平

平日の生活の拠点は、首都マプトのホテルが経営するサービス・アパートメントだ。モザンビークの朝は、ホテルのプールで泳ぐことから一日を始める。部屋を掃除するホテルの使用人の挨拶で起床し、すぐに水着に着替えるとプールに飛び込む。3000メートルほどの距離をゆっくりと休みなく泳ぎ続けることで、自分の限界と静かに、そして真正面から向き合う。モザンビークに来て、いつの間にかそんな習慣が当たり前のことになっていた。1ヵ月で褐色になった肌が、4ヵ月で驚くほどどくすんだ黒色になった。

プールに勢いよく飛び込むと、体幹を魚のように小刻みにしならせて水中を突き進む。水面へ大きく伸び上がるように顔を出すと、クロールで切り裂くように水をかき、きわめて規則正しい呼吸を繰り返した。全身の筋肉は柔らかく波打ち、そして腕がムチのようにしなる。隆起した肩甲骨は鈍い痛みを放ち、しだいに短くなった呼吸は音を立てて荒くなる。生きていることを実感する朝の大切な〝儀式〟だ。

泳ぎながら考えていることはいくつかある。新しい現地従業員の採用のこと、権益取得のために続けられているタフな交渉のこと、そして楠見マキのこと。いつものように順序立てて思考を整理していると、毎日同じことを考えていることに気がつく。耳に入る情報は、つねに限定的で、断片的で、偏向的だ。そうなると必然的に考えることは同じになる。

楠見マキのこと？　ふと、あのホテルで北條とマキと飲み、送別してもらったときのことが思い返される。ひとしきりアメフト時代の話に花を咲かせ、一人でバーを出た。エレベーターまでの長い通路を、酔った足取りでふらふらと歩いていると、マキがすぐに追いかけてきた。

「ねえ、知り合った者として、一つだけ言ってもいいですか？」

驚いて振り返る。じっと見つめる楠見の眼力に押された。「頑張る必要ないと思います」

「え？」

「頑張る必要ないって言ったんです。あなたは、そのままでいい。モザンビークでも、そのままの田布施さん。それがいいと思います」

酔っているからだろうか、楠見が言っている言葉の真意が汲み取れず眉間に皺を寄せる。

「田布施さんは、不完全な自分を愛していない……、そうじゃないですか？」

「お、俺は、いつだって不完全だよ……」

「いやそれは嘘です。田布施さんはそれを意識しようとさえしていないと思います。人間は不完全なんです。でも、それを自分なりに受け入れて、手を差し伸べてくれる人がいて、はじめて完全となれる」

通路沿いの大きめの窓からは、薄靄の中に静かにそびえ立つ新宿の夜景を遠くに望むことができた。ガラス窓に額を当て、無味乾燥な都心の景色を横目で見る。なぜかこのガラスを突き破って飛び降りるときのように、胸の鼓動が速くなっていた。

「……なんか俺が何かに欠けていて、それに嫉妬しているみたいだ」

「そこまで言ってません。そのままで素敵ってことです。かっこつける必要もないし、何かに悲観する必要もない。まるで、道に咲くシロツメクサみたいに」

潤んだ瞳と、透き通ったピンク色のたっぷりした唇が、きっぱりとした彼女の態度を代弁する。

少しの間、楠見に心奪われた。「あのう……どんな場所に行って、どんな困難にぶつかっても、決してあきらめないって約束してくれますか？」

「ああ……かまわないけど。俺、行かなきゃ……」

ぶっきらぼうに返し、後ろを振り返らずにエレベーターに乗り込んだ。生まれてはじめて何かが後ろ髪を引いた。

あのときのマキとの会話がきちんとした感覚として身体に貼り付くように残っていた。かっこつけることもない、悲観する必要もない、まるで道に咲くシロツメクサのように……。泳ぎながらずっとマキの言葉が後頭部で渦を巻く。慰められているわけでもなく、死ぬ気で頑張れとも言われていない、そんな曖昧な隙間が、どこか誰かに守られているように心地よかった。今日の俺はどうかしている。

そのとき突然、太ももに強烈な刺激が走った。肉離れだ。まるで切れかかった枝のように、足の付け根からぶらぶらして力が入らない。先ほどまでの思考の渦は、壊れたラジオのように雑音だけしか聞こえてこない。少し嫌な予感がした。儀式を中断し、水面から顔を出すと、見事に予感は的中した。そこに尾関が立っていた。

「ご無沙汰しています」

「おまえは、朝から魚か？　ご無沙汰していますじゃないよ。メールが途絶え始めたから、死んでいるかと思ったぜ」

「事務所の立ち上げから、関係者との折衝、政府高官との情報交換まですべて一人でやっていますから。結構それなりに忙しくしています。確かめにわざわざ……ご出張されたのですか？」

「違う。問い詰めに来たんだ」

予想外の答えが返ってくる。尾関は水色のワイシャツを第2ボタンまで開け、あまりの暑さにだるそうに顔をしかめる。「先週、神野がモザンビークへ来る話、断ったらしいじゃないか」

「欧州との電話会議がその週はあって、ヨハネスブルクを離れられません。〝お遊び出張〟の相手はしていられませんよ」

「おまえな……、相変わらず大人げないな、田布施」

聞き分けの悪い子どもをなだめる目だ。自分の意見を貫いても、歯向かっても、形は違えどまた同じように神野のような人間が上に立つ。ジョーカーをいくら引いても、ジョーカーが現れる。そんな不毛なばば抜きをし続けている錯覚が、あの日以来胸に広がっていた。太ももの痛みは、不思議なことに水中に溶けるように治まりかける。

「組織にはいろんな奴がいる。人間はさ、生まれながらに弱い生き物だ。だから身体を張って、真正面から立ち向かって生き残ろうなんて考えない人間が多い。弱いがゆえに、何も変えたくない。厳しい現実を見るよりも、馴れ合いの関係や、今ある利権を失いたくないと考える」

諭すように尾関は言うと、ズボンのすそを膝までたくし上げてプールの縁に座った。そして、足を冷たいプールの水に浸すと、眩しそうに水面を見つめる。「そういう中で、おまえみたいな奴もいる。反骨精神旺盛で、組織に寄りかからず、上に歯向かってでも自分の足で立とうとする奴がさ。苦々しい顔で神野から文句を聞かされるたびに、上司としてはハラハラだ」

「申し訳ありませんでした」

プールの中で頭を下げた。一瞬だが雲がかかり、眩しさが和らぐと同時に心なしか冷たい風が吹く。不思議と腿の痛みが、尾関と話している間に完全に消えていた。

「どうだ、モザンビークは？　生活しやすいか？」尾関は、強引に笑顔を見せた。

「水道が頻繁に断水する上に、停電も一日に1度は必ずあります。それと、首都マプトは、いつ何が起きてもおかしくない街だとはつねに言われています」

「物騒だな。比較的治安は安定していると聞いていたが」

「だから緊急時に備え、必要最低限の貴重品は、すぐに持ち運びできるように準備し、10日間ほどしのげる食料や飲料水を部屋に備蓄しています。そういう身の回りのことを滞りなく準備する時間は、モザンビークではいくらでもありますから。至福の時間がいつ来るのか、そんなことをいつも考えています」

こちらの言葉が途切れると、尾関は空を見上げ、指さす。

「この青さが本物の青さだとわかるとき、それが本当の至福の瞬間だ。普段はそんなことさえ人は気にも留めない。早くおまえも自分の心に静かに耳を傾けろ。そうすれば、何が大切なモノか、何が失ってはならないモノかがわかる」

プールの縁に飛び乗り、尾関の横に並んで座ると、胡坐をかいた。曲げた足は思い出したかのように激痛を走らせ、思わず顔を歪める。「オフィスの立ち上げや権益の折衝は順調か？」

「権益交渉で見えてきたことがあります」

ここからが本題だ。顎を引く。「意外にこの国は狭い世界だということです。尾関さんに言われたように、この国のインサイダーになるよう、今、猛烈な勢いで喰いこんでいます」

「何か問題となりそうなことはあるか？」

「問題は大きく分けて二つあります。一つはポリティカルなリスクが大きいということ。もちろん目立った内戦や民族紛争はこの国ではありませんが、依然として過去の紛争に絡んだ政党・部族間の対立の火種はある。そして政権が替われば政策・規制も大きく変わる可能性がある」

「アフリカではよくある話だ。法制度も信頼できるシロモノではないこともだ」

「現行憲法は改正を繰り返しています。過去のしがらみとの葛藤と、新しい制度作りの狭間でこの国家は揺れています」

「もう一つは？」俺の知らないことを教えろという尾関の顔だ。

「この国が資源の旨みを理解し始めているということです。特に恒常的な財政赤字を改善すべく、資源開発に対する課税強化への力の入れ方は尋常ではない」

「今の赤字を補っているのは、世界銀行やＩＭＦ（国際通貨基金）からの開発政策融資だ。その中で資源政策への注力も明確に謳われている。債権者たる世界銀行に緊縮財政を取らされる一方で、資源で集まってくる国々から絞りとってやろうと考えていてもおかしくない」

「ひとまず、この４ヵ月の折衝で、権益に喰いこませる〝価値〟がある国として、日本という存在を印象づけることぐらいはできたと思います」

「やるじゃないか」

「俺一人の力だけではないですよ。彼の力があったからです」

プールサイドでデッキチェアに横になり、顔に本をのせたまま眠る細身の白人を指さす。ストライプのワイシャツに白の短パンをはき、見た目は優雅なバカンスに来た中年男性に映る。

「誰だ？」

「イギリス大使館の一等書記官で、チャールズ・スペンサー氏です。ここモザンビークは、1995年に、周辺の南アフリカやジンバブエなどの英語圏諸国との経済的結びつきを深めるため、イギリス連邦に正式に加盟しました。それ以来、イギリスの手助けもあり、多くの諸外国の資本をこの国は引き付けてきた。このプールで泳いでいて、彼と話すようになったのですが、政府高官への接触で幾度となく助けてもらっています」

「でも……、勇み足はするなよ、田布施。助けてもらうのはいいが、露骨な接待や政府への裏口からのアプローチも厳禁だ。官僚への汚職はとても厳しく罰せられる。6月に行われたハイリゲンダム・サミット（先進国首脳会議）で中国が叩かれたことは、おまえも知っているな？」

2007年6月の先進国首脳会議での議長総括で、中国の贈収賄も含めたなりふりかまわぬアフリカ進出の工作が議題となった。各国現地の政治腐敗が助長されているという懸念も、そのとき表明された。中国が組織的かつ大胆に資源権益取得に奔走していることが、白日の下に晒されたのだ。

「もちろんです。心配いりませんよ。慎重にその情報ソースを確認し、政府に接触するときは慎重に慎重を期しています。尾関さんとロシアでやっていたことと同じです」

「ならいい」

「でも、最近では、そういうやり方も限界を感じています。もっと相手の懐に入り込めるように、バックアップが必要になってきています」

その台詞で喉に小骨が突き刺さったかのように、尾関は嫌な顔をした。「一つは経産省をはじめとした国のバックアップ。そしてもう一つは資金的バックアップです」

「どういうことだ？」

「モザンビークの政府高官は、日本に対してお手盛りの〝援助〟ではなく〝投資〟を期待すると再三口にしています。新興国では貿易量が増え、その後、しだいに電力・道路・交通といったインフラの整備に援助の手が入る。日本の技術やマネーがしだいにその国での産業の助けになり、雇用を生み出す土台になる。そういった日本の本質的な投資によるインフラ開発や経済成長の後押しがあって、はじめてなし得る資源開発だと明確な姿勢を示しています」

「まあそうは言うけどな――」はじめて尾関が口ごもる。

「中国なんか見てくださいよ。２０００年頃から〝中国・アフリカ協力フォーラム〟を中国政府主導で開催して、きちんと国家と国家による投資と商談の場を設けている。歴代中国トップによるアフリカ歴訪はもちろん、投資を促すような巨額の融資の約束を政府としても用意している」

「日本が得意とするＯＤＡ（政府開発援助）だけでは、限界があるということか……」

「権益取得は、国と国の関係強化が大前提です。信頼できるパートナーに日本がならないと、話は進みません。その関係づくりの先頭に立つべきは経産省であり、日本政府のはずです。当社が単独で喰らいつくレベルの民間投資では、モザンビークの政府高官も動かない。経産省は必ず言うじゃないですか。〝アフリカは成長著しい国だから、日本企業には積極的に進出をしてほしい〟と。でもいつもそれは、たんにかけ声だけです！」

知らず知らずのうちに語気が熱く、そして荒くなる。いつもその腰砕けな政府・官僚のかけ声に振り回され、思うように権益交渉が進まない事態に苛立ち続けてきた証拠だ。「この11月、経産大臣が南アフリカを訪問する予定があると聞いています。経産省にモザンビークへの訪問も併せて検討いただくために、俺、いったん帰国して霞が関に乗り込みますよ」

「まあ待て……、その南アフリカ訪問の話は俺も摑んでいる。だが、あくまでも南アフリカとのレアメタル開発における協力合意のためだと聞いている。そこにモザンビークの一件をどこまでぶち込めるか、まだ俺にも見えていない」

「日本がアフリカと投資協定を結んだのは、過去にエジプトだけです。それも、もう30年前のことです。そんな状況の官僚が動くのを待っていたら、このプロジェクトはなくなってしまいますよ！尾関さん、俺がやります。ここで指示待ちしながら干からびていくのだけは勘弁です！」

「勝手なことを言うな！　田布施、おまえはいつもこうだと思うと一人で熱くなる。少なくとも組織には組織なりの動き方があるんだ！　本部長にも動いてもらうから、少し時間をくれ」

「どれだけの時間をお待ちすればいいのですか！　神野に一体何ができると言うのですか！」

声に怒りと不満がその輪郭を伴ってはっきりと姿を現す。4ヵ月の間、一人で躍起になってモザンビーク政府との折衝を重ねてきた。この大事な局面で、その行末を本部長の神野に託すことが純粋に許せなかった。

「いいかげんにしろ、田布施！　ここは俺にボールを預けろ。なんとかする。おまえはここで今できることをまずやってくれ！」

話を打ち切るように尾関は声をあげる。「何もないところからやる覚悟が必要だと、以前おまえに言ったのはそういう意味で言ったんだ」

「それであれば――」

「何だ？」

「資金的バックアップしかありません。マネーで解決するしかありません！」

「カネ？　プロジェクト・ファイナンスも、事業化が見えなければすぐに組成できる話ではない。それぐらい田布施もわかっているだろう！」

「いえ。公にできるマネーだけではないです。公にはできないマネーもです」

そこだけ声量をできる限り絞って言った。本当はむしろそっちが求められている。

「馬鹿野郎！　テーブルの下で手を握り合おうということか！　おまえどこまで腐っちまったんだ。いくらアフリカ諸国で公然と汚職が横行しているとはいえ、そんな汚いマネーで解決なんかしてみろ、おまえの首が飛ぶだけじゃ済まないぞ」

その尾関の言葉を予見していた占い師のように、淡い笑みとともに口角を上げた。

「尾関さん、この４ヵ月、俺はこの目で見てきたつもりです。資源を取る代わりにこの国にきちんとマネーを落とす。意思決定している政府高官にも、きちんとマネーを握らせるのです」

「ふざけるな！」

尾関の平手打ちが瞬時に飛び、後ろにのけ反るように飛んだ。これは予見していなかった。尾関が部下に手を上げたのははじめてのことだ。少し切れて血のにじむ唇を片手で擦りながら、何も言い返せなかった。「絶対に許さんぞ、田布施」追いうちをかけるように、尾関は拳を再び大きく振り上げる。自分は、身を硬く丸める。

「それじゃあ、一体どうしろというのですか！」

「汚いマネーは絶対に許さん！　俺たちがこの資源開発プロジェクトに費やすマネーは、政府の一部の既得権益者たちだけに留まってはならないんだ。そのカネがひいてはモザンビークの雇用につながり、国民一人ひとりがその経済成長の恩恵を受けるカネにならなくちゃだめだ。資源開発の最前線にいるおまえが、本当の意味でこの国の〝国益〟を真剣に考えなくなったら、もうおしまいだ！」

「後ろ手で縛られてこの地に放りだされて、一体どうしろって言うのですか……」

そのつもりはなかったが、情けない涙声になっていた。尾関の拳は振り下ろされることはなく、ゆっくりと片方の手の中に収まる。

「贈収賄、不正な取引……いかなる後ろめたいやり方も俺は絶対に許さん。たとえそれで目を見張る成果を手に入れたところで、おまえは牢屋で腐って死に、五稜物産は資源ビジネスから永遠に締め出される。絶対に汚い手は使うな」

「勝つための方策は特段ないが、とにかく頑張れ」と言われている気がした。尾関もそれをわかっているのか、唇を噛んでいた。

「俺、野たれ死にしたくないです」

「死なせないよ」

腿の痛みが足全体の痺れとなり、そして内出血した血が膝小僧に溜まりだしていた。もうすでに膝は曲げられないくらいに腫れだしていた。放っておいたら、足は腐り身体も腐るのだろうか。牢屋で腐って死ぬのも同じだ。悪くない。そんなことさえ思い始めていた。

第四章　抗争の道具

2007年11月、バンガロール　北條哲也

　生産工場の中に、大きめの「詰め所」がある。日本的に言うのであれば、従業員が息抜きできる集会所だ。コスト節約のため、生産現場の中2階に作られ、一見するとプレハブ小屋のようにしか見えない。基本的に稼ぎを生まないスペースは、雨風さえしのげればいい。それがニッタのやり方だ。いつもなら、末端の現地従業員ともコミュニケーションを図れる大切な場所だが、1ヵ月ほど前から様相は一変していた。

　本社から派遣された開発、商品企画、デザイン、生産技術、調達、さらには主要な系列部品メーカーのエンジニア数名が詰め所を占拠していた。全体で40名ほどになるだろうか。所狭しと錆びついたテーブルを並べ、連日頭を突き合わせ議論を繰り返していた。ニッタにとって未知の領域である、超低価格車の開発・生産についてだ。

「内装に使う樹脂は、現地の部品メーカーと連携していきましょう。生産技術にバラツキがあると

困るので、このバンガロールの生産工程を横目で見ながらゼロベースで部品設計を進めてください。初期段階からスペックの最適化を行い、部品の統合による点数の削減、軽量化を図ることが絶対条件です。それ以外にも――」

「他にもあるのですか？」ケイレッツから派遣されたエンジニアの一人が目を剝く。

「車体やエンジン、コックピットのモジュール、シートについても、サプライヤーの知恵や技術を得て、作り込んでいく必要があります。これは単なる今までどおりのやり方で自動車を作るのとは違います」

「違うって？」壁に寄りかかって立っていた熊谷が、薄笑いを浮かべて言った。

「ゼロベースで品質や価格、そして生産ラインとの適合性を見極める必要がある。そのためには、今まで以上にケイレッツの皆さんの力を必要とする。とにかく、前例とか、実績とかいう言葉は〝なし〟でゼロから作り込むということだよ」

「おいおい、本気か？　となると過剰なスペックを削ってコストを落とす〝引き算の発想〟じゃダメってことか？」

「逆に、必要最小限のベースに、必要なニッタのコダワリだけを付加していく。インドの価値観に添ったコダワリをだ。だから、生産工程も大きく変えていく。プレス工程の縮小、金型コストや加工費もゼロから見直して大きくコスト削減へつなげる」

「コダワリねえ」相変わらず熊谷は斜に構えて言った。

「一言で言うならば、モノ作りの原点に立つということだと僕は思う」

価格競争力のある小型車でインドに攻め込むという言葉は美しいが、従来の開発・生産の延長線上の話ではない。ケイレッツとともに知恵と技術を出し合ってさらに部品共通化を進め、その一方で現地調達も大幅に取り込まなくてはならない。今までの方程式が通用しない世界に、足を踏み入れようとしているということだ。

「この地で、ニッタのモノ作りが生きるのかねえ？　ケイレッツさんとやってきたモノ作りがさ」

「それこそ、誰にもまねができないんだよ。今までであれば、ニッタが設計図面を描き、それに応じた部品をケイレッツが作るやり方だった。だがこの低価格車を生み出すために、現地での生産や消費者のニーズに応じた図面を、部品メーカーと一緒に作るんだ」

「共同で設計するということか？」

「当社からまず要求を提示し、ケイレッツに作りやすい部材や工法を現地で提案してもらう。なければ一緒に現地のメーカーを探す。そして何が一番この市場に適合するのか、一緒に考えていく。そういうことだよ」

「たとえば鋼材の調達はどうすんだ？　この国で強度４４０ＭＰａ（メガパスカル）を超えるハイテン（高張力鋼板）なんか、いくらニッタが要求しても調達できないぞ。たんに強度だけを確保すれば、重量がさらに重くなるし、品質も落ちる」

ダメな理由を探す熊谷に、苛立ちだけが募る。

「熊谷、調達の責任者なら、もう一歩踏み込んで考えてみてもらえないか？」

「ゼロベースを言いだしているのは北條だろ？　たとえば何かやり方があるのか？」

「たとえば……、軽量化のために、部品の大幅統合を図れるかどうかということも考えうると僕は思う。部品に加工する段階で、ニッタのケイレッツの力を借りれば、金型設計の工夫で品質を作りこめる。それに、素材だけでなく、加工する工作機械も現地調達して製造コストを徹底的に抑えることもできる」

なるほどとも、言われなくてもわかっているとも、どちらにも言いたげなつまらなそうな表情を熊谷はした。

「今までニッタは乾いたぞうきんを絞るとか言われていたが、これからはそれをみんなで力を合わせて、さらにどこまで絞れるかを考えていきたい。どこまで行けるかわからないけど――」

部屋の全員を見渡す。「とにかく、一人ひとりのコダワリを形にしたいと思います。だから皆さん、力を貸してください」と頭を下げた。

休憩時間、詰め所の前からは、手すり越しに溶接や塗装の工程が見渡せる。しばらく頬杖をついてじっと見ていた。長い時間、根を詰めて議論を続けたときには、ここで作業をぼうっと眺めるか、詰め所で現地従業員と馬鹿話をして笑う。

溶接工程は普通、自動化され機械が行うが、ここインドでは違う。個々の作業員が手作業で汗をかいていた。スパッター（飛散した金属の粒子）が勢いよく飛び散る中、ていねいにガンを握り手作業で溶接を繰り返す。人にできて、効率よくコストが落とせるのであれば人がやる。手作り感という優しさの中で、均質で、きわめて正確でシビアな闘いに挑むその〝現場〟の姿に見入っていた。

「本当にこのオンボロ工場で、超低価格車なんて作れるのか？　今まであれだけ努力しても、約77万ルピー（約215万円）の車しか生産できなかったんだぞ」

背後に熊谷が立っていた。知らない世界に触れることは、人を不安にさせ、躊躇させ、そして怖じ気づかせる。それが当たり前だとわかってはいたが、意外にも集まってくれた面々は必死で汗をかいてくれた。ただ一人、この熊谷を除いては。このインドの地にいても、熊谷は〝選ばれし者〟という目に見えない品格をまとい、経営層に近い存在を誇るようにその鼻は胡坐をかいていた。自信と驕り、その熊谷のすべてが表面的で、独特で、そして野心的だった。

「インドネシアで売っていた型落ちした車種を、一生懸命ここインドで生産していても生き残れない。それは明白だ。それに、やるからには、この新興国から生まれそしてここから飛び立つグローバルな自動車を育てたい」

「そうは言ってもさ――」

「僕はもうやるって決めたんだ！」

振り返りざまに言った自分の声が、工場内を怒号のように響き渡る。そう、決意は固く揺るぎない。「年収60万～90万ルピーの約350万世帯のアッパーミドル層、それがターゲットだ。彼らにとって手に入りやすく、そしてニッタが届ける〝信頼〟で満たされた自動車、それをここにいる仲間で作りだすんだ」

「相変わらず理想は高く、だな、北條君」

会議ではまったく目立たなかった伊勢崎も、背後にいた。熊谷と伊勢崎、この二人が揃うだけで、予期せぬ何かが起きる気がして背筋が凍りつく。「たしかに当社は、2007年3月期に最高益を更新しただけで満足はしていない。〝200万台市場〟をニッタが奪いにいかなくてはならないことは揺るぎのない事実だ」

「本社はやはり数字ですか……。ニッタのモノ作りはどこへ行ってしまうのですかね」

自動車市場として、複数のメーカーが参入し、先進国並みに爆発的に普及するマーケットの水準がある。２００万台の販売台数という目安だ。中国、ロシアはすでに２００万台を突破し、ブラジル、インドも来年までには２００万台を超えるのが確実といわれていた。

「また北條のお得意の台詞だな」

詰め所の窓ガラスに寄りかかり、聞き飽きた歌を聞いたように熊谷は言った。「当社は２００７年の世界販売台数で、米国ルネッサンス・モーターズを抜いて首位になることがほぼ確実だ。そのゴールへ向けて、今当社の誰しもが力を合わせて進もうとしているのに、いつも北條だけはその〝健全な懐疑心〟を貫く」

「しかし――」

「いいんだよ、もう。数字のことで、北條と議論しても仕方ないからな」

「先進国向けの販売で築いた上級車種のブランドだけを売っていても、いずれ量的な成長は鈍る。きちんと新興国のマス向けのマーケットを押さえなくては、これからの競争に勝てない。だからこそここインドで、ニッタがやったことがない低価格車の開発をケイレツと力を合わせて――」

「なあ、北條！」熊谷が言葉を遮る。「俺や伊勢崎次長は、君のインドでの挑戦とやらに加担するために、ここまで足を延ばしているわけではないんだよ、残念ながら！」

「それじゃあなぜここに……」

「まあ北條君も、そう熱くなりなさんな。ケイレツなんてモノを神のように崇めていると一蓮托生で沈んでしまうよ。考えてもみなさいよ。部品共通化なんて、どれだけの時間と労力を必要とすると思っているんだい？」

「しかし……、２万社近いケイレツの上に、今のオペレーションは成り立っています。その力がここインドでも必ず生きるのです。今は、新しいやり方を彼らと創り出すときです！」

「それは違う。むしろ問題は、しがらみでがんじがらめになった内側に潜んでいるのだよ。ニッタはケイレツをひっくるめて、図体だけはでかくなってしまった。身動きが取れない巨象だよ」

悲しげに、わざと伊勢崎は目尻を落とす。「今期末には世界販売台数約８５０万台を超える。国内自動車メーカートップとして連結ベースで約26兆円の売上高、国内に12ヵ所の巨大工場、海外26ヵ国に50の生産拠点を抱え、全世界で約31万人もの従業員が働いている。しかし、その巨象に対して急に違う方向へ向きを変えろと言っても、そう簡単ではない」

ふやけた顔をした伊勢崎が言った。身動きのできない巨象を思い浮かべる。その場にうずくまり、餌も食べられず、そして衰弱して死んでいく巨象を。嫌な死に方だ。

「なあ北條、その巨象の上で踊らされるのは、もうやめにしないか」

熊谷が、あきらかに声のトーンを変えて言った。「聞いているよな、大政奉還の話を」

「次期社長レースか？」

「創業家御曹司の新田修一郎副社長が、そのレースで一歩先を行っているといわれている。俗に言う創業家への経営の大政奉還が、現実味を帯びてきているわけだ。一方、対抗馬といわれる調達本部長の進藤専務は、車作り自体についてもチーフ・エンジニアとして長く携わり、今も開発現場の旗振り役となっている」

「それが？」

「阿部常務は創業家を支える筆頭の番頭だ。すなわち、御曹司の腹心だ。わかるか？」

そこまで言うと自分の言いたいことがきちんと伝わっているか確かめるように、熊谷はふうと大きく息をついた。「われわれ、いや進藤専務は、もう創業家に寄りかかる時代ではないと思っている。それに、阿部常務が現場で旗を振る排他的な統治には、あまり納得していない」

「えっ？」

声が思わず零《こぼ》れる。映画の中のテロリストが、「米国のやり方には納得していない」と言う話し方に似ている。ばつが悪そうに熊谷は視線をそらす。

「これからの時代、新しいニッタを創り出せるリーダーが必要だ。それを先導するのは――」

「進藤専務だよ」

伊勢崎がばっさりと言った。その片方の口元を吊り上げてニヤリとした伊勢崎を見て、ようやくこの二人の意図が読めた気がした。

「何を言っているんだよ、熊谷！　進藤専務についていくから、阿部常務を切ると言っているのか？」

「そうは言っていない。切るのは、北條、君の役目だよ」

「ぼ、僕が？」

頭がかき乱され、後頭部から空気が抜けるような感覚を覚える。予期せぬ争いに巻き込まれ、そして手を汚す役割はおまえだと言われた。本社から遠ざかっている間に、暗闇の中では考えられない泥仕合が行われていた。いつのまにか、その重要なキャストの一人にさせられていた。

「そんなことをなぜ僕が？　できるわけないし、それをやる理由もない。僕は新田派でもなければ、進藤派でもない。現場だけを見ている、どこにも属さない人間だ」

「いや、それがあるんだ」熊谷は疑いようのない冷たい目で断言した。

「一体何が起きようとしているんだ？」

不安で声が上ずる。

「新田自動車の稼ぎ頭である北米市場の落ち込みが鮮明になりつつあることは知っているよな？米国での新車販売もこの10月まで3ヵ月連続で落ち込んでいる。北米が沈み、新興国が急伸する時代が来たと阿部常務も鼻息が荒い。だから、その象徴でもあるインドの工場を閉鎖させるんだ。それを君は現場の責任者として、きちんと目に見える形で完了してほしい。新興国での失敗は、ひいては、新田副社長、阿部常務の失脚を意味する」

口元を手で押さえる。声が出ない。はじめて事の重大性を肌で感じ取った。熊谷の目は落ち着いていた。動揺していないということは、限りなく計画的犯行ということだ。「専務はもちろん、君を捨て駒に使うつもりはない。きちんと報いるとおっしゃっている」

「工場を閉鎖だなんて！　新田自動車はいかなることがあれ、海外で工場を閉鎖したことはない。それをわかっていて……」

「だからやるんだ。そのほうが傷は深くなる」

「熊谷、おまえ最低だぞ。現場を抗争の道具として使うなんてことは許されない」

「まあそうかっかするな。たとえ北條がこの場にいなかったとしても、結局は工場閉鎖に向けて走らざるを得ない。知っているか？　インド自動車最大手のムハマンド・モーターズが、〝ワダ〟という超低価格車の開発をしている。インドにおける国民車だ」

ムハマンド・モーターズは、インド最大財閥ムハマンド・グループの自動車製造部門だ。財閥自体は製鉄、通信といったインドのインフラに関わる約１００のグループ企業を傘下に抱える。グループ全体で売り上げ288億ドル（約3兆円）の巨大コングロマリット（複合企業）だ。

「その価格は――」

「10万ルピー（28万円）だよ」伊勢崎が嬉しそうに言った。

「なんだって！　そんなことできるはずがない！　エンジンで10万円、ボディで10万円、トランスミッションで5万円、アクスル（車軸）で5万円はかかる。だから最低限の骨格だけで30万円はかかる！　10万ルピーなんて……そんなの無理だ」

「このバンガロールの工場の古いやり方では、ワダに匹敵する超低価格の小型車なんて作れっこない。君に頼むと言うよりは、むしろ今から君が向かうべき正しい道を示してあげているんだ」

「熊谷、おまえって奴は……」

「いいかげんにしろ、北條君！」

伊勢崎が我慢ならんと顔を赤くして言った。「われわれは君のことを思って言っているんだ。今から専務についていけば、君もそんな工場勤務のキャリアじゃなくて済むんだぞ！」

自分が擦り切れたぞうきんのように感じた。誰かの埃で汚れ、使い古され、洗われることなく捨てられるぞうきんだ。これ以上、ここにいてはならない。熊谷と伊勢崎を強引に押しのける。

「なあ、北條、とにかく、シナリオはもう決まっているんだ。覚悟はしておいてくれ」

絶対にこちらのシナリオどおりになるという、見えない自信とともに熊谷は言った。なあ洋子、デタントなんてものはないんだよ、この現場には。

2007年12月下旬、モザンビーク鉱物資源省　田布施淳平

「五稜物産は、すでに米国デルコア社と話を付けたとおっしゃりたいわけですな」

「モザンビーク政府の了解をいただければ、この年内に、20%の権益取得を前提としたファーム・イン契約（資源権益を譲り受ける契約）の締結をしたいと考えております」

残るはモザンビーク政府の承認だけだ。資源開発投資の担当官庁は、この鉱物資源省になる。この8ヵ月、さまざまな政府高官と接触を毎日繰り返し、ようやくこのバレワというモザンビーク鉱物資源省高官との面談に行きついた。新興国ではよくあることだが、利権に絡む登場人物が多く介在し、その上複雑に入り組んだ規制や認可の構造で外資系企業は必ず頭を痛める。

一人会うと違う人を紹介され、時として「俺が意思決定者だ」と胸を張る偽の人間も現れる。さらには、カネの匂いを嗅ぎつけたまったく関係のない省庁の人間までも、「俺を通せ」と言い出す始末だった。まるで迷路が二重にも三重にも取り囲み、それが時間経過とともに姿かたちを変える、そんな感じだ。

目の前の執務椅子に、黒人男性のバレワは座っていた。細身の体で目を見開き、瞬きもせずに田布施の顔のどこか一点をずっと見続けていた。書斎棚の中に、金色に縁どられた美しいAK47ライフル銃が飾られている。モザンビークの国旗にも描かれている銃だ。バレワはモザンビーク解放戦線（FRELIMO）の一政党員として、1975年にポルトガルからの独立を勝ち取るまで独立戦

争を闘った革命闘士の一人だ。

　今でこそ政権政党であるが、その昔、ＦＲＥＬＩＭＯは、解放闘争を指揮した、れっきとしたゲリラだ。バレワの目が、その血塗られた国家の歴史を語っているようにも思わせる。その横でいかにも自分の縄張りを主張したがりそうな、肥満気味の補佐官がいた。彼が脂肪の付いた顔をにやつかせ、口を開く。

「ウチはどんな見返りがあるのでしょうか？　ミスター・田布施」

「見返り……ですか？」

「これまで、資源高という背景もあって、アフリカに巨額の資金が流入した。モザンビークも例外ではない。ウチには豊富な、目を見張るほどの資源が埋まっている。資源開発はカネの匂いを嗅ぎつけた外資の力によって、一気に進みつつある。欧米系の資源メジャーに加え、中国や韓国なども大型プロジェクトを次々と仕掛けようとしている。彼らは、きちんとこれを背負ってやってきます」

　補佐官は、右手の親指とそれ以外の指をこすり合わせるようにして、「マネー」を表現した。相変わらずバレワは黙ったまま、こちらを見つめていた。拷問している相手が死にかけているのを冷静に見つめる兵士のようだ。

「もちろん、資源開発への投資を惜しむつもりはありません。ですが、マネーだけで結ばれた関係は、互いに幸せな結果になるとは思えません。私自身、中国のようなカネにものを言わせた資源漁りのやり方が、正しいとは思えないのです」

「ミスター・田布施！　わが国としては、諸外国がどんな魂胆で資源を狙いに来ても、一向に構わないのです！　この国は内戦で疲弊し、貧困層の国民がまだ飢えに苦しむような現実がある。わが国にとって、マネーがこの国に落ちるなら何も問題はないのです！」話すのに合わせて、補佐官の厚い唇がひらひらとだらしなく揺れる。「もちろん、マネーは一つではありません。この国、この政府、そして……この私たちに落ちるマネーが重要なのです！」

あきらかに腐敗の臭いが漂い始めていた。汚れたカネ、偏った利権、そして威圧や暴力という名の飢餓感、そういう腐敗臭だ。

「資源開発や社会基盤の整備において、中国は山のように資機材と労働力を持ち込み、その上、彼らはみずからのための〝利益〟を享受します。スピードはありますが、この現地での雇用創出どころか、彼らの持ちこむ中国製品で地場の製造業も育たなくさせているのです」

「中国のやり方は、モザンビークの経済的成長を助けることにつながらないとでも？」

「私が伺いたいのは、それが、モザンビークが本当に求めているモノなのかということです」

「そんなこと、あなたには関係ない！　日本のような豊かさに浸りきった国に、この国の何がわかるというのだ！」机を叩いて、補佐官は大声を出した。

「ミスター・田布施、今、アフリカはきわめて複雑で困難な局面を迎えています」

そう言うとバレワは立ちあがり、ゆっくりと窓際に立った。バレワの英語はイギリス留学で磨かれたきわめて紳士然とした発音だ。太いストライプ地のスーツの前ボタンを外すと、スーツの前から腰に手を当てる。「アフリカは資源の宝庫と呼ばれて有望な資源が眠るといわれている。しかし、それは表面的で上辺だけです。有望な資源が眠りながらも開発が進まず、経済的に自立できずに、昔ながらの貧困な地域や国が点在している」

「内戦のせいですか？」

「ええ。冷戦時代には東西代理戦争の場となり、その後も政治権力に翻弄されて内戦が続いた。それによりサハラより南のサブサハラ（アフリカ48ヵ国）の経済は疲弊し続けた。１９８０年からの約20年近く、成長は完全に止まり、人口は増えた。特にその中でもモザンビークは、最貧国としての位置づけが長かった国なのです」

振り返ることなくバレワは続けた。「資源争奪で雪崩を打って外資が入ってくることで、経済的格差はさらに顕著になり、紛争も絶えない。政府のガバナンス（統治）も、国の隅々まで届いていない。権益を握る一部の役人たちは汚職にまみれ、一方で国民は飢え続けている。悲しいことではありますが、それが〝今のアフリカ〟なのです」

バレワの声は芯があり、何かを嘆くと言うよりは、次へ進むためのきっかけを探しているようにも聞こえた。

「ミスター・バレワ、資源がもたらす巨額のマネーがきちんと透明性を持つようになり、そのマネーが人々を豊かにする輸送網や電力供給のインフラに回るようになれば、その経済成長は飛躍的にアフリカ全土へと拡大することになります」

「そうであることを願っています。原油、天然ガス等のエネルギーから金、銅、ニッケルなどの金属、ダイヤモンドといった資源もいまだアフリカには豊富に眠る。豊富な労働力もある。世界的に見て最後の有望市場と呼ばれるアフリカは、そういう〝きっかけ〟で、いくらでも爆発的に成長する素地があると私も信じています」

バレワは振り返り、座っている自分の横に立つ。意外に背は高く、草原を思い起こさせる自然な香水の香りがした。「しかし、問題は、〝透明なマネー〟での成長だ。それは、この国が成熟できるかどうかにかかっています。しかし、それにはきわめて長い時間がかかります」

アフリカが抱えた問題、その一方でモザンビークが喉から手が出るほど今一番求めていることは痛いほどよくわかる。しかし、不透明なカネは何があっても許されない。尾関に殴られた頬がずきずきと思い出したように疼いた。

「本当に残念です。申し訳ありませんが、私はこの国を汚すことはできません」

〝この国を汚す〟という言葉で何かを感じ取ったように、バレワの目が細くなる。「私たち五稜物産、いや日本人は、モザンビークの地域や人々とともに力を合わせ、将来を見据えた〝国創り〟をしていきたいのです。そのためには、〝高潔〟であるべきだと考えています」

「高潔……？　ですか？」バレワの眉間に沿って、深い縦皺が寄る。

「高潔さとは、〝世界を変え、よりよくすること、そして真実で正しく、よいと信じることを擁護するということ〟です。その品行、理想、そしてマインドなくして、本当の意味で国創りはなし得ないのです」

「2007年、モザンビークの経済は最大8％もの成長を見込んでいる。世界第5位のアルミ生産を柱に、天然ガス、石炭そして金属等の資源もある。すなわち、モザンビークの次世代が潤い、そして享受できる絶対的なリソースがある。それだけでは、国創りはなし得ないと？」

「それを生かすも殺すも、そこに高潔さがあるかどうかです」

膝の上で握りしめていた拳に、いつの間にか汗が滲んだ。「資源マネーが膨張すれば、必然的に物価が上昇し、経済の足腰となる製造業や農業の競争力が著しく低下します。高成長の軌道は描けても、雇用が増えず、経済格差は顕著になり、当然汚職が蔓延することになる。社会の不安を助長し、腐敗させ、そして国は衰退する」

「あなた方の国創りの根底にあるモノとは——」

「根本的な水道、電力・交通・物流などのインフラ、そして教育や医療、将来への成長の布石となる技術・人材をきちんと腰を据えて整えるのです。その上で資源の果実を実らせる。辛抱強く国を創り、人々を豊かにし、そして将来もともに手を携える、そんな高潔な思いが、根底にあるモノです」

　補佐官は、こいつは話にならんと言いたげに鼻を鳴らしたが、バレワは違った。鋭い目だけが、左右に揺れては止まり、止まっては揺れるのを繰り返す。「その高潔さで向かい合える国は、日本だけなのです」

「あなたは、この何も助けになるようなモノが存在しないモザンビークという地で、リスクを負う覚悟がおありということか？」

「そのつもりで、私は身一つでこの国に乗り込んできているのです。中国とは違う」

　バレワはその言葉に納得したように、一、二度頷き、まじまじとこちらの顔を見て「あなたは、不思議な人だ」と言った。

「２０４５年にはアフリカ全体の人口は約22億人に増えると予測されている。若者や中間層が確実に増え、市場の魅力は今と格段に変わる。世界有数の技術や人材、企業がこの国に集ってほしいと思っています。そのときにこの国が潤っていることも大切だが、当たり前の〝高潔さ〟を私たちモザンビークの人間一人ひとりが持っていることを祈りたい」

数十年先のモザンビークの発展を思い描くように、バレワは静かに目を閉じる。「あなた方のような国家が、権益取得することに異論を挟むつもりはありません」言葉の抑揚を抑えるようにバレワは言った。

「ありがとうございます！」

「ですが！」

バレワは喜びを制するように、目を大きく開き、人差し指を立てた。「あなたが指摘されたように、そのためには一企業との付き合いを超えて国と国の協力関係は不可欠です。ですから、日本国としてきちんとその姿勢を見せていただきたい」

「私は日本の政府、経済産業省を動かしてみせます！　私とこのモザンビークの約束です」

「約束」という言葉に、バレワはしっかりと頷き、立ちあがると手を差し出した。両手でバレワの手を取って握手を交わす。

脇にいた補佐官は、強い口調の現地語でバレワに何かを言う。「なぜ日本からもっと絞りとらないのか？」とでも言っているのだろうか。バレワは目を閉じて首を横に振った。本当に資源開発できるのかさえも、確信と呼べるものは何一つない。ただ、「高潔」という2文字に自分の執念を乗せた以上、やるべきことは見えていた。

鉱物資源省の玄関を出ると、すでに空は夕焼けが迫り、小さないくつかの渦を巻いたような雲が空を覆っていた。いつも以上に空を低く感じさせる。来たとき以上に体は軽くなり、そして心なしか吹く風に懐かしい日本の香りを感じた。最近、そういう日常の季節や風景が肌でしっかりと感じ取れないほど、心と体はぎゅっと締めつけられていた。

「すみません。あなたはミスター・田布施ですか？」

背は低いが鋭利な刃物のような目つきをした青シャツの黒人が、素早い身のこなしで近寄ると、きわめて訛りの強い英語で話しかける。その背後にはやはり私服の男が二人、使い古された1947年式カラシニコフ自動小銃を肩から提げて立っていた。起きるべきでないことが起きている殺気を瞬時に感じ取る。

「はい……、そうですが。あなた方は？」

「モザンビークの検察庁と警察当局の者です」

どうやら青シャツの男は検察庁の人間のようだ。目や物腰に狡猾な知恵が身についているように見えるところからそう推察した。「少々任意で事情をお伺いしたいことがありまして。ご同行いただけると助かりますが」青シャツの黒人はするっと田布施の脇の下に腕を通し、肘を屈強な腕で挟む。

「ちょ、ちょっと待ってください。何の説明もなしに同行しろなんて困ります」

「今、モザンビークでは汚職の撲滅へ向けて全力を挙げて取り組んでいます。この男に、見覚えはございませんか？」

シャツの胸ポケットから写真を取り出す。あのイギリス大使館の一等書記官、チャールズ・スペンサーが、誰かとカフェで談笑する姿が写っていた。

「チャールズ・スペンサー氏です。それが？」

「あなたが彼と接触している事実も摑んでいますし、ともに連絡を頻繁に取っている事実も知っています。この元書記官は――」

「元・書記官？」

「そうです。イギリス大使館の元一等書記官であったスペンサー氏は、エージェント（仲介人）として、当国の政府高官と強いパイプを持っています。彼に贈賄の嫌疑がかけられています」

はっきりと話の輪郭が見えた気がした。騙されていたこと、そしてあまり好ましくない事件に巻き込まれたということ、そして、今誰も助けには来ないということ。そういったきわめて筋のよくない輪郭だ。

「贈収賄とは、多額の賄賂を使い、官僚を汚職まみれにした許されざる罪です」

と念を押すようにその検察庁の男は言った。頭の片隅に、尾関に殴られたあのときの記憶がよみがえる。今日までの一連の動きは、贈収賄の一端に抵触するようなことはなかったと確信していた。だが、その動きは自分一人で行えたものではないこともわかっていた。

「申し訳ありませんが、私は関係ありません。金銭的贈与を公的な人間にしたこともありませんし、贈賄の嫌疑に当たるようなことは何もしていません」

「わかっています。あくまでもお話をお伺いしたいと申しているのです。当然その資金の出し手や、見返りを受ける受益者があなただということになれば、話は別です。そうであればここであなたに手錠をかけています」もったいぶったようにその男は言った。

「ちょっと待ってくれ！」

そう言って離れようとした田布施の手首を、強烈な力でその男は摑んで捻る。その摑む手は、骨をも砕くような力だった。「ご了解いただけたということであれば、こちらへどうぞ」男が摑んでいた手を放すと、赤く腫れあがらんばかりにくっきりと手跡が浮かび上がった。

2008年1月下旬、任意同行から1ヵ月後　田布施淳平

ダウンタウンにある検察庁の階段を、一歩一歩ゆっくりと下りる。外は雨が降っていた。雨は道路に放置されたゴミのビニール袋に当たって、パチパチと耳障りなしけた音をたてる。地面の埃や汚泥と交じり合った雨は、鼻を突く奇妙な異臭を放っていた。すえた動物の臭いが町全体を覆い、車の排気ガスと奇妙な融合を繰り返しながら、再び雨の中に溶け込んでいく。最悪の日だった。

顔の半分は腫れあがり、腫れたほうの左目はまったく開かないほどだ。ワイシャツのボタンは上から3つ目までは剝ぎ取られたのかなくなっており、右肩の付け根部分が大きく割けるように生地を破られていた。片方の靴もなく、裸足のほうの片脚を引きずっていた。見た目だけではない。1ヵ月間、シャワーも浴びなかった肌は、乾燥して鱗のようにひび割れていた。

「ずいぶん、締めあげられたみたいだな。それがこの国の〝事情聴取〟ってわけだ」

階段の下には、薄手のベージュのスーツを着てポケットに片手を入れた尾関が、傘を差して立っていた。試合で敗北を喫した選手を、ロッカールームで待ち構えていた監督のようだ。気がつくと、財布や時計がなくなっていた。拘束される直前、警察に奪い取られたのだ。この地ではよくあることだ。

「明けましておめでとうございます」

強引に笑って見せる。正月は留置場で迎えていた。階段の一番下で、へたり込むように座りこん

だ。「ありがとうございます……。お、俺……」

苦笑いが泣き顔に変わり、そして安堵した表情へとコマ送りのように変わっていく。

「もう何も言うな。見ているだけで、こっちも痛くなってくる。汚い手は使ってない、そう言いたいんだろう？　そんなことはすでにわかっている。おまえが釈放されたのは、俺がここに来たからではない。この国の高官がそういう手配をしたと聞いた」

「マジですか……」

すぐに鉱物資源省のバレワの顔が浮かんだ。田布施が清廉潔白であることを、警察に話したのかもしれない。あのとき、バレワは「高潔」という言葉に不思議なほど引き込まれ、呪文のように繰り返していたことを思い出す。

「資源で潤い、急速に成長を遂げようとしている国では、当たり前ではないことが平然と起きる。資源の権益争いで政府の要人が絡み、予想しない思惑であらぬ事態をも引き起こす。賄賂や契約でトラブルに巻き込まれるのはまだ可愛いほうだ。下手したら死んでいたぞ、おまえ」

「死んでいたって……どういう意味ですか？」

「法制度なんてあくまでも形式的なモノだと思ったほうがいい。政府や陰で暗躍する人間との付き合い方を誤ると、罰金や懲役では済まないということだ。日本のように〝人権〟を守るなんて言葉は二の次になる。当たり前だ、生きるか死ぬかの国なのだから」

「脅さないでください」

「脅しじゃない！　汚職が二度と起きないように、見せしめでボコボコにされたぐらいで今回は済んだんだ。俺がおまえの遺体を引き取りに来なかっただけ、よかったと思え」

冷たく、小さくなった傷みの激しい自分の遺体を想像する。気分が悪くなった。「きちんと考えておかなくてはならないのはそれだけではない」尾関が周囲に目を配りながら小声で言う。「今回の任意同行の事態について、検察当局からは一切説明はない。だが俺が直感的に感じたことは、そのスペンサーという人間を売った奴がいるかもしれないってことだ」

「売った？」意外な尾関の推理だった。

「贈収賄というのは、疑念や嫉妬も生み出す。カネを持って頭を下げに来なけりゃ、それに怒る奴が出てきてもおかしくはない。あるいは――」

「俺たちのライバルで、資源権益を狙っている奴らかもしれないですね」

「それが何かはわからないが、複雑な何かが絡み合い、そして目には見えないところで俺たちが穴に落ちるのを待ち構えているんだ」

一度落ちたら二度と這い上がってこられない暗くてじめついた穴、この地にはそんな穴が沢山隠されている気がした。汚れが一掃されない限り、そこには埃が溜まり、気がつかないうちに虫が湧く。

舗装が悪くあちこち窪んだ大通りが目の前にあり、それを挟んだ向かいに7階建ての団地らしき建物がある。上半身裸の男や、酒びんを持った老人がこちらをずっと見ていた。そろそろここを離れたほうがよさそうだと感じはじめる。

「その20％権益取得についてのファーム・イン契約締結についてなんだが、話さなくちゃならないことがある」

「何ですか？」

あまり嬉しそうな様子ではなく、淡々と事実を読むニュースキャスターのように尾関は言うと、横に並んで座った。任意同行で拘束された場所から尾関に救助を求める連絡を入れたとき、政府から了承を取った話は伝えていた。

「おまえが聴取を受けてここに閉じ込められている間に、神野がここまで来て契約締結の合意をまとめた。しかも4年以内に資源開発の成果を形にすると、大見得を切った」

何も声になって出てこなかった。代わりに出てきたのは、チッという小さな舌打ちだけだ。やはり手柄や勲章は、神野のような人間にとられて終わるのだ。

「そうですか……。でも、ありえないじゃないですか、4年なんて！　資源を摑む準備や態勢もできていないというのに……。本社は何を考えているのですか！」

「ああ。モザンビークはその神野の言葉を、〝約束〟だと受け取った。あまり歓喜抃舞《べんぶ》する船出じゃなくなっちまったな」

「約束？　なんでそんなことを……」

尾関は遠くを見る目で何も言い返そうとしなかった。「これではもう……、終わりの始まりじゃないですか……」

「終わりの始まり？」

「プロジェクトの終わりの始まりです」

心の中では、「私の人生の終わりの始まりです」と言った。

「何を言っているんだ。今回の一件で、おまえの嫌疑が晴れた。本社に帰任させるかという意見も出たが、またおまえに引き続き頑張ってもらわなくちゃならない。そんな言い方するな」

「引き続き田布施にやらせよう」と言ったのは、聞かなくてもあの神野に決まっている。

「ここで引き続き任に就くことは、まったく異存はありません。話を付けたモザンビークの高官とも、私自身も大切な約束をしましたから。逆に今、逃げるわけにはいきません」

「その台詞を待っていた。想定スケジュールは前倒しできそうだな」

やはり尾関も、一番気になるのは、資源開発の進捗そのものだ。

「プロジェクトのテクニカル・コミッティ（技術委員会）へのオブザーバー参加が許され次第、細かい調整に入るつもりです。早い段階で探査を開始し、有望なエリアで9本の大水深試掘井を掘削していきます」

「パートナーのデルコアには地質に詳しい優秀な専門家がいるから、目ぼしい試掘地点はある程度の期間で見つけられる。おまえが本気になれば、4年なんてかからないさ。日本サイドでも資金調達のために、プロジェクト・ファイナンスのサポートをする」

「ぜひよろしくお願いいたします。ただ、政府への働きかけが必要です。特に経産省です。私が赴任して4ヵ月後のとき、尾関さんも彼らを動かすことについてなんとかやってみると言われていた。でも、2007年11月、経産大臣の南アフリカ訪問では、結局モザンビークに立ち寄ることすらされなかった。資金面という意味でも、この国と将来へ向けて手を携えて取り組むという意味でも、経産省の存在なしには前に進みません」

「それはわかっている。なんとかしてみるが……理想どおりに進むかはまだよく見えない」

いつもは口に出したことを必ず実現する気概を見せる尾関の顔が、やはりこの話になると曇る。

「経産省へは幾度となく働きかけた。社長も担ぎ出して直談判を繰り返した。だが、本間審議官からは、〝資源外交の一環として検討してみます〟という返事だけだ。そこに切迫感はない」

「本間？」

「エネルギー担当の大臣官房審議官の本間氏だ。経産省で事務次官に次ぐナンバー2の人間だ。彼が前のめりになるくらいじゃないと……、どうにもできない」

「それ、どういうことですか！　尾関さん、やるかやらないかですよ、これは！」

「経産省も、資源確保の重要性は理解している。資源国への足掛かりを作り、そこに日本として影響力を高めるべく支援に打って出たいのは本望だ。しかし、まだウチ一社が出ていく状況で、そのために国民の大切な税金を使ってまでして攻めることに抵抗があるのも事実だ」

「どうしてですか！　それでは目隠しをされて資源開発をしろと言われているようなものですよ！2国間の投資保護協定を結べないと、モザンビークの政権が替われば、現在の資源開発に絡んだ契約は、すべて反故にされてしまう」

「日本という国が注ぎ込むカネが汚職に使われ、不透明な資金使途が増えても困るという意見もある……。どうしようもないんだ」

立ちあがってこちらに向けた背中が、それ以上責めないでくれと言っていた。

「もちろん、カネだけの支援が欲しいとは言っていません。民間投資を促す、信頼関係という名の土壌を作る努力をお願いしたいのです」

顔を上げ、座ったまま強く尾関の二の腕を摑んで揺さぶった。それに抵抗する素振りもなく、尾関は力なく腕を組んでいた。

「引き続き水面下で政府とは話す。わからないが、やるだけやってみる……」

「やるだけやってみる……」

二人で互いに自分の足下を見た。雨は降ったりやんだりはっきりしない降り方をしていた。その曖昧な雨のように何が正しい道なのかを見えなくさせ、二人を無言にさせた。

2008年9月、ワダの解体　北條哲也

インド自動車最大手ムハマンド・モーターズが誇る国民車「ワダ」が、小さい身体を身構えるようにして、倉庫に敷かれた白いシーツの上に置かれていた。10万ルピー（24万円）という超低価格の国民車を作る「約束（ヒンズー語で、ワダ）」を果たすという意味だ。世界で作られた四輪自動車の中で、史上最低価格の乗用車だ。

シンプルだが、低価格車特有の貧乏くささはない。小さいが、タフで小回りの利くアスリートのように感じさせる。インド特有の悪路での振動を抑えるバランサーシャフト付きのアルミ製2気筒エンジンだ。片方だけしかドアミラーがなく、低スペックの鋼材を使った薄い車体は、極限まで体重と筋肉を削った減量明けのボクサーにも見える。だが、一目見てニッタの誰もが口にしたのは、「本当にこれで10万ルピーなのか？」という言葉だ。

「これが本当に、われわれが闘い、めざすべき相手なのかね。昔みたいに、北米だけで3000億円規模の設備投資をして規模拡大に走り、2兆円の営業利益の半分を北米で稼いでいたときのようなモノ作りではだめなことを思い知らされるねえ」

伊勢崎は口だけを動かし、腕組みをしてワダをじっと見ていた。「いくら米国市場がサブプライム問題でバブルが崩壊し、その深刻な影響を当社も受けているとはいえ、こんなオンボロ車を作ることに必死にならんといけないなんて悲しいよ」

「当社も今は他人事ではありません。連結ベースの通期見通しで、営業利益が前年同期から約6700億円も吹き飛ぶ見込みです。一刻も早く北米に寄りかかった態勢を建て直し、新興国に刺さっていかないといけません」

「ついこの間の2008年3月期決算の最高益が、夢のようだ。問題はそれだけではない。新田自動車本体の業績が落ち込むと、それに引っ張られるように新田グループ系列各社の業績も急減速する。主要グループ関係会社15社の内、5社が今期最終減益になる見通しをすでに立てている。ケイレツが沈むとニッタもさらに沈む」

伊勢崎が眼鏡の奥から目を細めて言った。自動車産業を取り巻く足下の状況は、かつてない混迷を極めていた。世界最大の自動車市場である北米市場のバブル崩壊、年初頭から起きた原材料高、そして追い打ちをかけるように急速な円高が日本を襲っていた。あれだけ驚異的な最高益を叩き出していた新田自動車も、営業利益の約4割を稼ぎ出し、世界販売台数の約33%を占める北米市場の悪影響は甚大だった。

「米国のみならず、減産も視野に生産調整の準備に入るべきときなのかもしれません。2007年に1647万台あった米国市場全体の販売台数は、今後どうなる見込みですか?」

「2008年の新車販売台数は前年比11%減の1420万台というところだろうね。その先この金融危機を契機に、さらに個人消費が冷え込めば、2009年には1000万台を割る事態も想定される」

「そうなると約40％も市場が収縮してしまいます！」

「だからその収縮した分、ニッタは何で取り戻すべきかを考えなくちゃならない」

「ここで取り返すしかないですよ！」無意識に自分の足下を指していた。

「インドでか？　それは無理だよ。目の前に、この未知のモンスターがいる」そう言って伊勢崎はワダを顎で指した。「この間話したこと、きちんと覚えているだろうね？」

競合他社の新車が手に入れば、解体して分析するプロセスを必ず行う。ワダを見つめる首脳陣の表情の硬さが、このワダがニッタに与えた衝撃の大きさを物語っていた。この解体ショーのために、常務の阿部、専務の進藤をはじめ、本社主要部署の幹部数名が静かにその時を待っていた。もちろん熊谷も、進藤に寄り添うようにして立っていた。

「Get started decomposing!（分解開始！）」

作業場に響き渡らせるようにして、作業服を着たインド人エンジニアが叫ぶ。布の上に置かれたチーズにたかるアリのように、一斉に30名ほどの作業員が車にかじりつく。あらゆる部品を分解して、すべてを暴く作業だ。静かだった現場が、一斉に騒がしくなる。

「カーラジオやエアコンもありません！　メーターは速度計、走行距離計、燃料計だけです！」

「後部ハッチバックドアもありません！」

一つひとつの発見を声に出してから、手元の報告書に記載していく。まるで遺跡を発掘した考古学者のように、作業員たちが目を輝かせて手を動かす。

「ワイパーは1本！　当社ケイレツ企業である日本メーカーの部品です！」

「エアバッグ、ABS（アンチロック・ブレーキシステム）、ブレーキブースター（制動倍力装置）いずれも装備されていません！」

「エンジン電子制御ユニット（ECU）は最低限必要な性能に絞り込まれています！」

「ウィンドー、シート、ロック、いずれもすべて手動です！」

「衝突安全基準、並びに排ガス基準は国際規格をクリアしています！」

「ダウングレード（機能の絞り込み）だな。やるじゃねえかと言いたいところだが、もっとダウングレードするのは、ニッタでもできる」

気がつくと、隣で腕組みをした熊谷が顔だけを突き出し、車体を覗き込みながら言う。

「いや、熊谷、ダウングレードだけではない。随所に工夫の跡が見える。小型バッテリーはエンジンルームではない、運転席の下だ。ヘッドレストと背もたれは一体化してコストを落としている」

「ムハマンド・モーターズもやってくれるねえ」

「部品点数自体が大幅に落とされている。ざっと……当社の3分の2だな」

真剣な眼差しでワダを見ていた阿部が、じとっと肌に張り付くような声を出した。

「3分の2！」

思わず声が出てしまう。部品の共通化、部品の統合、それらを極限まで突き詰めないと出てこない数字だ。あきらかにムハマンド・モーターズは一歩先の低価格車を作り上げていた。

「君、この現実を見て、どう思う？」

阿部は前を向いたまま言った。言い方に落胆と開き直りが重なり、そこに失望と無責任の影が差し込んでいた。

「ワダは、品質、耐久性、そしてなんと言っても〝信頼〟が車一台一台に織り込まれていません」

「だとすると？」

「この彼らの車作りから学ぶことはあります。ですが、私たちニッタが作るべき車ではないと思います」

「それは、負け惜しみか？　どうしてそう思う？」

「おそらくワダを作るために、あらゆる機能やコストを絞り込んだ跡が随所に見受けられます。でも、それは互いに〝このコダワリだけは残そう〟とプラスの発想で取り組んだ跡ではありません。サプライヤーを競争させ、殺し、本当の信頼関係を損なってでも削減させたマイナスの発想で作られた車だからです」

疲れて淀んだ目を、阿部はゆっくりとこちらへ向けた。「そのモノ作りは、ニッタがやるべきものではないと思います」

「君がケイレツと議論を繰り返し、彼らとインド全土を歩き回って現地サプライヤーを探し回っていることは知っている。でも君らもそんなお行儀のよいプラスの発想で、モノ作りなんかやっている場合ではないのではないかね？」

「生産台数が年間20万台を超えないような地域へみずから進出することに、ケイレツのサプライヤーも慎重なのは事実です」

「もはや日本での生産では対応できなくなっている二次、三次の中小メーカーは、なおさら苦しいだろうね」

「彼らにとって資金面はもちろん、現地の人材育成も簡単ではありません。でもケイレツは、必死でこのニッタの挑戦のために汗をかこうとしてくれています。どうやったらニッタの望むサプライチェーンがこの地で作れるか必死になって考えてくれているのです！　私は何があっても、彼らとの本当のモノ作りにこだわります！　それがニッタのやり方です」

そう言いながら立ちあがっていた。かのフィリップ・マーロウは言った、「撃っていいのは、撃たれる覚悟のある奴だけだ」と。覚悟は……、できていると思いたい。

「私は現地のメンバーたちも交え、試行錯誤を繰り返す中で、新しく生み出される車を〝LEAP（跳躍・躍動）〟と名付けました。それは、ここの現地の人たちをはじめとした仲間たちと、〝リープ・オブ・フェイス（Leap of Faith）〟という約束をしたからです」

「どういう意味だね？」

「Leap of Faithとは、〝証明できず目に見えないことでも、信じることを選択すること、信じることへ向けて跳躍する〟という意味です。何があっても、どんな困難が立ちはだかっても、信じることを選択しようと仲間と決意をしたのです。私はその約束をきちんと果たしたいと思っています。このバンガロールの現場を通して、ニッタのモノ作りを実現することへの意義・コダワリを見ていただきたい！」

おそらくこの倉庫に集う全員がこちらを見ていた。このインドの地で闘うには、きちんと意義を持ち、互いのコダワリを見せなくてはならない。海外展開というその見かけの華やかさの裏にある、大切なものを見逃してはならないのだ。

「たしかに、君はいつも持論を威勢よく口にする。そして二言目には、モノ作りの精神や現場の思いを説く。なら、やってもらおうじゃないか」

何をですか？　と言いかけてやめた。恐ろしくて聞けなかった。「あと、半年だ。来年3月までに号試（号口試作《ごうぐち》）を行う！」

阿部が言い放つ。まるで拳銃を撃つかのような強い声だった。

「号試」、とうとうその時が来たか。号試とは、実際の生産ラインを使用して行う試作のことだ。生産ライン上で非効率な点や問題となる点がないかを洗い出し、最終的に国に認可を受け、量産に入る前の最終段階ということになる。それを2〜3回繰り返すのが、通例だ。いや、ちょっと待て。半年後！

「常務、半年後に号試なんて無理です！　まだ詰めなくてはならないこと、このワダを見て改善しなくてはならないことがあります」

「いや、われわれに時間は残されてはいない。君が言う、〝何かを実現することの意義・コダワリ〟、それを一発号試で見せてもらおうじゃないか」

「1回だけの号試で……」

そんな号試は、聞いたことがない。だが阿部の目は本気だった。それまでに生産ラインという根底となるプラットフォームから、人が行う作業ノウハウのソフトまで、すべてがきちんと整っていなければならない。そんなに急ぐほど、ニッタは追い詰められているということなのか。

「もしできないときは――」

「そのときは？」

「君も、ニッタも沈むときだよ」

ぐるぐると気怠そうに首を回して阿部は言った。

第五章　資源戦争

2008年10月、暗黙の絆　田布施淳平

楠見マキが赤いショルダーバッグを抱えて、新田自動車東京本社のエレベーターを降りる。黒に薄い水色の水玉をあしらったスカート、足下には細い足にまとわりつくようなグレーのスウェードのブーツを履いている。白いタートルネックを着て、上品なベージュのトレンチコートがくっきりと身体のラインを映し出す。いつものマキがそこにいた。

セキュリティ・システムに社員証を掲げると、駅の改札のように小さな扉が音もなく開く。エントランスへ向かう天井の高いホールにはこの季節にしては強い夕日が差し込み、天井のガラスで屈折した光が不思議なアートをフロアの上に織りなしていた。マキがバッグを肩にかけ直し、眩しさを遮るように手の平を目の上にかざした。すかさず手を上げる。マキに帰国したことは、言っていなかった。約1年半ぶりの再会だ。

「どうしたんですか、こんなところに突然現れるなんて……」

「出張のついでにここへ立ち寄った。驚かそうと思って」

出張にも2通りある。頑張っていますと本社に潑剌と顔を見せる出張と、予算会議で叩かれるためにいやいや来る出張。今回はその後者だ。

「その顔の傷は？」

「ボクシング始めたんだ、アフリカで」

「仕事とボクシング、どちらが本職ですか？」

「そりゃあ、決まってんだろ」

「ボクシングですね」

マキは自分で言っておきながら、くすくすと笑った。

あの事情聴取された一件以来、自分の身は自分で守る、そんな当たり前の動物的本能が生まれたのは事実だった。

「少し、歩かないか？」「逃げないならいいですよ」「逃げないよ。わざわざ会いに来たんだ」照れくさい会話が続く。こういう時間も悪くない。オフィスビルを出ると、日中の生ぬるい日差しから刺すような冷たさに変わった風に身を固くする。

「そうだ、行きたいところがあるんです。付き合ってくれますか？」

こちらが頷くまでもなく、マキは大通りでタクシーを拾う。二人を乗せたタクシーは、東京の街の人込みや喧騒をかき分けるようにして南へ向けて走り抜けた。

「どうですか、モザンビークは？」

「慣れたと思いたいけど、仕事も生活も、きちんと筋書きどおりには行くものじゃないさ」

「そうですか……。でも、心配いらないと思います。新田自動車も、1962年に南アフリカのダーバンに工場進出を成し遂げた。今でこそ従業員約7300人、年間20万台を生産する一大拠点になったけど、そこに辿り着くまでは本当に筋書きどおりではなかったって聞いています」

マキは自分が聞いた話を整理するように、一呼吸を置いた。「1994年まで続いたアパルトヘイト（人種隔離政策）に翻弄されながらも、教育を受けたことのない黒人従業員に一から技術・技能を教え込んだ。そして経済制裁や治安の悪化、政府からの干渉を受けながらも必死でその地に車作りの芽を植え続けた。その筋書きのないゴールをめざして最前線にいたのは、その地に骨を埋《うず》める覚悟で派遣された、ニッタの優秀な熟練技術者たちだった」

「立場は違えど、つらい思いは同じだったたと思う」

「彼らはあきらめなかったわ。その努力が実り、今も南アフリカの政府が、〝ニッタは国にとって大切で絶対的な存在だ〟と言うんです。あまり軽率なことを言うべきではないのかもしれないけど、田布施さんならできるって、私、そう信じています」

マキの躊躇《ためら》いのない言い方が好きだった。

「そうだ、君の送ってくる手紙、感謝している」

モザンビークへ赴任してからしばらくして、突然マキから手紙が届きはじめた。メールを使ってこまめに連絡を取り合うというきわめて現代人的な慣習が、マキにはない。2週間に1度のペースで手紙は届いた。最近友達と行ったレストランの話、飼っている猫の話、上司のミスした話……、そしていくつかの写真とともにそれらは送られてきた。どの写真にもマキは写ってはいない。恵比寿の雑踏だったり、銀座の夜景だったり、そんな人の息遣いが聞こえてきそうな写真ばかりだ。

「手紙も写真も正直助かっている。何かに〝つながっている〟感覚が、俺の心のどこかに残るんだ」

つながっているどころか、アフリカにいてもすぐ横に君がいる気がするよ、と心の中で言う。

「よかったわ。嬉しい」

マキは、そよ風に気持ちよく揺れる樹木の葉のように笑う。でも、しばらくすると風がやむように静かにそれは消えた。都会を行き交う人込みを、窓の外に眺めてマキは言った。

「一人でモザンビークにいるのって怖いですか？」

「怖くはないさ。慣れている」

「慣れている？」予想外の反応が返ってきたときにマキがする顔だ。鼻が小さく膨らみ、目尻に小動物のような優しい小皺ができる。

「俺の父親は小さいときに失踪したんだ。まるで季節がゆっくりと姿かたちを変え、その頃になると移り変わるようにね。きわめて自然にだ。それ以来、一人でいることには慣れている」

「何があったのですか？」

マキはその感情を直に受け止めたいという顔をした。

「あの日、いつものように両親と弟と家族４人で夕食を終えた。弟は小学校であった喧嘩の話をして、俺は新しい自転車を欲しいと父親にねだった。父親はいつものように淡い微笑みを家族に配り、他愛ない話で母を笑わせた。いつもの変わりない時間がそこにはあったんだ」

「前触れも、何かの兆候も、そして意図的な示唆も何もない時間」

「そう。しばらくして、家の隣にあったコンビニに、煙草を買いに行くと言って父親は家を出た。そして二度と帰ってこなかった」

手の平を上に向けてふうと息を吹きかけると、「煙のように跡形もなく消え、そして家族には戸惑いと不安の時間だけが残された」と言った。

「想像がつかないくらい寂しくて悲しい時間がやってきた？」

「突発的なことに対して、人は原因と理由を求める。もちろん俺も家族もそれにたっぷり気の遠くなるような時間をかけた。しかしそこには答えなどなかった。わかったことは、誰もが同じように〝大丈夫〟という簡素な3文字を家に置いていくという事実だけだ。気がつくと2年ほどで、父親の香りは跡形もなく家から消えた。消えたのはそれだけじゃない。家族からも笑顔が消えた」

「あなたは孤独で、寂しくて、震えた」

「少しの間は。でも記憶という棚には、もう置かれていないよ。それ以上でも、それ以下でもない。人は裏切り、騙し、そして傷つける生き物なんだ。たとえそれが肉親であろうと。自分を愛するということは、論理的に考えると、そういうことになる。逆に絵に描いたような温かい家族の絆でつながっていることのほうが虚勢であり、見せかけであり、偽りだと感じた」

「人はいつか何かを失うということですか？」

「そう。だからもう世界のどこにいようとも、一人でいることには慣れている」

マキは無言でこちらの頭をなでると、肩に包み込むように引き寄せて抱きしめた。実に自然な仕草だった。何も言わずに、身を預ける。マキのことが好きになっている自分がそこにはいた。

しばらくしてタクシーは校門らしき古びた門の前で停まる。都会の中に突然現れる鬱蒼とした森の入り口を、その校門は彷彿とさせる。かろうじて古びた門らしき構えと、薄くなって読めない学校の名前が刻まれた木板があるので、学校だとわかる。校門は開いていた。

「私がいた高校です」

「高校？　へえ、こんな都心に高校があるんだ」

「ミッション系の素敵な学校。でも……あまりいい思い出はないけど」

「結構、いいところのお嬢さんだったんだ？」

「ううん。その逆です。だからいい思い出がないのかも。うちはさほどお嬢さんの家ではなかったわ。お母さん早くに死んじゃって、父子家庭だったし」

「お母さんが……いないんだ？　ごめん。さっきは変な話をしてしまって」

マキは小さく首を横に振った。緑に溢れ、零れ落ちる夕日を優しく受け止める土と砂利石で道は敷き詰められていた。その道を校門から校舎まで静かに歩くと、田舎の雑木林の中を歩くような爽快感が二人を出迎える。砂利道から逸れ、校舎につながる中庭に出る。その片隅に、ひっそりと立つマリア像がその横に立つ寂しげな少女の像を温かく見つめていた。

「ここは富裕なご家庭の友達ばかりで、やっぱり私、馴染めなかった。それに何かと厳しいの。いつも監視されて、土足で心の奥底までずかずかと立ち入られる感じがしていたわ」

マキの口調から、赤の他人に見せるような敬語が消え始める。心を許してくれている証拠だ。

「スカートを短くするなとか？」冗談交じりで言うが、マキは笑わない。

「そんなの序の口ですよ。規則を破るとすぐに親が呼ばれちゃう。でも一度、お父さんがかわいそうだなと思ったときがあったんです」

「何があったの？」

「友達との交流がうまくいかなくて、周囲とは距離を置いていたんです、私なりに。でも、あるとき、他のお金持ちのお友達の荷物が盗まれたって話が持ち上がった。それが私ではないかって陰口を叩かれた。しかもそれだけなら許せる、私も自分で孤独を癒せる人間だったから。でも私の担任は、お父さんを呼び出したの。盗難事件に関して容疑が私にかかっているってお父さんに話したんです」

「ひどい話だ。残酷すぎる」

「お父さん、普通のサラリーマンで、忙しくて仕方なかったのに。きちんとスーツを着て学校に謝りに来て、自分の娘は容疑者だなんて言われて……」

マキは少し腹立たしいという気持ちを言葉尻に乗せる。「そうなると、学校の先生なんて、判決を下す裁判官のようなもの。呼び出された親は被告人って感じで」

「お父さん、肩身の狭い思いをしたね、おそらく」

「肩身の狭いなんて言葉では表現できないわ……」

マキは校舎の前まで来ると、古びたベンチに腰をかける。そして、「マキさんのお父様、今日は、あまりよいお話でお呼びしたのではありません」と、当時のその女教師をまねるように背筋を正し、気取った声を出す。折り目正しい白いブラウスに鮮やかなスカーフでアクセントを施した40歳過ぎの担任教師を想像した。

「お父さん、あの日、このベンチで私を待っていた。私、お父さんが呼び出されているのを知らなかったの。でも、このベンチに座るお父さんを遠目で見たとき、直感的にわかった。でも……、お父さん、何にも言わなかった」

マキは下を向き、足を空中でばたばたさせながら何か考えている顔つきをする。「私、わかってしまったの。お父さんが学校に何しに来たかを。しかもそれはあんまりいい話ではないってことも。でもね……お父さん、見せたのは笑顔だけ。やられたと思ったわ」

「やられた？」

「泣いちゃうじゃないですか。普通の親であれば、私の意見を聴く前に、〝おまえがやったのか〟って厳しく問い詰めるかも」

マキはそう言うと、こちらの左手に細い指を預ける。マキと手をつなぐのはおそらくはじめてのことだ。無言でそっと静かに折れそうなマキの手を握り返す。そしてほんのわずかだが、モザンビークでこの手を握れたらと考えた。「私とお父さんの間には、友情に似た、確かな〝暗黙の絆〟がそこにはあったんです」

「暗黙の絆」その言葉が持つ不思議な空間に吸い込まれる。

「互いの心の中にある不安や孤独から来る痛みは、決して癒されることはないと、私たちは知っていた。それは、お母さんが突然死んだ後、肩を寄せ合った生活の中で二人が見出した何物にも代えがたい答えだった。二人にはそれが必要だったんです」

モザンビークで、自分には、そんな暗黙の絆さえ見えてこない。

「そして……、あの日、私が寝るときに部屋の電気を消し、ドアを閉める寸前でお父さんは一言だけこう言った。〝父さんは絶対にマキの味方だよ。絶対に守るから心配するな〟って。私、電気を消した暗闇の中で、堰を切ったように泣いた。涙を抑えきれなかったことは、その前も後も一度もなかった。もしかしたら、お母さんに対する思いも含まれていたのかも」

小さな微笑みを浮かべたマキは、「だから私もあなたの孤独や不安はよくわかる。でも絶対に味方だから。私が守るから、安心して……」と言った。

しとしとと降り続ける梅雨のように静かで、ゆっくりとした口調で話すマキの話し方は、存在を忘れられた山の清流のように穏やかな情景を運んだ。マキの目をゆっくりと見つめ、静かに抱き寄せた。暗黙の絆、ここにあるじゃないか。この腕の中に。校舎の片隅にあるメタセコイアの巨木が枯れた枝をしならせ、互いを守るように抱きしめ合う二人を優しく抱擁し、秋の〝最後の踊り〟に興じていた。

2009年2月18日、サハリンB・プロジェクト稼働記念式典　田布施淳平

サハリンの州都ユジノサハリンスクから車で揺られること1時間半、沿岸部の液化天然ガス（LNG）積出港プリゴロドノエへ向け、要人を乗せた黒塗りのハイヤー数台が雪原を駆け抜ける。日本の麻生首相、ロシアのメドベージェフ大統領（元第一副首相）の両首脳が出席し、サハリンB・プロジェクトの稼働記念式典が厳粛に執り行われた。沿岸部に巨大な氷が漂い、遠目には、冷凍されたように静かに接岸しているLNG運搬船「グランド・アニワ号」が見える。

記念式典の会場内は暖房をフル稼働しているが、この日に向けて取り急ぎ設営されたためか、ひどい寒さが忍び寄る。厚手の耐防寒仕様のブーツを履いていても足下は氷水に浸かっているような感覚しかない。外の気温は氷点下20度に達し、それも仕方ないかとあきらめた。ここは南国の地・モザ

ンビークではない。

式典の冒頭、厳粛な雰囲気の中で日露の首脳同士が登壇する。着手から17年を要したプロジェクトの稼働に対して、互いに形ばかりの祝辞を述べあう。ステージ上に設置された巨大スクリーンに映し出された麻生首相は、幾分緊張した面持ちで、「ロシアがアジア太平洋地域における建設的なパートナーになる歴史が始まった」とロシア側を持ち上げた。

総産出量の6割は日本向けに輸出され、そのうち年間150万トン規模を引き受ける最大輸入先の中央電力会長が、満面の笑みを浮かべて最前列に陣取る。五稜物産は、社長の澤村を筆頭に、神野、尾関、吹田が列席する。そしてモザンビーク駐在の自分もプロジェクトに長く携わった関係者として、尾関の計らいで列席を許された。

寒さは苦手だ。目深にウシャーンカ（毛皮のロシア帽）を被り、厚手のコートにマフラーを二つ重ねて巻いても耐えられない。モザンビークで暑さに慣れた肌は、サハリンの寒さで乾き、そしてひりひりとした痛みを伴った。尾関は黒いカシミアのチェスターコートだけをきちんと着こなし、寒さを気にする様子はない。

首脳がスピーチする演台の前に赤い絨毯で通路が作られ、その左右に日露それぞれの列席者が交わるように座る。尾関たちは後方に座っていたが、通路を挟んだ前方に、ロシア天然資源省大臣のアレクサンドル・ドラチェフスキーの姿が見える。その横には、太り切った身体を折り畳むように座る男がいた。今は副首相に就いている、〝あの〟セルゲイ・シュメイコ（元天然資源省大臣）だ。

その禿げた後頭部をじっと見ていると、後方に偶然振り返ったシュメイコと目が合う。シュメイコは、にやついた笑みを田布施に送り、冷やかすように首をすくめて見せた。あの2006年のときの交渉の場がよみがえる。

「あの野郎……ふざけやがって……」

吐き捨てるように言うと、怒りを鎮めるまじないのように、ウシャーンカの中に目を隠す。そして、最近震えが止まらなくなっていた左手を擦る。現地の医者からは、精神的なものだとだけ説明があった。1度行ったきり、病院には行っていない。

「シュメイコたち、また卑劣な行動に出たみたいじゃないか」

隣に座る尾関が言った。「奴ら、サハリンAの一部鉱区の開発に対して、停止命令を先ほど発令したらしい」

「ロシア政府が、2009年の事業予算の承認を拒否したのが理由と聞いています」

サハリンA・プロジェクトは、五稜物産が関与するサハリンBとは別に、サハリン島北部東岸のチャイウオ周辺で開発が進められていた。経産省（当時・通産省）が主導していたプロジェクトだ。原油・天然ガスの生産分与契約をロシア政府と締結したのは1995年と早かったが、ロシア国内の政治的駆け引きに巻き込まれ、まだ本格生産のめどが立たない。

「本音はやはりサハリンAの利権に対して、分け前を要求したいのだろう」

「中国に対する卸値の10%という破格の安値で、ロシア国営のガスプロムに卸すよう要求しているという話も聞こえてきます」

「それを拒否したら、このざまか」

尾関は先を読む口調で言った。ガスプロムは、五稜物産も権益を譲渡したロシアの天然ガス独占企業だ。今日までに、国営企業として、ガス生産の9割と輸送網を1社で独占するまでに成長した。天然ガスの生産高（採掘量）は全世界規模でも約23％を占め、埋蔵量ベースでは約1万7800立方キロメートルと、世界の38％にも及ぶ資源権益を押さえている。この日参列したロシアのメドベージェフ大統領も、ガスプロムの会長だったことがある。現政権と密接に利権が絡んだ企業だ。

「そんなことが許されていいのですかね」

「まあそうかっかするな。俺たちは17年もかけてここまでやっと漕ぎ着けたんだ」

安堵の表情の中に、ロシアの強《したた》かさの先にあるモノを見ろと言っているように聞こえた。

「それにしても、神野本部長も本部長兼任のまま執行役員に昇格ですか……。何もしなくても、勲章は結局奴みたいな人間に行くのですかね」

「田布施、それが組織ってものさ」

「その一方で、俺はアフリカで息が絶えるかどうかの瀬戸際にいる。最近では戦地の最前線で死ぬことの、ある意味〝誇り〟を感じるようにさえなってきました」

痩せこけた頬とやけにぎょろぎょろと動く目が、何かに追い詰められた獣を連想させると自分でも感じていた。この顔で「誇り」か？　と自嘲しそうになる。

式典はひととおりのセレモニーを終え、休憩時間に入る。参列者たちが一人また一人と席を立ち、自分と尾関も凍りついた体をほぐすように席を立つ。

「モザンビークでもう2年が経つな」

「事務所も現地で雇用した社員が2名に増えました。あいかわらず週末は南アフリカのヨハネスブルクに帰って暮らす二重生活ですが、モザンビークも悪くはないです。モザンビークのホテルにずっといます」

「モザンビークのほうが暮らしやすいか？　それともいい女でもできたか？」

「尾関さん、そんなんじゃないですよ。落ち着くところを見つけたんです。沖合3・5キロメートルほどのところに、モザンビーク島という島があります。モザンビーク北部のモザンビーク海峡とモスリル湾の間に位置する島です。漁業の街ですが、ノサ・セニョラ・デ・バルアルテ礼拝堂、サン・パオロ宮殿以外には、取りたてて何もない」

「よさそうな場所だな」

「静かですよ、廃墟みたいに。世界遺産なのに観光客らしき姿は、ほとんど見ません。海岸沿い3キロメートルほどの道のりをゆっくり散歩して、現地の人に交じって釣りをします。そして1610年建造の宮殿の礼拝堂で心を落ち着かせ、その玄関先で本を読む。飽きたら散歩をして、街角のベンチで横になり、子どもたちが遊んでいるのを眺めて過ごす。至福の時間です」

現地の風をこの瞬間も思い出すことができる。「俺……、思うんですよ。世界における競争に引きずり出されても、日本が誇る大切なモノを愚直に信じるときなのかもしれないって。そうやって日本という国は、〝覚醒〟していくべきだと思います」

「かもしれないな。おまえも、その覚醒の一端を担っていることを忘れるなよな」

「辛抱強くやってはいますけど、まだ何も出てきません。ですが、政府官僚との折衝や、オペレーターのデルコアとの協議、その他ファイナンスや生産開始後のマーケティングを見据えると、人材が必要になってきています」

「その件だが――」

急に雨雲が近づいてきたように、尾関の眉毛が曲がる。すでに芳しくない答えを持っているときの顔だ。左手がまた少し震えた。隠すようにすぐその手をポケットにしまった。そのとき、背後から声がした。殺したいほど懐かしい声だ。

「君は、田布施室長ではないか。こんなところで一体何をしているんだ？」

「なぜここに古新聞が置きっぱなしなんだ？　ちゃんと片づけなきゃだめだろう」という言い方に似ている。背後の席から話しかけてきたのは、本部長の神野だった。「ここは君が来るところではない。君はもうサハリンＢ・プロジェクトから足を洗ったはずだろう」

「本部長、田布施は実質的にこのプロジェクトの中核メンバーでしたので、私が列席するように言いました次第です」

「尾関君も、人がいいねえ。一刻も早くモザンビークで成果を出すべきだと私は思うがね」

神野は以前より恰幅もよくなり、順調に社内での出世競争を勝ち抜いている余裕を感じさせた。神野の横で、儀礼的な会釈をした男がいた。ロマンスグレーの髪に丸顔、趣味の悪い赤、青、黄色の縞模様が入ったネクタイを苦しそうに締めている。見た目は、まるで〝パプリカ〟だ。以前尾関が口にした、経産省大臣官房審議官の本間だ。

「本部長、この機会に、お願いさせていただきたいことがあります。二つのことが喫緊の課題となってきています。人材が圧倒的に足りません。本社からの派遣員の追加増員を希望いたします。それと――」今度は本間に向き直る。「今後のガス採掘成功、そして本格的な開発段階を見据えますと、政府や経産省としてのモザンビークへの働きかけが必要になってきます。ぜひとも、お力添えいただきたくよろしくお願い申し上げます」

「君も冗談がうまくなったねえ。〝本格的な開発段階〟なんて、きちんとカネになるガス層を発見してから言ってくれ。それさえも見つかっていないのに、何を言っているのかね？　それに人材不足は、駐在している誰もがそう言う。欲しけりゃ、自分の足で社内を探せばいい。君に声をかけられて、誰も行きたがる者はいないと思うがね」

「人材はなんとかさせていただきます。ですが、冗談を言っているつもりはありません！　中国も派手に政官財一体となって資源外交に精を出しています。本格的に政府同士の信頼関係がないと、結局モザンビークに広く眠る資源は中国に奪われることになります！」

「今日は式典だよ。何をこのお祝いの場で言っておるのかね」

「いえ本部長、田布施の言っていることは、あながち間違いではありません。１９９０年代半ばから中国は国家を挙げてアフリカへ向かっています」尾関が口を挟む。

「ご指摘のとおりですな」鼻の下を指でなでながら、はじめて本間が口を開いた。「中国の原油需要は３億１０００万トン、年率約15％の猛烈な勢いで消費量は伸びている。猛烈な勢いで加速する経済成長を支えるには、国家戦略として長期安定的なエネルギー資源の確保が必要となる。米英の影響が少なく、むしろ反民主主義を掲げるような資源国へ政府主導による武器輸出とのパッケージで乗り込むこと、それが中国のやり方です」

「ほう、さすが本間審議官、中国の動きをよく摑んでいらっしゃる」

神野が一段高い声を出す。

「モザンビークの政府筋の人間も、その姿はまさに〝ジャッカル〟だと言っていました」

「ジャッカル」とは、徒党を組み、ライオンなどの猛獣の食べ残しを命がけで漁る、野蛮で荒々しい習性を持つ動物だ。神野は「ジャッカル」の響きに、眉をひそめた。

「田布施さんとおっしゃったかな、中国のやり方を経産省も承知しています。2007年にアフリカ8ヵ国歴訪を果たした中国の胡錦濤国家主席は、アフリカ初の〝中国経済貿易協力区〟の設立で合意した。それにより、アフリカ各国と経済、資源、教育、福祉などの多分野で、合計50項目以上の協力協定に署名を果たした。国家を挙げての、組織的外交による成果です。でも、われわれも同じことをすればいいというわけではない」

「どうしてですか？　もう日本はやらない理由を探しているときではありません」

「田布施室長！　審議官に向かって何だその態度は。いいかげんにしたまえ。君がやるべきことを、やってから言ってくれ。いいか、あと期限は3年ないぞ」

「神野さん、構いませんよ。われわれ経産省も、何もやらないと言っているわけではありませんから。昨年の5月のアフリカ開発会議でも、結局日本は最大40億ドルという円借款の大幅な増額を謳いました。まずは一歩ずつ前進です」

「モザンビークと直に交わしたのは、無償資金協力に関する書簡の交換だけです。政府も経産省も何にもわかっていないですよ！　アフリカなんて、どの国も中国とべったりだ。スーダン、アンゴラ、チャド、ジンバブエ、ナイジェリア……そんな国、山ほどある」

「百も承知です。先日、在スーダンの日本大使が言っていました。紛争地域だろうとなんだろうと、数千人規模の労働者を国家ぐるみで送り込んで中国は権益確保に走っているって。それが本当なら、なおさら、日本がまねできるやり方ではない」

「中国にはそれだけ危機感があるということです。生きるか死ぬかの危機感です！　一体この日本は、どうやってパラダイム・クリエーションすべきとお考えですか」

〝パラダイム・クリエーション〟、どこか懐かしい響きがした。あのサハリンBで、社長の澤村に進言するときに言った言葉だ。家の棚の奥にずっとしまわれていたように、埃を被っていた。

「それじゃあ、奪いにでも行きますか？」

本気とも、冗談とも、区別がつかない言い方を本間はした。「米国には、溢れんばかりのシェールガスというカードがある。ロシアは豊富な国内資源を外資に掘らせ、おいしいところを強《したた》かに奪い取ろうとしている」

「日本には――」

「何もないのです、何も。政府の役割は、社会のエネルギーを結集すること、問題を浮かびあがらせること、そして選択肢を提示することです。したがって、あくまでもゼロを1にするだけなのかもしれません。それを10にも100にもできるかどうかは、田布施さん、あなたのノイズにかかっているんですよ」

本間の口元に、官僚としての自負と誇りがわずかに浮かび上がった。

「ノイズ？」

「資源の確保には、きちんと〝ノイズ〟を起こせるかということが問われる。単なる〝騒音〟ではありません。議論をしたり、威嚇をしたり、トレードオフで揺さぶったり、時として怒号を発して主張したり……。すなわち、何かの大きな動きを生みだすノイズです。最前線のあなたに求められているのは、そのノイズです」

「何を言っているのですか！　そりゃあ、あんたら官僚や政治家も同じだろう」

「もうここまでだ」神野が割って入るようにして手を広げる。「審議官、もうこんな議論にお付き合いいただく必要はありません。最前席にお席をご用意していますので、そちらに参りましょう」

本間の背中を強引に押す。

「田布施さん、やるべきことをやっていないのは——」

神野に急かされた本間が、最後にこちらに振り返って何か言おうとする。しかし会場の喧騒にかき消され、耳には届かない。

「この日本だよ」代わりに、尾関が言った。「結局のところ、日本にはそのノイズを起こす上での胆力がない。根気というか、情熱というかそういうものだ。でもな、田布施、選択肢を突きつけられたら、あえて闘う道を選ぶような人間が、本当の意味でノイズを起こせるんだよ」

「まだ俺も経産省も、ファイティングポーズが足りないのですかね」

もう壮絶な資源戦争の渦中に日本はいるのだ。資源戦争の答えは、カオスの中で探し出すものであって、与えられるものではない。誰もそれに気づいていない。それなら誰がやる？　俺がやるしかないじゃないか。

2009年3月、号試当日　北條哲也

透明の葺《ふ》き材が格子状に敷き詰められた天井からは、インドの明るい陽光が滴り落ちるように工場内に注ぎ込む。この現場を支えてきたインド人たちの心に、あとどれだけ希望の光を注ぎ込んで

あげられるのだろうか。あとどれだけ、この現場で関わる人間たちの思いに耳を傾けてあげられるのだろうか。その思いなくして自動車のモノ作りはできない。

生産ラインの従業員、部品メーカーの人間、このインドにおける地域の人々、あらゆる人々がその信念を丹念につなぎあわせて自動車は作られていく、その思いに曇りは今日もなかった。

ここまで開発に当たっては、極限まで現地での生活仕様や運転習慣を調査し、徹底的にこだわった。インドの悪路での走行をタフにこなす高い強度、インド特有の暑さの中で携帯必需品である水を持ち運ぶための冷却機能付きグローブボックスの設置等、ニッタ独自の〝コダワリ〟は許す限り盛り込んだ。

最も頭を痛めたのは、やはりコストを極限まで抑えることだ。つねに頭にあったのは、あのワダの存在だ。ワダを上回る車を作り出すために、個々の部品に求められる機能や性能をゼロから見直した。ワダのように何でもいいから削ればいいとは考えず、スペック過剰かどうかを見極め、きちんと車の耐久性や安全性を考慮しながら仕様を一から作り上げる工夫を凝らした。そのために、ニッタ本体の聖域とでも言うべき設計図面も部品メーカーとともに作るやり方に変え、現地に最適な設計図面に落とし込む作業を協働した。

さらに、現地で安定したコストの安い部材調達のために、新しいサプライヤーの開拓に惜しみなく時間を費やした。ほぼインド全土の部材メーカーを回り、インド製鋼板を採用するなど、ニッタにしては革新的な選択をした。そのためには、幾度となく本社を説得し続けた。試作車ができた後、延べ約20万キロメートルにも及ぶ走行テストを繰り返したのは、たとえ現地調達部材でもニッタの安全や品質基準をクリアできることを証明するためだった。

そういった一つひとつの血の滲むような積み重ねが、今日のこの日一日ですべてを判断されてしまうことに依然として強い疑問を抱いていた。でも、やるしかない。阿部という男は、決断を白黒できっちりつける役員だ。こちらも本気で勝負するしかない。ここインドでのニッタの執念が実るのか、それともインドをはじめとした新興国への足掛かりを失うのか、決定的な分岐点に、今自分は立っているのだ。先ほどからじっと首を上げて見ていた陽光が、その自分の覚悟を試すようにゆっくりとそしてじりじりと肌に突き刺さる。

見上げていた天井から視線を戻すと、その先に阿部がいた。関係者がこの号試のために、ここバンガロールに集結していた。今回は副社長の御曹司、新田修一郎も駆けつけていた。それだけこの「号試」は、全社を挙げた真剣勝負ということだ。

「正念場だな」

阿部はどこかの美術館の奥底にしまわれていた彫像のような皺を頬に作り、その一つひとつをていねいになでながら言った。職人らしさを秘めるその阿部の目が、自分の親父とどこか似ている気がした。

親父も「正念場」と言っていた頃がある。トナーを作るという地味な親父の勤め先が潰れかけたときだ。「今が私の仕事の正念場なんだ。君も理解してくれるね？」と母親に言っていた。母は、「心配していませんから」と気丈に答えていた。

トナーなんて無味乾燥なモノ作って、その先にバラ色の人生なんかなくて、そして惨めに身を削る疲れた人生、学生時代は正直そう思っていた。息子に話すことは、〝学校は楽しいか〟と〝宿題やったか〟の2通りしか存在せず、関心があるのは新聞の一面を飾る躍動するビジネスの潮流ではなく、愛する論語の本だ。それが、覚えている親父だ。

「本日、このような号試の機会をいただけましたことを、常務をはじめ経営陣の皆さんにはお礼申し上げます」阿部の目を見て小さく頭を下げる。

「私は現場に対して、手加減はせん。ダメなときは、きちんと責任を取ってもらう」

「承知しています」

目を閉じ、口元を固く結びながら言った。自分のこの首を差し出すだけで守れるものがあるなら、何も惜しくない。

「それで、結局どのくらい〝現地化〟はできそうなんだ？」

「70％まで現地調達比率を高めることができました。ケイレツの皆さんのおかげです。たとえ進出していなくても、たとえ取引につながらなくても、現地部品メーカーと連携できるように多大なる支援をケイレツの皆さんからは頂戴することができました」

ふんと阿部は音になった鼻息を出す。そういう小さな絆の積み重ねが、ニッタを支えてきたのだ。そんなこと、本社の人間はどうでもいいのかもしれない。

「北條さん、現地調達70％って、やりましたね！」

どこで聞いていたのか、薄いブラウス姿の楠見が近づき、口を挟んだ。

「楠見さんも来ていたのか。それだけじゃないよ。取引をした１００社のうち37社は、新たにこの地で開拓することができた。しかも24社はインド企業だ」

「すごいじゃないですか！　このインドの地でケイレツの人たちの力も借り、現地のメーカーや地域の人と手を携えて新しいクルマを生み出す。ニッタのこだわり抜いたやり方だと思います。でも、当社の看板でもあるジャストインタイムでの物流は……難しいのですよね？」

「まだ日本国内のように分単位での部品納入とはいかない。しかし、ケイレツも力を合わせてくれて、遠隔の部品工場には中継のデポ（小型の倉庫・配送拠点）を設置するし、部品工場を引き取って回る回収と工場への納入の両面できっちり物流を作った。まずもって必要量の部品だけバンガロール工場に届く仕組みはできている」

「すごいですね！」

「実に不愉快だ」

自信を持って楠見に言ったつもりだが、阿部は虚ろな目で切りつけるように言い返した。

「なにが……でしょうか？」

「私の言っていた現地化の意味を、君は本当にわかっておらん。私が言いたいのは、エンジンやトランスミッションといった基幹部品も含めて、すべて現地調達に切り替えるということだ」

「すべて……。それは2年以内にはめどをつける方向で進めています。ですが常務――」

「基幹部品の生産をここで行うための人材、そのためのニッタのモノ作りが可能な土壌が育っていない、そう君は言いたいんだろう？　それは屁理屈だ」

「しかし――」

「さあ、君の屁理屈より、とっとと号試を始めようじゃないか。まずはこれを乗り切らないことには、本格生産に行き着くこともない」

手の平で追い払うようにして阿部は言った。インド人の作業員がこちらに駆け寄り、「準備が整いました」と言った。とうとう、この時は来た。複雑な気持ちを抱えたまま、ゆっくりとした足取りで生産ラインへと歩きだす。とにかく今はやるしかない。

「〝約束〟へ向けて、順調なんだよな」

肩を並べるようにして歩く熊谷が、そっと耳打ちするように言った。よからぬ企みが順調なのかを心配する子どものような顔だ。こいつもか、という言葉が口の中だけで弾ける。おまえは本社にいて紙の上でロジックを振りかざし、自分の思惑どおりに事が運ぶことを願っているだけじゃないか。こちらが置かれた立場など、熊谷にとっては、どうでもいいことなのか？　ふざけるな。

「さあな」

「さあなって、どういうことだよ？」

「今はこの号試に集中したいんだ。話は後にしてくれ」

「北條、変な気を起こすなよ。必ず力になるから。いいか、結末が大事なんだ、結末がさ。きちんとここで約束した結末を見せてやろうじゃないか」

結末？　この最終段階がどこへ向かおうとも、おそらく自分のキャリアの結末は変わらない。すなわち、終焉だ。誰も現場の思いを口にする者はいない。でも、誰かがやらなくちゃならない。それが皮肉にも終焉を迎える自分なのだ。いつもの自分を取り戻せ。そう、この場所が好きで仕方がない自分をだ。

生産ラインを動かし制御するコントロール台の階段へと向かう。その階段下に先回りした楠見が立っていた。弱く細い笑みだけをこちらへ見せる。仲間のキャリアの終焉を見るのはつらいとも、あなたは本当にやるだけのことはやったのよとも、どちらにも取れる微笑だ。それに小さく頭を下げると、「やってみせるから。僕やここにいる仲間たちのやり方で……、絶対にやってみせる」と独り言を呟く。

親父も最後にそう言っていた。リストラされる直前、親父は自分が作ったトナーを片手に持ち、「やってみせるから」と振り絞るように家族に言った。その言い方は悲観的ではなかった。親父の思いと信念が重なり、確信的に何かが始まる気がした。その後、奮闘した親父は、リストラで退職した仲間たちと力を合わせ、環境負荷を低減した新型トナーの開発に成功することになる。

階段を上った先にある司令台からは、工場内全体が見渡せた。各持ち場に立つ従業員たち一人ひとりと目が合う。この工場を生かすも殺すも、自分のこのスタートの号令で決まるのだ。みんな、この難局を、楽しもうじゃないか。本当の意味で、日頃から培ってきた信念のつながりを見せるときだ。それをできるのは、ここまで一緒に力を合わせてきたわれわれしかいない。

心の中でそう語りかけ、汗ばんだ手の平を見る。「もう限界だ」と言えばどれだけ楽になれるだろうかとも思った。だが、それはこの従業員たちと最後の一日まで力を尽くそうと誓い合った約束を、反故にすることになる。工場は閉鎖させない。必ずみんなを守る。そして新しい未開の地を切り拓く。

口元に力が入る。全員に向かって「やってやるぞ」と強く頷く。誰もがそれに小さく頷き返したように思えた。生産ラインを始動させるレバーに手をかけ、勢いよくそれを引いた。ブオーというブザー音とともに、ラインはゆっくりと動き出す。さあ、ショータイムだ。

各部品のプレス、溶接、塗装と順調に作業は進む。コスト削減で手作業のラインが増えたが、一人ひとり無駄な動きがなく、ていねいに仕上げていく。手作業といえば、部品や仕掛品の搬送も人力搬送を基本とした。台車に載せられたシャーシや細かい部品だけではない、仕掛かりのボディまでも、せっせと作業員2～3名が人力で運ぶ。もちろんその動線に一人ひとりが気を遣い、時間のロスはない。

組み立ての流れラインでは、このLEAPに息を吹き込む。塗装したドアをいったん取り外し、内装部品をセットし、天井、ヘッドランプ、ガラス、エンジン、バンパー、タイヤ、シート、ドア、ハンドルとしだいにその形が浮かび上がる。タクトタイム（各工程で費やせる時間のリミット）の範囲内で、作業は順調に仕上げられていく。

そしてLEAPの青く凜としたボディが、とうとう最終工程である検査ラインに姿を現す。「ラインオフ！　最終検査工程に入ります」という作業員の声が聞こえる。ブレーキやワイパー、ライトの点灯など、約2000項目に及ぶ検査だ。もうあと一息だ。

全員が先回りして、完成車置場で検査の結果を待ちうける。自分の心臓の鼓動が、耳にまではっきりと届く。LEAPが出てくるまで、異様に時間が長く感じた。しばらくして、インド人の作業員がLEAPと並走するようにして、走って出てきた。頭の上に両手で円を作り、問題なくOKだという合図を送っている。関係者の中から「おお！」と歓声があがる。

思わずガッツポーズを作り、雄叫びをあげながら自分も作業員たちに駆け寄る。生産ラインから出てくる仲間たちと次々に抱きしめ合った。よくここまで頑張ってくれたと、目を見て一人ひとりに言った。工場で働く多くの従業員が、経済的に車を持てる人たちではない。だから彼らは車の運転どころか、車に触れたことさえない人たちが多い。そんな仲間が、車の仕組みを知り、個々の部品が運ぶ機能や役割を学び、そしてユーザーに伝えるべき本質や価値を一から創り出したのだ。だからこそ、目頭が熱くなった。

後は、阿部が工場に併設されたテストコースを試乗する最終確認だ。阿部が颯爽とLEAPに乗り込み、エンジンをかける。身震いするようにLEAPは身体を揺らし、滑らかに発進した。さあ、走れ、LEAP。車は軽快に走りだし、ぐんぐん加速する。止まるな、足をかけ、そして、呼吸をしろ。このインド市場の荒波に立ち向かう小舟のように、コンパクトな車体が勇ましく胸を張って走る。そしてゴールを切ると、車は静かに自分の目の前で止まった。

「悪くない」

降車した阿部は、開口一番そう言った。従業員たちからも歓声があがり、全員が飛び上がる。

「やりましたね、北條さん！　クオリティ・レボリューション（品質革命）ですよ！」

駆け寄った楠見が満面の笑みを湛えて言った。

「それをなし得たのは、ここにいる現場の人たちの力だ。僕じゃない。部材や生産設備にどれだけ質のよいモノを使っても、それだけでこのLEAPの品質は生み出すことはできない」

そのとおりだと楠見は、大きく頷いた。その目は真っ赤になっていた。

「第2新工場で量産を開始する！　最低価格は50万ルピーを切って、49万9000ルピー（約95万円）をめざす」突如歓声を制し、その一言を押し出すように阿部が言った。

口から「第2新工場？　量産？　49万9000ルピー？」という言葉が漏れるように出た。

「初年度7万台の生産を行う。排気量1・5リットルのセダンと、1・2リットルのハッチバックタイプの2車種だ」

「そんなのいきなり……」

号試成功の喜びは瞬時に吹き飛び、目の前がぼんやりと暗くなる。どこにそんな量産をできる体制があるのか。現在第1工場で生産している既存車種と同じ規模で、いきなり大々的に量産するとなると、あきらかに話は違う。しかも今日ここまでやってきたことも、試行錯誤の繰り返しの連続だ。それを体系化し、システム化し、プロセスに落とし込むのは容易ではない。

価格にしても100万ルピーを切るところまで、ようやくもってこられたと言ったほうが正しい。全身の力が抜けた。阿部は新田と並び、我関せずという涼しい顔を見せ、LEAPを眺めていた。立ち尽くす作業員たちの後方から、熊谷と伊勢崎の顔がちらちらと見える。二人ともほくそ笑んでいるように見えるのは気のせいだろうか。さらに価格を落として、初年度7万台の量産など、インドでのモノ作りを決定的に失敗させる〝無理なシナリオ〟だと思っているのだろう。

「阿部常務、そんなに一気に拡大したら、約12万台にインドの生産台数が膨らんでしまいます。量産化するには、それをオペレーションする人材が必要になります。それにその価格は――」

「私はもう決めたよ。現地調達率も90％ないし95％まで一気に引き上げる。無理な話ではない」

阿部は聞く耳を持たなかった。「このLEAPをブラジル、アルゼンチン、タイといった国へ、2012年をめどに順次投入する。それだけではない。将来的には米国に次ぐ中核となる開発拠点を、このインドに打ち立てる。部品段階から現地設計し、このインドのみならずアジア全域での各国ニーズをいち早く反映させ、市場に投入させる」

「そんなにいきなり生産を立ち上げると――」

「問題が起きるとでもまた言いたいか？　それとも何か、この工場を閉鎖させるか？」

阿部はこちらを睨みつける。阿部と自分をインド人従業員たちが取り囲む。さあ悔しかったら、何か言ってみろ、そう阿部の目は言っていた。心が屈折して捻じ曲げられ、言うべき言葉が押し潰されてしまっていた。

再び遠くに熊谷の視線を見つける。熊谷は静かに頷く仕草を見せた。工場閉鎖の選択肢を取れと言っているのだろう。体中の血管が勢いよく逆流し、胸の奥のほうがきりきりと痛んだ。汗が背中を伝わるのを肌で感じ、膝が小刻みに震えていた。もう終わりを覚悟していた。

そのとき、一人のインド人が「リープ・オブ・フェイス！」と叫ぶ。それにつられるように他の従業員も、「リープ・オブ・フェイス！」と繰り返す。1人が2人になり、2人が10人になる。見渡すと、誰もがこちらを見て叫んでいた。この成功をさらなる跳躍につなげよう、そのためにやってやろうじゃないかと拳を上げていた。言葉より先に涙が頬を伝わる。本当に今自分が言うべきことは一体何なのか？　終わりの覚悟を、前に進む勇気に変えるときではないのか？　心が葛藤し、気持ちを抑えつけ、そしてようやく言うべき言葉を見つけだす。

「ニッタがモノ作りの呼吸を止めてはなりません……絶対にそれだけはダメです」

そう答える自分がいた。モノ作りの呼吸は止めてはならない。この従業員たちとならできる、自分はそう信じなくてはならない。でも、頭の片隅でずっと気になっていた。何を？　起こりうる問題に目を瞑ろうとしている自分をだ。

2009年6月24日、新田自動車新社長就任　北條哲也

号試に成功した翌月の4月、熊谷や伊勢崎の思惑とは裏腹に、創業家御曹司である新田修一郎の

社長昇格が正式に発表となった。社内の表裏で展開された泥仕合に、終止符が打たれたのだ。それ以来、鳴りを潜めたように、二人から連絡が来ることはなかった。

昨日の株主総会は予想以上に荒れた。２００９年３月期決算が巨額赤字に転落したと報告され、前社長みずから〝株主の皆さまにご心配をおかけし、誠に申し訳ない〟と陳謝する異例の事態となっていた。脳裏に、つい先日各紙一面に掲載された新聞記事が、おぼろげながら浮かんだ。


「新田自動車、１兆７５００億円の減益へ」


各社決算の中でも、突出して急落した新田自動車のネガティブ・メッセージは、メディアを釘付けにし、市場を震撼させた。２００９年３月期の通期営業利益は、マイナス１５００億円と期初予想より１兆７５００億円も減益となった。業績の急失速とは、まさにこのことを言うのだろう。

一方、２００７年に８９１万台を叩きだし、米国最大手のルネッサンス・モーターズを抜いて世界トップに上り詰めた世界販売台数も、前年比１３５万台減少の７２３万台に落ち込んだ。この一連の報道は、世に言う「ニッタショック」と呼ばれ、その発表翌日には新田自動車の株式はストップ安となった。その日以来、株価は底なしの下値を探す日々を続けていた。

株主総会の翌日である今日、全社員向けの社長就任演説を新田は行った。葬式の翌日に結婚式を挙げるようなものだと、新田が登場するまでは正直思っていた。だが、その予想はあっけなく覆される。予想を超える期待と歓喜の中で新田の社長就任は受け入れられた。本社大会議場の巨大な壇上に新田がリラックスした姿勢で立つと、あきらかに会場の空気がふわっと軽くなった気がした。

づけた。

保守的で伝統的な新田自動車の古くささは跡形もなく一掃され、新しい時代の幕開けを強烈に印象づけた。

「私は、創業家のためにここにいるのではありません。新田自動車のためにいるのです。この今日という日は、新田自動車にとって新しい時代の始まりを意味し、そして変化とともに再生を意味するのです！」

「もはや、この自動車産業における成長と進化のスピードは、今までと同じではありません。闘い方、ルール、そしてモノの見方・考え方・発想、そのすべてが変わりつつあるのです。それはまさに嵐の中の船出だ。その中で今日から私たちは起き上がって、埃を払いながら新田自動車という最高の車を作り上げる仕事をまた始めなければならない！」

「私の残された人生を賭して、新田自動車の再建・成長のために全力を尽くすつもりです。皆さんも、〝カムバック・ネクスト（原点に戻り、そして次に何をするか）〟について一人ひとりが自分自身に問いかけてほしい！」

最後のフレーズで片方の拳を天に向かって突き上げ、一気に従業員たちのボルテージは最高潮へと達した。就任演説を終えても拍手は鳴りやまず、高揚感で心臓が早鐘を打った。インドから一時帰国していた自分は、会場の後方で新社長の船出を見守っていた。

壇上では、新社長の新田によって新経営陣が紹介されていた。筆頭格の番頭である阿部は副社長に昇格し、新興国のみならず北米事業をはじめ、海外全般を幅広く管掌《かんしょう》することになっていた。ライバルと目された進藤は新田自動車本体を去り、ニッタ・グループの関連部品メーカー社長に収まることになった。もちろん、壇上にその姿はない。

最後に名前を呼ばれたのは、取締役に就くことになった最高技監の宗岡源次郎だった。「技監」とは、エンジニアの最高峰の役職だ。代々受け継がれるニッタの生産方式を深く理解し、長年培った技術力やモノ作りの根幹を語ることのできる人間だけが就くポストだ。余人に代えがたい雲の上の存在として、自動車業界の中でも一目置かれる。人間的にも他の範となる者が就くのが通例であった。

名前を呼ばれた宗岡が、ゆっくりした足取りで聴衆に背を向けて登壇する。そして壇上で振り返った宗岡の顔を見て、本当に心臓が止まった気がした。それは〝あの老人〟だった。2年ほど前、「新年度新田自動車戦略説明会」の場で汚れた作業着を着て、北條の意見に真摯に耳を傾けていたあの老人だ。宗岡は夏物のツイードスーツを着こなし、まるで別人のように凜として見えた。

生意気にも自分の意見をしゃあしゃあと語り、しまいには彼をどこかの生産現場のライン長かと思い込み、「おじさん」と呼んでしまったことは、痛恨の極みと言わざるを得ない。思わず口元から「しまった……」と声が漏れる。就任挨拶が終わっても、しばらくの間、その場を動くことができなかった。だが、技監である宗岡の取締役就任は、規模を追い求める経営姿勢からモノ作りの現場を重視する「原点」への回帰にこだわったのだと信じたかった。

2日後。ずっとインドのことが気になっていた。量産に向け、急ピッチで体制作りの作業が進行していた。号試のときの、つかの間の歓喜の余韻は跡形もなく消えていた。あの日以来、第2新工場の基本構想を練り続けていた。新工場の事業計画策定、各生産工程の課題の洗い出しとその見直し、作業効率アップのためのマニュアル化……、やることは山のようにある。

その上、従業員の〝質〟を確かなものとするため、技術員の導入にも挑んでいた。技術員とは直接生産を担う人材に寄り添うようにしてサポートし、技術を蓄積、現場の実務マネジメントを体系化する重要な役割を担う。これを日本の派遣員からなる技術員ではなく、現地インド人の中から育てようとしていた。本当にこのインドで永続的にモノ作りに挑むのであれば、現地の人間の手で、きちんと秩序正しく生まれるべきものを探し続ける必要がある気がしていた。

「北條副工場長、中へお入りください」

宗岡の秘書が役員個室から顔を出し、通路で立っていた自分のことを呼んだ。宗岡から呼び出しを受けたのは昨日のことだ。とてつもなく気のりがしなかったが、仕方なくこの場に出向いた。部屋に入ると、宗岡はすでに応接ソファに座っていた。

「あの節は……、大変失礼なことを申し上げまして、申し訳ありませんでした」

入り口ですぐに頭を下げた。まずは謝罪するに限る。

「いえいえ。頭なんか下げなくて結構ですよ」

宗岡は向かいの席を勧めるように手を伸ばす。そしてまるで貴重な彫像でも眺めるように、こちらの頭のてっぺんからつま先までをじっくりと観察した。向かいのソファに腰を落ち着けると、祁門《キームン》と呼ばれる中国安徽省産の紅茶が出される。その独特の甘いローズのような香りが、ほのかにその場の空気を和らげた。

「私はむしろ、あのとき、心なしか嬉しかった。あなたは、たんに〝なんとなく〟とやり過ごすようなことがあってはならないという、現場の人間としての意思を明確に持っていた」

「そう言っていただけると……恐縮です」

「〝経営陣〟と〝現場〟、そういう切り方をすること自体、紙の上だと非常にたやすい。経営陣が指揮命令をする監督で、現場の従業員が選手というわけだ。しかしあのとき、現場の人間との思いが、私自身一致した気がした。あなたは、そう思いませんでしたかな？」

「ニッタの現場には、自動車産業の歴史を担ってきたプロたちの存在があります。本当のプロが取る行動には、目的意識と情熱、そしてきちんとした意志があります。現場を踏んできた人間として、その思いをお伝えしたまでです」

「賢明です。現場の一人ひとりが意識すれば、それが点となり、結果として太い線としての力につながる。一人でもあなたのような、頑なに現場の信念を貫く人がいることが、私は純粋に嬉しいのです。今ニッタは、きわめて深刻なときです。一人のエンジニアとして、原点である現場に私も立ち返らなくてはなりませんね」

ニッタのモノ作りを背負い、一エンジニアとしての〝熱〟を大事に抱える宗岡がそこにはいた。一副工場長が面と向かうには恐縮すぎ、そして眩しすぎた。

「技監も深刻なときとご認識されていますか？」

「もちろんです。さらに業績は落ち込む可能性も高く、われわれの喉元に刃物が突きつけられている状況だということです」

宗岡が右手の人差し指と中指を立て、それを鋭い刃物に見立てて喉元に突きつける仕草をした。

「特に3工場を休止した北米は死にかけていると言っていい。リーマン・ショックが起きた昨年9月以降、底が見えない落ち込みです。米国は前年同月比25％を超える販売減が続き、約350億円の営業赤字に今期転落します。ニッタは米国市場全体で年間販売台数1700万台という前提で、生産設備も人員も投入してきている。昨年11月の販売実績を年率で換算すると、１０１８万台にまで落ち込んだことになりますね。それはすなわち」

「日本の国内市場以上のマーケットが、煙のように消えてしまったということになります」

「そのとおりです。ここにきて、急速な海外展開のツケが出てきたことは否めませんなあ。あなたはあのとき、言っていましたね。〝規模を追求し、その規模の拡大を下支えする海外生産拠点の立ち上げを急ぐことだけが、勝者の条件ではありません〟と」

宗岡はその言葉の感触を確かめるように、自分の手の平を眺めながら言った。

「その思いは、今も変わりません。ですが――」

「インドでＬＥＡＰの立ち上げを急ごうとしている、ですね？」

「ええ、そうです。でも矛盾していますが、インドの工場は守っていきたいと思っています……なんとしてでも」

「〝天のまさに大任をこの人に降《くだ》さんとするや、必ず先ずその心志《しんし》を苦しめ〟とはまさにこのことですな」

〝天は、大任を任せて大丈夫な人物かどうかを試すために、まず困難を与えてその心を苦しませてみる〟という孟子の言葉だ。「その意気込みと信念は買います。ですが――」

一瞬、宗岡の顔色が曇り、異様な緊張が空気を震わせるようにして伝わる。

「現場における体裁を〝変える〟、あるいは過去のしがらみややり方を〝捨てる〟という勇気も大切ですが、〝与える〟、〝学ぶ〟という勇気も大切だということです」

真っ白になった眉毛の下で細く見開かれた目は、どうしてもその点を心で理解してほしいと切実に語っていた。自然と背筋が伸びた。「本当にしなくてはならないことは、あなたが何かを学び、現場で働く誰もがまだ見えていない、〝目には見えない本質〟を与えることなのです」

何人もの歴代経営者を現場から支えてきた宗岡の言葉には、歴史の書をひもとくような重みがある。「先々代の新田章仁さんをご存じかな？」

「新田修一郎社長のお父様ですね」

新田章仁は、今は新田自動車の名誉会長に就いている。読売巨人軍で言えば長嶋茂雄のような存在とでも言うべきか。

「章仁さんも、若くしてこの新田自動車を継がれた。当時も創業家への大政奉還だと騒がれてね。だが、章仁さんは、その自分の若さ、経験の浅さ、そして弱さを自覚していた。わからないことは、きちんと〝わからない〟と口にした」

「弱点は、周りにまったく知られずに通せるものではありません」

「だからこそ章仁さんは現場から多くを学び、そして現場が見えていなかった本質を与えたのです」

「具体的に、何を与えたのですか？」

「〝人を魅了する自動車は、３つの要素を必ず持つ。それは、環境、安全、そして感動だ〟と現場に話された。今からおよそ30年も前にです。今でこそ地球環境に配慮したモノ作りが叫ばれていますが、当時は画期的でした。そして最高水準の安全性、他社にはできない細部まで手を尽くされた感動。どれも今の新田自動車にはなくてはならないものばかりだ」

朽ち果てない意志を持ち、家屋を支える、古びた〝梁〟を想い起こしていた。たしかにどれも今のニッタに脈々と息づき、大切な戦略的支柱となっている。それが結果として世界に名立たる環境対応のハイブリッド車の開発を可能にし、ニッタが時代の先駆者となることを可能にしたのだ。先ほどまで晴れていた空にグレーの雨雲がかかり始め、宗岡の穏やかな口調を引き立てるように、ぽつりぽつりと窓に雨が当たり始めた。

「私も低価格車の生み出す価値、そしてニッタが新興国で生きるという本質、そんな目には見えていないモノを少しでも与える勇気があればと思います」

「そう信じています。ですが、気をつけてください。見えない本質は、必ずしもよいことばかりではありません。悪いこともあるということです。そして、それが何であれ、相手が誰であろうときちんと与えなくてはなりません」

「相手が誰であろうと？」

「誰が会社を〝所有〟しているかというなら株主ですが、企業を生み出す価値を誰が〝共有〟しているのかと聞かれれば、地域、社会、従業員、顧客、そしてケイレツです。モノ作りは、その輪の中ではじめて息づく。その相手すべてにです。もちろん、あなたと真っ向から意見が対立してきた阿部君のような役員であってもです」

「技監、それをご存じで……」

「新田自動車は、清濁併せ呑む強さを持っている。心配はいりません。だから、自分の信念を貫いてください。それが私からのエールです」

わずかだが、宗岡の顔の皺が緩んだ。パズルのピースがあるべきところにはまるように、宗岡の思いと一致した気がした。だが、目には見えない悪い本質？　今はそれが起きないことを祈るしかできなかった。

2009年7月、インドへ戻る前日　北條哲也

本社にいるだけで、胸の奥のほうにある乾き切った地帯がさらに乾き、できたひび割れの隙間から得体の知れない虫が湧き出てくるように感じ始めていた。そろそろ、インドに戻るときかもしれない、そう思い始めた頃に、熊谷は電話をかけてきた。

「熊谷だ。今、会えないか？」

挨拶なしにぶっきらぼうに熊谷は言った。声に張りがない。酒浸りの愚図ついた話し方だ。携帯を耳に当てたまま、少しの間、熊谷の顔を思い浮かべた。次期社長レースに取り憑かれていた熊谷ではない。あのスマートで、汚れのない昔の熊谷のことを思い出していた。

「構わないけど……どうした、急に？」

「会ってから話したい」

熊谷とは、あの号試のとき以来、会っていない。あのときから、事態は一変していた。社長には新田修一郎が就き、阿部は筆頭の副社長になった。熊谷がついていくことを誓っていた専務の進藤は、すでに本社にはいなかった。熊谷のためにきちんと時を刻んでいた時計が突如狂い出し、その意図とは反対の方向へと動き出していた。昼に会おうと言ってその場は電話を切った。

熊谷が呼び出した場所は、本社ビルに隣接する高層ビルの地下にある喫茶店だった。何かを伝え

たいという切実な気持ちが熊谷の声には含まれている気がしていたが、それが何か皆目見当がつかない。無意識のうちに向かう足が早歩きになる。

　ビルの地下街は小さなうらぶれた居酒屋が肩を寄せ合うように立ち並び、昼間は眠ったように静まり返っていた。その奥に看板もない古びた喫茶店はあった。いやいや店内に足を進める。日が当たらないのに、壁は赤茶色に日焼けしたようにくすみ、煙草と埃の入り混じった渋い臭いが鼻をついた。汚れたソファと黒いベストを着た目付きの悪い店員以外、他に目に入るものは何もない。学生時代に入り浸っていた、砂埃がつねに舞う部室を思い起こさせた。

「座れよ」

　一番奥まった暗い席に熊谷は座っていた。挨拶を交わすでもなく、目の前のソファを顎で指す。先日のような、相手の呼吸に淡い微笑みをぶつけてくるような気遣いはそこにはない。暗がりにある熊谷の顔は、血の気が通っていないのではと思わせるほど土色になっていた。

「どうしたんだよ、急に」

「新田社長の始動だな」ナイフをテーブルに突き立てるような言い方を熊谷はした。「結局インドは工場の閉鎖どころか、第2新工場の建設まで踏み込むことになったそうじゃないか」

「新しい小型車の量産はこれからだ。まだ細かいところで、仕組み作りを入念に準備しなくてはならない。まだ時間がかかる」

「結局、おまえの思惑どおりにすべてが進んだってことだな。俺の完敗だよ。まあいいさ。問題はこれからだ」

「完敗だなんて……。僕は何かを競争していたつもりはないよ」

「北條らしいな。好きに解釈してくれ。俺も、もう過ぎた話だと割り切っている」

二人の間に、互いを寄せつけない暗い溝が横たわっていた。「いずれにせよ新体制には、早速難関が待ち受けている。人員削減をせず今の体制を維持する一方で、山のように海外に打ち立てた生産拠点が悩みの種だ。生産休止で嵐が過ぎるのを待つか、より抜本的なリストラに踏み込んで痛みに切り込むのか。まさに生きるか死ぬかの瀬戸際だ」

「ずいぶん、他人事な言い方じゃないか」

氷が溶けかけたアイスコーヒーを熊谷は飲んだ。ズルズルとストローで啜る気味の悪い音が嫌な気分にさせた。

「米国マーケットがガタガタしただけでこのざまだ。いまさら、新興国に足場を築いたとしても手遅れだ。大型車ではうまくいったニッタの代名詞の効率生産も、価格の安い小型車ではうまくいきっこないんだ。それに、ライバルメーカーがしのぎを削って次世代の環境技術を生み出している。ニッタの切り札であるハイブリッド車も、いつ追い抜かれてもおかしくない」

「何だよ、その言い方」

「お手並み拝見だと言いたいんだ」

「熊谷、まさか……」

熊谷はだらしなく足を伸ばし、ポケットに手を突っ込むと、「退職しようと思っている」と言った。白いワイシャツがズボンからはみ出て、アンダーシャツがだらしなく顔を覗かせていた。熊谷の口調は、追い出されて辞める人の口調ではないことだけはすぐにわかった。自信と憤りがしっくりとそこで肩を並べていた。

「どこへ？」

「ドレスナーに移ろうと思っている。すでにオファー（内定）はもらっている。給料も今のトリプル（3倍）だ」

ドレスナー・ワーゲン社は、２００８年の世界新車販売台数は６２３万台と、圧倒的な勢いで世界販売台数を伸ばしていた。円高や構造的な問題を抱え苦しむニッタ、破綻に突き進むルネッサンスに次ぐ第３位につけ、虎視眈々と上位の背中を追っている。何と言っても、ドレスナーの業績の軸は、ニッタがまねしたくてもまねできない新興国にあった。中国ではすでに１００万台超を販売し、ブラジルや東欧にも確実に足場を拡大していた。

「本気か、熊谷？」

「ああ、本気だ。もうこの会社で役員連中の顔色を窺いながら、優等生をやっていることにも疲れた」

「ドレスナーに行くなんて、裏切り行為だぞ、熊谷！」

「ドレスナーは新型小型車を含め、２０１０年までに20車種を投入して一気に新興国を攻め落とすと意気込んでいる。年間80億ユーロ（約1兆円）の新車開発・環境技術投資への継続を打ち出し、２０１８年までに新車販売台数を１０００万台にまで到達させる強気な計画だ。おまえの好きな国内でのモノ作りにこだわって、石橋を叩いても渡らないニッタとは違う」

まるで駄々をこねる子どものように皮肉った熊谷の目は、いつもより神経質に動き続けていた。薬漬けになった人間のように落ち着きがなく、脇に汗染みを作り、そして吐く息が異臭を放っていた。自分はなぜか、熊谷にどんな声をかければよいのか思案していた。相手の心情にそっと手を重ねる気持ちと、突然湧き出るように心に溢れる「裏切り」という屈折した3文字が、複雑に交差しながら神経を高ぶらせた。

「それをなぜ、僕に言おうと？」

「俺はMBAも持っているし、最年少で調達本部の次長になった。たとえこの醜い派閥抗争で俺を貶めたとしても、北條は俺には勝てない」

「僕？　なんで僕が？　お門違いだよ」

こちらの顔のどこか一点を刺すように見続けていた熊谷が、「『マズローの自己実現理論』って知っているか？」と薄笑いを浮かべながら言った。

「どこかで聞いたことがある」

「人間の欲求は5段階に分けられると、心理学者のマズローは理論化した」

そう言うと熊谷は右手の人差し指を立てる。「人は生命を維持するために最低限必要とする欲求を最初に満たそうとする。すなわち食事、睡眠だ」そう言いながらすばやく熊谷は中指を立てると、北條の顔の前に出す。

「2つ目は安全の欲求を満たそうとする。身の安全から始まって経済的安定、健康な状態等、予測可能で秩序立った状態を得ようとする。そして3つ目として情緒的な人間関係や、家族、仲間に受け入れられているという欲求を満たそうとする。そこでは人は愛を求める。そして4つ目は自分が集団から価値ある存在として認められ、尊重されることを求めようとする」

すでに熊谷の指は親指以外、すべてが開かれていた。その指を見ながら、熊谷の話そうとする意図へ頭を巡らす。「俺はすでにもう4段階目まで行き着いた。大切な家族がいて、俺の存在を認める仲間もいる。しかし、あと一つ、最後の5段階目がまだだ」

「それは――」先を知りたくて身を乗り出す。

「〝自己実現の欲求〟だ。人は自分に適していることをしていない限り、すぐに新しい不満が生じて落ち着かなくなる。自分の持つ能力や可能性を最大限発揮し、自分が成りえるものにならなければならないという欲求、それが自己実現の欲求だ」

「熊谷ならその欲求は、当社で必ず満たせる」

「それを満たすステージは、俺をコケにし、冷や飯を食わせようとしているニッタではない。ドレスナーだ。俺を高く評価してくれる会社はいくらでもある。それをどうしても伝えたかった。いかなる機会であろうとも、俺はおまえには負けない」

「どうしてそんな言い方を？　熊谷ほどの人間が、そんなに偏屈になる必要ないだろう？　熊谷は大切な同期だし、おまえが先頭を走っているから僕も頑張らなきゃと思えた。勝負なんかしていないし、お互い同じ方向を向いた仲間だろ」

熊谷はこちらの言葉の真意を探すように、虚ろに視線を左右に揺らせた。あきらかについ先日までの颯爽としていた熊谷ではない。身体は生きているが、魂は死んでいる。

「さあな……それはどうだか」

「今でも熊谷は間違いなく当社のエースだし、きちんと会社から評価もされている。熊谷自身が、個人的都合でドレスナーに行くのであれば、僕がとやかく言う立場にはない。でも、新田自動車は熊谷の力を必要としている」

「阿部のおっさんはそうでもなかったぜ」

覇気のない顔を横に振りながら、熊谷は疲れた声を出す。アイスコーヒーの氷は跡形もなく溶けてなくなっていた。「おまえにはハートがないとはっきり言われた。熱くて相手の心を揺さぶるような、〝これだ！〟という思いが湧き出ていないとさ。敗軍の将はどんな屈辱にも耐えなくてはならないが、修羅場と言える現場にいたことがない俺には、返す言葉はなかった」

「副社長はいつもはっきり言う人だから……」

「最後に、自分で道を選べと言われた。会社が用意してくれる道でもなく、周囲がちやほやして作ってくれる道でもない、自分で選んだという誇りを持てる道を選べとさ」

阿部がその言葉を言ったのは、純粋に意外だった。切り捨てるモノは捨て、歯向かうモノは容赦なく踏み潰す。それが阿部の組織のコントロールの仕方でもある。熊谷に投げかけた言葉には、一《いち》縷《る》の望みや期待をかけているかのような含みさえも感じた。それを熊谷に言うべきか躊躇したが、適切な表現が見当たらない。「早く出世すると、落ちるのも早いとは風の噂に聞いていたが、正しかったようだ。今の経営陣にとって俺は排除の対象でしかない」

「それは違うと思うが——」

「違わないんだ！　北條に一体何がわかる！」

目を極端に吊り上げた熊谷の目は、赤く充血して今にもはち切れそうだった。

「悪かった……僕が言うことではないかもしれない。でも、そういうつもりで言っているのではないと思う。自分の道を選べと言うのであれば、正々堂々と選べばいい。調達本部というシガラミを超えて、ニッタの将来を大局で見てほしいという思いも、阿部副社長にはあると信じている」

「俺はこの会社に世話になった覚えはないし、これからもなるつもりはない。選べというのであれば、俺は、俺自身を自分の手で取り戻す！　俺はおまえとは違う！」

その言葉に相違して、充血した熊谷の目が、どこか救いを求めているような気もした。奇妙なことだが、見た目のその表情と違う感情が顔に滲み出ているのを人は見逃さないときがある。

「僕が熊谷のためにできることはないだろうか……」

「俺はおまえに助けられるほど、落ちぶれてはいない！　必ず、必ず……俺は見返してやる！」

そう大声で言うと、目の前のガラステーブルを乗り越えた熊谷が、突然、殴りかかってきた。錯乱したように髪をふり乱した熊谷の顔は、とても直視できないほど、化け物のように歪んでいた。

人間は危機的状況において、反射的に動く本能を誰もが身につけている。しかも幸か不幸か、すばやく避ける運動神経だけは、熊谷より優れていることはわかっていた。その瞬間、熊谷の拳は見事に北條の横を通り過ぎ、円を描くように床へ向かって流れていく。頭は音が鳴るほど床に叩きつけられ、拳を作っていた片方の腕は床に突き刺さり、向いてはならない方向に曲がった。そして熊谷はその場で気を失った。

「馬鹿野郎、何やってんだよ！」

床に突っ伏した熊谷を抱きかかえながら、自分の叫び声だけが喫茶店に響いた。

第六章　現場を守るのは誰か

2009年10月、ヒューストン　田布施淳平

アメリカ合衆国テキサス州の南東部の都市、ヒューストンの玄関、ジョージ・ブッシュ・インターコンチネンタル空港に降り立つ。2回の乗り継ぎ、30時間以上のフライトは、一人の人間を痛めつけるのに十分な道のりだった。モザンビークの砂漠のように乾いた暑さに慣れていたからだろうか、体の芯で錆びついていたネジが、ヒューストンの湿気でぎしぎしと軋んだ。

税関を通り過ぎ、ガラス張りの扉から外に出ると、近代的な雑踏の埃くささがやけに鼻につく。そこに、見慣れた飯塚洋二の顔があった。飯塚はサハリンに専念していた時代に入社し、直属の部下として行動をともにした。あのサハリンBの開発中止命令が出た日に、息を切らせて報告しに来た飯塚が懐かしい。

飯塚は2年前にヒューストン駐在となり、米国でのシェールガスに関するビジネスを追っていた。シェールガスは、世界に隠された秘宝だ。近年、採掘方法の技術革新が進み、米国天然ガス産

出量の22％を占めるまでに成長していた。世界のＬＮＧ市場（約1億８０００万トン）においても30％強を占める〝革命〟とも言うべき資源だ。

「田布施さん、ようこそヒューストンへ！」

35歳だが、色白で子どものような童顔で、飯塚は笑顔を見せる。今日は日曜で休みにもかかわらず、空港へ出迎えに来てくれていた。盛り上がった飯塚の二の腕が、往年の大学漕艇の世界を賑わせた男の栄光を物語る。見た目は典型的な体育会出身の社員だったが、人を見た目で判断してはならない。飯塚は時として塞ぎ込むこともあり、内面は想像以上に繊細なタイプだ。そんな飯塚がシェールガスの最前線で独り立ちし、逞しく成長していることに胸をなでおろした。

シルバーに輝くキャデラックに乗り込むと、ダウンタウンの中心街へと向かう。ハイウェイ59号線は思ったより空いていた。他愛なく最近の近況を語り合っているうちに、飯塚が行きつけだというオープンカフェに意外に早く着いた。

窓が開け放たれた店内からは、ルイジアナ・ストリートの色彩のない高層ビル群が望める。コーヒーとフレンチトーストを注文して一息つく。オスカー・ピーターソンが演奏する「ジョージア・オン・マイ・マインド」が、小さな音量でスピーカーから流れていた。音楽に合わせるように飯塚は人差し指の腹で軽くテーブルの上を叩く。曇り出した空が気になるのか、しきりに外を見上げていた。

「悪くないな、ヒューストンも」

「ええ。住みやすいですし、シェールガスのおかげで日本人も山のように押しかけてきています。東京にいるのと変わりませんよ」

言われてみると、ニューヨークで乗り継ぎした便には、日本人らしきアジア人が多く搭乗していた。シェールガスや石油を追う商社のみならず、日系の化学品や建機メーカーなども多く進出していた。「なんだか本社のほうも大変そうですね。尾関さん、ロシア事業部長は外されて、ＬＮＧ事業部長一本になったそうじゃないですか」

「ああ、そうだったな」

尾関自身からその人事異動を聞いたのは、２ヵ月前のことだ。あきらかに社長澤村、本部長神野のラインによる社内政治上の画策であることは明白だった。自分がモザンビークに行かされたときに、いずれ尾関もそうなるのではという予感は少なからずあった。

「ロシアのビジネスは、尾関さんの人生を懸けたライフワークみたいなもんです。彼なしで、ロシアと腹を割って話せる人なんかいませんよ。それに、吹田さんが後任としてロシア事業部長だなんて……。なんであんな人が出世していくのか、僕には謎です」

「誰が出世する、出世しないに気を揉んでいても仕方ねえぜ。おまえは上司を決められねえんだ」

一応、強気に言った。いや、どちらかというと自分に言い聞かせるように言っていた。ミネラル・ウォーターのグラスを、一気に半分くらい飲み干す。飛行時間が長かったためか、喉がひりひりと痛んだ。

神野の後任のエネルギー事業本部長には、いずれ吹田がなるのも時間の問題だった。そうなれば、自分はおそらくモザンビークから帰国することはないだろう。モザンビークでキャリアを終える覚悟はできていた。人生の最後を遂げる場所が、モザンビークなんて美しいではないか、とはまだ思えるはずもない。

「でも、いくらモザンビークでのLNG権益にめどが立たないからって、それを見限るようにウラン権益やシェールガス権益獲得への投資注力を叫ぶなんて……。そこまでして、神野本部長も自分で手柄を立てたいのですかね」

五稜物産エネルギー本部には、LNG、ロシアに次ぐ第3の事業部として石油・原子燃料事業部がある。原子力発電の燃料であるウランの投資やトレードを扱う事業部だ。原油価格の高騰、新興国での消費電力需要の急激な増加により、俄かに、世界規模でのウラン争奪戦に注目が集まっていた。本部長の神野は、殊の外、このウラン権益への投資に熱を上げていた。

「ウラン争奪戦の影響だよ。今は原発建設がラッシュだ。世界で52基の新規建設が進み、66基が今後計画中だ。ウランは濡れ手で粟で儲かる。だからロシアやオーストラリア、カザフスタン、モンゴルでのウラン探査権獲得に動いているみたいだ」

「特にロシアとは、この5月に原子力協定を締結したことを受けて、当社もシベリアのウラン鉱山の共同開発をぶち上げているようですしね……。でも、ウラン鉱山獲得交渉のタイミングで、ロシアの〝生き字引〟みたいな尾関さんを排除するなんて」

「ウランじゃなくてLNGでしょうが！」と本社で噛みついている尾関の姿は、容易に想像がついた。

「神野ではなくても、誰かがこの事業としての旨みに目を付けるさ」

「原発ビジネスのほうが、日本の将来エネルギーとして手っ取り早いのはわかります。でも、LNGを追い続けてきた人間としては、納得いかないです。おかしいですよ」

「まあ、LNG事業の次の核となる資源を摑み切れていない、俺の責任でもある。早くモザンビークを、なんとかしたいのはやまやまなんだがな……」

自分が責められているわけではないはずだが、そう聞こえてしまう。

「今回の米国出張は、モザンビークがらみですか？」

「いいや。モザンビークの試掘は進んでいるが、何も新しい動きはない。ＬＮＧ事業部の一員として、シェールガスも自分の目で見ておけと尾関さんから言われている。俺がひましているとバレたのかもな。そうだ、明日玄さんに会いにイーグルフォードへ行くが、おまえも行くか？」

「玄さんですか……」

飯塚は露骨に嫌そうな顔をする。「玄さん」とは、山本玄三郎のことだ。もう定年間近の57歳。今でも部下のいない万年ヒラ社員の玄さんだ。ヒューストンから南西へ４００キロメートル行ったイーグルフォードには、いくつものシェールガス開発の鉱区がある。玄さんは、その一鉱区におけるシェールガス開発に従事していた。

「そんな露骨に嫌な顔するな。日本を支えるエネルギーの将来を開拓するような人は、いつも玄さんみたいな地道なプロだよ」

「いや尊敬はしていますが……はたして自分が20年後にああなると思うと……」

「それは人間という意味で？　それとも〝みてくれ〟という意味で？」

「もちろん、みてくれです」

「それならいい」

顔を見合わせて大声で笑い合う。だが、明るい話題に蓋をするように、空は暗くなり始めていた。「ところで飯塚、ピアソールのほうはどうだ？」

飯塚は同じくイーグルフォードにある、ピアソール鉱区の新規シェール層開発プロジェクトを追っていた。五稜物産は権益取得、資源探査・採掘に乗り出すことを狙っている。

「権益取得が完了し、プロジェクトの役割が確定して始動すれば、年内から10年かけて約1000本の井戸を採掘する予定です。産出するシェールガスの量は、想定より多いと踏んでいます」

「どのくらい多くなりそうなんだ？」

「平均して想定より3割から4割多いといったところだと思います。総産出量で約2000万トン規模で、それ以外にも、日量約3万バレルの原油を約30年にわたって産出できると思います」

「当面は全量米国内での販売とはいえ、まずまずの量じゃねえか」

「でも、問題はその資金負担ですよ。35％の権益取得約7億ドル（約630億円）、それに加えて、開発費総費用として20億ドル（約1800億円）の負担が必要になります」

「相当大きな話になるな」

事業パートナーとのシビアな条件交渉の進め方のみならず、社内の反論の抑え方から、全社戦略の中での位置づけまで、これから起きることに向けて頭がすばやく回転をし出す。自分のプロジェクトではないが、何かを見据えるように顎を引いた。

「やるなら、早く仕掛けて、早く勝負を決めるべきです。シェールガスは1本の井戸からの生産量が限られており、減衰が早い資源です。産出して3年で、産出量は75％以上減少してしまいます」

「次々に井戸を掘らなくちゃならない、自転車操業ってわけか……」

「技術的に大きく飛躍を遂げる可能性があればまた違いますが、ある程度の投資をかけて一気に開発し、先行逃げ切りですよ」

「そう焦るな。たしかに上流の権益を、スピードを持って押さえることは日本として至上命令だ。でもな、本当に見なくちゃならないのは、それだけではない。この米国でのシェールガス開発はもっと大きな意味を持っているんだ」

「一体、どんな意味ですか？」

「ガスの市場価格を破壊することだ」

垂れ下がった飯塚の眉毛が、何かを強く感じ取った触角のように動いた。今現在、れっきとした需給で決まる米国の市場価格はヘンリー・ハブ価格と呼ばれ、１００万ＢＴＵ（英国熱量単位）当たり4ドル前後だ。一方で日本が輸入する際に適用されるのは、10ドル前後の原油価格に連動した価格だ。著しく大きな価格差で購入させられていることになる。

「購入する市場価格が違うなんて、あきらかに不公平で、おかしいですよ」

「日本が1年間に海外から購入するＬＮＧは約６６４０万トンだ。１００万ＢＴＵ当たり10ドルで購入していると仮定すると、ざっと年間で約６兆６４００億円近いガス代を海外に払っていることになる。もしきちんと適正で割安な米国のヘンリー・ハブ価格で購入できれば、約４兆円近い国富の流出を止めることができる」

「そのために、日本ができることは――」

「きちんとバリュー（価値）と機能を証明することだ。もちろん、価格のアンフェアは、日本が資源を持たないから足下を見られているというのもある。だがな、ガスの市場価格を変える前提として、きちんと日本もＬＮＧビジネスのバリューチェーンに刺さらなきゃだめだ」

「たしかに、バリューチェーンに刺されれば、市場価格だけでなく周辺ビジネスも狙えます」

飯塚がナプキンで鼻をすすり、そのシナリオを思い描くように言った。

「そのとおりだ。米国におけるシェールガスでの足掛かりを梃子に、メキシコでのガスの発電事業や、中南米でのLNG受け入れターミナル事業への参入も視野に入る。ブラジルにいたっては、ガスの配給事業への参入もだ」

「仮にメキシコのガス火力発電事業に日系のガス事業者とともに踏み込めると、たんに発電事業の収益だけではなくなりますね。米国のガス市場価格で調達し、実際に発電所に使う燃料は米国からパイプラインで引くことができます。そうすれば安く買ったLNGをメキシコで展開できる。しかも、そのLNGを日本にスワップで持ち込むこともできます」

「いい読みだ。飯塚、忘れるなよな。頭を捻って価値を創るのが、俺たちの仕事だぜ。たんに権益を買うという行為で何かを当てて、それを利食うのは好きじゃねえ。それは二流の商社マンがやることだ。一流は、そこから自分の価値・機能をいかに膨らませられるか、そしてどれだけ〝日本のために〟利を乗せられるかだ」

久しぶりに、獲物を追う獣の気分になる。ハングリーさを鋭く見せ、爪をぎりぎりと立てて機会を窺う獣だ。モザンビークの時間の流れの中で、忘れかけていた血が騒ぐ。飯塚の顔色を見ながら、話さなくてはならないことのタイミングを計る。「飯塚、実は……まだ先の話になるが、一つ聞きたいことがあってここまで来たんだ」むしろ本題はここにある。

「何ですか、その水くさい言い方は？」

「ピアソールの交渉が大詰めなのは承知の上だが、モザンビークを手伝ってくれないか？」

「モザンビーク……、ですか……」

この手の話は率直に言うのに限る。だからどうしても直接向き合って話したかった。飯塚の顔から笑顔が消え、生きのよい魚が岩陰で息をひそめたような顔つきになった。あきらかに困惑が当惑を呼び、そして拒絶へと向かう前兆のように思えた。

「やっぱり、あまり乗り気じゃないか？　別に無理して人事異動をするようなことは考えていない。やるからには根詰めて単身赴任で来てもらうことになる。おまえが乗り気ならと思って聞いただけだ。モザンビークが大きく動くときに、はじめて人手をかけても遅い。もう今から刺さって仕掛けなくてはならないと思っている」

努めて明るく言ったつもりだが、自分の顔はひきつっているに違いない。「いろいろ社内で声をかけてはいるんだが、首尾はよくないよ」

そんななさけないことを自分も言うようになったか。

「そうですか……」

カフェの前を走るマラソンランナーを目で追いながら、飯塚は強く歯を食いしばるような仕草を見せた。また一つ頼りにしていた人材が空振りに終わるのか。神野の思惑どおり、モザンビークで一人で野たれ死ぬことになってしまうのか。もう一人はうんざりだった。

明朝、田布施はイーグルフォード・シェルの現場へと足を踏み入れる。すでに取得され、開発が進む現場だ。玄さんがその現場を指揮していた。だだっ広い190平方キロメートルの広大な土地に、掘削のためのドリルリグが、その勇ましさを誇示する塔のようにそびえ立っていた。遠くの開発区ではシェール・オイルも採掘されており、キリンが首を傾げたような形のポンプ・ジャック

（原油を汲み上げる採油機械）の不気味な唸り声が聞こえてくる。敷地の端にはいくつものガスを蓄積するためのタンクが並び、その一角に建てられた白いプレハブの事務所から玄さんは現れた。

襟が伸び、「鮫」と漢字で胸に書かれたTシャツの上に、濃紺の作業着を着ていた。とめてある作業着のボタンは真ん中二つだけで、太りすぎた身体が収まりきれずに、ボタンのとまっていないところから厚手のハムのように顔を出している。きちんと生えそろっていない無精ひげに白髪が混じり、少し長めのウェーブがかかった髪をオールバックに寝かしつけていた。まるで太りきったカエルが近づいてくるようだ。

玄さんはキャリアの大半を海外の現場で過ごした。日本にいたのは、後進の育成という名目で半年間帰国したときだけだ。だが、本社のデスクワークに馴染めるはずもなく、間もなくして玄さんは再び海外に飛び立っていった。

新卒で入社したとき以来、出張先にいる玄さんと酒を酌み交わしてきた。自分のことを昔から「淳ちゃん」と気軽に呼ぶ。若い頃、商社マンはトレンチコートを着て、ストライプのダブルカフスシャツを着こなすイメージを持っていた。だから玄さんを見たとき、ショックが大きかったことを覚えている。映画「ゴッドファーザー」シリーズをこよなく愛し、酒が入ると一段声が低くなり、マフィアを気取る癖がある。

「よく来たね、淳ちゃん。ちょっと現場見てく？」

まるで新橋のガード下の居酒屋に誘うような言い方を玄さんはすると、巨体を小刻みに震わせるようにして笑う。

「ぜひお願いします。それと、飯塚の面倒、いつもありがとうございます」

「ああ、洋二ね。いい奴だよ。でもな、あいつも昔の淳ちゃんみたいに一本気で、言うこと聞かねえからなあ」

「でも俺は、少しはまともになりました。あいつも直《じき》にわかるときが来ると思います」

「俺、『熱中時代』の北野先生みたいに、物わかりよくて、寛容じゃねえからなあ」

「いつ頃までに生産開始の見通しが立ちそうですか？」

「そんな急かすなよ、淳ちゃん。〝タフじゃなくては生きていけない。優しくなくては生きている資格はない〟っていう言葉もある。まずは優しくしてくれよ」

作家レイモンド・チャンドラーがフィリップ・マーロウに言わせたセリフだ。使い方が幾分違う気もする。「でも、おおむね採掘は順調だ。ピーク生産量は日量原油換算で２万バレルってとこだな。まずまずだ」

「開発費用は？」

「開発総費用は約12億ドル（約１０８０億円）で、生産期間は30年間ってとこだ」

「悪くない」

「そう、悪くない。開発費も含めると当初の総投資額は１０００億円だな」

淡々といつもの朝食の中身を語るように玄さんは言うと、近くにあった横倒しのドラム缶の間を器用にすり抜けていく。「モザンビークはどうだい？」

「まだ時間はかかりそうですね……。なんとか次のＬＮＧビジネスの道筋をつけなくてはいけないのですが……」

「まあそう肩に力を入れるなって。淳ちゃんが望まなくても、波が来るときは来る。それにしてもいいなあ、モザンビーク。あそこは4世紀にわたり旧ポルトガル領だったから、意外に飯は美味いんだよ。あのマタパやココナッツミルクを使ったチキンカレーなんて涎《よだれ》が出る。ここで洋二の面倒見ているよりいいや」

モザンビークでは、挽いたピーナッツと柔らかい葉、そしてハマグリをあえたマタパという美味しい現地料理がある。嬉しそうに目尻を下げながら話す玄さんは、スカイブルーのモザンビークの空を思い浮かべるように空を見上げた。

「近くで見ると、ずいぶん巨大ですね」

ドリルリグの側まで来ると、思わず見上げてしまう。

「仕組みはそんな難しいモノじゃないんだ。高圧の液体を地下深くおよそ100メートルから2600メートルに圧入して、岩石を破砕することでフラクチャー（割れ目）を作る。そして同時に送り込んだ粗い砂粒状の保持剤で割れ目が塞がるのを防止する。そして染み出してきたガスを採取する。ただそれだけだ」

博物館に見学に来た子どもに話すように、玄さんは手振りを交えて簡潔に説明した。仕組みさえわかってくれればいいとも、詳しい説明は面倒くさいとも、両方に取れる説明だ。「天然ガスさえ産出できれば、後はこの活況に乗るだけだ」

「ヒューストンに点在する現場だけでも、その盛り上がる熱を実感できる。米国のこの〝熱〟は、しばらく収まりそうにないですね」

「米国のシェールガスに対する過度の期待は禁物だ。今はいいぜ、たしかに。〝革命〟なんて言われて、アメリカもいい気になっている。でも永遠には続かない。だから〝革命〟なんだ」

はじめて「シェールガス革命」に疑問を呈する意見にぶつかった気がした。しかも玄さんが言うと、妙に信憑性の高い事実に感じさせる。「今はこうやって経済性の高い、効率よく掘れるシェール層だからいいが、そのうちそういうところだけじゃなくなる」

「たしかにコストがかさむようになれば、そうもいかなくなる」

「うまくいっているときは〝革命〟だが、シェールガスがなくなりゃあ、それは単なる〝イリュージョン〟だぜ。それに、米国のシェールガス輸出に関しては、FTA（自由貿易協定）の問題がある」

米国政府は、シェールガス輸出に慎重な姿勢を崩しておらず、輸出をする国は、FTAの締結国に限られていた。日本はまだそのFTAを締結していない。

「自分たちが絶対的な生殺与奪の権利を持っていると、米国は言っているようなもんだぜ。仮に輸出が解禁されたとしても、突出して安い米国内での市場価格約4ドルで日本が輸入できるわけじゃない」

「どうしてですか？　安いシェールガスが出回れば、日本の調達価格は落ちるでしょう？」

「淳ちゃんもわかってねえな。シェールガスが米国から出ていっちまうと、米国内の需給が逼迫する。米国内のガス価格が上がっちまうんだよ。政府がそれを許すわけねえだろう。俺がエネルギー省の立場だったら、日本への輸出価格に値上がりした分を転嫁しろって言うわな」

「そうなると、米国のシェールガスは、とても日本の将来に向けて安定した供給源とは言えないかもしれないですね……」

「淳ちゃん知ってっか？　技術的に採掘可能なシェールガスの埋蔵量が最も多いのは中国だ。全世界の2割を占める。だから国を挙げてシェールガスの実用化を推し進めている最中だ。ここの比じゃねえ」

すでに玄さんは、米国の「次」へ視線を向けていると言いたげだった。

「シェールガスの開発を加速するには、技術開発が必要になります。そのために、国家を挙げていくつも中国ではプロジェクトが立ちあがっていると聞いています」

「よく知ってんな」

「中国人は、ここアメリカはもとより、モザンビークにも頻繁に現れますから」

「でもな、中国はまだわかってねえよ」

そう玄さんは言うと、疲れたように近くにあったドラム缶に腰を落ち着かせ、ガムを1枚ポケットから取り出して噛みだす。「シェールガスっていうのは、技術開発だけじゃない。米国は採掘に使う産業用水がすぐに手に入るし、しかも安価だ。それにパイプラインが張り巡らされているから、きちんと実用化のインフラは整っているんだ。中国がおいそれとシェールガスを手にすることはできねえよ」

「たしかにそうかもしれません」

「そうなるとだ、シェールガスが見せるイリュージョンに浸っていちゃだめだ。アフリカのような未開拓の地で、きちんと日本も資源開発における主導権を確保して、自分の手で資源を摑むんだ。その可能性がアフリカにはある。そりゃもちろん、一企業だけでぶつかっていってもダメだ。きちんと国を挙げての後押しがあってはじめてできる話だけどな」

「なかなか政府の本質的な後押しはもらえません」

「それが日本の政府や官僚さ。かわいそうにな、淳ちゃんも」

目を開いているのも苦しいぐらいのテキサスの埃っぽい熱風が吹く。

「かわいそうになって思っているなら、玄さん手伝ってくださいよ、モザンビーク」

「いつでも呼んでくれって言っているだろうが」

「本気に受け取ってもよろしいですか？」残念ながら、こちらは真剣だ。

「本気？　まさかマジで俺にモザンビークに来いと？」

「玄さんの力が必要です」

田布施の真顔に何が書いてあるのかを確かめるように顔を近づけると、玄さんは2度大きく頷いた。「また放浪の季節が来たみてえだな」とだけ呟いた。

「できれば、飯塚にも来てほしいと思っていたのですが、断られましたよ。やっぱりシェールガスがこれだけ盛り上がっていれば、あいつはこっちに置いといたほうがいいのかな」

「どうして？　洋二の野郎！　サハリンBで世話になったことを仇で返しやがるのか！」

今にも飯塚の首根っこを摑みに行くかのように、玄さんは突然声を荒らげて立ちあがる。仁義を通さない奴は許さない、まさにマフィアの世界だ。

「玄さん、いいんです。あいつも家族がいますし。無理させるわけにはいかないですよ」

「馬鹿野郎！　何言ってるんだよ！　そんな甘ったるい奴をアメリカに置いといてもロクな人材にならねえ。淳ちゃん、心配するな。俺があいつのこと、説得してちゃんと連れていくから」

「玄さん……」

「資源ビジネスは一人で追いかけられねえんだ。ロシアみてえな狡猾で、汚ねえ手を使う国もあれば、賄賂を露骨に求めるモラルのねえ国もある。それだけじゃねえ。いつ俺たちの足をすくい、どう出し抜こうかと考えている奴らなんて資源ビジネスには山ほど群がる。そんな中で、本気で信頼して助け合えるのは、一緒に同じ釜の飯を食って、同じ夢を追いかけてきた仲間だけじゃねえか。〝どこへでも行きますよ、田布施さんとなら〟って言えねえんじゃ、洋二はただのクズ野郎だ！ただじゃおかねえ！　まだ青二才のくせに」

「まあまあ、玄さん。そんなに怒らないでくださいよ……」

「好きだなあ、そういう淳ちゃんのお人好しなところ。実直でエリートの人間らしく、〝和をもって貴しとなす〟ところが、淳ちゃんのいいところかもな。でもよ、淳ちゃん」

「いいんです！」情けない声で、そう叫んでしまう。「自分が意気に感じる人に気持ちでつながっていてほしいと俺も思っています。飯塚にとっては、それが俺じゃなかったということです！」

悔しさが自分への失望に変わる。モザンビークに行かされてから、つねに認めてきたことだ。玄さんが「お気の毒、淳ちゃん」と言ってくれないなら、自分で切腹するしかないではないか。

「玄さんがいてくれれば俺……、もう十分です」

納得がいかないのか、玄さんは腕組みをして、不愉快そうに腹をさすった。

「なあ淳ちゃんよ。このアフリカの言葉を知ってっか？　〝速く進みたければひとりで行け。遠くまで進みたければみんなで行け〟ってな。俺たちはいかに早く資源に行き着くかよりも、その先にある遠くに行きてえんじゃねえのか？」

玄さんの言葉に言い返す言葉が見つからなかった。そもそも俺には、遠くに行く勇気なんてあるのだろうか。「俺たちは資源の先にあるモノを掴みに遠くへ行くんだよ。だから淳ちゃんも、そんなに一人ですべてを背負って、困難な道を選ぶな。おまえには仲間がいる。俺みたいに何もかも失っちまうぞ。洋二は俺に任せろ」

玄さんは若かりし頃、五稜物産のオイル・マンとして石油ビジネスを追い続けた。その後ＬＮＧにビジネスの軸足が移ると、東南アジアや中東、アフリカでＬＮＧの資源開発案件に関わるようになる。最初の頃は家族が一緒だったが、僻地も多く、そのうち玄さんが一人で行くようになった。家族と離れる期間が長くなり、そしてあるとき、玄さんは妻を交通事故で亡くした。玄さんが日本にいないときの悲劇だった。その言葉に、溢れだしそうな涙をこらえるのが精一杯だった。

2009年11月25日、シンガポール　北條哲也

タクシーがシンガポールのラッフルズ・ホテルに到着する。白亜で瀟洒なコロニアル様式のその建物は、見え透いたような飾り気を排し、歴史の重さが創り出した荘厳さと自信に満ち溢れていた。天井の高いエントランスに足を踏み入れると、国花である瑞々しいバンダ・ミス・ジョアキムという名の蘭が自分と楠見を迎え入れる。

シンガポールのニッタ・モーター・アジアパシフィックに、グローバルの生産現場を支える生産管理や調達、販売、戦略企画を担当する人間が一堂に集結した。今後のグローバル・ベースでの生産体制や調達基盤の構築はもとより、川下の現地販売戦略にいたるまで、副社長の阿部を中心に議論がなされた。新しく経営陣も代わり、これからの新田自動車の未来をどう追求していくべきか、

現場サイドは慌ただしく議論・調整を始めていた。

出張の最大の目的である全体総括会議が終了し、ホテルのレストランで楠見とランチにありつこうとしていた。楠見はアイロンのよくきいた白いシャツに、紺色のタイト・スカートを穿いていた。見た目だけなら、就職活動している女子学生にも見える。

「社長が記者クラブで、〝自動車業界は100年に一度の変革が求められている〟と語ったそうだね」

「環境対応車や低価格車における競争、そこで研ぎ澄まされる新しい技術革新、そういう流れを社長は指しているのだと思います。もはや、どこの国でも、誰にでも受け入れられそうな車を大量生産する時代ではない。そのモデル自体が崩れるという危機感が、社長は強いということだと思います」ナプキンを几帳面に膝にかけながら楠見は答える。

「顧客やマーケットがそれを望んでいる以上、われわれは突っ走るしかない。問題は、そこにきちんと潜む問題にも目を向けられるかだ。でも残念ながら、走りながら足下をきちんと見ることができる人は――」

「いないですね」

トップが振った旗の下で現場は振り回される。それは吉と出ることもあれば凶にもなる。あるときを境にして収益の柱にもなれば、組織の屋台骨を危うくさせる危険もはらんでいる。

「本格的に来るべき次世代の自動車を生み出すのであれば、日本という枠組みを超えて、調達、生産、そして開発の基盤を海外にいち早く作り上げないといけないと思います。そのスタートが、まさに今日の会議だったと私は思っています」

楠見は手際よくウェイターに「ルイ・ロデレール・クリスタル」のシャンパンを頼むと、「ランチに、お酒飲んでもよかったですか？」とスマートな微笑みでおどけて見せた。もう今日は何の予定も入っていなかった。

「会議の成果は80％といったところだけど、とりあえずの方向性は見えた気がする。景気づけといこうじゃないか」

「次世代の自動車開発において、日本での国内生産体制がグローバル展開のネックだとすれば、それにこだわる必要はないという意見が、今日の会議では多かった気がしますね」

「そういう意見は、社内外でさらに加速しているよ。でもね、国内での生産・開発が非効率と決めつけること自体、ナンセンスだよ」

「でも、日本における産業の空洞化をさせない責務を、新田自動車が一身に背負うというのもナンセンスだと思いませんか？」

「それは、医者に〝なぜあなたは患者を治療するのですか〟と問いかけるのと同じことだと僕は思う」

やっぱりそうきたかという顔を楠見はした。「責務という次元の話ではない。原価改善を数千億円規模で出すことができるノウハウを持ち、圧倒的な技術力を生み出し、それを海外の現場へ司令塔として指揮できるのは日本の現場しかないんだよ。日本のモノ作りを生かす、生かさないの話ではない」

「そうでしょうか……。誰もがついこの間まで、最高益が続くような錯覚を当然のように抱いていました。でも、環境は変わった。国内生産は円高で沈み、米国市場はリーマン・ショックの影響で見る影もない。新興国も、たしかにインドで道は開けそうだけど……、十分ではない。そうなると――」

「何も変わらないよ。環境は変わっても、めざすべき本質は不変さ。日本の現場は守る」

こちらの言葉に、あきれたように両手を上げ、「お手上げ」という表情を楠見は見せた。仕方なく頬杖を突く楠見の前に、素材が生かされたニース風のサラダ、サングリアソースで旨味を引き立てられたフォアグラ、梨の赤ワイン煮が運ばれてくる。

「田布施さんにしてもそう。お二人は、本当にレジリエンス（resilience）の塊ですね。尊敬しちゃいます」議論することにあきらめをつけるように楠見は言った。

「何だ、それ？」

「困難に打ち勝つ力、挫折から回復する・復元する力があるということ。痛々しくもあり、勇ましくもあり――」

「面倒くさいほど、タフすぎる」

自分で言っておきながら、そのとおりだと思ってしまう。楠見はあまり深い議論をしたくないのか、笑みを絶やさず、運ばれたシャンパンを勢いに任せて一口で飲み干した。「楠見さんは、『十二人の怒れる男（12 Angry Men）』という映画を知っている？」

「たしか……、12人の陪審員が、ある父親殺しの殺人容疑をかけられた少年の裁判を行う。少年に圧倒的な不利な証拠や証言の中で、陪審員の誰もが有罪を確信する。ところがヘンリー・フォンダ演じる第8の陪審員が唯一人、少年の無罪を主張する。固定観念に囚われずに証拠の疑わしい点を一つ一つ再検証することを他の陪審員にも要求することで、しだいに陪審員の議論の流れが大きく変わり出す……そんな話だったと覚えています」

楠見は記憶を手繰り寄せるように言うと、何を言いたいのかわからないという視線を送ってくる。

「〝人の生死を5分で決めて、もし評決が間違っていたら？〟というその男の言葉で、一気に陪審員の誰もが事件の裏にある本質に目を向け出す。そして男は絶対の信念と持論で、正義感を持って議論を挑む。今、当社がおかれた現実も同じことのような気がするんだ」

「日本のモノ作りを捨てることが正しいと決めつけていることが本当に正しいのか、それを経営陣も現場も問うことをしなくてはならないと？」

「僕らはもちろん、陪審員ではない。でも、同じ信念でみんなが一致できているか、つながっているかということを確かめる必要がある」

「信念のつながりですか……」

「その映画の中で、無罪を主張する主人公に、有罪と確信してやまない陪審員の一人がこう聞く。〝おまえはそんなに無罪を頑張って主張して、一体何が欲しい？〟と」

「主人公は、何て？」

「〝TALK（みんなで議論すること）〟と返した。きちんと相手の声に耳を傾け、そして考え、議論を尽くす。そうすることで、人は──」

「本質を見失わない」楠見が一語一語なぞるように言う。

「グローバル企業とは、海外での売り上げや生産を増やす企業のことではない。世界で受け入れられ、認められる製品やサービスを生み出せる企業のことだと思う。その意識にこそ、新田が再び力を取り戻すための大切な本質が隠れている気がしている」

　無意識に、奥歯に力を込めるような言い方をしていた。楠見は手に持ったグラスをくるくると器用に回し、何かを考える表情をした。そのとき、楠見のハンドバッグに入れた携帯が自分の居場所を伝えるように鳴った。楠見は電話に出ると、口元に手を翳すようにしてレストランを出る。

　レジリエンスの塊か、と自問自答する。むしろ褒め言葉に聞こえてしまうことが、どこかおかしくなり苦笑いをしてしまう。親父、田布施、そして自分自身、みんなレジリエンスの塊となって、生きているじゃないか。しかし、そんな陽気な空想に反して、レストランに戻ってきた楠見は極端に強張った顔をしていた。

「日本にいる部下から」楠見は携帯を指さして言った。「ＮＨＴＳＡ（米国運輸省道路交通安全局）が本社に来たらしいわ」

「え！　どうして、ＮＨＴＳＡが本社に？」

「米国でのフロアマット問題に関して……」

「それは自主改善措置にまで踏み込んで対応することで、決着したはずだよね？」

「詳細は品質保証本部に確認しています。でも彼らはそのへんの経緯に関して口を濁しているみたいです」

「そんな大事なことを……」

　思わず、ガチャンと音を立ててフォークとナイフを皿に叩きつけた。２００９年８月、カリフォルニア州サンディエゴで新田自動車の高級車が暴走し、４人が死亡する事故が発生した。ＮＨＴＳＡの安全調査報告では、運転席の床に置かれた固定されていないゴム製フロアマットにアクセルペダルが引っかかり、ペダルが戻らなくなったことが原因とされた。この一件は新田自動車の安全神話を脅かす事件として米国で大々的に報道された。

新田自動車は9月下旬にようやくマットの取り外しを呼びかけ、マットの自主回収により問題の鎮静化を図った。しかし、11月に入り、韓国系アメリカ人住民が、急加速の問題は電子式スロットル制御装置に起因するとして、新田自動車を相手取り集団訴訟を起こしていた。

カリフォルニアで起きた事故に関して新田自動車は一貫して自社の責任を否定しながらも、この一連の問題に早急に終止符を打つべく、２００９年11月25日、米国内で販売した8車種、約４２６万台を対象にペダルの無償交換を行う「自主改善措置」を発表した矢先だった。

「それで一体、誰が対応したの？」

「品質保証部長を代表に、関連部署数名。相手はＮＨＴＳＡの副局長代理をはじめとしたメンバーだったらしいです」

「部長ではだめだろう。品質担当の副社長が対応するべきじゃないか」

私に聞かれてもと、楠見は肩をすくめた。「社長には報告は入っているの？」

「品質担当副社長は、〝すでにフロアマット問題には対応しているから、特段の問題はない〟というコメントを社長にされているみたいですね」

夏からのフロアマット問題に端を発する騒ぎで、米国新田自動車とＮＨＴＳＡとの間でせめぎ合いが続いていたことは理解していた。新田自動車は、顧客のマットの敷き方が正しければ事故は起きないという見解に終始していた。「ＮＨＴＳＡは、フロアマットの敷き方に問題があった場合でも、適切に車を停止する仕組みを導入することのほうが重要との考えを改めて伝えたらしいです」

「まずいな……」

わざわざ日本にまで米国の当局が来日して、彼らの考え方を直接伝えること自体、異常なことであった。それは、きちんと考え方を改めないのであれば、当局は容赦しないという警告メッセージにも受け取れる。

「それと、リコールにつながる欠陥に対して、5日以内の当局宛報告を求めているという米国でのリコール規則を、ニッタは理解しているかと念を押したそうです」

その楠見の一言で、明確に最悪の状況を認識した。まるで緩みかけたネジを、ネジ山が潰れるぐらいきつく締め直したかのように体の芯が硬直した。

「それはおそらく……最後のカードを切るための警告だ！　自主改善措置で話を濁そうなんていうレベルを考えていると――」

「痛い目にあう」

互いに顔を見合わせて、同時に頷いた。

「すぐに阿部副社長に連絡を入れて！」

同じシンガポールにいる阿部はすぐに電話に出た。自分で今わかる限りの状況を伝える。阿部は何と言うだろうか？　リコールという問題の大きさを理解しているがゆえに、品質担当役員を叱責し、組織に大号令をかけてすぐに動き出す、そう祈った。

「すぐに日本に帰国する」

こちらの緊急報告に対する動揺もなく、阿部はそう言った。そして次に意外な言葉を言った。

「君も一緒に来るんだ。インドに帰る必要はない」

「え？　私がですか？」

携帯を持ちながら、視線を楠見、天井、そしてシャンパンへと忙しなく動かす。

「君は以前から、問題が起きる可能性について言及していたと私は記憶している。この問題に君も取り組むんだ。事態を予測するだけの人間は、ニッタにはいらん。責任をきちんと負って、この事態を収束させるんだ。だから、もうインドに戻る必要はない」

せっかく低価格車を世に出す道筋をつけたのだ。これから現場を纏め、量産へ向けた仕組み作りを行うためのスタート地点に立つというのに、なぜ、また火中の栗を拾う役目を自分がやらなくてはならないのか。携帯を持ったまま、立ち尽くす。「わかったな？」念を押すような阿部の声が再び聞こえる。

なぜか、親父の顔が浮かんだ。親父は新幹線のホームに立っていた。自分が入社間もなくして宮城工場へ行くとき、ホームに見送りに来た親父だ。いきなり片田舎の工場へ出向させられたことに、言葉では表現できない不満を自分が抱いていた頃だ。

「そんな嫌そうな顔をして工場に行くな。現場の皆さんに失礼だ」

新幹線のドアの前で、親父はそう言った。「誰かが勝手にモノ作りをしてくれるわけではない。一人ひとりが現場を創り、モノ作りを守り、そして新田自動車を育てるんだ」

「わかっているけど……。なぜ宮城の工場に行くのが、僕の役目なのかなって思って。商品開発だって、グローバル戦略だっていくらでも将来のキャリアにつながる仕事はあるのに。それをやるために僕はニッタに入ったつもりなんだ」

「私が守ります、そう言ってみろ！」

険しい顔をした親父は不意にそう言った。そこには慰めの言葉も、元気づける言葉もなかった。

「哲也！　私が現場を守ります、そう言ってみろ！　おまえもエンジニアの端くれなら、そう言ってみろ！」親父の表情は物事の真理を語る宗教家のように、冷静で落ち着いていた。何と言うべきか迷っているうちに、発車のベルが鳴り、ドアが閉まる。車内から、親父に向かって「僕が現場を守ります……」そう小さな声で呟いた。

あそこからすべてのキャリアは始まったんだ。現場で生きるというキャリアが。今、目の前にある危機は、ニッタとしての問題だけではない。日本のモノ作りの根幹を揺るがす事態なのだ。だから、今ここで自分が言うべき言葉は、これしかない。

「阿部副社長、私が守ります。現場も、ニッタも、そこで生まれるモノ作りも、すべて守ってみせます」

そう言い切ると同時に、もうレストランの外へ駆け出していた。

2010年正月、社長の決断　北條哲也

新田自動車本社最上階に社長の個室はある。その社長の執務机の周りに、幹部が早朝から集結していた。椅子に座った新田は頭の上で両手を組み、両足を机の上にのせて先ほどから黙ったままだ。次の決断を思案しているのか、躊躇が思考を混乱させているのか、見ている者にはわからない。社長個室とドア一枚で隔てた役員会議室には、弁護士や外部コンサルタントが総動員されてい

けていた。

た。北條が帰国した朝には対策本部が社内に設置され、連日、米国議会や当局への対応策を練り続けていた。

年明け早々にもかかわらず新年を祝う空気はなく、正月休暇も返上して社員は対応に追われ続けた。もうここが決断の時であることを、机を取り囲む幹部たちは暗黙のメッセージとして新田に突きつける。本社前の大通りを、晴れ着を着て初詣に行く人々の姿とは対照的に、本社の中は今にも一触即発の殺気が充満していた。本件が発生した当初からそのまま自分も対策本部の一員に名を連ねた。

「米国からの報告では、NHTSAはより一段踏み込んだ制裁を考えているようです」

阿部がただでさえ険しく彫りの深い顔を、さらに皺くちゃにして言う。

「ワシントンDCのコンサルタントは？　きちんと政府筋に働きかけていますか？」

新田は落ち着かない素振りで早口で言うと、祈りを捧げるように口の前で両手を合わせる。まだ核心に迫る決断に行き着くには、早いと言っているようにも聞こえた。御曹司らしい育ちの良さを感じさせる新田の温和な表情の中で、忙しげに動く鋭い目だけが、それを打ち消していた。

「米国政府や当局の怒りは相当なようです。新田自動車は過去10年間で、構造的な欠陥による事故により19名の事故死、２０００人近くに及ぶけが人を出していると、あらぬ根拠の下で指摘し続けています」

「すでに自動車の構造的問題と、一方的にとらえているような感さえありますね」

「おっしゃるとおりです。当社に完全なる逆風が吹いています」

幹部たちの顔にも焦りの色が濃くなる。新経営陣が始動して、最初に出くわした突発的な危機だった。誰もそれに対する明確な解決策を示せないことへの苛立ちだけが募った。

新田はいてもたってもいられないのか、ポケットに手を入れて席を立つと、全員に背を向ける。そして、壁にかかった創業者直筆の新田綱領の一文を見上げた。「公正・誠実・信用・貢献」と書かれている。誠実に働き、信用を得ることで、国のため社会のために貢献するという意味だ。

「阿部副社長、私がマスコミの前できちんとこちらの姿勢を表明しようと思います。そうしない限り、われわれへのバッシングは際限なく続く」

「社長、それはなりません！」阿部が、慌てて声をあげた。

「どうしてですか？」

「われわれに非はないのに会見を開いても、聞く者には言い訳にしか聞こえません。こちらに過失があったことを認めるようなものです。まだ問題の原因が確定していない以上、社長が本件に言及するような会見を開くべきではありません」

「阿部副社長、そうは言っても、人が死んでいるのです！」

理由はどうあれユーザーの命を奪ったのだ。そのことに純粋に心を痛める新田の言葉に、自社の技術にはいつも絶対の自信を見せる阿部も戸惑いを隠せないでいた。そこへ、若い社員が走り込んでくる。

「マスコミのリークです！　米国議会が、監視・政府改革委員会を設置し、来月、公聴会を開くことを想定しているとのことです。来週正式発表となります！」

社長室にいた面々は、互いに次に何を言うべきか言葉を詰まらせた。一瞬、部屋の空気が薄くなり、霧がかかったように感じられた。その霧の中で、阿部は敗戦投手になった高校球児のようにがつくりとうな垂れ、自分の足下へと弱々しく視線を落とす。来るべき時が来た、新田の無理に作ったひきつる笑い顔がそう言っていた。

「やはり〝正面玄関〟から私が出ていく必要がありそうです。ここまで騒ぎが大きくなっている以上、この混乱を収める責任は私にある」

最後の決断と言うにはふさわしくない、弱々しくそして淡々とした声で新田は言った。部屋のどこからか、「もう少し、早く対応できていれば……」と怨念にも似た悔やみ切れない声も聞かれる。近くにあった小椅子に力なく腰を落とす。この事態で失うモノに対する喪失感と、この事態を招いた現場の人間としての失望感、その狭間で自分も溺れかかっていた。

部屋の中の霧はさらに濃くなっていく。まるでサイレント映画を見るように静まり返り、無力な人々の俯く姿だけが鈍く目に映る。もうこのまま終わりにしようとする「意識」の背中に手をかけ、心の中の声が言った。「おまえが立たなくてどうする」と。

あのときと同じだ。一度だけアメリカンフットボールを辞めようと思ったときだ。大学4年生で主将ながら、試合のレギュラーは田布施が担い、自分は公式戦に出場さえできない補欠だった。そのときに酷似する感覚が、今この手にはある。

補欠という存在は、「正義」と「偽善」の究極の合間に立たされる。誰よりも早く練習場に来ること、主将であっても後片づけを率先すること、そして試合に出る選手をベンチで励まし勇気づけてフィールドへと見送り続けること、そうやって自分という人間は、正義の中心にいるんだと秩序立てた。

しかし、いくら気持ちに無理を強いても、制御しようのない無気力な潮目に人は嘘をつけない。

波打ち際で足をすくう波のように、その潮目は容赦なく正義を押し流し、偽善の姿を露わにさせる。負けを認めた人間の目つきは弱い光だけが灯され、仲間とは少しずつ目には見えない距離が空き始める。「陰ながらみんなを支える」という謙虚なプライドは虚勢となり、主将としてのリーダーシップが形ばかりの見栄に変わる。自分ではわかっていたことだが、「負」で縁取りされた毎日が、「不適切に繰り返されるのがわかっていて止められない習慣」のように同居した。

そんな人間を許さなかった男がいる。田布施だ。烈火のごとく奴は怒り狂った。「悔しいという気持ちを持てなくて、恥ずかしくないのか！」と罵りもした。基本的に補欠の選手は、一軍であるレギュラー陣の〝練習台〟となる。その練習で補欠のメンバーが死ぬ気でぶつかってくる闘争心がないと、チーム全体での力が底上げされない。そこに本当の意味でのチーム力は生まれない。そう田布施は信じてやまなかった。

「おまえは俺にとってのライバルであり、このチームを率いる主将だろ？　下らねえ見栄や体裁ばつかり気にしやがって。先陣を切って闘争心を示さなくてどうする！　おまえしだいで、このチームが沈むかどうかが決まるんだ！　やるかやらねえかだろ！」

印象に残っている田布施の言葉だ。そこで何かを気づかされ、心の隅に巣食っていた弱気を焼き払い、避け続けていた生き方の分岐点に戻った。あのときと同じ感覚がこの汗ばんだ手に戻りつつあった。そうだ。やるかやらないかなのだ。それでニッタが沈むかどうかが決まる。

「新田社長！　そして役員の皆さん！　今は、やるかやらないかです！」

驚くほど素直な気持ちが最初に飛び出した。「できる限り迅速に、丁寧に、このデリケートな問題は対応すべきです。いち早くユーザーの信頼を取り戻すことをお考えいただく必要があります！

このままでは、誰もが路頭に迷う。今問われていることは、できるかできないかではなく、やるかやらないかなのです！」

田布施が乗り移ったように、その台詞は出た。その場にいた一人ひとりが、時間を止めたように動きを止める。やるかやらないか、答えはそれだけだ。「〝Do the right thing the right way.（正しいことを正しく行う）〟という情熱と勇気を私が学んだのは、この新田自動車の皆さんからです。たとえ予期せぬ事態が起きても決してあきらめてはならない。ダメなところはチームで正しく、そして泥くさく地道に補い合っていく。そして勇気を持って正しい信念を貫く。それが、私が新田の現場から学んできたことです！」

顔を紅潮させ、矢を放つように言った。周囲の幹部メンバーが一斉に新田の背中と自分の顔を順番に見た。

「社長、まだあきらめるのは早いかもしれません」仁王立ちする阿部は言った。

「こういう局面で一番大切なことは、〝己を虚しゅうする〟ということですな」

技監の宗岡が、少し離れたソファから言葉を選んで添える。「すなわち、自分の持つ私情を捨て、謙虚で素直な気持ちになること、そして、誰かのために何ができるか、その相手の声と心にきちんと耳を傾けることです。それさえできれば、組織の人間の自助自立精神を生かして、必ず難局は乗り越えられる」

「宗岡さんのおっしゃるとおりです。ここまで当社の対応が遅れ、情報が錯綜し出すと、余計な不安だけに人は縛られ出す。ここは全員で同じ勇気を持ち、一歩前へ踏み出すときです！」

ワイシャツの二の腕をまくった阿部が執務机に手を突き、喰いつきそうな顔で新田の背中を見た。まるで錆び付いた鉄が、少しずつ磨かれてしだいに鉄本来の鋭い輝きを取り戻していくように、他の幹部たちの目にも徐々に力が漲りはじめる。次に新田がどんな決断を口にするのか、全員が固唾を呑んだ。ゆっくりと新田は全員に振り返る。

「新田自動車は、決して沈ませはしない！」

新田は腹の底から声を出していた。決意のセリフで、先ほどまでの部屋の霧が嘘のように浮き上がり晴れていく。誰もが新田の「熱」を受け止める。

「社長、まだ、こちらの非を認めるわけではありませんが、リコールをかけましょう。それしかユーザーとの信頼をつなぐために今できる最善の手はありません！」

阿部が机に身を乗り出して新田に向かって言う。とうとう行き着くところまで行き着いてしまった。リコール、自動車メーカーにとって最後の勝負に出るカードであり、企業としての技術力をみずから否定する危険な賭けだ。

「リコールをかけるということは、体裁はどうあれ、全面的に自動車会社が非を認めることに直結する、その覚悟の上での行動ということですね」

「巨額の損失という犠牲を払いますが、再び信頼を得るために前向きに切る最後のカードだとご理解ください」阿部は念を押すように言った。

「巨額の損失とはどの程度のことですか？」

「対象となる車種は、のべ１０００万台に及ぶ可能性があります」

「１０００万台！」

「損失を賭けてやるからには、もちろん覚悟の上の数字です。やるからには徹底的にやる。中途半端にリコールをかけると逆効果になります」

「阿部副社長、その対象車種全車をリコールすると、損失のインパクトはどれぐらいになるのですか？」新田が血の気が引いた顔で聞き返す。

「はっきりと摑めていませんが……、リコールの前段階として、部品の交換等で当初1000億円程度の費用を見込む必要があると思います。本格的なリコールに備えて、従前から数千億円の品質保証引当金を積んでいますので、当面はそれでしのぎます。2010年3月期で、約2000億円程度の減益要因となることは避けられません」

「そんなにも巨大なネガティブ・インパクトが……」

「それだけではありません。残念なことに、対象車種にはわれわれのエコカー戦略の中核であるハイブリッド車も含まれることになります」

阿部が無念さを滲ませて声を震わせる。世界的に開発競争の激しい環境対応車の中で、飛ぶ鳥を落とす勢いの根強い人気がニッタのハイブリッド車にはある。ブランドを地に叩きつけるように、そのダメージは計り知れなかった。

「とにかく、NHTSAからの召喚状が来る前に、すべての膿を吐き出すのです！　すべてです！　この問題に懺悔し、贖罪するかどうかを今この時点で問うのではなく、迅速に、そして誠心誠意の気持ちで、やれることすべてをやり尽くしましょう」

その言葉とともに新田は目を閉じ、きつく歯嚙みして全員に頭を下げた。信念のつながり、人としての思いが乗った「熱」のあるつながりが届いた気がした。部屋の外に走りだそうとする阿部に続いて、すぐに全員が動き出す。

「それと、阿部副社長。おそらくこの規模のリコールは平時に状態が戻るまで、半年から1年はかかると思います。北米5工場の休止による減産規模をシミュレーションするようお願いします」

「承知しました」

「それと！」新田が再び叫ぶ。「記者会見を設定してください。趣旨は、〝謝罪会見〟です」

最も苦しくそして最も厳しい局面にニッタは置かれていた。阿部の背中を見送るようにして立っていた新田がこちらに向き直ると、「助けられたみたいだな」とだけ言った。

第七章　伸びきった兵站

2010年1月末、足元を見る中央電力　田布施淳平

「どうなっているんだ！　おかしいじゃねえか！」

ひどく蒸し暑い早朝、オフィスに着く。すでに出社していた玄さんが、電話の線を引きちぎらんばかりに怒りを露わにしていた。

最後までモザンビーク駐在を渋った飯塚が、玄さんとこのモザンビークへ赴任したのは昨年末のことだ。駐在に関して飯塚は、玄さんの強引な説得もあり、最後はみずから折れた。無理を承知でこの地に引っ張ったことを申し訳なく思ったが、背に腹は代えられなかった。

辺りを見回しても、玄さん以外他に誰もいない。そういえば、飯塚は2週間ほど前から日本へ出張させていた。忙しすぎてそんなことすら忘れていた。本社や資源の買い手となる電力会社との調整・交渉担当に飯塚を指名した。飯塚がアフリカで単身赴任であることも考えれば、日本への出張が増える分、家族との時間を作ってやれるという親心も働いた。

「どうしました、玄さん？」

玄さんは受話器から耳を離し、「飯塚から」と言う。送話口を手で押さえながら、「問題が東京で起きている」とも言った。玄さんは太い指でピースのサインを見せる。問題は2つあるということだ。そして玄さんの奇妙な曲がり方を見せる眉毛からして、それは相当深刻ということだ。

「どういうこと？」

「本社サイドで追加の資金支援の検討が難航しているらしい。投融資審査委員会（CFOである副社長を筆頭とする、大型投資案件の社内審査委員会）を来月に控えているが、継続投資に関して見直しの評決が出る可能性があるって……」

「それは、このプロジェクトを実質的に中止にしろってことじゃないですか！」

「本社は米国で産出が相次ぐシェールガスの投資へ、資金を厚めに手当てしたいらしい」

「飯塚は何をやっているんですか！」

「特に米国のシェールガスでは、経産省が金融支援策の検討を始める気運があるのも事実だ。経産省にべったりの本社からしてみれば、それに乗ろうと考えてもおかしくはない」

神野と審議官の本間が、二人で仲よく神輿を担いでいる姿が浮かんだ。実際、以前飯塚と話していた米国テキサスにある、ピアソールのシェールガス開発が動き出そうとしていた。その35％の権益を五稜物産が獲得すると発表されたばかりだった。

「それだけではない。もう一つは、買い手の中央電力との交渉が暗礁に乗り上げている」

「中央電力が？　玄さんと飯塚がここに来るまでは、俺が順調に交渉を続けていたんだ」

「ここにきてプロジェクトの実現性、それとモザンビークのカントリー・リスク（海外投融資や貿易を行う際の、対象国の政治・経済・社会環境の変化により収益を損なう危険の度合い）を盾に、調達を尻込みし始めているらしい」

　プロジェクトはいくつかの試掘・分析段階を踏み、ガス資源の埋蔵さえ確認できれば具体的な事業化へ進んでいた。買い手である電力会社と最終的に合意できないと、生産段階には入れない。もちろん、資源がまだ試掘で発見できていない今は、あくまでも事前に打診をしながら買い手の候補先を絞り込む段階だ。だが、大口需要先の中央電力が尻込みをすると、他の電力会社も追随する可能性もあった。

　人手が足りなかったので、さまざまな仕事を振り回すようにやってきたツケが出始めている気がした。現地の政府関係者やオペレーターのデルコアとの折衝、生産開始を見据えたオペレーションの整備、弁護士との現地関係法規の精査、今後想定されるインフラ、環境、地域住民への対応策……、やるべきことは際限なくある。本社や中央電力との折衝を、飯塚に任せっきりにしてしまっていたことを、いまさらながら悔やんだ。

「飯塚は、そのへんの調整は、慣れているはずです」

「淳ちゃんが自分で言ってくれよ」玄さんは投げるようにして受話器をよこした。

「田布施だ。どうなっているんだ、飯塚。話が前に進むどころか、後退し始めている。この本格的な事業化に突き進むプレ（事前）の段階で、きっちり外堀が埋められないとまずいぞ」

「申し訳ありません……」

　最初に謝る部下は、あまりよくない兆候を抱えていると思って間違いない。

「飯塚、おまえや玄さんがこちらに来る前には、中央電力や西日本電力からも明確な買い付けの意思をもらっていたぜ。一体何があったんだ？」

「何度も中央電力には状況の説明を繰り返したのですが……、試掘にめどがついて、環境への配慮、及び技術面、経済面、あらゆるリスクが払拭できないと動けないと言い出しています」

「実際に資源が見つかってからの後出しじゃんけんは、調達コストが高くつきますよって言ってやれよ。中央電力の奴ら、ウチの足下を見て言っているだけだ」

「その調達価格なのですが……、彼ら、値決め自体を見直したいと言っています」

「なに！」

日本が購入するＬＮＧ価格は原油価格に連動したものを採用させられてきたために、欧米諸国が調達するよりも圧倒的に高い価格で調達させられてきた。資源がない国の悲哀でもあり、きちんと国を挙げて資源外交をしてこなかったツケとも言える。その値決めを見直す交渉は困難を極め、当然ながら時間を要する。もし商社がそれをできないようであれば、電力会社みずから資源権益の取得という商社抜きの動きに打って出ないとも限らない。商社の死活に関わるような問題でもある。

「なんでそんな大切なことをもっと早く報告してこなかった！」

「言い出せませんでした……」

自分はそこまで信頼されていなかったのかと、ぎゅっと体のどこかが萎《しぼ》んだ気がした。

「中央電力が望む輸入ＣＩＦ価格（保険料・運賃込み価格）は、一体どのくらいだ？」

「5ドル台半ばのヘンリー・ハブ価格でと言っています」

「ヘンリー・ハブ！　冗談よせよ！」

日本は現在、スポットでの取引において、原油価格に連動する１００万ＢＴＵ当たり16ドル前後の取引価格が相場だ。一方、欧州各国が輸入する場合のNBP（ナショナル・バランシング・ポイント）価格を使った9ドル台、さらに米国はこの最も割安なヘンリー・ハブ価格で天然ガスを取り引きできた。

なぜ調達価格に差ができるのか？　そもそもパイプライン網が整備され、ありあまるほどシェールガスが自国で手に入る米国とでは、バイイング・パワー（買い手の購買力）が圧倒的に違う。欧州にしても、ロシアや北アフリカといった複数の近隣供給源から調達できる強みがある。日本は？　なにもない。

「中央電力は、本気です……」

「たしかに日本の割高な調達価格を、少しでも是正できるように努力はしなくちゃならない。それは商社の役目でもある。でもな、NBP価格にできるかどうかもわからない今、ヘンリー・ハブ価格なんて無理だ！」

「私もそれはわかっています！」

言われなくてもわかっているという憤りと、仕方ないというあきらめが飯塚の声に混在していた。本気か、中央電力は？　なぜこの段階でそんな無理な要望を突きつけてきた？　このモザンビークから手を引きたいと言っているようなものではないか。「飯塚、澤村社長を動かせないか？電力会社と直接交渉してもらって――」

「社長にはすでに話はしましたが、まずは現場の責任でなんとかしろの一点張りです」

「あのタヌキ親父！　最前線にいる兵士を見殺しにするつもりか！」

飯塚に当たる話ではなかったが、澤村の肝心なところでの逃げ腰に腹が立った。治りかけていた左手が小さく痙攣した。本社とモザンビークの現場でのぶつかり合いの狭間で、飯塚も苦しんでいることは想像できた。でも、それを気遣う尾関のような気の利いた一言が浮かばない。

「すいません……俺の責任です」

「そんなことどうでもいい！　東京に送ったからには、おまえがモザンビークのプロジェクトを代弁する責任者なんだ。泣き言をいちいち聞いている暇はない。なんとかするしかない」

最後の「なんとかするしかない」という言葉が出たのは、明確な答えが自分自身も見つからなかったからだ。

「本当に……、本当に俺……、全力を尽くしているのですが……申し訳ありません」

やはり同じ言葉だ。「やってやりますよ！」と言わない飯塚が歯痒かった。

「この本格事業化前の準備段階でつまずくわけにはいかないぜ、飯塚！　いいか、ロシアのサハリン、米国のシェールガス、そしてこのモザンビークと、多様な調達源を駆使して中央電力のニーズにわが社は応えようとしているんだ。価格だけの問題ではない、そう説得してこい！」

声は返ってこなかった。「飯塚、俺を信じろ。必ずこの地に眠る資源を手にしてみせる。約束する！　だから今は孤軍奮闘で申し訳ないが、おまえもすべてを懸け、死ぬ気でなんとかしろ！」

東京サイドで問題を乗り越えられない限り、おまえはここへ生きて帰ってくるなというニュアンスを込めたつもりだった。本当であれば、自分が飛んでいってケリをつけてやりたかった。電話の向こうからは、飯塚の息遣いだけが聞こえてくる。切迫感を飯塚自身が感じ取ってくれないことには、本社は黙ったままで、中央電力も動かない。

「わかりました……」

そう飯塚は言った。出場は決めたが、期待に応えるプレーができるかわからない、と前置きする選手のような言い方だ。これ以上、飯塚に今何かを期待するのは間違っている気がした。強引に電話を切る。そしてすぐに再び受話器を取ると、電話をかけた。間もなくして、尾関が電話口に出た。多忙なところへの緊急な電話を詫び、そして飯塚とのやり取りをかいつまんで話した。

「そうか……。俺も各国のＬＮＧビジネス全般を見ている立場上、少し目を離しすぎたかもしれない。それは謝る」

いきなり尾関も謝った。だが、「俺がなんとか今からカバーするから、心配するな」とも言った。東京サイドで尾関がフォローしてくれることは心強い。

「時間は限られていますし、事業化へ向けてこちらも大詰めを迎えています。今、プロジェクトを立ち止まらせるわけにはいきません」

「了解だ。まず社内の投融資審議委員会のほうは、すぐになんとかする。ところで田布施、飯塚はそちらでうまくやっているか？」

「少し元気はありませんが……、初期的なホームシックだと思います。玄さんと二人で面倒は見ていますから心配ないと思います。それがどうかしましたか？」

「いや、少し気になってな。日本に帰国しても人が変わったようにふさぎ込んでいるようだし、俺のところへは一度も顔を出してこない」

「そうでしたか……。こちらも現地の調整が多忙を極めていて、飯塚に任せっきりでして」

「人一倍、きちんと気遣ってやれよな。あいつにはあいつなりの悩みがあるんだ。とにかく田布施と玄さんは、試掘に引き続き注力してくれ。世界規模での相次ぐウラン争奪戦で、本部長の神野も、その権益取得に浮かれている」

「やはり、神野ですか……」

「日本のウランは全量輸入だ。調達先はカナダやオーストラリアで半分近くを占めるが、権益を取得して安定的に輸入している量は、約18％にとどまる。だから経産省の後押しもあって、権益取得に躍起になっているのは、本部長だけじゃないさ。それに――」

そこで尾関は、意味深に一呼吸置いた。「せっついても仕方ないことだが、もう俺も首の皮一枚だ。一日も早くモザンビークでの資源開発ができないと、プロジェクトごと全員が吹き飛ぶことになる。ま、今俺たちがやれることに全力を尽くす以外、他に道はないがな」

尾関らしくない湿っぽい声を最後に、電話は何の余韻も残さずにプツンと切れた。受話器を耳から離し、じっとそれを見つめる。もう時間的猶予は2年を切っていた。時間がなさすぎる。

なぜか、みんなの顔を思い浮かべていた。モザンビークへの赴任に二つ返事とはいかなかったが、飯塚は一緒に汗をかく道を選んでくれた。玄さんも鷹揚にはしているが、ぎりぎりのところで踏ん張っていることは、隣にいてよくわかっていた。いつも心強い尾関も、本社の圧力の中で最後の胆力を振り絞っていた。全員が、最後の勝負に出ていた。

「やっぱり、中途半端な気持ちの奴を連れてくるべきじゃなかったかもな」

玄さんが頭の上で手を組みながら呟く。「覚悟を見せろとか脅しても、結局のところ勝負を決めるのはその本人だ。洋二に、その覚悟はなかったたってことだ」

どこかで聞いたことがある。大学時代、監督が田布施をレギュラーで使うからと北條に言った言葉に重なる。「レギュラーになれるかなれないかは、本人の覚悟次第だ。結局、北條にその覚悟はなかったってことだ」と監督は言った。あのとき、北條の心境はどうだったのだろうといまさらながらに思う。悲哀、屈辱、そして自分自身への軽蔑……、言葉では言い尽くせない。

「何でそんなこと言うのですか。俺たちがあいつの味方になってやらなくちゃ！　飯塚は飯塚なりにやっているんです。任せた以上、信じるしかないじゃないですか！　俺たちは戦場に放り込まれた仲間なんですよ！」

なぜか声を荒らげていた。玄さんは反省とも取れる表情で口を一文字に結び、天井の一点を見上げていた。玄さんらしくないと言いたかったが、それはやめた。今は味方を一人でも失いたくない。自分が情けないほど小さく、そして空しかった。

2010年2月24日、アメリカ公聴会　北條哲也

「あなたは経営者として失格です！」

「恥を知れ！」

「暴走したニッタ車は、殺人マシンだ！」

壇上に居並ぶ老獪な米国の国会議員たちから、矢継ぎ早に怒号が飛び交う。彼ら議員の目の前に弁護士とともに着席していた新田の首筋を汗が滴る。この光景を数ヵ月前は想像さえしていなかった。営業利益、販売台数、そういった机上の数値目標にばかり目が行き、本当の現場でのモノ作りが忘れられていたからこそ起きた修羅場だ。

新田はテーブルを挟んで向き合うようにして壇上の議員たちと対峙する。昼過ぎに始まった米国下院議会による監視・政府改革委員会での公聴会は、すでに3時間ほどが経つ。新田は身じろぎ一つせずに、しっかりと議員たちを見据えて耳を傾けていた。

あの正月に、ニッタが一丸となってやれるだけのことはやると決めてから、本当に怒濤の日々だった。米国議会から新田自動車に対して正式に召喚状が届き、そして間もなくして、米国運輸省が声明を出した。「エンジンの電子スロットル制御装置が事故原因の可能性があり、電波の干渉が意図しない加速を引き起こす」という一方的なものだった。これには驚かされた。何の根拠もなく、あたかもそれが唯一の事実であるかのような言いぶりだった。

それだけではない。対応の出足の鈍い新田自動車を追い詰めるかのように、声明を発表した翌日、米国運輸省長官から直接社長の新田に電話が入った。安全確保のための取り組みを最優先するように要請をするという異例の通告だった。

米国での批判を抑えようと、組織的に動き出すも、次の火の手がすぐに上がった。それは、なんとニッタのお膝元である日本からだ。日本の国土交通省が独自調査に乗り出すと発表したのだ。モノ作りの中枢たる日本の現場が後ろ指をさされる事態は、もうニッタの終焉とさえ囁かれた。結局、日本国内におけるハイブリッド車約20万台のリコールが発表された。国内外のあらゆるメディアが、この事態を「ニッタ安全神話の崩壊」と揶揄した。

だから、この公聴会の場における米国の冷たい視線は、当然想像ができた。そんな状況の中、同席して印象に残ったのは、質疑応答のやり取りではない。会の冒頭と締めくくりにみせた社長新田の姿勢だった。新田は公聴会が始まる冒頭、「私は誰よりもこの新田自動車を愛していることをお伝えしたい」と言った。

「愛している」という言葉は、自分の身を投じて何かを守ることだ。車作りの原点に戻るのであれば、まずは愛せるかどうかだ。自分の子どものように手をかけ、育て、そして守り抜く、そんな思いが新田の言葉にはあった。新田は意見陳述の最後を、気丈にこう締めくくった。

「私の名前はすべての車についています。ニッタは信頼を取り戻すためにあらゆる手を尽くすことをお約束します」と。


ワシントンDCのザ・ヘイアダムスホテルの6階にある客室からは、向かいのホワイトハウスが望め、眼下には雪で覆われたラファイエット・スクエアの樹木が広がる。樹木は少し強めの風に身を屈め、冬最後の寒さを必死でしのいでいるように見える。社長の新田は、窓際で腕を組んだまま、身動き一つせずにじっと外を眺めていた。

先ほどまで、部屋には他に米国新田自動車社長をはじめ関係者10名ほどがいたが、一通り公聴会の総括を終え、全員退出していた。新田に「君は残ってくれ」と言われ、他にも阿部、ワシントンDCで活躍するロビイスト、メリッサ・コフリンが居残った。インドにいるはずの自分がこの場にいること自体、場違いな上に不思議でならなかった。明確な根拠はないが、「君は不運なときの〝お守り〟だから」と新田に言われている気がした。

「社長、リコール問題の長期化だけは避けなくてはなりません」

聞いているのか聞いていないのかわからないが、阿部は新田の背中に話しかける。

「リコールの影響はどうですか？」新田が振り返らずに答えた。

「じわじわと米国での販売状況に悪影響を及ぼし始めています。速報では米国における当社の2月の新車販売台数は、対前年同月比8・7％も落ち込み、シェアも前月の14・1％から12・8％へと下がるという報告が入っています」

「競合他社が販売数を伸ばして奮闘する中で、ニッタだけが数字を落としていますね」

「これは、あきらかに今年の秋に中間選挙を控える議員たちの政治ショーです。断じて許せない！　どれだけニッタが米国に貢献していると思っているのでしょうか。50年に及ぶ米国市場でのビジネスにおいて、部品メーカーや販売ディーラーを含めて20万人もの雇用を抱えて米国経済に貢献しているというのに！　推定有罪というのは、こういうことを言うのです。電子系統の欠陥で車が急加速する証拠は何もない！」

阿部は大袈裟な身ぶりとともに大声をあげる。

「米国では失業率が依然として約10％に高止まりしています。オバマ政権の支持率も、外交政策の弱腰や目を見張る経済対策が打てずに低迷しています。米国ではこの手の善と悪の役割を決めた政治ショーは、国民に対して政治パフォーマンスを印象づけやすく、よく取られる手段です」

米国政治家のレベルの低さを嘆くように、メリッサが言った。年齢はまだ50過ぎだが、顔に刻まれた皺と、細い体から溢れるタフなオーラが、政治家や政府高官を相手に第一線でロビイスト活動を行ってきた年輪を感じさせる。彼女がいるだけで、ニッタは負けない気がした。

「不運な巡り合わせってやつだな」阿部がソファでだらしなく足を組み、悔しそうに言った。

「今回の公聴会に対する国民の反応はどうなのでしょうか？」

ずっと気になっていたことを、自分はメリッサに尋ねた。今向き合わなくてはならないことは、ニッタの業績への影響でもないし、推測すべき政治的背景でもない。一番に考えなければならないのは、米国のユーザーたちのことだ。彼らがニッタの車に抱く信頼を、いかにして取り戻すか、それが先決に思えた。

「すぐには読めませんが、しばらくはこの騒動に対するユーザーの動揺は収まりそうにありませんね。いずれにせよ次回は、生産管理・技術の点で阿部副社長と、米国新田自動車幹部にご出席いただく必要があります。今日以上に辛辣に議員たちは迫ってくると思います」

「ロビイストは淡々と言ってくれるねえ、こっちは、まるで狙い撃ちされた気分だよ」

投げやりな阿部の言い方だ。「何だ？　君もなんか言いたげだな」阿部の苛立ちの矛先がこちらへと向く。

「副社長、いずれにせよ、ユーザーの信頼を取り戻すために、一体何ができるかご判断をいただく必要があります。ここで対応を誤ると、新田自動車に対するバッシングはさらに飛び火していく可能性があります」

「ユーザー？　君は生産工場にいた割には、何もわかっとらんな。公聴会で陳謝して、ユーザーがよくぞ謝ってくれたと言うと思うか？　信頼回復なんて軽々しく言うな」

「申し訳ありません……」

「ただでさえ、強引にチャプター11（米国連邦倒産法第11章）を使い、米国政府は巨額の国民の税金を米国最大手のルネッサンス・モーターズの救済に注ぎ込んでいるんだ。好調なハイブリッド車を引っさげて米国市場で背を伸ばすニッタを、叩きたくて仕方がないんだよ」

「ミスター・阿部のご指摘のとおりかもしれません。この段階であまり米国政府の怒りの裏にある背景を詮索しても仕方ありませんが……」推測をさらに先に推し進める科学者のようにメリッサは言う。「米国政府としても、そのルネッサンスの再生シナリオが狂うことで、今年の11月に行われる米国中間選挙に惨敗したくはないでしょう」

「米国の選挙事情なんて、今関係あるのですか！　事故は起きてしまったのです！」

無意識に声をあげていた。今はメリッサの政治的解釈など聞きたくなかった。ニッタの車で事故は起き、そして人が死んだことは紛れもない事実なのだ。

「それでは聞こう。君は、〝これで鎮静化に向かってください〟と神に祈りでも捧げるか？　これからユーザーによる集団訴訟が提起される可能性もある。それに当社の対応次第では、刑事事件に発展する可能性も拭えんのだぞ。一体どんな解決策が有効かも見えてこない」

「阿部副社長」新田が窓の外を見ながら、ため息交じりに言った。「北條君の意見に私は賛成です。われわれは、今このタイミングを逃さずに、この国のユーザーに真摯に向き合いましょう。きちんと正しくやるべきことをやる、それに尽きる」

「それが正しいと思います」と自分も心の中で言った。

アクセルペダルが戻らないということで数件の事故が米国で起きた。ニッタは、不適切なフロアマットの敷き方によりアクセルペダルが引っかかり、戻らなくなったことが原因との見解を示した。だから、マットを取り外すよう呼びかけた。あくまでも車両欠陥上の問題ではなく、ユーザーの使用ミスという姿勢を貫いてきたがゆえに、複数のユーザーから苦情が沸き起こり、それは全米へと瞬く間に広まっていた。それが目の前にある現実だ。そこから新田自動車は、逃げることはできない。阿部は新田の言葉に何も返さず、目を閉じていた。

「外の空気を吸わせてください」

そう乾いた声を残して、新田はふらふらと部屋を出た。メリッサも同時に部屋を後にし、阿部と自分だけが残された。微妙に距離感のある、嫌な空間が生まれる。

「社長をはじめ、私もきちんと襟を正してこの急速な海外展開を猛省すべきだ、と言うとでも思うか？」目を閉じたまま阿部が言う。

「え？」一瞬、その阿部が言った台詞を疑った。阿部のフラストレーションを、直に素手で受け止めたような痛みがあった。

「たしかに、このリコールの件は誠実にすばやく対応し、適切な情報で意思決定できていればもう少し対処のしようがあったのかもしれん。でもだ、海外での生産販売の拡大戦略に誤りはなかったと今でも言い切れる」

「副社長、私は――」

「今は新田自動車にとって大きく飛躍するチャンスだ。たとえ海外展開が急速に進み、兵站が伸び切り、見なくてはならない本質が見過ごされてきたとしてもだ。このリコール問題自体は、それ以前の問題として起こるべくして起こったんだ」

阿部は何かを先回りするように言った。

「今は、誰が責められるべきかを議論する段階ではありません。ただ……、もし何かを失ってきたのであれば、ゼロの原点に戻り、やるべきであったことに力を尽くす、それこそ、われわれが今取り組むことだと私は思います」

「君の意見はいつも正論で、美しいよ」

「もし品質や技術に何かしらの問題があるのであれば、モノ作りの原点から洗い直されるべきです。そして仮に、果敢に進出した新興国の調達や生産において齟齬が起きていたのであれば、可及的速やかに一つひとつ問題に対処すべきです」

「あなたはあのインドでの視察のときと、何も変わっていない」と言いたい気持ちを抑えた。今求められるのは、冷静さと持論を断言する勇気だ。

「阿部副社長、私もそのつもりです」気がつくと、ドアの入り口に新田が立っていた。

「社長……いらしたのですか……」阿部はうろたえながら姿勢を正す。

「私はまずユーザーに謝罪し、対話し、最後まで信義を貫く。それと同時に、モノ作りの原点から問題を洗い出し、そして謙虚に対処をする。それしかニッタに残されている方法はない。そうだな、北條君？」

懐にしまったお守りに話しかけるように新田は言った。阿部の手前、何と言うべきだろうか。答えはＹＥＳだが、末端の副工場長が断言するには重すぎた。

「末終《つい》に海となるべき山川も、しばし木《こ》の葉の下くぐるなり」

新田に向かって思わず詠んでいた。〝いつかは大成するとしても、その前には、さまざまな障壁が立ちはだかる。絶対的少数の立場にあって、大きな時流には逆らえない、しかしそれは自分がぶれるのとは違う。必ず風穴をあけることはできる〟という意味だ。

父親から新田自動車の入社式の日に贈られた言葉だ。あの頃から色褪せない写真のように、心に刻まれていた。考えていたわけではないが、なぜかその言葉が今のニッタに適するように思えた。それが時を超え、新田自動車の社長に対して今度は自分が詠むとは思いもよらなかった。

「北條君、その言葉、実現するのに力を貸してもらえるな」

新田はYESを期待する目で言った。「これより君を、リコール対策本部課長に命ずる。本部長は私だ。一緒に力を合わせて誠意を尽くそう」僕が？　と自分の顎を指さす。しかし、うろたえながらも、その使命の重さを胸で受け止め、姿勢を正す自分がそこにいた。

2010年5月、宮城工場　北條哲也

3月に正式にインドの地を離れた後の2ヵ月、とにかく現場を歩いた。本社社長室付の人事異動ではあったが、肩書は暫定的に「本社リコール対策本部課長」となっていた。信頼回復に努めるという平身低頭の謝罪と、苦しい事情説明を繰り返す担当ということになる。本当によく頭を下げ、時として土下座を繰り返した。ニッタ系販売店、部品の取引先、各国の監督官庁、とにかく行けるところは国内外すべて足を運び、リコールの背景にある事情を説明し、誠意を尽くして対処することを約束した。

「土下座して詫びろ！」「当事者意識の欠如だと肝に銘じていただきたい！」「販売台数を伸ばすことだけをめざしてきた驕り以外の何物でもない！」ありとあらゆる罵声を浴び続け、心は完全に擦り切れてしまっていた。

本部長は社長の新田となっているが、新田も世界を飛び回っており、滅多に顔を合わせることはなかった。今は問題が飛び火した中国へ乗り込んでいる頃だろう。新田みずから現地で謝罪会見を

行う予定だった。エンジンオイルのホースが亀裂を生じオイル漏れが起こる恐れがあるとして、２００９年10月以降生産した日本国内外１６０万台の自主改修発表だ。

宮城工場は、自分にとってニッタでのキャリアの振り出しの現場でもある。当然、そこにもリコール問題に関する事情説明のために出向いた。20年ぶりに工場に足を踏み入れ、最初に行く場所は決めていた。新人の頃世話になった初老の板金担当、「技師長」が腕を振るう作業場だ。実際、板金の技師長という役職はないが、周囲からそう呼ばれていた。今では板金だけでなく、金型成形も含めてその技術を管理・伝承する立場だ。

「兵站が伸びきっている？　当たりめえだろ、北條」

海外の生産拠点拡大において兵站が伸びきっているのがリコールの原因の一つだと話したとき、技師長が片手に板金用のハンマーを持ちながら言った言葉がそれだ。「グローバル化の中で車種が増え、モデルチェンジも頻繁に起こる。その上、コスト低減、開発の短期化、プラットフォームや部品の共通化、部品の系列外からの調達……、品質どころか現場の苦労なんてお構いなしだ」

「ご指摘のとおりです」

「この現場を見てみろよ。海外展開に浮かれるのは構わねえが、国内生産現場は煽りを喰らってつねにフル稼働だ。技術、人、そして製品、あらゆるものを輸出しなくちゃなんねえ。技能が未熟な期間従業員を山のように採用して、なんとか国内の現場を維持しようとしているが、とても熟練工の補塡にはなりゃしねえ」

「本社もその実態はわかっているつもりですが……」

「わかっちゃいねえよ！　４ヵ月ごとに入れ替わる期間従業員が各工場平均で全体の30％もいるん

だ。彼らに正社員の技能員と同じレベルのパフォーマンスをしろと言ったたって無理だ」

「初心者がいる工程は、たしかに作業能率も落ちますね」

「経験を積んだ技能員がカバーしなくちゃならねえし、作業手順や作業の組み合わせを、その都度再設計し直さなくちゃならねえんだよ」技師長の鼻の穴が、憤りでこれでもかと膨らんでいた。

「でも北條よ、〝再設計〟なんて、日本の現場だから許されんだぜ」

「海外じゃありえませんね」

「いくら期間従業員を現場にぶち込んでコスト削減できても、失うものも大きいぜ。独自の生産方式を生み出し、数々のニッタを代表する車を作り出したこの日本の生産現場は日本国内では１９８９年以降、主力工場は一つも新設されてねえ。悲しいね。海外生産・調達の司令塔はこの日本の現場なのに、それが縮小の一途だ」

　技師長は一定の小刻みなリズムを奏でるように、ハンマーを鉄板に振り下ろす。自動車の試作段階では、鉄板を直にハンマーで打って成形し、車をかたどる。それが後の量産に移る際の重要な基準モデルの金型となるために、絶妙な熟練の技で作り込まれる。技師長はその昔、「現代の名工」と呼ばれたこの道の匠だった。「なぜ簡単にニッタの生産方式や技がまねできねえのかを考えたら、すぐにわかることだ。北條、こっち来てこれ打ってみろ。でっぱった部分を平らにするんだ」

　技師長はハンマーを軽く浮かすように上に投げると、金属の部分を器用にキャッチし、木の柄の部分をこちらへ向ける。技師長の作業はよく見ていたが、そんなに難しそうにも思えなかった。少しハンマーを振り上げると、鉄板を均《なら》すように叩く。しかしその思惑を嘲笑《あざわら》うかのように、見事に鉄板は凸凹にへこんだ。「これが車のボンネット部分の試作だったら、殺されるぞ」

「おかしいなあ……」

「いいか、でっぱりやへこみを作る以上に、平らにするのは技術がいるんだ。力任せに叩けばいいと思ってちゃあ、大間違いだ」

もぎ取るようにハンマーを奪うと、技師長は力を入れずに、手首だけを使ってハンマーを踊らせるように振る。わずか1分ほどで、見事なまでの〝平ら〟が姿を現す。「力の入れ具合や、叩き方、そして経験から緻密に計算された勘で打つ。何も難しいことはしちゃいねえよ。基本がすべてだが、かといってこのノウハウを教科書にして伝授はできねえ。それが——」

「〝技〟ですね」

「まねができるわけがねえ。海外で同じように現地の作業員にやらせろたって無理な話だ」

「ニッタの生産方式も同じです。現地の従業員は、〝必要なものを、必要なだけ、必要なときに作る手法だろ〟って言います。でもそんな簡単ではありません。根付かせなくてはならないものが先にあるのです。それは、ニッタのモノ作りとしての魂みたいなものです。それがなかったことが今回のリコールの最大の原因だと私は思っています」

「魂ねえ。中身の伴っていない海外生産拠点の拡大、無理な現地化、そのいずれもが皮肉にも裏づけられちまったようなものだぜ。その上、対応が後手に回り、世界中で批判の大合唱かよ。リコール決断の代償は大きいねえ」

技師長の目をまともに見られなかった。「で、どうすんだよ、本社は?」

「モノ作りの原点はこの現場です。当社の強さの源泉である開発・生産技術、さらには生産方式の新しい考え方は、この国内生産工場の現場から生まれてくる。だから、原点回帰することから始めなくてはなりません。設計・開発段階からの品質保証・管理体制の再構築はもちろんのこと、この国内生産の仕組みも変えていきます」

「どうやってやるんだ？」

「工場の稼働率を少しでも平準化させるのです。そうやって国内工場の負担を抑え、ニッタの強い足腰をこの国内から作り直す。その前哨戦として、一つの生産ラインで複数の車種を生産する混流生産の仕組みを拡大させる、そして海外部品メーカーの品質を管理維持できる人材の育成にも注力していくべきです」

「おもしれえじゃねえか。でも、無理だ」

突然、きつい言い方で技師長は言った。遊園地に行く希望に満ち溢れた子どもを失望させるのを覚悟で、仕事だからムリだと言う親の言い方に似ている。「本社がうんとは言わねえよ。国内工場への〝絞り〟はすげえんだ。わかってんだろう？」

技師長はタオルをきつく絞るような仕草を、両手でやって見せる。「予算の絞り、人材の絞り、そして――」

「工場自体の絞りですね」

「本社は、絞ってぎりぎりの運営をさせる。海外への進出がこれだけ華々しいと、国内は肩身がせめえぜ。技術開発にしたって、これじゃあいいモノも生まれねえ」

「本社は反対するかもしれません。でも……誠意を尽くしてやれるだけのことをやるべきです。その思いは、ユーザーへは必ず伝わる。そして新田自動車を心から愛し、信じていてくれる人々の心に、希望と期待を取り戻すのです」

「北條、新卒の頃から、変わらねえなあ。はじめて工場へ来たときの挨拶が、〝私がこの現場を守ります！〟だったっけか？　忘れやしねえよ」

技師長は、眩しいモノでも見たかのように目を細めると大きく頷く。しかし、不意にこちらの背後に目を向けると、顔色を変えた。

「本社は、大変そうだねえ」

振り返ると、テーブルを挟んだ向かい側に伊勢崎が立っていた。派閥抗争に敗れ、財務部長への昇格を果たせなかった伊勢崎は、この宮城工場の経理部長になったと風の噂に聞いていた。工場勤務者が必ず着る「菜っ葉服」と呼ばれる青い作業服は着ていなかった。まだ本社の人間としてのプライドがあるのだろうか。きちんと濃紺のスーツを着込み、胸元には淡い水色のハンカチーフまで覗かせていた。

伊勢崎は、埃っぽく煙草くさい作業場に気分がよくないのか、ポケットに手を入れたまま、汚いものでも見るような顔つきで部屋の中を見渡す。「噂に聞いたよ。今では御曹司と一緒に、リコールの尻拭いに奔走しているようじゃないか」

「尻拭いではなく、原点回帰をしていると言っていただけると……」

「想像以上に速いスピードでグローバル化は進行し、わが社の兵站は伸びきっている。君の言うとおり、それはあきらかな事実だ。その裏で、リコールにつながる歪みが生まれてきたことは当然の結末だね」

「伊勢崎さんもそう思っておられますか？」

嬉しくなさそうに線の細い笑顔を伊勢崎は見せると、一つ大きなため息を肩でついた。

「海外現地での生産台数の拡大、営業利益目標といった数の競い合い、その裏にある問題に、以前からはっきりと君は疑問を呈していた。それ自体は、称賛に値する」

伊勢崎の声のトーンが微妙に変わる。「それ自体は、称賛に値する」が、それ以外は一体どうなのか。雲行きが怪しくなる空を見上げるように、不安げな上目遣いで伊勢崎を見た。

「別に……深い意味はないのです。海外で立ち上げたばかりの生産ラインというのは、量産前に試作を繰り返しながら品質や生産性を徐々に高めていかなくちゃならない。試作にはケイレツも含めたグループ全体での豊富な開発経験とニッタイズムの注入が必要になる。今は日本から派遣された技術者が、海外の生産拠点で必死に応急処置でそれを形にしているに過ぎません」

「そうかもしれないな」

「モノ作りの原点は、この現場にある。僕はニッタに何があろうと、そう信じている。だから、ここで生まれた技術やノウハウがきちんと海外でも機能しなくては意味がない」

二言目には「モノ作り」かよ、と言いたげな顔をした伊勢崎は、机の上にある製図用の三角定規を物珍しそうに手に取る。技師長は、「俺は聞いていないぜ」と言いたげにこちらに背中を向け、部屋の片隅で工具を磨いていた。

「だけどな、北條君、そろそろ自分自身のこともよく考えたほうがいい」

テーブルの端に軽く腰掛けた伊勢崎は、部屋の壁に息をひそめるように掲げられた標語を涼しげな目元で見た。そこには、「品質第一」と書かれていた。「もうこれから君の世代の人材はどんどん選抜されていく。アップ・オア・アウト（up or out）、すなわち昇進できなければ子会社や関連会社に出向させられる。私みたいにね。それならまだいい。大半は新田自動車グループからも確実に追い出される」

「アップ・オア・アウトですか……」

「そんなことすら気にしていないなんて、実に君らしい。まあ、ここはいいところだよ。空気はうまいし、余生を過ごすには最適だ。少なくとも私のように君はならないことを祈るよ」

皮肉めいた言い方を伊勢崎はした。明るい展開にはなり得ない気まずい空気が二人の間に残る。

「北條君、あの大産自動車の再生を覚えているか？　経営破綻に陥った１９９９年に、１２００社近くあった部品・資材の調達先を約６００社に絞り込んだ。大産は、サプライヤーとの馴れ合いの関係を百八十度見直したんだ」

「覚えています。彼らは国内生産体制を30％削減し、海外生産の強化を打ち出した」

「でもその結果、品質も開発段階から作り込まれたし、購買費は1兆円も削減した。今じゃ見てみろ、息を吹き返したどころか、力強く競争力を回復している」

「大産の再建は、一つの事例に過ぎません。ニッタにはニッタのやり方があります」

「どうしてそう言い切れる？」

「たとえば、開発という側面は、部品の設計からケイレツと知恵を絞りあわなければならない。当社の場合、３万点といわれる自動車部品のうち、８割はサプライヤーが製造します。彼らとの関係性が商品の競争力や品質の高さを左右します。これを見てください」

部屋の片隅にひっそりと忘れられたように置かれた燃料噴射装置の金型を指さす。「ここの噴射口にいくつかの穴があけられている。まさに燃料が噴き出す穴です。この穴が小さければ小さいほど、粒子の細かい燃料が噴射され、クリーンで地球にやさしい燃焼が実現できる」

「で？」適当な調子で伊勢崎は聞き返した。

「実際のところ、直径０・１２ミリメートルの穴が12個あいているんです」

いつの間にか伊勢崎の背後にいた技師長が、得意げに口を挟んだ。「噴射の際の燃料の形状をも考え、穴は斜めにあけなくちゃならない。その上、開発技術者からの要望は、誤差はわずか０・５マイクロメートルだ。プレス加工で成形するが、その小ささでは測定器具は使えない」

「目と指先の感覚だけで、その金型は作られます。これはケイレッとともに編み出した〝技〟です。これがなければ、量産はできなかった。だから——」

「数だよ。今欲しいのは、技ではない、数だ」

伊勢崎は躊躇うことなく、きっぱりと言い切った。「君にとって大切なことではなくても、利益のみならず生産・販売の台数規模でも世界ナンバーワンになることは、この新田自動車全体の悲願でもあるんだ。海外生産を含めた総生産台数を拡大しなければ、環境対応も伴って上昇し続けるその開発コストも吸収できない。技の前に数とは、そういうことだ」

「生産台数の規模というものは、自動車メーカーの力を計る本当の物差しではありません。それがこの目の前のリコール問題を引き起こしたのです」

「何をまた言うかと思えば……」

「本当の意味で足下のモノ作りが強くなっていくほうが、私は大切な気がしています。今ニッタがやろうとすべきことは、統計的、量的に見てナンバーワンになることではありません」

「君は本当にリコール対応が似合っているよ。何もわかっていない間抜けがやるには、適任な仕事だね」

きりっとした表情を取り戻した伊勢崎が、垂直に立ちあがる。「君が生きているうちにもう一度会えることを祈っているよ。でも次に会うときは覚悟をしたほうがいい。今の僕ではおそらくないよ」伊勢崎は技師長に三角定規を投げて渡し、何も言わずに踵を返して部屋を後にした。

「ありゃあ、すげえや。もう皮肉と嫉妬と後悔の塊だな」

伊勢崎の背中を凝視していた技師長が言った。そのとき、作業場の隅に置かれていたアナログのブラウン管からニュースが流れる。

「米国運輸省は、新田自動車の電子式スロットル制御装置に欠陥はなかったとの調査結果を発表しました！」

米国運輸省の建物の前でアナウンサーが絶叫する。NHTSAとNASA（米国航空宇宙局）による10ヵ月に及ぶ調査で、加速ペダルに運転席フロアマットが引っかかる欠陥という問題は確認されたものの、急発進事故の半数以上が運転手のミスだと発表したのだ。

「技術力の根幹を揺るがしかねない電子制御装置においては、いかなる問題点も見つからなかったってことか……。ニッタは踊らされたのかもしれませんね。政治ショーの舞台で」

「いいや。見なきゃいけねえのは、リコール問題それ自体じゃねえ。その先にあるモノだ」

技師長が何かを悟ったような口をきいた。

2010年7月、ヨハネスブルク　北條哲也

7月に入り、リコール問題は落ち着きを見せ始めた。気になっていたバンガロール工場でのLEAPの量産も、今年の末から本格的に開始される予定となっていた。阿部が号試のときに言っていたとおりの年産7万台を見込んでおり、部品の現地調達率も90%超にまで高められたと聞いていた。そこまで短期間で量産の現場を立ち上げ、インドでニッタのモノ作りを成し遂げた現地の仲間たちを誇りに思った。

自分はリコール対策本部からはようやくその任を外れたが、インドに戻る辞令が出ることはなかった。入社以来となる、本社生産管理・技術本部に籍を置いた。もちろん、部下のいない課長だ。いずれまた工場の現場に戻るまでの時間調整だと、上司からは言われていた。

だからなのか、まるで台風が突然過ぎ去って晴れ間が広がるように、まとまった休暇を取ることができた。わずか2泊の滞在になることはわかってはいたが、ヨハネスブルクにまで足を延ばすことに決めていた。会うのは、あの送別の日以来だ。あれから3年、田布施が心配になっていた。

南アフリカ共和国の商都・ヨハネスブルクは、まるで強引に仕立て上げられた〝はりぼての脚本〟だと誰かが話していた。急成長する経済、豊富に眠る金鉱脈という表面的な芝居が、妙に精緻に仕立て上げられた脚本のように世界から人々を惹きつけている。しかしその陰で経済の歪み、貧困の格差、混在する宗教や人種問題が雑然と絡みついて放置されているように思えた。

ヨハネスブルク国際空港からハイウェイを経て西に向かうと、ダウンタウンが姿を現す。ギャング団の温床とも言われるポンテ・タワーが、亡霊のように立ちはだかる辺りから街並みが変わり出す。まるで危険地域であるヒルブロウ地区へ誘う入り口の灯台のように、ポンテ・タワーは薄暗い夕暮れの中に黒々とした淡い光を放つ。

田布施は、週末をすごすアパートから少し離れたボクシング・ジムにいた。黒人の若い選手を相手に、スパーリングの最中だった。研ぎ澄まされた体軀を軽く前後左右と揺らし、ていねいにボディを打ち分ける。ロープ際に詰めて一瞬の間合いを置くと、息を吐くのに合わせるように一気に左ストレートを相手に見舞う。

しかし、その拳は虚しく空を切った。息を吞んだ瞬間、黒人選手が不意に繰り出した反撃の左フックが避けきれず、田布施の頰は打ち抜かれた。吹き飛ぶように後退し、ロープ際まで追い詰められた田布施は、1ダースほどの強烈な連打を浴びる。そして全身から力が抜けるように、ガードしていた手を下ろした。ロープに寄りかかりながら田布施はマウスピースを吐き出す。振り返った視線の先でこちらを見つけると、精一杯の弱々しい笑顔を作り、「Welcome.(よく来たな)」と言った。

「ボクシング、始めたのか？」

「もう始めて2年になる。小手先で学んだが、もう年齢には勝てない」

「そんなことないだろ。さっきの左ストレート、悪くなかった」

「いや、心の中に躊躇がある。信念のこもった左ストレートじゃない。パンチの技術や威力以前に、そこに覚悟と勇気がないんだ」

「そうは見えなかった」

「この一発で相手をねじ伏せてみせるという覚悟と、相手のカウンターを受けるリスクを恐れない勇気、それがないストレートは意味がない。まるで今の俺のようだ」

前屈みで膝に手を突き、田布施はロープにもたれかかる。その背中は、何かに追われて疲れ切った逃亡犯のようだ。いつものように確信的に存在する田布施らしさはなかった。


「いつもの店に行きたいけど、道はこないだのときと変えてくれ」

社用車の後部座席に乗り込むと、田布施が運転手にそう告げた。

「どうして？」

「同じ道を走るのが、一番狙われやすい」車は猛烈な勢いで走りだす。「ビジネスに対してだけでなく、身の安全にも配慮が欠かせないのがアフリカ駐在者の宿命だ」とも言った。麻薬や銃に絡んだ人間が街を闊歩していること、ヨハネスブルクで働く白人や富裕層を襲撃する事件が後を絶たないこと、そして夜の街から聞こえてくるサイレンや悲鳴の音で深い眠りにつけないことを淡々と田布施は話した。ほどなくして一軒の民家風のレストランの前で車は停まった。

着いたばかりのこちらを気遣い、日本料理に加えアフリカ料理も食せるレストランに田布施は招待してくれた。こぎれいで、障子が店内に設《しつら》えてあり、浅草の裏路地の居酒屋に入ったような気持ちにさせる。しかし、黒人の店主、いたる所に飾られたゴジラのフィギュア、壁に飾られた奇妙なオリエンタルな色彩の絵画、そのすべてが、ここが日本でないことを改めて教えてくれる。

「口数が少なくなった」

「一人でいるとどうしても考える時間が多くなる」

否定もせずに田布施は言うと、「マキは元気にしているか?」と唐突に聞き返した。

「彼女は相変わらずだ。僕の心配より楠見の心配かよ」

「別にそういうわけじゃない」

楠見に関する大した情報は取れないと察知したのか、田布施は軽く口を尖らせた。今までの田布施とはどこかが違った。まるで錆びついていつ壊れるかわからない機械装置のように、向き合う者を微妙に不安にさせた。だが、それを深刻な口調で直に口にするのは憚られた。余命が明白な患者に、頑張って生きろと伝えるような気まずさがあった。

「会社の人間はよく来るのか?」

「本社はもちろんアフリカを管轄する欧州支社の奴らも、滅多に来ない。テレビ会議も儀式的だ。何か驚くべき資源が採掘できるまで、静かに誰もが息を潜めて眺めている。だからある意味、ここは自由だ」

「だけど際限のない自由は、時として人を苦しめる」

「かもな」自国産のキャッスルラガービールを、田布施は味わうように飲む。「でも心配するな。俺は正常を保っている。朝一に泳いで、朝飯を食べる。歯磨きをして出掛け、現場を見て回る。夜に資料をまとめ、たまに現地の関係者と会食をする。何もなければ家でビールを呷って、また歯を磨いて寝る。朝はいつものようにやってくる。ただそれだけのことだ。そのサイクルは、ここでは〝正常〟だということだ」

「でも、今はもう仲間もいるし、一人じゃない」

「一人は海の上、もう一人は日本とモザンビークを行ったり来たりさ。忙しすぎてゆっくり話す時間もない。終わりのないレースを続けているんだよ。誰も認めない、終わりがどこにあるかも知らないレースをさ」

いつもの自分の生活をなぞるように田布施は言った。

「でも、資源が見つかれば、英雄になれるレースだよ」

「このままここで朽ち果てて土になっちまうレースでもある」

つまらなそうに田布施は返すと、もう自分の話はないと言いたげに口をきつく閉じた。「北條、おまえのほうこそどうなんだ？」

「リコール問題は表面的には落ち着き始めたよ。でも再生という難題が待ち受けている。販売台数もピークの891万台から723万台に落ち込み、北米市場は最盛期の7割の収益しか稼げていない。それに、収益が改善できたのは、約1兆円にも上る固定費や原価の改善があったからだ。ニッタとしての実力が成長を遂げたことで摑んだ黒字ではないんだ」

「リコール問題は決着したんだろ？　ニッタは、ドル箱のハイブリッド車で環境技術に磨きをかけ、あとはおまえが力を注いだ新型小型車で新興国市場を席巻するだけだ」

「ああ。年末にインドで販売した後、ブラジル、インドネシア、そして中国にも各国の市場特性にカスタマイズした上で展開する予定らしい」

「らしいって……なんだか嬉しくないみたいじゃねえか」

「リコール問題はたしかに落ち着いた。しかし本質的にニッタが再生への軌道を走っているかと言えばそうでもない。そんな実態も気がつかずに、ニッタはどこかへ向けて一心不乱に走りだしている」

「今この落ちこんだ業績を何でカバーするかと言えば、それは新興国しかないわな」

「おそらく、インドでのニッタの低価格車が売れると、間違いなく生産能力をニッタは引き上げる。それは、今の倍である30万台どころではないと思う。総額500億円以上増産し、加工ラインも増強、さらにはエンジンやトランスミッションも現地バンガロールで生産すると言い出すだろうね」

「心強いじゃねえか？」

「僕はこのリコール問題の真ったただ中にいたんだ。だからなおさら、このニッタがどこへ向かおうとしているのか、そしてその闇雲に突っ走るスピードに疑問を感じる」

「リコールの傷跡を舐めている人間にとっては、センシティブ（敏感）な問題ってことか」

「何だよ、その言い方……。ただでさえ、リコール問題で傷を負っているんだ。だから――」

「おまえは馬鹿か？　何だよ〝傷を負っている〟って？　さっきからリコールがどうとか、疑問を感じるとかなんとか、そんな話ばっかりじゃねえか。今は見えていない未来を見ることすらできねえのかよ」

「馬鹿って言い方はないだろう……。未来はきちんとあるさ。このLEAPをベースに、戦略的小型車を2015年までに世界で100万台の生産規模に育てようとしている」

まるでガラス職人が、ていねいに窯から作品を取り出すような言い方をしてみせる。

「100万台？　それがどうした」

ビール瓶を視線の高さに持ち上げ、それを揺らしながらあっさりと田布施は言った。「それがすげえと思っているのは、間抜けな北條だけかもしれねえぜ。いいか、俺が聞きてえのは、その小型車がどうこうじゃねえ。しかも100万台だかなんだか知らねえが、その数字の先にある〝未来〟だ。いつからおまえは、そういう表面的で、評論家みたいにお行儀のいいことしか話せなくなっちまったんだ？」

「田布施、さっきから何でそういう言い方しかできないんだ。せっかくこうやって会えたんだ。そういう尖った言い方はよしてくれ！」

勢いよく立ちあがる。そのときにテーブルの脚を蹴ったからか、食器が音を立てて跳ね上がる。田布施の口調はいつもとは違う、硬い氷の殻で閉ざされた氷河を想い起こさせた。左手はすでに、田布施の襟元を摑み上げていた。

「そういうところだよ。美しき正義だけはあって、おそらく知り合ってからはじめての行為だ。手が震えていた。

自分の誇りに酔っているだけのところだ」

「一人で腐りかけているおまえに言われたくない」

「殴りたきゃ殴れ！　腐って前に進まなくなっているんだ！　死んだって俺は構わん！」

店主が慌てて近づき、喧嘩をやるなら外でやってくれと怯えながら言った。互いに目には見えない何かに苛立ち、困惑し、疲れていた。言われてみれば、あれだけ現場を思い、現場を守ってきた自分が、リコール問題で弱音を吐き、ニッタの未来を数字で語ろうとしていた。

「すまん……感情的になった」眉毛をへの字にして、素直に謝った。

「そもそもニッタにしか創り出せない未来、譲れないモノがあるだろう？」

「生産工場での血の滲むような原価低減の努力、モノ作りの中で磨いてきた研究開発の誇り、この両輪が互いに結び付くことでニッタは最高の車を世の中に送り出してきた。それがニッタの強さであり、そこから大切な〝価値〟は生みだされてきたんだ」

「それこそニッタのアイデンティティじゃねえか。それがあれば、リコール問題でうじうじやっている必要はない。その本質に本気で迫り、世界のユーザーにモノ作りの新しいパラダイムを見せるだけだ」

「そうかもしれないね……」

「俺にもそこまで本気になって見せられる、新しいパラダイムが早く見つからねえかなあ」

今の境遇を愚痴るとも、開き直るとも取れる独り言を田布施は言った。

「そういえば、頼まれたよ、手紙」

頭に血が上って、すっかり忘れていた。楠見に頼まれた手紙を差し出す。田布施の口元から一瞬だけ白い歯がこぼれたが、バッテリーが突然上がってしまった車のようにすぐに曇ってしまった。ぷつんと音を立てて電源が切れ、からからと乾いた音だけが田布施の身体の奥から聞こえてくる。

「俺に惚れる女はこれだから困る」と言うと、田布施は無造作に手紙を開け、中身のレターを鷲づかみにした。

しばらく田布施は目を通すと、「読めよ」と言ってテーブルに放り投げた。手紙には、楠見の自筆で小さく整頓された文字が並んでいた。日常的な風景を淡々と楠見は書いていた。目を引いたのは最後の文章だった。そこには、

「Just play your game.（あなたのいつもどおりのプレーをして）」

と書かれて手紙は終わっていた。

「おまえもその最後の文字に目を留めた。俺も同じだ」

「新田自動車は、いつもどおりでいいのかも。独自のカルチャーへのコダワリ、守り抜いた国内でのモノ作り、そこで生まれた技術や生産方式。それを懐に大事に抱えながら受け継ぎ、ニッタ〝らしさ〟を生かす。それがモノ作りの原点かもしれない」

「〝ゼロの原点〟に立ち戻れよ」

その田布施の言葉が、重さを伴って店内にしっくりと響いた。二人しかこの地に存在していないような気持ちにさせられるほど、辺りは静まり返っていた。

しばらく他愛ない話をした後、田布施に見送られてホテルへと戻る。昔の部活の帰りのときのように、田布施は「じゃあな」とだけ言うと、最後にうなずきながら、胸の前で横に大きく「一」の字を書くような仕草をした。

「なんだ、それ?」

「ボクシングの試合前のおまじないだ。手話で横に左胸から右胸に一文字を書くことは、〝大丈夫、心配ない〟って意味だ。いつも試合前に俺はそうやる」

「ありがとう。くたばるなよ」この一言を言いにここまで来たのだ。

「おまえもな」

田布施はホテルの外に広がる漆黒の闇の中に、吸い込まれるように姿を消した。

同日深夜、ヨハネスブルクのオフィス　田布施淳平

夜の23時、北條と食事を終え、再びヨハネスブルクのオフィスへと向かう。週末はヨハネスブルクのオフィスで仕事をする時間が増えていた。

「いつもどおりの自分でプレーしろ……か」

漆黒の中に等間隔で浮かび上がるオレンジの街灯へ向かって呟く。マキの手紙にあった言葉が、頭に張りついて離れなかった。あの学生時代のアメフトの歓声がよみがえる。以前はこの歓声に少しでも長く浸っていたかった。しかし今は、自分はあとどれくらいフィールドに立っていられるだろうという気持ちが先に立つ。「弱くなったのか？」と自分に今問いかければ、「慎重になったんだ」と見せかけだけの正当化をするだろう。もう昔のように若くもなく、いつもどおりのプレーをできる時間も限られている気がした。

オフィスに着くと、明かりは消えていた。だが部屋に入ってすぐに、何かいつもとは違う空気を感じ取る。風が部屋の中を吹き抜けていた。暗闇で目を細めると、窓がある辺りに人影があった。飯塚の後ろ姿だ。そういえば、2日前に日本から戻って来ているはずだった。窓の一部が大きく開閉できるようになっており、飯塚はその開いた窓の前に佇んでいた。窓から吹き込む生暖かい風が、白いカーテンを優しくなでるようにゆらゆらとはためかせる。

「そこにいるの、飯塚だよな？　お帰り」

飯塚は振り返らない。その背中が水分を失い、干からびたように小さくなっていた。まるで無差別な暴力で人間を信用しなくなった犬のように見える。結局、中央電力との交渉も、本社の後押しはなく平行線だったという報告は受けていた。

ゆっくり近づくと、横顔が見える。そこではっと立ち止まる。なんてことだ。飯塚は無表情のまま、前を向いて静かに涙を流していた。急に降り出した雨に対処するように、飯塚は心の雨戸を閉め、カーテンを引き、息を殺してそこに立っているように感じさせた。

なぜか、直感的に自分の胸に、あってはならない感情が飛び込む。飯塚は……、自殺しようとしているのではないかと。飯塚の目の前で開け放たれた窓は足元まで開くようになっており、一歩足を踏み出せば簡単にこの7階から落ちる。

「俺の責任です」

泣き崩れることもなく、予想外にしっかりした声が返ってくる。

「日本で大変だったな、お疲れさん。別に飯塚の責任を問う問わないの話ではない。そんなこと、どうでもいい」

「すべて、このダメな俺の責任です」飯塚はもう一度同じことを言った。

「米国のシェールガスのように世界からの注目を浴び、黙っていても本社からの熱い声援が飛んでくるような、泰然自若としていられるプロジェクトじゃないさ。それがモザンビークでの資源開発を導く難しさなんだ」

「本社は、E&P（石油天然ガスの探鉱・開発・生産・販売）よりも、石炭やウランといった他の権益の取得で盛り上がりを見せています。ですからモザンビークは――」

「結果を出すかどうかの瀬戸際に追い込まれていることぐらい、俺だってわかっている」

「いや、そうではありません。もう終わりだと思います」

暗闇で飯塚が大きくため息をつくのが聞こえた。感情が高ぶる涙があるとすれば、飯塚が流すのはまったく反対の涙だ。まるで雨粒が窓に当たって、重力に身を任せるように滴るのに似ていた。飯塚の感情と意識は切り離され、涙という感情だけが取り残されたように見えた。

「何を言っているんだよ、飯塚」

「田布施さんは、何もわかっていません。もう限界なのです」

「本気でそう思っているのか？」

「モザンビークは投資の無駄だと、本社で責められ続けました。それだけではない。経産省からも呼び出しを受け、本当に事業化できるのかと詰問されました」

「経産省にしたって、現状の進み具合は想定の範囲内だろ？」

「年間の探鉱コストは10億ドルもかかります。そのうち75％は、経産省所管の独立行政法人から支援を受けているのです。経産省も黙ってはいません」

「奴らが苛立ったところで、仕方ないじゃねえか」

「私なりに犠牲を払い、ここまで頑張ってきました。ですが……、認められるどころか、責められ、追い詰められ、虐げられている。理不尽とは、こういうことを言うのです」

「理不尽って……、苦しんでいるのはおまえだけじゃないよ！」

思わず自分を正当化する言葉が出てしまう。心のどこかで理不尽ということへの抵抗感がなくなっていた。理不尽なんて、この国では入場切符のようなものだ。

「アメリカでシェールガスを追っていたときは、ガス・ビジネスの最も注目を浴びる最前線で汗をかく喜びに溢れ、そして家族ともずっと一緒にいられて幸せでした。しかし、もう……、何もかも……、どうでもいいと思い始めました」

だからどうした？　俺は何度もこの地で死にかけていたんだ。一人で、それもずっとずっと長い間……、と言えるはずもない。

「なあ飯塚、みんなおまえのことを心配していたんだ。板挟みになって奮闘してくれていることもよくわかっている。だからこそ俺たちは日本のためにも力を合わせて――」

「自分の誇りだけを胸に突っ走る田布施さんには、もうついていくことができません！　もうそうする自信もありません」

「俺がいつ自分の誇りをおまえに押しつけた？　その言葉はおまえの本心か？」

「二言目には日本のため、日本のためって、田布施さんは言う。私はそこまで愛国心の塊ではありません。私は稼ぐため、食うために仕事をしているのです」

「それが、モザンビークで一緒に汗をかく仲間への言葉か？」

「もう、うんざりなんです！　私の首を切り、このプロジェクトから降ろしてください」

飯塚はこちらを向くことなく、頭を深く下げた。はじめて飯塚が、あきらめの言葉を口にした。勢いに任せて言う言い方ではない。ここにいたるまで何度も熟考を重ね、自分自身と葛藤し、そしてある一つの重要な決断にいたった人間の言葉だった。

「それはできない」正直な気持ちが、口をついて出た。

「なぜですか。そんなことを言う権利、田布施さんには――」

「ないかもしれない。でも、それはできない」

飯塚が苦しみながら出した決断を遮る権利は、たしかに自分にはない。ただ、今ここで飯塚にあきらめるという結末を与えることは、自分がなし崩し的にこのモザンビークへの挑戦をあきらめてしまうことのようにも思えた。きわめて非情で身勝手な理由だ。「なあ飯塚……、俺は……絶対に味方だから。俺が守るから」その言葉しか見つからなかった。以前、マキが言った言葉だったろうか。

「そんなこと許されませんよ……」

飯塚は口を固く結び、窓の外遠くを見ていた。もう、一人も仲間を失いたくなかった。今、ここでばらばらになってはならないような気がした。それがたとえ自分のエゴでも、身勝手な結論でも構わない。俺たちはより一層固い束になり、前を向かなくてはならない。そんな感情で自分の心は支配されているようだった。飯塚は歯を食いしばる。

「最近……いやな夢を繰り返し見ます」

静かな口調で飯塚は言った。「横断歩道の向こう側から、妻と娘がこっちを見ているんです。少し泣きそうで、切なそうな目で俺を見ている。信号が青になって、駆け寄ろうとするのだけど、向かいから歩いてくる人の波に揉まれ、そして右往左往しているうちに、彼女らは消えてしまう。まるで煙のように――」

自殺の誘惑へ向かう心と葛藤しているとも、それを決意したとも、どちらにも取れる表情で話しているように思えた。飯塚はその夢の続きを語ろうかどうか迷うように顎を上げた。しかし何も言おうとはしなかった。

こんな最悪の局面にもかかわらず、なぜ自分の気持ちは、こんなにも冷静なのだろう。長い間この地で困惑し、追い詰められ、そして先行きが見えない不安と闘ってきたことで、感情が麻痺しているのかもしれない。家庭が荒《すさ》み、泣けなくなった子どもみたいだなと思う。その感情を飯塚に理解させようとするのは、酷《むご》すぎる気がした。

「飯塚、俺を信じろ！　だから……だから、もう少し俺を助けてくれ！」

その言葉で、はじめて飯塚は顔だけ横に向けこちらを見た。「ウランだとか、シェールガスだとか、今目の前で活況を呈しているモノを見て、その損得勘定をはじくことは誰にでもできる。でも、俺はおまえと、目の前に存在しない資源が描く未来を夢見て、走り続けたいんだ」

その声は飯塚に届いているのかわからない。届いていなくてもよかった。とにかく、俺たちは今、手を取り合い、走り続けなくてはならないのだ。

「田布施さんに、勇気はありますか？」感情のない声で飯塚は言った。

「え？　勇気？」

「〝信念を貫く勇気〟ではありません。〝恐怖を受け入れ、正義を果たす勇気〟です。その勇気はありますか？」

「飯塚、一体何を言いたいんだ？」

「田布施さんは、本当にかっこいいですよ。昔から思っていました。孤軍奮闘していてもつねに信念を貫き、必ず結果を手繰り寄せる。どんな修羅場であろうと、みんなが一つになることを謳い、そして手を取り合うことを信じさせる。俺のヒーローでした」

「おい、飯塚、いいかげんにしろ――」

「田布施さん、俺には、その勇気がある。そう信じています」

こちらの言葉を制して、飯塚はきっぱりと言った。視線が合う。解放されたような、安堵の淡い笑みを飯塚は口元に湛えていた。そしてゆっくりと身体を前に傾けると、ビルから落ちていった。

第八章　巨額損失

2010年8月、飯塚の死から1ヵ月後　田布施淳平

首都マプトから北東へ約400キロメートル、イニャンバネ州の美しい海岸線を望む小高い丘に立つ。瘦せた頰が乾ききったぞうきんのようにひび割れ、湿気のある海風でひりひりと痺れた。生きられるものなら生きてみなさいとも、それでもあなたは生きられるかしらと試すようにも、どちらにも取れる痛みだ。

一番見晴らしのよい場所で、玄さんが石を積み重ね、手作りの墓標のようなものを作っていた。赴任当初、玄さんはここへ飯塚と来たことがあると言っていた。思い出の墓標はどうしてもここに立てたかったのだろう。運転手のアリが、石を周囲から大事そうにかき集める。

もちろん、飯塚はここにいない。尾関の迅速な対応により、日本ですでに飯塚の社葬は滞りなく執り行われていた。事件は自殺として処理され、自分は引き続きこのモザンビークでの任に当たるよう、本社からは指示を受けていた。しかし、そんな気力さえ自分には残っていない。

事務員として現地雇用したマリアという女性が、刷毛のようなブラシで手際よく墓標の周りをていねいに整える。もう50歳になるベテランだ。人事から経理、総務、そして外部との連絡を含めて秘書的な業務も彼女はすべてこなす。在モザンビークの日本大使館での勤務経験もあり、現地では珍しく英語と日本語がある程度流暢に話せた。

「すべてを失ってから、はじめて自由を手にすることができるんだ」

呆然と突っ立っていた自分をよそに、玄さんがアリに向かって言う。どこかの映画で聞いたようなセリフだ。俺は自由になったのだろうか？　虚ろな自分の後頭部は何も答えない。あの事件直後、何のあてもなくホームレスのように街を徘徊し続けた。泥の水たまりに横たわって何時間も眠りもした。もう何も考えないことにしたのだ。「でもさ、自由っていうのが一番苦しいんだ。生きなくちゃならないからな」玄さんは言った。

「アフリカの大地、生きるために雨を待ち続ける。雨を待ち続けるために生きてはいない。大切なこと、苦しくても生きること。いつか、雨、必ず降る」

アリが、悲しみをしまい込むように顎を引いて答えた。飯塚には、一体どんな生きる苦しみが見えていたのだろうか。

この1ヵ月、教会によく通った。街外れに悲劇の男を待ち構えていたかのような古びた教会があった。もちろん、信者じゃない。宗教なんてどうでもよかった。自分の悲哀を聞いてもらえる場所、ただそれが偶然にも教会だっただけだ。

「もし、汝の兄弟、罪を犯さば、これを戒めよ。もし、悔い改めなば、これをゆるせ」

神父が言った新約聖書の一節だ。罪は相応の罰で償わなければならない。だが後半部分は違うと今でも思っている。悔い改めたら許せ？　許せるわけないじゃないか、こんな腐った自分を。

目を瞑る。頬に当たる海風で、砂浜の海岸線の情景が浮かぶ。そこには、自分の一歩先を歩くマキがいた。腰までの長い柔らかな髪が、風景に馴染むように艶やかに見える。いつか日本に帰国したとき、こうやって休日にマキと歩きたいと思っていた。幻覚を見ているのか？　だったら、俺はどうかしている。

「自分を責めたらだめよ」

振り返ったマキはそう言った。事件が起きたことを嘆くというより、人生の儚さを嘆いているような言い方だ。

「俺は飯塚をこの地に引きとめた。そしてあいつは、〝そんなこと許されません〟と言っていた。その言葉のとおりだよ。俺は許されないことをしたんだ」

「〝許されない〟ってことを言えるなんて、彼は自分のことも、許せなかったのじゃないかしら？」飯塚の心境を思い量るようにマキは言った。

「自分のことを？」

「〝冗談じゃない〟とか、〝それなら私は辞めます〟とか、言おうと思えば言えたはず。そういう言葉は、大抵の場合、自分を正当化する感情的な衝動から出てくるの。でも、彼は、〝許されない〟という言い方を選んだ。それは彼の判断基準が、〝正義〟にあるからだと思うの」

「正義」言葉の質感を確かめるように言ってみる。

「自分が死ぬ覚悟の上で、正義を果たそうとしたのではないかしら？」

そういえばあのときも、「恐怖を受け入れ、正義を果たす勇気」、そう飯塚は言っていた。飯塚、おまえは一体どんな正義を果たそうとしたんだ？「本当に正義を果たすっていうのは、多くの場合矛盾と背中合わせよ。だからこそ、自分が傷つく覚悟も求められる。時として、正義は狂気にもなるから。あなたは、恐怖を受け入れ、正義を果たす勇気はある？」

その言葉の先にあるモノを、手探りで探すようにマキは尋ねた。自分の中にそんな勇気は残っているとは思えない。もう死んだも同然だ。そう、俺には何も救えない。海は、穏やかさがその定めである女性のような表情を見せていた。反射した太陽が鋭く視界に入り、思わず手をかざして目を細める。その視線の先には、マキではなく、玄さんが仁王立ちで立っていた。

「玄さん、俺がいけなかったんですよ。人間として弱い俺が、飯塚に闘うことを求め、追い詰めてしまったんです」

「あのな、淳ちゃん。死んじまった時点で、洋二はもうあきらめていたんだよ。本社との板挟みだとか、中央電力との交渉が難航しただとか、美しい見出しはいくらでもつけられる。でも、あきらめちゃあ、おしめえよ」

はたして本当にあきらめていたのだろうか。飯塚は死にたいほど逃げたい何かと、見なくてはならない現実の間で苦しみ、そして揺れていた。あの流していた涙は、絶望の淵に立っている者が流す、あきらめという〝弱さ〟から来る涙ではなかったように思える。

「飯塚は――」

「あきらめてなんかいなかったと私は思います」

自分が言おうとしたことを、マリアが先に言った。「最後まで生きようとしていたのではないでしょうか」

「やめようや、マリア。そういう言葉は、飯塚の慰めにもならないよ」

玄さんが不愉快そうに言った。

「いえ、そんなことないと思います。だって……あの日も、ずっと飯塚さんは闘っていました」

「あの日？」

「そうです。亡くなる前日です。みなさん、オフィスを終日留守にされていて、そこに飯塚さんは日本から戻ってこられました。そしてすぐにかかってきた電話の相手と、ずっと話されていました。〝私には、仲間を裏切ることはできない〟って、電話の相手に言い続けていました」

「なんだって！」

玄さんの振り向きざまに、墓標の石が一気に崩れ落ちる。自分はすぐマリアに駆け寄り、その両肩に手を当てた。

「マリア、他に飯塚は何て言っていたんだ？」

「すべてを聞いていたわけではありませんが……、〝私には、仲間を裏切ることはできない、まだモザンビークをあきらめるのは早い〟と言っていたと記憶しています」

「なんだよ、もうモザンビークはおしまいだ、って前提で話しているみたいじゃないか」

玄さんが首を傾げる。

「電話の相手は一体誰だったのだろう？」

「本社の神野本部長です」

やはり神野が絡んでいるのかという思いと、一体何のために飯塚に連絡したのかという疑念が同時に胸に飛び込む。「そこに電話会議システムに入る形で、2件電話が入りました。そのうち1件は私がつなぎましたのでわかります。それは――」マリアが上目遣いで、田布施、玄さん、そして青空とゆっくりと視線を動かす。玄さんの太い喉元がごくりと動き、息を呑む音が聞こえる。

「中央電力の方でした」

やはり！　もめていた調達価格の交渉を、飯塚は最後まで粘っていたのだろうか。でも難航しているとはいえ、それが仲間を裏切ることにはならない。

「もう1件は？」

「相手が誰だか、わかりません」

マリアの席で、誰が今いくつの回線と話しているのかはわかる。だが、飯塚が自分で電話を取ると、誰がかけてきたのかマリアにはわからない。マリアは、盗み聞きしてしまった気まずさなのか、恥ずかしそうに俯いた。

「マリアさん、ありがとう。よく教えてくれたね。でも、それを早く言ってくれれば……」

動揺を抑え、とりあえずマリアを威圧しないよう気遣いながら言う。

「それは……、飯塚さんが何も聞かなかったことにしてくれって。みんなに心配かけたくないからって」

「あいつ……。玄さん、これは――」

「飯塚に圧力が相当あったことは間違いなさそうだな。いずれにせよ、調達価格の値決め見直しで、飯塚自身悩んでいたことは事実だ」

「でも玄さん、俺、前から気になっていたんですけど、中央電力が急にその交渉を始めたのって、どうしてこのタイミングだったのでしょう？」

「まあ……、今はシェールガスも溢れんばかりに出ているしな。シェール革命とやらのおかげで、足下の市場価格も下落している。だが、日本のＬＮＧの平均輸入価格は、１００万ＢＴＵ当たり11ドルなんて高値のままだ。モザンビークで出るか出ないかわからん天然ガスの価格は、ウチを揺さぶって落とせると踏んだんだろう」

「そうは言っても、どこか納得がいきませんね。おかしいですよ。中央電力は突然そんなことを言い出すし、飯塚は、〝仲間を裏切れない〟なんてことを言っている。しかも神野本部長は、私や玄さんの頭越しに何かの思惑の上で動いている。これは、単なる価格交渉の話ではない気がします」

「俺が気になるのは、モザンビークの終焉を予測するような会話だ。終焉を予測する前に、本社がやることが普通はあるだろう」

玄さんが腹をさすりながら、珍しく神妙そうな声を出す。

「まさか……、俺たちの首を切る？」

「最初に、それしかねえだろ。本部長の神野にとっちゃ、俺たちは、唯一自分の意のままに動かせない連中だよ。切るなら絶好のチャンスじゃねえか。尾関部長も、追い出されかかっているみてえだし」

「でも、飯塚はそんなことで……自殺なんてしますかね？　本社の言うとおりにやれば、何も自分に責任のない話ですし、仮にモザンビークがポシャっても、そのときは俺のせいにでもすればいい。当然、神野に寄り添っておけば、本社に戻れる道もある」

「モザンビークはもう終わりだと思います」「私の首を切り、このプロジェクトから降ろしてください」悲痛な叫びの裏に何があったんだ、飯塚？

「たしかにそうかもしれねえな。でもよ、飯塚自身にも……そうせざるを得ない理由があったと考えるのが、自然じゃねえか？」

「飯塚に？」

「それと気になるのは、もう1件の外線だ。小さな池の中の話ではない気がする」

「小さな池ではないとすると――」

「本社、中央電力以外に、まだ何かが絡んでいるパズルのピースがすべてきちんと収まるように、決定的な何かだ」

腕組みをして玄さんは言った。「なあ、淳ちゃん、これは単なる自殺で片づけられる話じゃねえかもしれねえぞ」目に見えないところで、吹くべきではない風が吹いている気がした。まるで飯塚が死んだあのときのように。マキの声がした。

「あなたは、恐怖を受け入れ、正義を果たす勇気はある？」

あるさ、俺にもまだある、恐怖を受け入れ、正義を果たす勇気が。そう信じないことには、この飯塚の死を無駄にしてしまう気がした。

2010年8月下旬、キリマンジャロ　田布施淳平

「生き残れる奴は、足を止めなかった人間だけだ」

車の助手席でオレンジ色の登山用ロープを器用に膝の上で束ね、尾関がつかの間の笑みをこぼ

す。日焼けした肌に、白い歯がはきたての白いスニーカーのように躍動する。モザンビークの都市中心部を離れると、長く続いた内戦の後遺症とも言うべき地雷がまだ少なからず残っているといわれていた。その話を尾関にすると、返ってきた言葉がそれだった。

「昔から開拓者とはそういうものだ。地雷があろうが、密林が生い茂ろうが関係ないんだ。生き残って最後に何かを手にする者は、結局のところ、執念で最後の一歩にこだわった人間さ」

尾関は、「おまえは生き残れるな?」と問い質すような視線をこちらに向ける。こけた頰、斑に土色と化した肌、枯れて水を受け付けない植物のような生気のない目、社会で生きるぎりぎりのところを歩いていた。飯塚の事件について尾関は、残念だったとだけ言い、それ以上その件を口にしようとはしなかった。

尾関と短いタンザニアの乾季の季節を狙い、以前約束したキリマンジャロの登山へと向かっていた。隣国のタンザニアへ向けて走らせる車の後輪が、地面を蹴りつけるようにこれでもかと砂を巻き上げる。

キリマンジャロはタンザニアの北東部に位置し、標高5895メートルの威風堂々とした姿はアフリカ大陸最高峰としての風格を遠目でも感じさせる。登山家の間でも世界屈指の名峰で知られていた。二人はかろうじて難易度の低い、マラング・ルートを選んだ。登山は2~3度、槍ヶ岳に登った経験しか自分にはない。だから、マサイ人が「ンガジェンガ(神の家)」と呼ぶ神秘と威厳に満ち溢れたこのキリマンジャロに、登山前から圧倒されていた。

「次の攻めるべき重点エリアとして、アフリカでのビジネスを拡大することが中期計画でも明確になった。田布施には、引き続き頑張ってもらわなくちゃならない」

「重点エリアなんて、心強いですね」

内心どうでもいいと思った。だが、注目されないよりはいい。昨年までヨハネスブルク支店をはじめとしてアルジェ支店、カイロ事務所、トリポリ事務所しかなかった。しかし、今後はモザンビークのマプトをはじめとして、カサブランカ、アクラ、ナイロビの4拠点を、新たに攻める拠点として五稜物産は位置づけていた。

「モザンビークもナショナル・スタッフ（現地職員）をさらに増員して本格的にと言いたいが、本社はまだ首を縦に振らない。ナイジェリアやアンゴラ、スーダンなんかは、世界屈指の原油の埋蔵量を誇っているし、南アフリカのプラチナやレアアース（希土類）、アフリカ東部では、タングステンやニッケル、西部ではマンガンの豊富な鉱物資源がある。そっちが優先だ」

「注目されただけ、ありがたいですよ。早くしないと、ここも忘れ去られてしまいます」

「そんなことはない。必ず俺たちのやっていることは、報われるときが来るさ」

そうですかねと言いかけてやめた。今日はビジネスの愚痴はなしだ。尾関は車窓に見える景色を、好奇心で満たされた子どものように眺めていた。「モザンビークもだいぶ様子が変わったよ。舗装された道路、フロリダを想い起こさせるような海岸線、そして闘うことを忘れた穏やかで屈託のない人々の笑顔……、20年以上前にはなかった光景だ」

「モザンビークに以前いらっしゃったのは、いつ頃ですか？」

「1980年代の半ばかな。以前はソビエト連邦が社会主義の計画経済政策を推し進めていく上で、アフリカ南部の拠点として重要な国だった。それが今や豊富な資源を梃子に、数多くの西側企業と手を組み、長期にわたる疲弊した経済を潤している」

ポルトガルの植民地からの完全独立を果たしたのが１９７５年。その後長期化する内戦や南アフリカ共和国との対立を経て、ようやく１９８９年に政府は社会主義体制を放棄、１９９２年に17年間続いた内戦に終止符を打った。「反政府ゲリラが機関銃を持って街中を闊歩し、食料がなくて飢えた子どもたちが街に溢れていた。それが俺の記憶にあるモザンビークだ」

「モザンビークに、未来はあるんですかね」

「その国創りを助けるために、俺たちがいるんじゃないか」

「本当に、本社はそう思っているんでしょうか？」

「どうしてそんなことを？」不思議そうに尾関はこちらを覗き込む。

「中央電力との値決め見直し交渉一つとっても、本社が本気で支えてくれていれば、飯塚は死ななかったのではないかって。今でもそう思っています」

「さあな、それはどうだろう……」

尾関は口の周りに生えた無精ひげをなでながらそう言うと、沈黙を選択した。

2時間ほど車を走らせると、キリマンジャロ国立公園入り口のマラング・ゲートへと到着する。二人は入山手続きを手早く済ませると、あらかじめ雇っていたポーターと荷物の確認を始める。今日はここから約4時間歩いたところにある標高２７２９メートルのマンダラ・ハットまで向かう予定でいた。今日は、樹林帯をひたすら歩いて抜けていく。明日めざすホロンボ・ハット付近からは、霞んだ霧の中に勇壮なキリマンジャロの主峰を望むことができるはずだった。二人は一路、初日の露営地をめざす。

「いつから、尾関さんは山がお好きなのですか？」

「幼少の頃から。あまり裕福ではなかったからね。山はカネがかからない」

冗談とも本気ともつかない言い方だ。「登山というのはいつもの自分に返るための、〝瞬間〟って感じているんだ」尾関は世界中の山を見てきた。時にはその刺激の頂点を極めることに憧れ、死と隣り合わせになるような登山に挑んだ経験もある。踏破した最高峰は、ヒマラヤ山脈にあるマナスルだった。

「でも、その〝瞬間〟を手に入れるには、尋常ではない鍛錬が必要になりますね」

「いや、そんなことはない。仕事も、登山も一緒だ。大切なのはここだ」

尾関は自分の胸のあたりを親指で軽く指す。

「体を鍛えるということよりも精神の強さということですか？」

「それなくしてむしろ登山なんかできない。筋肉は登山において貴重な酸素を余分に消費する存在でしかない。だから限りなく贅肉や筋肉を落とし、体を軽くする。いざという荒々しい修羅場で助けてくれるのは、筋肉じゃない。際どいところで力を出せる精神力と執念だよ」

「飯塚も、ここぞというときの精神力と執念はあったと思います」

尾関の足が止まる。目尻を下げ、そうかもなという無言の頷きだけを返し、また歩きだす。

「田布施、８０００メートルの山ってどういうところかわかるか？」

「いえ、想像もつきません」

「まさにデスゾーンさ。人間という生き物を究極の限界に置かせる場所だ。高度順応を怠って、慣れないままで高所に行くと、気圧の低さからひどい頭痛をもたらす。そして発熱し、喉が痛くなり、そのうち、嘔吐を繰り返す」

目を細めて山の頂を見上げながら、その瞬間を頭に思い浮かべるように尾関は言った。「平地の3分の1ほどの酸素と気圧しかない上に、気温はマイナス30度以下にもなる。人を死に追いやる寸前の究極の自然条件がそこにはある。人間の体っていうのは、思ったほど柔《やわ》にできていないが――」

「その限界を試される」

「ああ。つねに生きるということに対する問いかけが、低酸素で虚ろな頭の中を駆け巡り続ける」

「あまり楽しそうな状況ではないですね」

「そういうギリギリの局面に置かれると、人は常軌を逸し、今まで人生の中で押し殺していた感情が一気に飛び出す。その人がいつもは見せない、負の部分だけが溢れだすんだ。人によっては精神的にあらゆる物事にネガティブになったり、怒りっぽくなったり、または泣いて悲観的になる奴もいる」

その「負」が溢れだす情景を思い浮かべる。飯塚の「負」は何だっただろうか？　穏やかな微笑みだったなと思う。「俺はそんな修羅場で、負の感情に取り憑かれ、凍傷で足の指2本を失った。それだけじゃないさ。ともに登山した仲間も失った。そのときに学んださ。結局のところ、体力や技術という目に見えるモノは、自分の限界を超えることを許さない。残酷なようだが、生きるってそういうことなんだ」

「限界を超えること、そして生きることを飯塚に許さなかったのは、一体何だったのですかね」

その問いかけに、尾関の口元がほんの少し歪んだのを見逃さなかった。

「だから……俺がそんなこと知るわけないだろう」

「俺は真実が知りたいんです。仲間を見殺しにして、俺たちはどこに向かおうとしているのですか？　飯塚はあの日、本社、中央電力、そしてもう一人の誰かと話していたんです。そして仲間は裏切れないと言っていた。飯塚の死は単なる自殺なんかじゃない！」

そう憤ると同時に、息が切れる。予想以上に歩いているのがしんどいことに気がつき、道端にあった大きめの岩にへたり込むように座った。ぶらりと垂れる自分の足下を眺め、「真実がわからなきゃ、俺、もう……モザンビークで前に進めませんよ」と言った。

尾関は立ち止まると眉間に皺を寄せ、蒼穹を見上げる。しばらくして、自分に了解を取るように2度頷いた。

「田布施……、申し訳なかった。おまえに話さなくちゃならないことがある」

「何をですか？」

「飯塚は追い詰められていたんだ。神野、中央電力、そして……経産省にだ」

「経産省！」

残っていた小さなパズルのピースが、「経産省」によってしっくりと埋まった。五稜物産、中央電力、そして経産省、この三つ巴の中心にあるのは、モザンビークではない。他の何かだ。

「実は経産省は資源権益の上に、日の丸を掲げることをあきらめてはいない」

「いまさらの話のように聞こえますけど……」

「昨年、経産省の実質主導によって、イラクの大型油田開発権をマレーシア国営石油と共同で落札した。それだけではない。中東の政情不安を受けて、今は原油高が進んでいる。経産省はみずからアラブ首長国連邦（UAE）での油田権益拡大に向けた交渉に乗り出すつもりらしい。その先には、インドネシアでの油田やガス田の開発、さらには——」

「アフリカの油田権益獲得もある」

「アフリカはそれだけではない。レアメタル（希少金属）の優先的確保を経産省は政策的に掲げている。特にタングステンのようなレアメタルの安定確保のために、アフリカ全土を対象にした、人工衛星を駆使しての鉱物資源探査事業を計画している」

「資源案件への公的資金の出資上限を、経産省は従来の50％から75％に引き上げています。資金援助も万全の体制ですね」

「経産省の後押しもあれば、ウチとしても戦略的にアフリカを攻めやすい」

「なら、飯塚はモザンビークに悲観的になる必要なんかなかったじゃないですか。モザンビークの資源に日の丸を掲げればいい！　違いますか、尾関さん」

「そのとおりだ。経産省もモザンビークでの資源開発の背後でようやく重い腰を上げて動きだそうとし、中央電力も調達交渉のテーブルにつこうとしていた。田布施、おまえや飯塚のおかげで、ようやく何かがうまく回り始めようとしていたんだ。だが……、問題が起きた」

尾関の口から、ようやく何かが姿を現そうとしていた。

「問題って？」

「シェールガスだ」

「シェールガスで、問題？」

たしか本社の投融資審査委員会で、モザンビークは後回しにされ、苦戦させられていた理由は、このシェールガスへの投資だったはずだ。

「大型投資をしたピアソールのシェールガスの開発が……どうやら失敗に終わりそうだ」

「なんだって！」

シェールガス開発の中でも、ピアソールは当社、いや日本の将来を担う重要な開発案件だ。それが失敗となると……、損失は計り知れない。

「今季特損を計上する。単なる損失ではない。数千億円規模の巨額の損失だ」

しばらくの間、言葉が見つからなかった。風と樹木がこすれる音だけが、胸の動悸を宥《なだ》めるように静かに響く。

「失敗の理由は？」

「地下３０００メートルの地層で、今ある採掘技術では、十分なガス量を採掘できないことがわかったんだ。市場価格が落ちているということは、もちろんシェールガスの需給バランスが緩んでいるということもある。だが、シェールガス資源そのものの減退が早まっているという事実も理由としてあると思っている」

「ピアソールのシェールガスは、飯塚が米国駐在時にリードしていた案件です。だから飯塚も苦しんでいた……」

「失敗となれば、飯塚のことだから責任を感じていたに違いない」

「でも……、それがこのモザンビークとどんな関係が？」

尾関は睨みつけるようにこちらを見た。おまえはそのことの重大性をわかっているだろうと凄む目だ。

「今回ピアソールの大型権益が失敗ということになれば、当然、他の天然ガスの権益開発に対する懐疑的な批判が高まる。経産省、中央電力は——」

「手を引く……可能性があります。そんな……。モザンビークが失敗の可能性を抱えているなんて決めつけるのは早すぎます！」

「まだモザンビークをあきらめるのは早い」飯塚が言っていた言葉だ。日の丸を資源の上に掲げようと躍起になっている経産省も、必要以上に詰め寄るだろう。ましてや、シェールガスの恩恵に浸りたかった中央電力も、血相を変えてこのモザンビークから手を引くことを考え出すのも時間の問題かもしれない。

「中央電力が調達価格で無理難題を言い出したのは、その伏線かもしれないと俺は考えている。でも、もし本当に中央電力が手を引くと言い出したらどうなると思う？」

「ここまで本当に資源が見つかるのかさえもわからないモザンビーク権益は、事業化に行きつけずに頓挫し、さらに損失を五稜物産は抱えることになります……」

「単なる損失ではない。五稜物産を吹き飛ばし、日本の資源開発へもダメージを与える、巨額損失だよ」

静かに言うと、尾関は歩きだす。追いかけるようについていく。たしかにそんなリスクを背負った状態では、モザンビークのプロジェクトをどうにかしろと神野は圧力をかけるだろう。シェールガスの担当だった飯塚であれば、なおさら圧力をかけやすい。いや、飯塚の口から漏れた「正義」という言葉……、もしかすると巨額損失を隠蔽しろとでも言われたのかもしれない。

「どうしてそれを今まで……」

「それを言ったら、おまえがどう行動するかぐらい俺にはわかっている。飯塚と同じ目にあわせたくないんだ……」

「尾関さん……」

「いいか、田布施、シェールガス革命のユーフォリア（陶酔感）に、当社のみならず誰もが浸りすぎたんだ。今問われているのは、誰がいち早くそこから覚醒できるかだ」

尾関は前を向いたまま、冷めた人間の言い方をした。

「そんな言い方しないでください。飯塚が無駄に死んでいったみたいじゃないですか！」

尾関のリュックサックをぐいと摑む。

「田布施、ユーフォリアから覚醒する最も簡単な方法を知っているか？」

振り返った尾関の目は、じっとこちらの目を見据えていた。「生きるか死ぬかの体験の中でも歩き続けることだ。それができるのは、残念ながら先が見えている俺じゃない。ましてや死を選んだ飯塚でもない。歩き続けることができるのは……、おまえしかいないんだよ」

「尾関さん、もしかして――」

「2〜3年のうちにどうしても、エベレストに挑みたいと思っている。年齢とともに体力も限界に近くなってきた。おそらくそれが最後の挑戦になるだろう。だから……、俺が最後まで一緒に歩き続けられるかは、わからない」

唯一の理解者であり、助けでもあった尾関がいなくなる、いつかはその時が来るとわかってはいたが気持ちは想像以上に萎えた。目を閉じ、尾関という存在を隣で感じる。いつまでも尾関とロマンを追いかけていたかった。その旅もいつかは終わる。「満身創痍の闘いになりそうですね……」

「体のどこかを切り落とすとすぐらい大したことじゃない。もっと怖いのは気持ちが萎えることとさ。気持ちが萎えると、生きている実感を失う。それは登山をする者にとっては命取りだ。今ならもう少しだけ、エベレストに向かって歩ける気がしている」

「恐怖を受け入れ、正義を果たす勇気です。その勇気はありますか？」

あのときの飯塚の言葉で不意に尋ねていた。

「あるさ、いつも俺の中に」尾関は何の躊躇もなく言い切った。「それがあるからこそ、地道に、そして謙虚に足を前へ踏み出せる。田布施、何も恐れるな。自分の一歩をおまえも信じろ」尾関は再び力強く歩きはじめる。その背中をじっと眺めながら、ここまでの道のりで見せた自分の顔を思い返した。希望の光がなく失望し、疲弊し、そして恐怖に溺れた人間の顔だ。でも、あきらめるのは早い。尾関の背中がそう言っている気がした。

２０１１年３月11日、新田自動車本社　北條哲也

机に齧り付くようにして稟議書の作成に没頭する。インドネシアの新規工場建設に向けた社内稟議書だ。リコール問題が一息つき、生産管理・技術本部所属として、ようやく本来の現場の立ち上げに戻ろうとしていた。

インドネシアにおいて新田自動車の歴史は長い。１９７１年に現地企業との合弁事業として進出し、１９９６年には累計生産台数１００万台の大台を達成した。今ではインドネシアにおける販売シェアは実に４割を占め、東南アジアで最大の自動車市場におけるニッタの基盤は固い。

今回、約３００億円弱の資金を投じてジャカルタ郊外に第２工場を建設し、２０１３年には同国での年間生産能力を現在の約60％増の合計約18万台にまで高めることを計画していた。円高による業績の低迷、突如襲ったリコール問題により、ニッタは3年もの間、新工場の建設を凍結してきた。この計画が実現すれば、２００８年10月の中国・長春での建設決定以来、久しぶりの新工場建設になる。

新しい〝現場〟の幕開けにもかかわらず、なぜか気持ちはぬるま湯に浸かっているようだった。理由は簡単だ。稟議書はいつ書いてもつまらないものだからだ。紙の上での数字のお遊びに過ぎず、後で何か問題があったときに、「書いてあったじゃないか」と居直るための道具に過ぎない。

官庁以上に官庁と呼ばれるニッタらしく、誰もがこの社内稟議書の体裁を整えることに執念と時間をかける。しかし、生産現場の〝生〟の感覚がいつもそこにはない。いくら文字やチャートを書き連ねていても、渋滞の排気ガスでくすんだ土くさいインドネシアの空気は感じられなかった。早く現場に戻りたかった。

そのとき、目眩がした。かなり強い目眩だ。パソコンの画面に映し出された文字がゆっくりと踊り、殴られたように吐き気を催す。続いて小さな揺れがデスクを軽く弾ませた直後、強烈な勢いの横揺れと縦揺れが襲った。地震だ。机の上の資料は床に投げ出され、北條も椅子ごと転げ落ちるように倒れた。近くの棚が倒れてくるのを避けるように、這いつくばりながら机の下に潜り込む。後は必死で目をつぶり、机の脚にしがみつきながら言葉になっていないことを言って祈った。

地震に間違いなかったが、未体験の揺れだった。一瞬揺れが収まりかけるも、余韻を楽しむような気味の悪い揺れが続く。机の下から這い出すと、「みんな大丈夫か」とすぐに声をかけた。幸い、けが人はなく、近くの席同士で互いに揺れの感想を述べ合うだけの余裕があった。

「すぐに生産工場における被災状況の確認とけが人の有無、そして現在の稼働状況を確認してください！」

フロア全体に響き渡るような声で叫び、生産工場を結ぶ緊急用の無線電話を握りしめた。想定される事態を頭で巡らせる。冷静に頭が働き出すのとは対照的に、手は震えていた。壁にかけてあるテレビ画面のスイッチを誰かが入れると、すぐさま緊急の地震速報が飛び込んでくる。画面上の日本地図が赤い輪郭で囲まれ、恐怖をかきたてるように点滅を繰り返す。そのまま日本は赤い輪郭に押し潰されるようにのみ込まれ、気がつくと海に沈んでいく気がした。

震災の状況はすぐに報道で摑めたが、その後2時間ほど通信手段が断続的に途絶え、東北方面の生産工場やニッタのケイレッツ・メーカーへの連絡は一向につかなかった。わからないことが多いことは、人を暗闇の中を手探りで歩かせるようなものだ。壁にぶつかり、つまずき、次に何が起こるかわからない恐怖で落ち着きのない不安の振れ幅だけが大きくなっていく。そこへ顔を硬く強張らせた阿部が、勢いよく登場した。その両手には携帯が握りしめられていた。

「東北との連絡はどうなっている！」

「関東近県は、かろうじて電話がつながり始めています！」

どこからか声があがる。阿部の横に立って、かいつまんで知り得る限りの被災の状況を話した。気がつくと本部メンバー数名が、自分と阿部を取り囲むように輪を作っていた。

「なんてことだ……。とにかく東北の生産工場及び部品メーカーの状況については、可能な限り状況を把握しわかり次第報告をくれ。それと、サプライチェーンの管理システムを洗ってくれ！ どの部品がどの車種の生産に影響を与えるのか確認したい」

「ですが副社長、車に搭載された部品が、どこの部品メーカーのどの工場で作られているのかはわかるのですが……」

「馬鹿野郎！　俺が知りたいのは、被災した部品工場が作った部品が、どの車で使われているのかということだ。調達先の機能が止まったときに、どの工場で作っているどの車種に影響を与えるのかを精緻に俺たちが把握できなくてどうする」

「そこまでは把握できません……。ここ数年、あまりにも複数の海外生産拠点が急速に立ちあがりましたので、サプライチェーンも複雑に入り組み、一つひとつひもといてみなくてはなりません」

「世界のニッタが、グローバルなサプライチェーンのフローを即座に把握できないなんてことが許されるか！　グローバル調達とシステムの担当をテレビ会議で呼び出せ！　それと現地にまだ人が入れそうならば、すぐに当本部の人間を向かわせるように」

自然と集まった面々の顔を見ながら阿部は言った。だがこちらに向き直ると、「君は現地に行ってはならない」と付け足すように阿部は言った。またかと思う。アメフトの試合で、監督に「君は補欠だ」と告げられたときのように、眉を「ハ」の字にして阿部を見上げた。

「どうしてでしょうか？」

「北條、君が本社サイドの司令塔となって、チームを動かせ。人員が足りなければ、他の本部から人をかき集めろ。文句を言う本部があれば、俺に言うんだ。とにかく……、頼んだ」

阿部は早口で言った。意外な物語の顚末を聞いたように、口を開けたまま阿部を見ていた。はじめて面と向かって名前を言われたこと、司令塔というきわめて重要な役割を言い渡されたこと、そして阿部の口から「頼んだ」という実に人間くさい台詞が出たこと、どれもが意外だった。いや、ありえなかった。

携帯にかかってきた電話に阿部は出ると、フロアの隅のほうへ行って話し始める。「どうしてだ！」「それでやってくれ！」を繰り返し叫んでいる。その阿部の背中を見ながら、胸の前で一の字を書くようにして右手を動かすと、静かに頭を下げた。あの南アフリカで田布施が教えてくれた手話だ。「大丈夫、心配ない」独り言を呟いた。


窓の外の夕刻の景色はいつもと変わりなかった。薄い斑な雲が夕日を抱きかかえるようにして流れていく。この震災に動じることなく、時間だけはきっちりと動き続けていた。そういえば、いまさらながら妻の洋子に連絡をしなくてはと思い出す。彼女は強い女性だが、この震災でさすがに一人は心細いだろうと思う。

「大産自動車は、国内全工場での操業を当面2～3日は中止するみたいです」

デスクの脇に楠見が立っていた。切り立った崖に立ったときのように険しい顔をして、髪をきつく後ろで結んでいた。「ウチの岩手、宮城の生産工場も操業停止になる可能性が高い。あそこは北米向けの小型車を生産しているから、輸出にも大きな影響が出るかもしれませんね」

「混乱は生産現場だけじゃないよ。『ニッタ・グローバル戦略』も練り直しだ」

「そんなことないです。ここをどう乗り越えられるか、それが試されていると思います！」

唇を嚙みしめながら、楠見は恫喝するような口調で言った。震災のわずか2日前、新田自動車は「ニッタ・グローバル戦略」を世界に向けて発表した。為替の変動に対する対応力や、コスト削減策強化による収益体質のさらなる改善、そして今後10年という中長期の視点から新田自動車が描くべき次世代成長戦略をぶち上げた。

そこでは、新興国の販売比率を現在の4割という水準から、2015年に5割に引き上げること、移動手段としてだけでなく、車と新しい次世代の技術革新を融合させることを戦略の柱としていた。自動車産業を次のイノベーションへ引き上げることが、声高に謳われていたのだ。

「何もかも……振り出しだ……」

「そんな弱気なことを言わないでください！　最初からまたやるだけのことです。何も恐れることはないわ」

楠見は、聞き分けの悪い子どもを叱る母親のように言った。口をきつく結び、その唇の端にいつもとは違う深刻そうなえくぼを浮き立たせていた。その目に弱気という名の戸惑いはない。

「リーマン・ショックで沈み、リコールで揺れ、そして震災で立ち止まらされる……もう限界かもしれないよ」

「何言っているのよ」

突然、楠見はタメ口になった。「30万人以上の世界の従業員の運命がかかっているの！　私たちが役割と責務をみずから放棄してどうするのよ！　今、そういう弱気な発言は何の意味も持たない！　だらしないわ、男のくせに」

「すまん……」

「北條さんは、ニッタの生産現場を守らなくてはならない人でしょ。最前線を突っ走っている人間以外に、誰がこの新田自動車を守れると思っているの！　やるしかないでしょう！　面倒くさいこと言わせないでください」

弱気を蹴飛ばし、叩き潰し、投げ捨てる。そして「守る」という、動物が本能的に持つべきモノを楠見は口にした。そう、今の自分は守らなくてはならないモノがある。

「とにかく調達部門の500人総出で、取引先の被害状況を徹底的に調べてくれ！　至急を要する問題は、現場の裁量に任せる。本社にお伺いを立てる必要はない！」

阿部のだみ声が聞こえる。電話の相手にひとしきり叫ぶと、携帯をポケットに押し込みながら再び北條のほうへ戻る。本社のあちこちとの情報収集に追われ、阿部は一ヵ所に留まることが許されない機械のように忙しく瞬きを繰り返していた。

「被災地の生産拠点はいかがですか？」

「連絡が取れた。サプライチェーンがやはり寸断されている。およそ500品目の電子部品や樹脂などの部品調達が滞る可能性がある。最悪のケースだと、800品目まで増えるかもしれない」

「そんなにですか……」

「これはまだ概算だが、その数字はさらに膨らむ可能性がある。部品が滞れば、いくつかの拠点で生産ラインの停止は免れそうにない。その影響は海外にも確実に波及する。楠見課長、日本からの部品供給が滞ることを見越して、北米工場の稼働水準を引き下げることとの検討を開始してくれ」

その場に偶然居合わせた楠見にも、容赦なく阿部は指示を出す。

「承知しました。北米の全14工場のうち、どこが対象ですか？」

「全部だ」阿部は即答した。

全部？　と顎を突き出して楠見は聞き返しそうになる。瞬時のうちに楠見の頭はやるしかないと最終結論を出したのか、思い留まったように小さな手帳に指示を書きこんだ。

「とにかく、情報を可能な限りかき集め、国内に関しては全ラインの停止を視野にアクションプランを作るしかない。被災状況は二次、三次の調達先にも広がっている」

「了解しました。やってみます」

一台当たり3万点といわれる全部品が揃わないと自動車は完成しない。すでに阿部は全国規模での生産停止を視野に入れていた。

「1ヵ月だ……」阿部は苦虫をかみつぶしたような顔で言った。「仮に生産停止をする場合でも、1ヵ月以内には一部でも正常稼働に戻せるようにしないとならない。それができなければ生産へのダメージは際限なく続き、影響はさらに大きくなる」

「はたしてそれを許す状況なのか疑問です。実際のところ、生産ラインを動かしてみないと、何がどれだけ足りないか見えてこないのも事実です」

正常稼働といっても、口で言うほど容易ではないことはわかっていた。だが、この日本のモノ作りの現場を守らなければ、国内からの部品供給は滞り、米国や中国の生産現場に確実に影響を及ぼすだろう。それはなんとしても避けなくてはならなかった。「副社長、実は一つ最悪な被害が見えている部品があります」

「何だ、それは？」阿部の眉間に向けて見たことのないような皺が入る。

「マイコンです。茨城にあるマイコンの部品メーカー、ジャパン・メモリーテック社の工場が、甚大な被害を受けています。それにより、サプライチェーンが完全に止まってしまっています」

車載用のマイコンとは、自動車の基幹機能を制御するだけではなく、安全、安心、快適などの付加価値を高めるために不可欠な電子部品である。最近の高付加価値を追求した車種になればなるほど、マイコンへのニーズは急速に高まる。普通車で50〜70個、高級車になると100個以上のマイコンが使用されているのが実情だ。

「なんでジャパン・メモリーテックの工場が被災しただけで、そんな事態になるんだ？　他工場での代替生産、それとファウンドリー（半導体の製造委託先）からの調達を至急検討させろ！」

「一次ケイレツ企業からの最終的調達に関しては、1社からの調達はリスクがあるとしてわれわれは供給先を複数社に分散してきました」

「だからこういう震災でも部品が滞ることはないだろう？」

「ですが……実態としてほとんどすべての一次・二次メーカーが、ジャパン・メモリーテック社のこの那珂工場からほぼ全量のＥＣＵ（Electronic Control Unit、マイコンを搭載した電子制御ユニット）を調達していたようです」

「われわれの見えていないところで一極集中が起きていたということか？」

「それを把握できていなかったのは誤算です」

「至急メモリーテックと話して代替生産の検討に入ってくれ」

「ですが……、〝ライン認定〟の問題があります……」

その言葉で、阿部は眉間を人差し指と親指の腹でつまむと、「痛恨の極み」の表情を浮かべた。

ＥＣＵのような電子部品になると、その高品質や機能性を保つため、製造を依頼する際、数百にも上る生産プロセスのフローを要求する。その要求レベルに見合った生産フローを半導体メーカーは構築し、はじめて「ライン認定」と呼ばれるフロー認定を取得できる。

それが認定されないうちは当然製造に入ることは許されない上、いったん認定されたラインのフローを原則変更はできない。逆に言えば、すべてがんじがらめに固定されたライン、装置、生産フローの上でしか製造ができない独自の仕組みを作り上げていたのだ。

「装置やプロセスの変更は不良品を生む可能性がある。だから、あらかじめすべてを固定させ、代替生産の手段を作らせない仕組みをみずから作っていたということか……」

「逆に言うなら、那珂工場でしかそのECUは手に入らない仕組みを作っていたことになります」

「すべてのバリューチェーンが、狂いなく、かつ柔軟に動いてはじめてニッタの車は消費者の手に届く。それにもかかわらず、その選択肢をみずから俺たちは捨てていたということだ」

「こうなったら……、やれるだけのことはやってみます。とにかく出せるだけのエンジニアを那珂工場に派遣し、震災前のライン復旧はもちろんのこと、以前と同じレベルの歩留まりを確認できるまで、徹底的にサポートします」

「部品メーカーは月産1万3000台をウチが生産しないと採算割れを起こす。部品メーカーが死んだら――」

「ニッタはともに沈みます！」

2011年3月11日、マプト　田布施淳平

1ヵ月前に、モザンビークのマプトの海岸線沿いにある新興住宅地域に移り住んだ。南アフリカ

との往復の日々や、人の息遣いを間近に感じる街の喧騒やホテルでの生活に疲れすぎていた。自分だけの、自分のための時間を切実に求めていた。

借りた家は、白と薄いピンク色で彩られた2階建てのこぢんまりした一軒家だった。建物自体は、1975年に造られた年代物でかなり古く、塗装がところどころ剝げ落ちている。引き潮が強くお勧めはできないが、気が向けばすぐ目の前の海でも泳げると、貸主は教えてくれた。

裏庭の隅にあるアフリカ特有のブビンガの木が、てっぺんまで30メートルほどの高さで立っている。アフリカン・ローズウッドなどとも呼ばれ、常緑広葉樹の巨木として有名な木だ。20メートルほどの高さに板を敷き、手製の瞑想場所を設えた。朝日が美しく差し込むその場所は、座禅を組み、心を乱されることなく祈ることができる孤独な聖地となった。

昨年末、ピアソールのシェールガス権益が巨額の含み損となる可能性が、神野の口から公にされた。当然五稜物産としての業績見直しにまで及ぶ可能性がある。神野はひたすら、「一時的な損失の可能性であり、今しばらくは他の権益開発に全力を挙げて取り組む」とメディアに語った。想定外だったのは、経産省や中央電力がモザンビークから手を引かなかったことだ。幾分及び腰の発言が出たが、彼らはとりあえず沈黙を守った。モザンビーク共和国からの承諾を取って進めているプロジェクトなのだ。損が出そうだからやめますと、簡単に言える話ではない。

そんな喧騒をよそに、モザンビークの時間の流れは何も変わらなかった。日本や欧米との電話会議は、最近では月1回あればいいほうだった。本社の誰もが試掘作業の進捗を確認し、社内政治の愚痴をこぼし、そして一日も早く幸運が訪れることを祈っているふりをしていた。本心から気にかけているのは、尾関ぐらいだ。

時として、ヘリコプターで洋上に浮かぶ探査船の現場に赴く。最近では船の上にいるほうが長くなっていた玄さんとは逆だった。玄さんは2週間に1度だけ陸上に戻ってくる。そのときに読む日本から送られてきた1週間遅れの新聞だけが、唯一の楽しみだと玄さんは言っていた。

基本的に天然ガスの埋蔵が確認できるまでの現段階では、物理探査で得た情報を基に、有望そうなエリアを決めて試掘が行われていた。現在は水深最大2500メートルの海底を掘り進めている状況だ。試掘状況を自分の目で確かめて報告書をまとめると、昼休みに甲板で玄さんのキャッチボールの相手になるのが暗黙のルールだ。

「玄さん、あとどのくらいかかりそうですかね？」鋭いカーブの球を投げながら言う。

「何が？」

「目には見えていない幸せを摑むときまで、どのくらいかかりますかね？」

「資源はいずれ出るが、淳ちゃんの幸せはわからん」

「俺は幸せにならなくてもいいですが、早く決着をつけたくて……。飯塚のためにも……」

一瞬、手に持ったボールを玄さんは投げるのをやめて、2〜3度自分のグラブの中に投げ入れる仕草を見せる。

「いいかい淳ちゃん、俺が昔インドに立ち寄ったときだ。ある寺院で瞑想に明け暮れる僧侶が俺にこう言った。〝いかなる不幸が生じたとしても、それはすべて意識の働きによるものです。意識の働きがなければ、不幸など生じない〟ってな。混乱した頭を、〝意識的〟に使うことはするな。なるようになるさ」

なるさの「さ」と同時に、今までにない剛速球を玄さんは投げ込んだ。「それと淳ちゃん、シェールガス権益での損失をチャラにするには、このモザンビークの地で資源があることを証明するしかねえんだ」

「それにしては本社からは、相変わらず何の支援もなければ、切迫感も伝わってきません」

「たしかにそうかもしれねえな……モザンビークじゃないとすると……」

玄さんはおもむろに、近くにあった鉄パイプの破片で地面に3つの円を描いた。昔、数学で習ったベン図というやつだ。一つひとつの円を指しながら、玄さんは「本社」、「経産省」、「中央電力」と言った。「たしかにこの円の3つが重なるところには、少なからずモザンビークは当てはまる。だが……他に当てはまるモノはあるか？」

「日の丸メジャーへの手助けの名の下に、当社がアフリカでの油田権益取得に参画するかどうかは懐疑的です。それにレアメタルの資源確保だけでは、中央電力が絡む理由がない」

「3社が互いに取り組み、3社にとってきちんと利益になる理由があるモノだ」

「そうなると――」

「ウランしかないな」

それしかない。玄さんとの間に、明確で共通の理解の輪が生まれる。「アフリカは豊富なウランの埋蔵量を誇る。ウラン開発による権益獲得のために、当社は経産省から後押しとして支援融資を得ることができる」

「経産省にとっても悪い話ではないですね。エネルギー基本計画見直しの骨子の中で謳った、原子力発電所の2020年までに8基増設、稼働率85％への引き上げ目標にも確実に資することができる」

「それだけじゃねえよ。中央電力にとっちゃ、ウラン権益の取得でエネルギー調達源を多様化できる上に、原発建設を受注する際にも大きなアドバンテージとなる。海外発電事業に向こう10年間で、1兆円以上の投資を行うことを中央電力は決めているからな。今のところ、南アフリカとは実際に原子力協定を結ぶ交渉に入っているし、トルコ、ヨルダン、ベトナムと原発輸出案件が目白押しだ」

「日本の高い原発技術や開発実績は目を見張るモノがあります。原子力発電を導入した新興国や中東諸国にとっては、日系電力会社の高い技術・保守力、そしてオペレーション能力が不可欠です」

「当社でウランと言えば――」

「神野しかいません」

「だな」

押し付け合うことのない、思考の空間が自然にできあがる。「あいつも、死ぬことなんかなかったのじゃないかって、今でも思っているよ」

「俺だってそう思っています……。俺なんか、切ってくれてよかったんだ。なんて馬鹿な奴なんだ、飯塚って奴は。モザンビークにまで連れてこられて、嫌な役割で苦しんだんだ。俺なんか構わずに、その苦しみとトレードオフして、ウランに舵を切りましょうって神野に言えばよかったんだ。自分のことだけを考えていれば、逃げられたのに……」

「人生にトレードオフなんてうまい仕組みはねえんだよ」

そう言いながら、玄さんが再び剛速球を投げた。そのボールを受け止めるが、取り損ねてしまう。グラブから弾けるようにして甲板を跳ねたボールは、ゆっくりと海に落ちていった。「何かを得れば何かを失う。何かを減らせば、何かが加わる。何かを摑めば何かを手放さなくてはいけない。そんなきれいな生き方なんてあるわけねえだろ。つねにある一定の位置で、一定の量を保つように人生はできてねえんだよ」

「玄さん……」

「なあ淳ちゃん、俺たちはカネや権益で動いているんじゃねえ、ここところでつながってなくちゃだめなんだよ」

玄さんは太い親指で自分の胸を指し、人差し指でこちらの胸を指す。「だからこそ、俺たちは24時間365日、互いに寝食をともにしながら一生懸命汗をかき、こんな頼るモノもねえ僻地で日本のために夢を語り続けられるんだ。政治家や官僚、そんなうわべだけのお行儀のよい奴らじゃできねえんだよ」

「そんなこと、俺もわかっていますよ！」知らず知らずのうちに、自分の声が涙声になり、風の音に合わせて鼻をすすっていた。

「飯塚は、ロシアの頃から淳ちゃんの背中を見続けてきた。アメリカでシェールガスを追っているときも、いつかは淳ちゃんみてえなハートの強い商社マンになりてえって言ってたんだ」

「だから――」その後の言葉が詰まってしまい出てこない。

「飯塚は、俺たちを裏切れないって言ったんだ」代わりに玄さんが言った。「シェールガスで巨額損失となればモザンビークも危ない。みんな一斉に、国も電力会社も逃げかねない。あいつ、それでも俺たちと一緒に踏みとどまろうとしたんだ」

「そんなことしなくたって……」

「淳ちゃん、おまえいつも言ってたじゃねえか。俺たちのやっていることは、自分たちの利益のためじゃねえって。資源も何も持たねえ日本のためなんだって」

「大馬鹿者ですよ、飯塚は……」

「なあ淳ちゃん、自分の持っているカードをそうたやすく捨てるな。トレードオフなんてねえんだよ。今持っているカードで、精一杯自分が何をできるかを考えろ。それこそ本当の勇気だ。それができなきゃ、一生淳ちゃんは這い上がることのできないクレバスの下だ」

一生クレバスの下は嫌だと思った。生きることを後悔しながら徐々に腐っていく自分を見届けるようなことはしたくない。玄さんの一言で、孤独や迷い、そして不安という負の感情が、海の底に沈殿する砂のように静かに沈んだ気がした。

「飯塚が果たそうとした正義、俺には今、それがわかる気がするんだ。おそらくだが、本社、いや神野は、シェールガスの巨額損失を隠蔽しようとしたんじゃねえかな。失敗に終わったことはいずれバレるが、しばらくの間、隠し通すことはできる。少なくともモザンビークの事業化へのリミットまではさ。その間に、うまく経産省を乗せて、ウラン権益獲得に大きく舵を切るという選択肢も取れる」

そこではじめて、神野がモザンビークの時間的制約に執拗にこだわった理由がわかる気がした。

「それじゃあ……飯塚は、その事実を隠蔽させずに――」

「きちんと正義を果たそうとしたんだよ。たとえシェールガスで巨額損失となっても、モザンビークでの資源開発をやりとげるべきだって言ったんだろうな。必ずや日本のためになるって説得するあいつの姿が目に浮かぶよ」

「だからこそ最後まで、モザンビークをあきらめるのは早いと……」

「ああ、そういうことになる。俺たちは今、クレバスに片足をすくわれているのかもしれねえけどよ、日本のためにも、飯塚の死を無駄にしないためにも、今俺たちはあきらめちゃダメなんだ」

玄さんは目を閉じ、口をへの字に曲げて言った。自分が情けなく感じた。自分を恥じた。そして正義を果たすこともせず、小さくなっていた自分を殴ってやりたかった。本当の〝勇気〟、飯塚がそれを教えてくれている気がした。


陸に戻ると、手早くオフィスで仕事を片づける。今日は、マプトの港が一望できるレストランへアリとマリアを招待する予定だった。飯塚の件も含めて、いつも世話になっている感謝の気持ちをどうしても伝えたかった。モザンビークの人々は謙虚で、日本人のように慎ましやかだ。基本的に首を横に振るようなことがない。招待するというより、付き合わせるに近い。

いつもアリは、たった2～3着の服をとっかえひっかえオフィスに着てくる感じであるが、今日は白い清潔なワイシャツを着て現れた（ズボンはいつもと同じ薄汚れたチノパンのままだ）。マリアにいたっては、水色の美しいロングドレスを着ている。母親にお願いして借りてきたと、はにかみながら彼女は言った。そのドレスがどこかの国の女王のようにしっくりと落ち着いた素のままの彼女を見せた。

店の片隅で、黒人の中年男性が目を閉じてピアノを奏でる。彼は一心に「シェルブールの雨傘」の音楽の一節を切なく、そして体を軽く揺すりながら弾いていた。学生時代にその映画を見たことがある。物悲しく切ない映画だ。

愛し合う男女が、戦争で男が戦地に赴くことで引き裂かれる。そして負傷して帰還した男を待つことなく、女性が新しい家庭を持っていたことに男は失望をする。その後、失望で荒んだ生活を余儀なくされた男も、ささやかな家庭を持ち、その昔彼女と夢見ていたガソリンスタンドを経営しながら細々と生き始める。そこにあるとき、過去に愛し合った女性が現れる。一緒に名前を付けようと互いに決めていた「フランソワーズ」という娘を伴って。しかし短く言葉を交わし、互いの無事を確かめた女性の車は、ガソリンスタンドから去っていく。そんな切ないストーリーだ。

どこか自分とマキの関係に似ていると思った。アフリカの地で風化し、擦り切れていく自分を待つことなく、過去を拭い去るように新しい人生をマキは歩みだすのかもしれない。それを自分も鷹揚な心で受け止め、いつか互いに無事を確かめるような瞬間が来るのだろうか。そんなマキの背中を見送れるとは、とても思えなかった。

「淳平さんは、家族がいますか？」アリの言葉でつまらない空想から我に返る。

「いやいないよ。彼女らしき人はいる」

「会えないの、寂しいね」

「寂しくなんかないさ」

二人は、くすくすと顔を合わせて現地の言葉で何かを言い合うと、「寂しくないよ、私たち、いる」と、アリが自分の胸に手を当てて穏やかな表情で言った。

「ありがとう。俺は今、それだけで幸せだよ」

「淳平さん、今日、私たち、お礼をしたい」

アリはそう言うと、マリアに向かって何かを囁いた。マリアはハンドバッグから小さなビニール袋を取り出す。その中からていねいな手つきで小さな石を取り出し、田布施の手の中にそっと置いた。石の中央だけが美しく透き通るようなスカイブルーの光を放ち、研磨されていないところはくすんだ白色をしていた。

「これは？」

「アクアマリン。それは私の家に昔からある石です。受け取ってほしいです」

マリアがその小さな石を見つめながら言った。モザンビークではさまざまな宝石が取れるが、ここまで美しく輝いている石は見たことがない。

「そんな、宝石なんてもらえないよ」

「アクアマリンは、生命の源である海の力を持っている石です。海の精の宝物が浜へと打ち上げられ、宝石になったとギリシア神話には出てきます。海の上で資源を追い求める淳平さんのお守りです」

「それに、アクアマリン、幸福、愛情、生命の象徴。淳平さん、幸せになってほしい」アリが言葉を優しく付け足した。「その石、幸せな結婚という意味ある」とも言った。

「本当にいただいてしまっていいのだろうか？」

二人は何度も頷く。「早くこの石を彼女にも見せたい」

「それじゃあ、その石に誓って約束しよう」アリが深く彫ったような皺のある顔を、くつろがせるように笑って言った。「彼女を幸せにする、必ず守るという約束なんてどうでしょう」マリアが言う。

「その約束は、あまり自信がないな。俺はもう日本に帰れないかもしれないし、彼女も俺でなくても早く幸せになれるかもしれない……」

　先ほどの空想を思い返す。なぜかマキにはもう二度と会えない気がした。

「ここにある海、日本で彼女が見る海、必ずどこかでつながり、どこかで結びつく。そしてこの石が、あなたたち二人を、海を跨《また》いで守ってくれる」

「守ってくれる？」

「その石は夜になるともっと輝いて、月光でその美しさを増すわ。だから、〝人生の壁や暗闇に迷ったとき、新たな希望の光をもたらす〟と言い伝えられています。どこにいようと、どれだけ離れていようと、必ず二人に光を与えます」

「とても素敵だ。本当に二人ともありがとう」

「日本、会社、彼女、そしてあなた自身、守るべきモノ、山のようにある」

　アリはそう言うと天井に顔を向けて屈託なく笑った。俺には守るべきモノがある。そう思えるだけで、今ここで生かされている気がした。不思議と心の奥に奮い立つようにして芽を伸ばし、力強く根を張る自分がいた。押さえつけても、土をかぶせても懲りることなく顔を出す芽だ。そのとき、携帯が鳴った。船上にいる玄さんからだった。

「淳ちゃん！　日本で巨大な震災だ！　今、本社とようやく連絡がついた。緊急帰国したほうがいいかもしれない」

「なに！　至急、尾関さんと連絡を取ってみる！」

「そうしてくれ」

「もし緊急帰国の場合、玄さんも――」

「俺は大丈夫だ。ここは俺が一人でなんとかする。洋二のためにも……頼んだぜ、淳ちゃん」

それだけを言うと、携帯は切れた。「ユーフォリアから覚醒する最も簡単な方法は、生きるか死ぬかの体験の中でも歩き続けることだ」尾関の言葉を思い出す。畜生。なぜか、情けないほど震えていた。恐怖を受け入れる勇気は……あるさ。翌日、至急帰国せよとの命令が本社から下った。

第九章　電力喪失

2011年3月18日、仙台火力発電所　北條哲也

2011年3月11日、東北をはじめとする東日本を襲った震災は、東北3県の沿岸部を壊滅状態にする津波を引き起こした。原発は破壊され、日本にとって致命的な傷跡を残した。メディアでは連日、被災地の人々の悲しげな表情が映し出され、論客たちが深刻そうな顔つきで放射能問題を論じていた。

被害が軽微で済んだ東北自動車道は、震災後2週間で全面復旧が見込まれていた。しかし、依然として東北方面への緊急輸送路として、救援物資を運ぶ大型トラックや自衛隊の搬送車でひどく渋滞していた。田布施、楠見と同乗したバンは、仙台宮城インターを下りる。そして、仙台市街を抜けて国道45号線を東へ、一気に宮城県の七ヶ浜町へと向かう。松島湾に面した海岸線沿いに仙台火力発電所はあった。

風光明媚で穏やかな海岸線を抱いた日本三景・松島の南部に位置し、普段であれば三陸沖での漁

業が盛んなくらいの静かな街だ。仙台火力発電所は地震発生直後に自動停止し、その後海岸線を襲った津波によって1階部分が完全に冠水した。それにより、発電設備が甚大な被害を受け、運転停止を余儀なくされていた。いまだに復旧のめどが立っていない。

田布施は早くモザンビークに帰りたいと言い続けていた。震災の後遺症は大きく、本社で手伝えることは山のようにあるが、モザンビークに残してきた仲間が気になるようだった。ただ、北日本電力に対して、震災直後から田布施は被災した仙台火力発電所への訪問を懇願していた。一人の日本人として、一人のLNGに携わる人間として、何ができるか自分の目で確かめたいと言い続けていた。それがようやくこの日実現した。そこへ行くのに、楠見と自分を呼んだ。一人で行きたくない。そう田布施は正直に言っていた。

楠見は、「手ぶらで行くだけなら、行く意味がないわ」と言って憚らなかった。3人の乗るバンには、いくつかの水のペットボトルや布団が積まれていた。彼女が品薄となっているスーパーを駆け回って、調達してきたモノばかりだ。

「さすがに福島原発に近づくのは、厳しいみてえだな」

ところどころ地割れしている部分もあり、ハンドルを力で押さえ込むように握りながら田布施が言った。

「当たり前よ。危険かどうかの話以前に、何か私たちでもできることがなければ行かないほうがいいわ。現地の人の足手まといになるだけだと思う」

助手席の楠見は、がたつく車体の揺れに身を任せる。後方へと足早に消えていく街並みを見ながら、「ねえ、モザンビークで暮らして、見える日本の景色が以前とは違う?」と田布施に聞いた。

「何とも言えない。ただ、この震災で日本も色彩はなくなった。今はすべてが白黒だ。まあ俺にはそもそも見える景色なんかどうでもよかったのかもしれないけどさ」

「この白黒の景色の先にあるもの、それって一体どんな景色なんだろうな」

後部座席で身体を丸めながら口を挟む。その言葉で、一気に車に湿っぽさがはびこる。「さあな」と田布施が言うのと、「どうかしら」という楠見の声が重なる。

「北條さん、それはこの国に立つ人それぞれが、自分の目で確かめることだと思います」

「そうかもしれないな。とにかく、俺は自分のできることをやる。資源をきちんと見つけ、事業化まで行き着ければ、２０１８年にも日本へＬＮＧを供給できる。日本を少しでも救うために、腹を括ってなんとかやってみる。先を見るには、まずは目の前の一歩だ」

落ち窪んでげっそりした顔つきに変化はなかったが、驚くほどその田布施の口調に淀みは感じられなかった。車が発電所のそばまで来ると、崩れた家屋が目立ち始める。ここまで津波が押し寄せた証拠だ。海岸方面から来るトラックは瓦礫を山のように載せ、港湾関係者や発電所の従業員を運ぶためか、マイクロバスが忙しげに行き交う。立ち入り禁止の表示が出始めると、遠目に仙台火力発電所が見え始めた。

車を路肩に止めて「少し歩こうぜ」と田布施が言った。３人は、砂埃が舞う道路に降り立つ。ときおり自衛隊の車両が通り過ぎる。そのたびに楠見は姿勢を正して律儀に敬礼をした。「ご苦労様です」という気持ちを伝えたかったのだろう。

発電所に隣接するように漁港があったが、まったく漁港としての姿はなくなっていた。港は破損した船がぶちまけられたように無造作に積み重なり、一部残った建物も向こう側が見えるほど壊れた壁が空しく残っていた。それは何十年もの時間をかけて、ゆっくり廃墟と化したようにも見える。一瞬の津波の威力を思い知らされる。

港や発電所の周囲にあった中小企業の工場や運送会社のデポの建物は、その建物としての「コア」を失い、完全なる瓦礫に姿を変えていた。中には基礎部分だけが残った土地が、野ざらしになっていた。被災した街は、立ち尽くす3人に無言を貫き、一瞬のうちに死んだ光景を曇り空の下に織り成していた。

「日本があの震災で受けた衝撃の縮図ね。元に戻るには、時間がかかるわ」

「でもさ、ただ過ぎ去る時間を眺めていても何も始まらないぜ。誰もが、まさに今こそ何ができるか、〝Thinking（考えること）〟が問われているんだ」

田布施が当然だという口調で言う。楠見はしゃがみ込み、瓦礫の間から砂埃とともに吹く風を片手で遮り、小さな花を拾い上げる。津波の中で生き残っていた花が、3人を不思議な気分にさせる。ボロボロになった白い花弁に積もった土埃を軽く手で払いのけ、その花に顔を近づけながら、マキは何か大切な思いを寄せるように目を閉じた。

「一体何ができるのだろう、僕らに……」いつもの心配性が出てしまう。

「北條はいつもそうだ。俺たちがやらなくて誰がやるんだ？　その気骨と自覚、それがなければ日本は沈む。闘う相手が目の前にいるわけではない、自分との闘いなんだ」

「自分との闘いというのは、自分自身の〝Creative Deconstruction（創造的破壊）〟を行うということです」

楠見はそう言うと、手に持った花を再び地に戻し、土を根にかける。「もはや今までの枠組みの中で自分のことを考えていてはダメということ」

「マキの意見に賛成だ。嵐が通り過ぎるのを待ち続けて、これからの自分たちの損得勘定を必死ではじいているだけの奴らはいらないよ。それは俺も同じだ。ＬＮＧではなくて、最終的に風力や太陽光といったクリーンなエネルギー源への移行で日本が救えるなら、それでも構わないとさえ思っているよ」

五稜物産には新環境事業本部がある。再生可能エネルギーの実用化に向けて、風力発電や太陽光発電のみならず、特に次世代を担うといわれる太陽熱発電のプロジェクトをスペインで立ち上げたばかりだった。二酸化炭素といった地球温暖化物質を排出しないところがこの発電方式の最大の利点とされ、大手商社は軒並みこの分野への投資を拡大し始めていた。

「自分の手掛けるＬＮＧが主役ではなくてもいいのか？」

「別にいいじゃねえか、それで日本が生き残るなら。でももちろん、俺はモザンビークでやれるだけのことはする。あきらめたわけじゃない」

「なんだか、〝腐って前に進まなくなっているんだ！　死んだって俺は構わん！〟なんて言っていた田布施とは大違いだ」

「今は、〝やること〟が大切だ。新しいパラダイムを創り出すときなんだぜ。過去のしがらみさえも破壊できないようじゃ、俺の〝創造的破壊〟はそんなもんだってことだ」

楠見が少し大人になった子どもを見守るように微笑むと、首を高く伸ばし、１キロほど先にそびえたつ火力発電所の建物を見上げる。

「やるかやらないかよね」田布施の口癖をまねるように楠見が言った。

「ああ、今はその言葉だけあればいい」

発電所に着くと、北日本電力の発電所担当の課長が玄関まで3人を出迎え、施設を一通り案内した。冠水した1階の部分はひどい惨状だった。天井の配管は引きちぎられ、鉄骨は剝き出しになっていた。流された車が1台、突き刺さるように壁の脇で潰されていた。水に半分まで浸かった燃料ガスの圧縮機は、その頑丈な側面を津波によってあっけなくへこまされ、無残なサンドバッグのように折れ曲がっている。とても復興に向けて何かが始まるような気持ちにはさせないほど、壊滅的な惨状が広がっていた。

発電所の担当課長は、「では、私はここまでで」と律義に頭を下げると、その場を足早に去っていった。田布施は外の日差しに手をかざし中庭まで戻ると、地面にぺしゃんと座り込んだ。「少し気分が悪くなった」

「大丈夫？」楠見が田布施に駆け寄る。

「予想以上にひどい惨状だ。おそらく稼働を停止した発電所はどこもここと似たような状況だと思う。必要なのはLNGだけじゃない。ガソリンも灯油もこの被災地では不足状態だ」

「消費者の生活に身近なモノは、早急に輸送網を確立して、迅速な供給が必要になる」

「エネルギーの新しいパラダイムなんて偉そうなこと言ったけど、まずはそこからかもな……」

田布施の顔に、弱気が顔を出す。

「いいじゃない。そこから始めれば」楠見は対照的に、けろっとした顔をしていた。「田布施さん、あなただけじゃないわ。自動車のモノ作りも同じこと。そこから始めればいい。知っていますか？　ニッタの2011年3月期の通期予想営業利益は、前期比36％減少して3000億円にまで落ち込む。4月から9月期だけだと、1200億円の営業赤字ですよ。この先電力供給不安が解消しない限り本格生産はできない」

「楠見さん、それだけじゃないさ。円高が進み始めている。昨日、1ドル80円を切った。現在の円高の下では、日本での生産を続けることに限界だという意見も社内では出始めている」

「結局のところ、近道なんてないと思います。ゼロから謙虚に歩きださなきゃいけない。ニッタも部品の供給網を総動員で回復させて、稼働率を高める。その間、今ドル箱のハイブリッド車の生産に注力し、国内における300万台の生産基盤を何が何でも維持する。モノ作りの新しいパラダイムは、まずそこからだと思います」

楠見の楽観的かつ挑戦的な姿勢に、大の男二人は肩をすくめるしかない。「ねえ、1995年の阪神・淡路大震災を覚えている？」唐突に、楠見は田布施に向かって言った。

「もちろん。俺は当時、まだ27歳だったよ」

「あのとき、ニッタでも本社の次長・課長クラスから若手まで組織横断で復興支援チームを作った。あの地域の取引先や投資先のために派遣され、その手助けに奔走したの」

地上60メートルほどの高さで、空に向かって突き出した1本の高い排気塔を見上げながら、過去を思い返すように楠見は話す。「私もまだ入社後すぐだったけど、そのチームに入ったわ。ウチの結束力が生きた行動だと報道では言われていた。でも、結局何もできなかったの。〝被災した地元の人たちのために〟とか〝被災地目線で〟とか、きれいごとの言葉は出てくるけど、本質的に復興のための支えになることなんかできなかった」

「それはどうして？」田布施が言う。

「誰かのために手を尽くす、そして何ができるか考えるということは、被災した人たちの声と心に耳を傾けるということから始まるの。カネだとか、支援したという証なんかじゃない。情熱と誠実さを持ち、耳を傾け、できることからスピード感を持ってその期待に応えていく。そして結果として現地の自助自立を引き出し、いかにして元の生活に戻れるかを真剣に問うことだったのよ」

周囲には、崩れたプレハブや剥がれ落ちた建材のようなモノが散乱し、楠見はその惨状をゆっくり見渡しながら言った。

「その本質を誰も見ようとしなかった？」

「そう。あの大震災に向き合った者として本当にやるべきだったことは、下らない視察に何度も出かけることではなかった。寝袋を持って、自分の食料と被災した人のために水を担いで被災地に行き、自分の肌で現場を感じながら本気で耳を傾けることだったと思っているの。現地の人と手を携えて目の前のできることから手を尽くしていくこと、そこに本質があったのよ」

「そうやって、はじめて目に見えていない大切な被災地の思いが見えてくる」

「それが本当の意味での、〝パラダイム・クリエーション〟への第一歩だった。私たちが今、自分たちのビジネスでやろうとしていることは、そういうことだと思うの」

「復興」という、堅苦しい言葉の裏にあるモノを引っ張り出すように楠見は言った。「今はそんな偉そうなことが言えるけど、当時の私にはそれがわからなかった」

「当時は、誰もそれが見えているようで、見えていなかった」

「〝事を成し遂げる者は、愚直であれ、才走ってはならない〟って勝海舟は言ったけど、正しいと思うわ。今こそ私たちは、愚直に自分のできることをやるべき」

海岸線から吹き付ける風以外、何も音がしなかった。生き物の小さな鼓動さえも聞こえてこない、人が息づく音もしない、そんな被災地で3人は立ち尽くしていた。

「マキの言うとおりかもな。俺……、早くあの灼熱のモザンビークの地に帰りたい。まずはあの現場で何ができるか、それを自分に問いたい」田布施が自分自身に言いきかせるように言った。「なあ、北條、俺、この震災ではっきりとわかったことがあるんだ」

「何を？」

「この日本にとっての〝シャットダウンコーナー（最後の砦）〟は――」

「俺たちしかいない、だろ」田布施が言いたいことはわかっていた。

震災後10日目、五稜物産本社　田布施淳平

五稜物産のＬＮＧ事業部とロシア事業部の面々が、本社20階の大会議室に顔を揃えた。片隅には震災で散乱した書類や備品がうずたかく積まれている。混乱の渦中にいるという熱気と緊張感が部屋を支配していた。

会議室の隅に置かれた液晶テレビが、福島第一原発のライブ中継を流し続ける。熱を持った使用済み核燃料プールへ向けて、激しく放水をする様子が繰り返し映し出されていた。テレビの周囲にメンバー全員が立ち見で集まり、誰もが無言でその映像に見入っていた。

「政府もディシプリン（規律・秩序）がねえな」

最後列で腕組みをして見ていたが、我慢ならずに吐き捨てるように言った。「小手先の危機対応と無秩序な意思決定、それと今後のエネルギー政策に対する見通しの甘さ、これじゃあ、混乱は一層深まっていくぜ」

「そうかもしれないな」

隣に尾関がいた。震災対応で忙殺され、目尻に疲労の蓄積したくまができあがっていた。急に老け込んだ気がした。あのキリマンジャロ登山以来の固い握手を交わす。

「もう原子力の時代ではないことは明白ですよ。かといって、太陽光や風力といった自然エネルギーへの依存を高めるにも、高い発電コストや供給不安がまだ拭えない」

「そうなると――」

「俺たちしかいませんよ、この新しいパラダイムを切り開けるのは」

その言葉に、ほぼ全員のメンバーが一気に眼差しをこちらへと向ける。こんな奴がウチの本部にいたなという目と、こういうときこそ田布施だろうという期待を寄せる目、その両方に取れる目だ。

「東京でしばらくおまえにやってもらうことがある」尾関はテレビ画面から目を離さずに言った。

「え？　何をですか？」

「当面のＬＮＧ調達に、日本はめどをつける必要がある。それをリードしてくれ。俺たちしかいないと言ったからには、約束を果たせ」

「俺がですか？」

「他に誰がいる？」尾関は、はじめて射るような視線を向ける。「おまえしかいないだろう。その間、もちろん、モザンビークのことで手を抜くことは許さん。わかったな」

軽く一礼だけ返した。驚きの小さな拍手が、集団の輪の中でぱらぱらと起こる。「なぜ俺ではないのだ」と言いたげに、吹田だけは目を剥いて尾関を見ていた。

「さあ、みんなここからが正念場だ！　気を引き締めていこうぜ！　神野本部長からは、この会議を開催する了解はとってある。ガンガン行くぞ！」

尾関は、会議室の壁にはめ込まれた巨大スクリーンに目を向けた。４分割された画面上に、衛星中継を通じて世界に散らばったメンバーが一人また一人と姿を現す。サハリンＢ・プロジェクトの現地合弁企業、サハリン・グローバル・エナジー社（ＳＧＥ）に取締役として出向中の関口、ドバイに本拠を置く中東五稜物産駐在の小早川、カタールにあるドーハ事務所長の加藤といった面子《メンツ》だ。みんな現地でタフに汗をかく仲間たちだ。メンバー全員が席に着くと、一瞬にして水を打ったように会議室は静まり返った。

「田布施、後はおまえがリードしてくれ」

尾関の目が、「今から、おまえがみずから漕ぎ出せ」と言っていた。モザンビークから本社のこの日向に突然引っ張り出され、自分にはすべてが眩しすぎた。だが、覚悟は決まっていた。飯塚のためにも、自分には果たさなくてはならないことがある。

「まずは、追加の調達量を知りたい。担当者、状況報告！」

どう動くにしても、現時点でどれだけ緊急度合いが高いのかを知る必要がある。ＬＮＧ事業部で中央電力担当の課長が、資料を抱え込むようにして席を立つ。正確な情報はいまだ掴めていないと前置きの後、今年度、中央電力、北日本電力を中心に合計でＬＮＧ６２０万～８６０万トンの追加調達が必要になってくることが報告された。原発が稼働停止の状況に置かれているとはいえ、かつてない調達量だ。

「この４月期～９月期だけで、中央電力の全調達量が１２００万トンに迫るな」

「夏場の電力需要増加に加え、他の原発が定期検査を機に稼働停止に追い込まれる可能性があります。ですので、通年では約２４００万トン以上に膨れ上がると想定されます」

「中央電力は追加の燃料調達コストを見込んでいるのか？」

「７０００億円の予算増額を見込んでいます」

担当者が、冷静を装いながら答えた。主要な電源を失った中央電力は、火力発電用の天然ガスの確保に血眼になっていることを肌で感じ取る。政府から資源確保・供給の緊急要請が入るのも時間の問題だ。

「原発推進政策の見直しも、やはり避けて通れなさそうだな」

そう言ってはみたが、内心まだ懐疑的だった。政府がそう簡単に原子力から得られる利権を捨てるような方向へ、一気呵成に舵を切るとも思えなかった。

「西日本電力関係者の話では、以前から活断層の上にあると疑義を持たれていた浜岡原発が、稼働停止させられる可能性もあるとのことです。そうなると、今度は西日本電力単体で約３２０万トンの追加供給が必要になります」

「完全に電源喪失だな……。主要な電力会社３社を合わせて――」

「追加調達だけで１０００万トン以上になるな」尾関が言った。

「スポット市場で調達してもまったく足りない」

スポット市場とは、必要量だけをリアルタイムで調達するマーケットのことだ。日本だけで年間約6800万トンのLNGを輸入しており、1000万トンの追加調達といえばその約15％に当たる。中央電力の年間購入量が約2000万トンである点からも、その追加調達量の圧倒的な規模の大きさがわかる。

「サハリンB・プロジェクトのときには、中央電力の調達が確定できずに、散々振り回されたんだ。いくらカネを出しても今回は調達してもらおうじゃねえか」

吹田が待ち構えていたかのように言った。

「馬鹿野郎！　今は震災による電力喪失の有事だぞ。そんな過去のことでちまちま振り回されているときじゃない！　たとえ意に添わない相手でも誠意を持って向き合え」

「でもさ……」

「今俺たちは、そんな中央電力との過去の軋轢を引っ張り出して、プロジェクトの良し悪しを確かめ合っているときじゃないんだ」

勢いよく立ちあがると、大木の根のように両手をテーブルに突き、メンバー全員をゆっくりと見渡した。吹田からメンバー全員へと、まるでゆっくりと刃物を振り回すように視線を振る。「みんな、よく聞いてくれ！　日本が暗闇の中に浸らなくてはならないときに、一人ひとりが何をできるのかを考えてくれ！　国家沈没の危機を救い、新しいパラダイムを創ることこそ、俺たちの社会的役目だぜ。こういうときこそ、死ぬ気で議論して、みずからの身を投じてこの事態に対処してくれ」

「ロシア・サハリンは、すでにご報告しましたとおり、6万5000トンを積み込んで、中央電力の富津火力発電所LNG基地に向けて輸送いたします。あと10万トン規模の追加出荷を要請しています」

サハリンの関口がコマ送りの乱れた映像の中で言った。日本への輸送距離の近さもあり、サハリンBはこの有事にすばやく動いていた。

「吹田、サハリンに関しては長期の契約も押さえてくれ」

「長期もか？」

「当然だ。今後価格が高騰することを前提にすると、今できる限り長期も押さえたい。カタールからは船で片道2週間だが、サハリンから東京湾までは4日だ。こういうときに輸送距離のメリットを生かさない手はない」

ロシアでのLNGビジネスには吹田以上に精通している。先ほどまでの勢いを削がれた吹田は、戸惑った表情で虚ろな目をする。「それと関口は、ロシア政府から全面的な支援の確約を得られるように、日本大使館と協力して働きかけてくれ。奴らが、いつ足下を見てくるかわからないからな」

「了解しました」

「カタールはどうだ？」

「カタールも準備OKです。こっちにはカタールのメガトレイン（巨大LNG生産施設）が稼働しています。その上、米国向けの2000万トンの輸出を見込んでいましたが、北米のシェールガスの影響で大半が宙に浮いてしまっています。大型スポットで調達できると思います」

ドーハ事務所長の加藤が、日焼けして真っ黒になった顔を画面いっぱいに映し出す。カタールにとって、日本は昔からの長期的取引関係にある重要なパートナーだ。昨年、カタールは年産770 0万トンのメガトレインを稼働させていた。

「取り急ぎ、どの程度の規模が輸送できそうだ？」

「まだオフレコですが、国営のカタール・ガスからは〝今後1年間で400万トン規模の追加供給ができる〟というメッセージをもらっています」

「一番早い便でどのくらい確保できる？」

「50万トンぐらいでしょうか……」

「100だ！　100万トン確保してくれ」間髪を容れずに指示を出す。

「100万トンですか……。それは難しいかも──」

「無理かどうかはおまえが決めるな！　決めるのは俺だ」

「申し訳ありません」

あまりの田布施の怒声に、テレビ画面の向こう側で加藤は身を縮めた。

「何度も言うが、修羅場だよ、修羅場！　この日本の運命は自分が握っているという気で、マネージ(manage)しろよ！　今、俺たちに問われているのは、できるかできないかではなくて、やるかやらないかだ」

「追加の緊急輸出となると、カタールは足下を見てくると思うが大丈夫か？」

加藤を庇うように、尾関が議論の矛先を変えた。

「米国でのシェールガスの増産で、LNG市場の需給は今のところ完全に緩み、価格も落ち着いています。ですがご指摘のとおり、中長期的に調達価格は上昇すると見込んでいます。なんとか価格は抑えてみるつもりですが……」

「今、日本向けのスポット価格はどれくらいだ？」

「価格は抑えてみるつもりです」という加藤の曖昧なセリフに流されることなく、具体的な答えを求める。

「震災前、中東産LNGは100万BTU当たり平均9ドル台でしたが、すでに11ドル近くまで上昇しています。ロンドンのLNG先物価格も10％程度上昇しています」ドバイの小早川が横から即答する。

「11ドルって、米国向けの6倍、欧州向けの2倍の開きじゃねえか……畜生！」

原発事故が収束せず、港湾施設も被災、石炭発電の火力も多くが被災している。これからさらに脱原発の流れが加速すれば、火力発電依存が加速度的に強まる。それはさらに燃料であるLNGを調達するバーゲニングパワーの低下に直結することが予想された。さらなる価格の高騰を意味することになる。

「上限、20ドル近辺まで行く可能性も否定できません」

「カタールのサプライヤーとは、マスター・アグリーメントがあったはずだな。それでしのぐしかねえな」

マスター・アグリーメントとは、価格・数量など以外の取引条件を定めた基本契約書だ。それがあれば、フレキシブルにスポットで調達取引ができる。

「なんとか、価格を横目で見ながら、やってみます！」

　カタールの加藤が覚悟を決めて言った。各自の存在意義を問う田布施の「熱」が、徐々に伝わり始めていた。

「あと全員で手分けして、ＬＮＧ船を至急確保してくれ！　放射能汚染を理由に、日本に近づきたくないという船も出てくるはずだ。可能な限り早急に動こう」

「ただ、実績のある船じゃないと、手間がかかるぜ」

　吹田が会議の熱を削ぐように、にやついていた。こいつだけは、熱を通さない断熱材のようだ。

「ＬＮＧ船の技術的整合性、ＬＮＧ基地との接続の可否、海上保安部への許認可、その上実際の入港手続きもある。時間はいくらあっても足りないね」

「なあ、吹田、俺たちの武器って何だ？」

「はあ？」

「いいか、商社マンなんて、そもそも武器なんて何も持ってねえんだ。あるのは情熱と行動する勇気だけだ。ビジネスマンとして何が正しいかではなく、一人の人間として何が正しいか、それを見極め、判断して、そして行動に移す、そうだろ？」

「逆に言うなら、それしかできねえってことじゃねえか」

　そっぽを向いた吹田は、どうでもよさそうに言った。席を立つと、ゆっくりと背後から吹田に近づく。そして耳元に顔を近づけ、

「それで、いいじゃねえか。そこに、本質的な〝意味〟があるならさ」と言った。

「そ、そりゃあそうかもしれないけどよ……」

「怖いのか、吹田？　おまえに、恐怖を受け入れる勇気はあるか？」

銃を突きつけるように、低い声で凄む自分がいた。全員が息を呑む。「今俺たちがやっていることは、資源という名のマネーゲームじゃねえ！　国家を救う壮大な挑戦なんだ！　それは、日本に対する〝約束〟を果たせるかどうかだ。恐怖で足がすくみ、そしてその約束も果たせないおまえは――」

一呼吸おいて吹田を指さす。「ここにいる資格はない。出ていってくれ」

震災の1ヵ月後　北條哲也

「これを使ってくだせえ。お願いいたします。おれたちのせいで、新田自動車のモノ作りがとぎれてはならねえ。サプライチェーンがとぎれたら、すべてが台なしだ」

先頭に立つ作業着を着た背の低い老人が頭を下げる。その背後にいる二十数名の人々も、息を合わせるように一緒に深々と頭を下げた。誰しも疲れ切った目元をして、テレビで見る謝罪会見のように肩を落として下を向いていた。彼らの背後には、5段ほどの高さにうずたかく積まれた段ボール箱が山のように並んでいた。最初に頭を下げた老人の前で阿部が応接テーブルに両手を突き、うな垂れるようにして何度も何度も頭を縦に振った。

「ありがとう……、みなさん本当にありがとう……」

阿部の脇で見守る他の幹部たちも、ていねいに頭を下げた。その中に北條もいた。

「必ずニッタは戻ってくると信じていますから、副社長さん。それまでおれたちは全力で、できることをすっから。心配しねえで、頑張ってくだせえ」

「本当にみなさんすみません！　必ず一緒に力を合わせ、もう一度モノ作りができることを信じています！　私は本当に大切なモノを今まで見失っていた。あなた方の思い、そしてこのケイレッツの絆……すべてを守ってみせます」

再び頭を下げた阿部の目から大粒の涙がこぼれた。今日ここにわざわざ上京してきたのは、東北や関東近県で被災したケイレッツ部品メーカーの社長や幹部たちだ。震災で彼らの生産工場は直接に被災した。上京した人の中には、仮設住宅での生活を余儀なくされている人もいる。にもかかわらず、みんな自分のことより、ニッタのために何ができるかを考えていた。被災したことで部品供給が途絶え、生産ができない状況に心が痛んでいたのだ。

彼らはみずから決起して、製造データ一式を抱えて本社に出向いた。製造データには彼らの生産ノウハウや、緻密にニッタの要望を汲んで作り上げた生産方式が織り込まれている。しかし、たとえ大切な製造データを開示しても、このニッタのオペレーションは続けてほしい、その願いだけを胸に彼らは自分たちの現場を二の次にして、この本社に駆けつけたのだ。下げた阿部の頭がすぐに上がることはなかった。

ケイレッツの人たちの端に、目立たないようにあの伊勢崎が立っていた。老人たちが踵を返して部屋を去ろうとしたとき、伊勢崎を呼び止めた。以前と変わらない挑発するような口元だが、白髪が増え、痩せ細った顔が顎の鋭さを露骨に際立たせていた。たしか今でも宮城の工場で経理部長をやっているはずだ。

「君も表舞台が似合うようになったみたいだね」

皮肉たっぷりに話す、相変わらずの伊勢崎がそこにいた。「本社も、だいぶ混乱しているようじゃないか」

「阿部副社長が奮闘されています」

「宮城の被災状況は、ひどいものだよ。ま、これもニッタが受けるべき仕打ちなのかもしれないねえ」

感情を表に出さず、無関心を装いながらまるで他人の不遇を語るように伊勢崎は言う。「私のようなルーザー（負け犬）は宮城にさっさと去るとするかね。こうやって久しぶりに本社に来ても、僕の居場所はもうない。悲しいね、サラリーマンは」

「今日来られたのはもしかして……」

「面倒くさかったのだがね。どうせ被災して工場が稼働できないなら、ニッタに迷惑かける前に製造データを開示したらどうかって言ったんだ。あのケイレツの〝頑固〟親父たちにね。そしたら、本社に行くくって言い出した。やりたきゃ勝手にどうぞとは言ったんだがね。皮肉な運命だよ。君と議論を闘わせたあの〝ケイレツ〟で汗をかくことになるとは、思ってもいなかった」

「そうだったのですか……。ありがとうございます」

「勘違いしないでくれよ。君を助けに来たわけじゃない」

伊勢崎は、額に深い皺を刻んで淡々と言った。「君は、覚えているかい？　〝次に会うときは覚悟をしたほうがいい。今の僕ではおそらくないよ〟と言ったはずだ」

「それは……、どういう意味ですか？」

「僕はまだあきらめたわけではないということだ。この震災で右往左往する君たちを横目に、私は必ず第一線に戻ってみせるよ。ニッタはケイレッツの力がなければ、手探りで前に進まなくてはならないからね」

「それじゃあ、今回こうやって上京いただけたのは……」

「お涙頂戴の美しい話を聞かせるために、私が汗をかいたと思うか？　そのデータを持って他のサプライヤーに製造を打診すればわかることだ。他の奴らでは、到底作れないことを君たちは気がつくだろう」

伊勢崎の落ち窪んだ目は、くすんで黒ずんでいた。「ケイレッツのモノ作りは、異様なまでに作り込まれているんだ。正確に言うなら、ケイレッツではないと作れないほどにだ。他の部品メーカーは、同等の品質とコストで納めるのはとてもできないと音を上げるよ。そのとき、ケイレッツと腹を割って話し、他の部品メーカーとの間でも調整できる奴が、ニッタ本社にも必要になる」

「それが――」

「私が再び表舞台に登場するときだ」伊勢崎はどこか嬉しそうだ。

「そんな、この混乱を利用するなんて……」

「私が一工場の経理部長でおとなしくしていればいいなんて誰が決めたのだろうねえ。混乱する新田自動車は、そういう表面ではとらえきれない力、合理的ではない発想や考え方を必要としているのだよ、残念ながら。修羅場というのは、一度地獄を見た人間にとっては、チャンスでもあるんだ」

言葉を失った。危機に際しても、必ずしも組織全員で手をつなぐことによって難局を乗り切ろうと考える人間だけではないということだ。それを自己の利益に利用する者もいれば、復讐の手段に選ぶ者もいる。部下が次の会議があることを小声で告げに来た。「すぐ行く」と答える。

「私はただじゃ行動しないと決めているんだよ。本社からこうもありがたがられ、ケイレツの親父たちの顔も立てることができた。私のシナリオのお膳立ては、順調に整いつつある。また君と仕事をするときになったら、君から挨拶をしに来るのを待っているよ」

そう言うと、伊勢崎は薄笑いを浮かべて静かに敬礼するポーズをとった。そして、皮肉めいたように片方の口元を吊り上げると、「See you in hell.（地獄で会おう）」と小さな声で言った。


目を閉じる。津波で流された自宅の前で鼻をすする少女がいた。彼女の震える足の振動、荒くなる呼吸を一緒に感じることができた。何か言おうと口を動かしたのを聞き逃さないように耳を澄まし、彼女の吐く息に目を凝らした。目をゆっくりと開ける。夢だった。

そこは自動販売機が置かれた殺風景な休憩用の個室だった。今の少女の姿は夢であってほしいと祈った。連日、本社に泊まり込みが続いていた。夜中までオフィスには煌々と電灯が点き、ほとんどの社員は各生産拠点や系列部品メーカーとの対応に連日夜中まで当たっていた。何も食べずに、今日も真夜中になっていた。手には缶コーヒーだけだ。

「ここにいたのですか……」

楠見が小さなサンドイッチを片手に個室に現れる。化粧をしていなかったが、忙殺された日中の時間などどこ吹く風という顔だ。「今日、サプライヤーを前に阿部副社長が涙したって聞きましたけど。野武士と呼ばれた荒くれ者にも、涙があったのですね」

「もう君の耳にも届いているのか」

「ケイレッツの人たちがそんなことをしてくれるなんて、とてもありがたいことです」

「心を打つ美しい話だけじゃないけどさ」

あえて伊勢崎の話はしないでおこうと思い留まる。今みんなで一つになって力を合わせようというときに、伊勢崎のことでかき乱される必要はない。自分や楠見は、粛々と前を向いて進むだけだ。「みんな自社の壊滅的なダメージよりも、このニッタのために何ができるかと真剣に考えてくれている。こういうときに本当に大切なモノ、守るべきモノがわかる気がする」

楠見は、無言で「よかったですね」という淡い微笑みを見せる。

「競合他社を含め、ほぼすべての国内自動車工場は操業停止の延長が相次いでいるみたいです。日本はどこに向かってしまうのかしら……」

「上位7社のこの4月から12月の国内生産台数見込みは、約680万台になるそうだよ。相当痛めつけられている。僕が入社して最初に出向した宮城工場もそうだが、東北の工場はどれも自動車用部品や電子部品の工場が多い。だから部品調達難が続いている。わずかこの2週間で、当社の国内生産台数は14万台減るという予測も出ている」

楠見はサンドイッチを口にすると、その深刻さを頭の中で思い描くように顎を引いた。「部品調達の見直しにすぐにでも着手する必要があると僕は思っている。少量でも生産再開できる車種について、補えそうなケイレッツの部品在庫を今洗っているところなんだ」

「こういうときこそ、ケイレッツの協力が必要ですね」

「リーマン・ショックの後、ニッタが誇るモノ作りを信じ、ケイレッツと力を合わせて完全復活を果たした。しかも、今では1ドル90円、連結販売台数700万台でも利益が出る体制に改善できている。だから、この震災も仲間とともに、必ず乗り越えられると僕は信じている」

ニッタのモノ作りの強さに対する熱い思いが、ろうそくの炎を消すように簡単に揺らいではならない。手に持っていた缶コーヒーを飲み切ると、空き缶をゴミ箱に勢いよく放り投げた。「そっちはどう？」

「北米の減産はひどいです。4月下旬までは部品が滞りそうだから、週5日の操業停止でしのぐしかなさそうです。4月までで約3万5000台は減産になると踏んでいます」

「そうか……北米の月産が12万台前後だから、相当大きな影響になるね」

「それだけではないです。中国も影響が出そうです。4月の中国での新車販売台数も前年同月比で約25％弱は落ち込む見込みです。中国も部品が届かない。現地の完成工場も、ひとまず計画の50％から70％の減産は免れないと思います」

「この2011年3月期の営業利益への影響額は1000億円強に上る。それを少しでも抑えるために、とにかく4月中には、稼働率が50％でもいいから国内は全工場再開しなくちゃならない。これ以上生産調整の波を海外に広げてはならない」

覚悟を決めたように言う。楠見は、一瞬何かを思い出したような表情をした。

「そういえば、熊谷さんって覚えていますか？」

懐かしい名前だ。2年ほど前に、啖呵を切って新田自動車を退職した。今ではドレスナー・ワーゲン社へ転職をしていたはずだった。

「ああ、ドレスナーの熊谷か」

「つい先日、本社に顔を出されました。ドレスナーの戦略企画本部ディレクターとして、早速辣腕を振るっているみたいです。なんだか痩せ細って野性的になっていました。北條は元気かって、言っていました」

「ニッタが震災によって操業度5割で苦しんでいるときに、ドレスナーは中国などの新興国での販売を急激に伸ばしている。今、世界販売台数でもニッタに肉薄し、環境対応エンジンでもウチのハイブリッドとしのぎをけずっている。やり手の熊谷には、ドレスナーのほうが居心地いいんじゃないかな」

「今年の1月期から6月期で、ドレスナーの世界新車販売台数がはじめて４００万台を超える勢いで伸びています。遅れていた米国市場も強化して、２０１８年には年間世界販売台数１０００万台を狙うんだって熱く語っていましたよ」

ニッタのすぐ背後に、ドレスナーは音もなく忍び寄っていた。

「そうか……。熊谷はドレスナーだろうとどこだろうと、その才覚を示してリーダーになれる人間だ。いつまでも、あいつとはよきライバルでいたい」

「なんだか、北條さんらしい言い方ですね。優しすぎるというか――」

「それでいいんだ」その態度に、楠見は驚いたような顔をした。「この震災は多くのモノや人を失わせた。僕はたとえ今はライバル企業に行ってしまっても、それが大切な守るべきつながりの一つであるならば失いたくない。ただそれだけさ」本心だった。

「私には、守るべきものがきちんとあるのかしら……」

「あるさ」田布施がいるだろう、守るべき奴がさ、と言う必要はないように思えた。「そういえば楠見、あの震災の日、〝最前線を突っ走っている人間以外に、誰がこの新田自動車を守れると思っているの！〟って言っていたよな」

「あのときは気持ちが高ぶっていて……ごめんなさい」

「いや、むしろ、ありがとうって言いたかったんだ。必ずこの震災の修羅場も乗り切ってみせるという、言葉では表現できない確信が僕の中に生まれた。あの言葉があったから、そう言えるんだ。本当にありがとう」

　そこに過去の危機で慌てたり、落ち込んだりした自分はもういない。「なあ、一つ聞いてもいいかな？　ニッタ・グローバル戦略は世界生産台数750万台を前提に、1兆円の営業利益をひねり出すことを謳っている。それって正しい方向かな？」

「どういう意味ですか？」

「国内はこの震災で受けた痛みを癒すのにしばらく時間がかかる。メディアも社内も、この日本を捨てて海外での生産を加速させる必要があるって声があがる可能性が高い。失ったモノを何で補うべきなのか、単純に考えるとそうなる。でも――」

「その逆かもしれないですね」楠見は同じ考えを口にした。

「ニッタは日本で生まれて、そして育てられたグローバル企業だ。この震災で、日本は混乱し疲弊する。経済・物流・人々の生活……すべてだ。僕たち新田自動車は、徹底的に日本でのモノ作りにこだわり、そして守る責任がある。日本がダメならそれを見捨てて効率よく海外に打って出るだけが、新田自動車の存在意義ではない。人に守るべき家族がいるように、僕たちにも守るべきものがある。その思いは今も僕は変わらない。だから必ず国内生産台数300万台体制は死守しなくてはならないと思っている」

「いや、完成車だけじゃないです。エンジンは４００万台分、トランスミッションは６５０万台分を、今と同じく国内生産で維持するしかありません」

「それこそが――」

「新田自動車なのです」

２０１１年５月、逗子　田布施淳平

逗子の高台の上にある神野の自宅前にいた。車の中で2時間ほど待っただろうか。雨が降り出していた。海岸線につながる坂道の先に海が見える。雨風のせいで、波が黒ずんだ泥のようにゆらゆら揺れ、見ているこちらの神経を無性に高ぶらせた。

「本当に行くの？」

助手席で嫌な予感を隠さずにマキが言った。日本での久しぶりの休日、マキの車をどこに行くあてもなく走らせた。気がつくと、神野の自宅がある逗子に来ていた。いや、確信犯だった。立ち寄って帰るところがあるから先に帰ってくれと言ったが、マキは拒否した。彼女は勘が鋭い。

「ただ本部長に会うだけだ。本社ではまともに顔を合わす機会もねえし……」

「ダメよ、刺し違えるなんてことしちゃ。飯塚さんのために祈ってくれ、そう伝えるだけよね？」

「そうだよ。うるせえな」

バックミラーに自分の顔が映る。頬は切られたような縦線が入るほど、痩せこけていた。それ以上に気になったのは、自分の目だ。いつもなら「やるかやらねえかだろ」と人を寄せ付けないエキスを頭のてっぺんから噴き出している男が、自分の弱さを理解してくれという目をしていた。濁って放置された池のように、虚ろに光を拒絶しているようにさえ感じさせる。

そのとき、黒塗りのハイヤーが自宅にそっと横づけされたのが見える。「とにかく、マキは帰ってくれ」そう言うと、意を決して車を降りた。先ほどより雨足は早まり、顔に当たると刺すような痛さがある。運転手がドアを開け、後部座席からゆっくりと降りた神野にすばやく近づく。自分は擦り切れたウィンドブレーカー一枚だった。立てた襟から雨の滴《しずく》が激しく跳ね落ちた。

「神野本部長、やり方が汚いと思いませんか」

いきなり自宅前に現れた田布施に、神野が動揺する素振りはない。

「誰かと思えば、君か。生きていたか、田布施室長」

口の端をだらしなく上げ、見下ろすように神野は言った。

「なぜ、飯塚を見殺しにできたのですか?」

「人の家にいきなり押しかけてきて、ずいぶんなことを言ってくれるじゃないか。どこにそんな証拠があるというのかね。私は飯塚を見殺しにした覚えなんてないよ」

神野はこのご時世にもかかわらず、接待を終えて帰宅したところなのか、酒で赤らめた頬を膨らませて言った。「しかもだ、震災だからと本社に至急帰社しろなんて、僕は君に指示を出してはいないはずだがね」

「シェールガスにおける巨額損失で、天然ガスはもう捨てる気ですか?」

「巨額損失」の4文字で、神野の顔が異様に険しくなった。言われたくない核心を突かれた人間が見せる顔だ。

「君な、いきなり現れて、失礼にもほどがあるぞ！　一体ここで何をしているんだ？」

「慌ててウランなんてものに舵を切ったところで、もうこの震災でウランなんて必要ない。経産省や中央電力と手をつないで必死にかき集めてきたウランは、もはや何の意味も持たないんです。原発自体が、いらねえんだから」

「笑わせるな。〝イエローケーキ〟をこの日本、いやこの世界が必要としている限り、われわれエネルギー事業本部は、それをかき集める」ウラン鉱石を製錬すると、黄色い粉末状の精鉱（イエローケーキ）となる。これを転換して濃縮すれば、れっきとした核燃料棒となる。「今後とも経産省とともに二人三脚で進めていくことで、本間審議官とも話はついている。それがわれわれの役割であり、使命だ」

本間？　ああ、あいつか。

「君は2030年までに、世界で288基の原発が建設される計画だと知っているかね？　1キロワット時当たり5・9円と安いコスト、少ない二酸化炭素の排出量、まだまだ経済合理的に見て原発の力を世界は侮ってはいない」

「原発事故後は、その割安なコストを維持はできない。もう、原子力発電がすべてではない。この日本の置かれた現実を見てから言っていただきたい」

「私も、君の教科書的な意見には同感だ。原発、石油、天然ガス、太陽光発電、あらゆる電源をミックスしてこの日本の危機を乗り切るべきだ。しかし――」呂律が回らないのを隠すことなく神野は言う。「日本が持つ原発の技術力は、世界レベルで見ても依然としてきわめて高い。それが現実だよ」

「最低ですよ。シェールガスの巨額損失の責任を飯塚に押しつけるようなことをしておいて、よくもそんなことが言えますね」

「君は、私を責められる立場にいるのかい？」

薄い口をぬめぬめっと動かして神野は言った。「それじゃあ聞こう。投資のカネばっかりかかっているモザンビークで、一体どれだけの天然ガスを見つけたのかね？　あと残された時間はどれだけだ？　君は今の自分の立場をわかっているのかね？」

「それは——」

「カネの匂いを嗅ぎつけて、まだ他の人が見えていないモノを先に摑まえなくちゃ。アフリカは天然ガスだけじゃないよ。原油の埋蔵量だって全世界の約1割を占めている。レアメタルも豊富だ。その上、ウランも手に入る。もうモザンビークなんていらないよ」

もう君はいらないよ。そう言われたように感じた。

「経済的支援や国同士の資源外交も視野に経産省がきちんと舵を取り、原発に代わるエネルギーの新しいパラダイムを創ることがわれわれの使命です。それしか日本が生き残る道はない」

心のどこかで秘めていた「思い」に、言わずに押し殺していた「言葉」が偶発的に着火して噴き出す。

「もう熾烈な競争は別のところで始まっている」

「別のところで？」

「中国はニジェールでウランの生産を開始し、ナミビアではオーストラリア企業との共同開発でウラン鉱山の開発に乗り出している。２０２０年に、海外で権益を保有するウラン鉱山から、すでに約５０００トンの輸入目標を掲げているんだ」

　酒くさい息を吐き、神野はぐっと四角い顔を近づけた。「ウラン需要は、中国だけで２０２０年には2万トンという規模になると見込まれている。悠長にやっている君たちの天然ガスの資源開発とは、スケールもスピードも違う」

「日本のこの現状を直視もせず、この期に及んでまだ海外でウランの権益獲得に走ろうと？　飯塚の死を無駄にして、その上、モザンビークを見捨てると？」

「残念だよ、本当に。飯塚にはシェールガスの損失の責任をきちっと取ってもらおうじゃないかとは言ったが、私は死ねとは言った覚えはないよ。その一方で、逆に4年もいて、しぶとく生き残っている人間もいる。不思議だねえ」

　失望と軽蔑、その二つが神野の薄笑いに含まれる。

「畜生……。本部長、自分がやっていることを、わかっていますか」拳に力が入る。

「一つだけ言っておこう。君は、ニーチェの『善悪の彼岸』を読んだことがあるかね？」

　神野は舌なめずりをしながら冷静に言った。「その著書の中でニーチェは言った。〝人生の偉大な時期は、われわれの悪をわれわれの最善と名づけ、改める勇気を得るに至るその時〟だと。残念ながら、飯塚にその勇気はなかったということだ」

「勇気」、あのときの飯塚が言った言葉の意志が、形を失い、手からこぼれ落ちる砂のように跡形もなく消えていく感触があった。

　シェールガス開発の失敗、そして発生した巨額損失、それらが連鎖的にモザンビークでのプロジェクトの足元を揺さぶる可能性があると知ったとき、飯塚は目の前が暗くなったに違いない。それはプロジェクト自体を崩壊させるだけでなく、自分や玄さんという仲間を裏切ることにもなる。

ようやく、あのときの飯塚の心境が理解できたような気がした。一人で何もかも背負って座して死を待つ恐怖、家族が待つ日本へは戻ることができない恐怖、アフリカに来たことを後悔し会社を辞めた先にある転落の恐怖に怯えたのだ。それらすべてを受け入れ、みずからの失敗を正すという正義を果たす勇気、それが死という選択肢だったのだ。

「飯塚には、わたしはきちんと選択肢を与えたつもりだ。残念ながら、奴はいずれも選べなかった。それだけの話だ。そんなことより、この年末には、モザンビークも時間切れだよ。もうおしまいということだ」

神野はくるりと向きを変え、背中越しに首を横に向けて言う。すでに自宅玄関へ向けて歩きだしていた。血管が浮き出るほど固くなっていたこの拳を振りおろせば、何かが得られるような気がした。もうモザンビークで傷を舐め、背中を丸めていることは意味がないように思えた。ここで決着が求められているのだろうか。どうやって？　この拳での決着をだ。「クソ野郎」口の中で呟いていた。雨はさらに激しく降っていた。

そのときだった。突然、突き飛ばされる。神野の邸宅の白い石垣に胸から押しつけられたのだ。後ろに捻られた二の腕を押さえつけられ、身動きできず、息もうまく吸えなかった。何が起きたのかわからない。神野は自宅へ入ってしまったのか、苦し紛れに顔を上げて見た視界には誰もいなかった。

「ダメよ！　絶対にダメ」後ろから、マキの声がした。

「放せよ！　おまえ、なんで出てきたんだよ」

「馬鹿じゃない！」

マキは腕を放す。そして振り向きざまに頬に平手打ちが飛んでくる。女性にしては渾身の力を込めた平手打ちだった。思わず雨の中にしゃがみ込む。羽をもがれた鳥のようだ。口の中が切れていた。もう一度殴られるかと、身を硬くした。しかしマキは、しゃがんで、包み込むようにして抱きしめた。悲しくなった。なぜか細いマキの背中に腕を回して、しがみつくように嗚咽した。俺は一体何をやっているのか。

「あなたは、やるしかないのよ。モザンビークで決着をつけるしかないの。暴力なんかで叩きのめしても、あなたの負けよ！　やるかやらないかなんでしょ！　正々堂々闘いなさいよ」

胸倉を摑んで揺さぶるマキも、泣いていた。

2011年5月、ドレスナー・ワーゲン　北條哲也

パーティションで一人ひとりのプライバシーを区切ったようなフロアを通り過ぎると、その突当たりに熊谷の個室はあった。外資系のドレスナー・ワーゲン社らしく、ディレクター以上は個室が与えられる。入り口のドアには、金色のプレートで、「ＫＵＭＡＧＡＩ」の名前が燦然と輝いていた。

しゃれた木目で重厚感のある部屋に不似合いな白いソファには、英語で書かれた資料の山が、無

造作に散乱していた。お行儀よく物事を整理しながら前に進む日本企業とは違う勢いがそこにはある気がした。

　熊谷から久しぶりに話したいことがあると連絡があり、いやいやながらも馳せ参じた。本当であれば、来なくてもよかった。だが、それがお人好しだからこそできる行為なのだろう。しかし、「酒を飲みながらでも、ゆっくり旧交を温めよう」と言えないところが、熊谷らしいと言えば熊谷らしかった。

　部屋の書棚の前に設えた執務机から身を起こした熊谷は、楠見の言っていたとおり、以前のような会社から認められているという自信に満ちあふれた態度ではなかった。逆に、ぎりぎりと爪を研いで、獲物を狙うような、険しい目つきが印象に残った。

「〝ミスター・新田自動車〟のお出ましだな」

　挨拶もなしに熊谷は言った。オールバックに、サスペンダー、そしてダブルカフスのシャツに金の高級腕時計、人はみずからを装飾することで見た目も変われるものだ。あのとき、殴りかかったことを謝るような気持ちは、熊谷には毛頭ない様子だ。

「元気そうじゃないか」

「リーマン・ショックから、リコール、そして震災、しぶといな、北條も」

　熊谷の口元は笑っているが、目は笑っていない。

「もちろんだ。現場の人間たちは、歯を食いしばってこの難局を乗り切ろうとしている」

「そうか。ご苦労なこった」

「ずいぶん、羽振りよくやっているみたいじゃないか」

腰が沈み込む高級ソファに腰を下ろし、部屋を見渡しながら言う。こんな個室に、秘書付きでしかも高い給料、10歳若ければ嫉妬していたかもしれない。

「今年、４年ぶりにニッタが世界販売首位の座を明け渡すからな。王座陥落の間に、わが社の上期純利益は前年同期比３・７倍、過去最高となる62億６７００万ユーロ（約７３００億円）を稼ぎ出している」

「そうなると、この通期では、ウチに肉迫するかもしれないね」

「肉迫ではない。上回るんだよ」熊谷は人差し指で天井を指す。「米国で約20年ぶりの生産再開に加え、当社の新車が最も売れる中国では新規２工場の建設、今後5年間で約1兆２０００億円の投資に打って出る」

「震災で苦しむニッタを横目に、〝猛烈〟って2文字がドレスナーにはよく似合う」

「中国での現地生産能力は、現状の倍になる３００万台まで引き上げることになる。ニッタがお行儀よく歩いている間に、わが社は髪を振り乱しながら疾走し続けているってことさ」

「数字が命で、しかもなりふり構わぬ疾走か……なんだか自動車メーカーではない気がしてくる」

「外資は、そういうもんさ。ニッタが普通じゃないんだ」

熊谷は大理石の応接テーブルに置かれたクリスタルガラスのケースの中から、高級そうな葉巻を取り出す。煙草を吸うような男ではなかったはずだ。

「それで、話って？」

「なあ、北條、おまえもドレスナーに来ないか？」

予想外の言葉を、こちらの目を見ながらはっきりと熊谷は言った。近況でも聞きながら、情報交換でもしたいのかと思っていた。完全に意表を突かれた。「何度も北條には言ってきたけど、もう組織に使われるのはやめにしないか」

「僕は――」

言おうとした言葉を、手の平を翳すようにして熊谷は遮る。そして天井に向けて葉巻の煙を噴き上げると、「話だけでも聞いてくれ」と言った。

「ウチは日本のタカマツ自動車と提携関係にある。今、タカマツの19・9％の株主になっていることは知っているよな？」

タカマツ自動車と言えば、叩き上げの実業家である高松によって日本の小型自動車の礎を作り出してきた企業だ。特に軽自動車に関しては、独自の開発技術を持ち、2006年までの34年間連続で軽四輪車新車販売台数ナンバーワンを誇ってきた実力がある。日本の大産自動車や米国ルネッサンスに対してOEM供給で提携をしてきたことからも、その実力は実証済みだった。

ドレスナーと包括提携を発表したのは2009年12月のことだ。タカマツの発行済株式の19・9％を24億ドルでドレスナーが取得し、ハイブリッド車等の環境対応車の開発でも提携するとドレスナーは息巻いた。しかし、この2011年3月、互いの不協和音が明るみに出ていた。ドレスナーの年次決算報告書の中で、タカマツを、「財務・経営面で重大な影響を及ぼせる会社」に挙げたことにタカマツが反発、提携時に両社は対等な関係を維持することを約束したはずだと強烈な不快感を示していた。

「実は、あの提携に僕は関わった。転職後すぐに、そのビッグプロジェクトを任されたんだ。だが、順調に提携が進んでいるかというと、ご承知のとおり、なかなかそうでもない。やはりタカマツも、開発技術や生産方式にコダワリのある企業だ。彼らの思いとウチの思いをつなぐ懸け橋になるような人材が必要になってきている」

「それが僕だということ？」

まったく同じようなシチュエーションが昔もあったなと思う。熊谷は指3本を立てて、「給料は今の3倍を約束する。これは、本当に切実なお願いだ。三顧の礼をもって迎えたいと思っている」

自信ありげに熊谷は言った。上から目線が気になる。

「お門違いだよ」

「それじゃあ5倍ならどうだ？」手の平を広げ、こちらへ熊谷は突き出す。

「なあ、熊谷、カネなんかいらないよ。やっぱり熊谷は何も変わっていないな」

こちらが話に飛びついてくるとでも思ったのだろうか。一瞬にして自分の思いどおりにならないことを悟ったような冷めた顔つきに熊谷は変わった。

収益や台数規模という物差しで企業の成長を測るのではなく、ニッタの〝アイデンティティ(Identity)〟とは一体何なのか、そのアイデンティティを追い求めることが今は大切だとあのヨハネスブルクで悟った。そんな原点さえも熊谷には見えていない。

「まあ、そう堅いこと言うなよ、北條。たしかにタカマツは、経営に関与されることを警戒してガードが固くなっているのは事実だ。でもな、互いにこれは利益があるんだよ。ウチの傘下にある量販車のラインは利幅が薄い。販売台数を維持できているうちはいいが、それもどこまで維持できるかはわからない。タカマツの軽自動車で培った低コスト生産技術や生産方式で、一気にコスト構造の見直しを進めることができれば素晴らしいじゃないか。それに、タカマツのインド市場でのシェア50%を誇るステータスの高さは、目を見張るモノがある。ウチはインドで出遅れているからな」

「それはすべて、熊谷たちドレスナーが見たい利益ばかりじゃないか」

「タカマツだって儲かる話だ。小さい独立系企業でちまちまやっていても、この激しい競争環境の中で未来はないからな。これからの自動車産業ではグループで1000万台の規模がないと、部品の共通化一つとってもインパクトが違ってくる。それに、今後環境車の開発では莫大なカネがかかる。わずか年間1000億円程度の研究開発しか費やせない彼らにとって、悪い話じゃない」

あきれてモノも言えなかった。夢の1000万台をめざして温め合った信頼関係で手をつなぐはずの「提携」さえも、単なる利益のための「手段」としてしかとらえていなかった。そんな熊谷に腹が立った。

「いいかげんにしろよ!」

怒鳴り声をあげる。熊谷は特段驚く様子もなく、目を細めただけだった。神経も〝外資系仕様〟で図太くなってしまったのだろうか。「さっきからおとなしく聞いていれば!」と叫んでいた。

「タカマツは、ドレスナーの中国や南米での事業基盤の強さ、それに環境対応車の共同開発まで見据えた未来を見る。ドレスナーは小型車などで部品の共通化、インドなど新興市場での開拓で連携する未来を見る。その先にある未来を、互いの厚い信頼関係の中でどうやって見られるかが、提携というものだろう? そんなことさえも考えていない熊谷は、何もわかっちゃいない! 提携が破綻して当然だよ」

熊谷は不気味な薄笑いを浮かべた。「北條はそう言うと思ったよ。やんなっちゃうよなあ、あんなベタなメーカーとは、本当は相性なんかあったもんじゃないんだ」とふざけた口調を使う。

「おまえって奴は……」

「〝太陽と重力はタダだ。電気をつけるなら天井に窓を開けろ。台を傾けりゃ部品は自然に動く〟なんてことを言いながら低生産性を追求しようとしている企業だぜ。そのくせ、奴ら〝対等の関係〟ってうるさくってな。提携する際も、19・9％の出資比率に留め、持分法適用会社を避けることで自主独立路線を貫いた。ああいう現場主義で、ひと世代古いコダワリを持っている企業を理解できるのは、北條しかいないと思ったのだがな」

嫌味とも、本気とも両方に取れる言い方を熊谷はすると、葉巻を灰皿に擦りつけるように押し潰した。

「そうやって、いつまでも言っているといい。僕には次の現場が待っている。これからを考える現場でも、危機を救う現場でも何でもいいさ。そこで僕が必要とされているならどこでも行く。だが残念だが、僕の向かうべき現場は、ここじゃない」

「そうか、それなら構わない。しけた生産工場で後世の若者たちに骨を拾ってもらうといい。それか……俺がドレスナーの人間として、ニッタともども叩きのめすまでだ。北條、言っておくが、俺はしつこいぜ。勝つまでやる男だ」

ここに来たことを純粋に後悔した。やっぱり熊谷は、こういう男なのだ。あの退職を話した頃の熊谷と中身は何も変わっていなかった。自分の利益と、出世と、そして顕示欲、それだけで満たされ、生きていることを実感できる男、それが熊谷だ。もうこの部屋を去るときだと感じた。何も言わずに席を立つ。そしてじっと熊谷を見下ろした。

「毎日一緒に現場で汗をかきながら、互いに知恵や技術を少しずつ持ち寄る。信頼に足ることを少しずつ積み重ね、証明していく。その先に〝提携〟はあるんだよ。そのためには、カネや、形だけの浮ついた言葉なんて必要ないんだ。本当に大切なモノを見ろよ」

熊谷の目が一層黒くなった気がした。それが、熊谷への最後の言葉だった。そう言えただけ、内心よかったと思えた。熊谷とは、将来、敵としてではあるが、どこかでまた顔を合わせる気がしていた。熊谷のいかなる返答も期待せず、個室を後にした。

だが、おそらく、熊谷の執念はそれでは収まらなかったのだろうと、後で気がつかされることになる。熊谷と別れた1週間後、タカマツはドレスナーとの提携を解消すると発表した。しかし、ドレスナーはその提案を拒否、国際仲裁裁判所における調停に場所を移し、法廷闘争が始まったのだ。自分に敵対するモノに対して、どこまでも追い詰める、そんな熊谷の気質が如実に現れている気がした。

それだけではない。ドレスナーは、その後驚異的なスピードで新興国での基盤を強めていくことになる。中国で225万台の大台を突破するのに、さほど時間を要しはしなかった。そして驚くべきことに、わずか6つに自動車のパーツを分ける大胆な部品共通化にも着手、20%のコスト削減が見込める独自の生産手法を確立しようとしていた。

それは「ニッタの生産方式を超えてやる」と熊谷が鼻息荒く言っているようにも感じさせた。この自動車マーケットで、いつまでもこちらを睨みつけ、ニッタの背中に襲いかかる機会を窺っている気がしていた。だが、その後、熊谷から連絡が来ることは二度となかった。

2011年6月、経済産業省大臣室　田布施淳平

大臣室の窓からは、桜田通りを挟んで向かいに建つ財務省が見える。グレーで殺風景なモノクロの建物だ。ソファに座っているためか、建物の上層階だけが見え、そのてっぺんで威勢よく風になびく日本国旗が際立って目につく。飯塚の仇がおまえには打てるか、と語りかけているようにも感じさせる。そんなはずはない。でも、そのつもりだった。

つい先ほどまで、経産省17階の大会議室で、「総合資源エネルギー基本計画策定公聴会」が開催されていた。有識者なる人物を招いて、今後のエネルギー基本計画立案に関する意見を聞く会合だ。今回の震災で、国内にある54基の原発のうち、39基は震災の直接的被害を受けずに済んだ。だが、いったん「震災後」に国民が目を向け始めると、原発をはじめとする国のエネルギー政策の根本的なあり方が浮き彫りになっていた。

社長の澤村が代表して意見を述べた。神野、尾関とともに公聴会を傍聴した。傍聴するとは、意見を言うなという牽制でもある。フラストレーションが残った。「持続可能なエネルギー政策の構築」「原発への依存度を低減し、多様な電源・エネルギー源の活用」「そのために天然ガスをはじめとした資源確保の必要性」、そんな大上段で当たり障りのない議論が交わされていた。そんなこと、もう誰でもわかっていることだ。今、問われていることは、何をいつまでに、誰がどうやるかだ。

「いやあ、お疲れさま。公聴会っていうのは、肩が凝りますよねえ。お呼び立てして申し訳ない。ご協力のお礼と、引き続き追加のLNG調達についてお願いしておこうと思いましてね」

お付きの者たちに取り囲まれて入ってきた恰幅のよい男が、開口一番そう言った。経産大臣だ。テレビでよく見る淡い笑みが、次期首相候補の筆頭を走る余裕を醸し出している。他の官僚たちは、名札をしてくれていないと誰が誰だかわからない。

だが、一人だけ、本間はすぐにわかった。「事務次官の本間です」とその男は言った。サハリンの記念式典で会って以来だが、今では経産省事務方トップの事務次官の座に就いていた。

「大臣もお疲れさまでした。震災対応でお疲れでしょうに」

ソファを立ちあがって澤村、神野そして尾関が深々と大臣に頭を下げる。自分だけ入り口の側にあるパイプ椅子に座っている。ここでもまた、傍聴人という名の「お味噌」扱いだ。

「困っちゃいますよねえ。本来、将来にわたるエネルギー政策なのだから、省庁横断で議論すべきなのでしょうがね。なかなかそうもいきません。まあ、時間をかけて議論をしていくテーマでもありますから、今後ともお付き合いいただきたい」

「弊社も、ぜひ今後ともお力添えさせていただければと存じます」澤村が応える。

「震災前から定期検査で止めている原発に対しても、再稼働を見合わせるように指示を出しましたからね。これからどうなってしまうのでしょうかねえ、この日本は」

「何を言ってんだか」

独り言のように、わざと言った。この瞬間を、長い間待っていた。飯塚のためにも、自分のためにも。あきらかに何かのスイッチをひねったように大臣の顔色が変わった。「何か意見がおありかな？」大臣より先に、本間が威嚇するようにこちらを見た。

「経産省主導の調査会や公聴会だけでは、誰も動かないことは明白でしょう？　いつまでもエネルギー基本計画の大上段の議論だけで、悠長なことは言ってられませんよ。これから全国で運転再稼働の見直しが起きれば、夏場に全国の電力供給量の２割が吹き飛ぶ。今はできるかできないかの議論よりも、やるかやらないかでしょう」

「田布施！」

尾関が、思わず声をあげる。口にチャックをする仕草で、それ以上言うなと睨んでいた。

「私も悠長なことを言っているつもりはないよ。でもね、土台となる基本方針なくして、明日のエネルギー需給の対応策など議論できないだろう。違うかね？」大臣が言う。

「それって本質でしょうか？　この危機的状況になっても、やはり原発を軸とした安定供給にばかり目がいっている。利用者の便益を考え、国力を支える産業競争力を本当の意味で強化できるエネルギー政策とは何か、その本質が議論され、実行に移されているとは思えません」

「き、君、大臣に向かって何を言っているんだ！」神野と本間の腰が同時に浮きかける。

「まあ次官も、腰を落ち着かせなさい。面白いじゃないか。そういう意見があってもしかるべきかもしれないよ。これだけの事態に日本は陥ったんだ。平気な顔をして、〝何もなかったことにして、このままでいきましょう〟なんて国民には説明できないからね」

「ですが、大臣……」

本間は、経産省キャリアの中でも、原子力村と呼ばれる原発推進派の筆頭格の存在だといわれていた。とてもこの自分の言葉に黙っていられないことはわかっていた。

「それで、君は何を言いたい？」

「目の前にある事態は、危機であり、カオス（混沌）だと私は思います。今何をすべきかと問われれば、政府と企業が互いに支え合いそして成長の輪郭を描き、強靭な産業経済国家としてこのカオスを制する方程式を考えなくてはなりません。しかも日本だけの内向きで考えるのではなく、グローバルの中でそのストーリーを考えるべきです」

「具体的には？」

「まず原発に関しては、維持云々の前に安全確保を優先する。国力を支えるという意味では、経済的支援や政府主導の資源外交も視野に安定的に資源を確保する道を追求する。その一方で安価なエネルギーで優れたモノ作りの技術を生み出し、それを梃子に日本は技術立国として世界に打って出る。そういう闘い方が正しいと思いませんか？」

「それは違うね」

本間が、誤った解答をした生徒にあえて諭す教師のように言った。「君の議論は非常に乱暴だよ」耳障りなまでの毅然とした声を、本間はその棒のような体から放つ。

「1965年に日本初の商業用原子炉が臨界に達して以来、日本の電力需要の核は原子力しかない。資源・エネルギー権益を世界で確保するのには、政治力学的なパワーゲームが求められ、時間とカネもかかる。ましてや、再生可能エネルギーのようなすぐに普及できないエネルギーで、いくら小手先の議論をしても仕方ないんだよ」

原子力発電は石炭発電、水力発電を抜き、1990年代には石油による発電量を追い抜いた。総発電量において原子力発電が占める割合は3割に及ぶ。震災が起きるまで、世界的に見ても屈指の原発大国になっていることを実感していた国民は少なかったに違いない。

「俺が言いたいのは――」

言おうとしたことを遮るように、本間は自分の口元に人差し指を立てた。しゃべるなということだ。

「この日本国家のエネルギー政策の要諦は、5つの点で説明できなくてはならない！」

本間は、一喝するように声を張り上げると、部屋にいる全員の顔を見渡すように悠然と部屋の中を歩きはじめる。

「一つは安定供給の確保、2つ目は経済効率性、そして3つ目は環境適合性、そして4つ目は、永続性です」

「最後の5つ目は？」大臣が目を閉じたまま聞き返す。

「国家のエネルギー安全保障です。日本はそもそも世界で対等に戦えるバックグラウンドとしての資源がない。すなわち、銃を持たない兵士のようなものです」

それを言うなら「議員バッジを持たない政治家だろう」と心の中で呟く。

「オイルショックで日本は痛い目にあったように、原子力はエネルギー政策を論じる上で根幹となるモノなのです。世界で日本がその存在を安全保障の面から示していくためには、きちんとした強いバックグラウンドが必要になる。それがこの原子力政策なのです。世界において素手では戦えないのであります」

本間のその寝かしつけた髪をなでながら話す姿は、昭和の経済産業史をひもとく社会科の教師を彷彿とさせた。官僚はいつも本当に好きになれない。一歩進んで二歩下がる、右に行こうと言うと左と言う。議論という名の「謎かけ」に近い。

「この日本の惨状を目の当たりにして、何を言っているのですか！」

「そこまで言うなら、君の意見は一体何だ？」大臣が言う。

「エネルギー政策の焦点は、この現状を見れば中長期的にも火力発電にある。その最有力な代替エネルギーとして、LNGによる資源確保が急務なことは、疑いようのない事実です」

「なぜLNGが最有力だと言い切れる？」

「小型で高出力でもあり、設備稼働の安定性や建設コスト、そして調達コストを考えても、格段にLNGは注目に値します。しかも、CO_2の排出量が少なく、資源も偏在していない上に、環境に対する配慮やコスト面での効率性が高い。今の原発が稼働できない混乱した状況においても、建設自体数ヵ月で可能ですから、やるなら今すぐという決断もできる」

「それはどうだろうか。中長期的にはLNGの市場価格が上昇する可能性は避けて通れないよ。新興国との資源獲得競争が今以上に熾烈になれば、世界全体で最大5000万トンもの需要を押し上げることになるからね。それに君、火力、火力と言うが、一体どれだけコストがかかると思っているんだい？」

本間が田布施の首をじわじわと絞めるように嫌味たっぷりに言う。「原発1基の発電を火力で賄おうとすると、1日に約2億円の燃料代がかかる。原発54基分の電力をすべて火力で埋めるには1日約108億円、1年で約4兆円のコストを要するんだ。しかも、本格的にLNGに注力しようとなると、パイプライン網の整備も必要になってくる。それをわかって君は言っているのかね？」

「なるほど、次官の言うとおりかもしれないね。しかも燃料コストの大半は、LNGの輸入代に消える。結局のところ、この日本の〝国富〟を国外に流出する結果になるってことだ。とても国民の納得を得て、その血税を注ぎ込んで注力できるものではないかもしれないね」

大臣は判決を言い渡した判事のように、納得と安堵の重なり合う表情を見せた。

「もう一つ君に教えてあげよう」本間が胸を張って田布施の目の前に立つ。「イランと敵対するイスラエルが、原油や天然ガスを中東から輸送する大動脈であるホルムズ海峡で軍事衝突を起こしてみなさいよ。一体どうなると思う？」

「それは――」

「一気に日本の首が絞まるんだよ」本間が自分で自分の首を絞め、顔を苦しそうに歪める。「簡単なのですよ、日本を窮地に追い込むことなんて。石油やガスの資源枯渇なんて待っていなくても、起こりうる有事は起こるんだ。それに、なぜウランの長期価格が上昇し続けているかわかるかい？喉から手が出るほど原発が欲しい国が多いからだよ。米国は104基を抱え、34年ぶりの原発新設に踏み込もうとしている。フランスは58基、それ以外でも中国、ロシア、韓国も依然として積極的だ。中国なんて一気に30基近い原発建設を計画中だ」

「止めたくても止められないか……」

本間の主張が、しっくりと自分の考えに合致したことを見届けたように大臣が言った。

「そのとおりです。エネルギーのパラダイム・シフトの中心をなすのは、やはり原子力発電なのです。それが世界的に共通の理解です。基本的に戦略・政策としては原発を堅持する方針に当面は変わりがない。いや、正確に言うのであれば、変えようがないのです」

最後に刀を鞘にしまう武士のように姿勢を正すと、本間はニヤリと笑って見せる。自分は俯いていたが、しだいにその肩を震わせる。嚙み殺すようにして笑っていた。「何を笑っている！」

「今、この日本が問われているのは、〝パラダイム・シフト〟ではない。もうすでにある選択肢の中で判断するモノではない。問われているのは、〝パラダイム・クリエーション〟だ。自分たちの手で創るんだよ、将来を形作るパラダイムをさ」

本間が顔をしかめる。一瞬部屋は水を打ったように静まり返るが、大臣が静けさを破って豪快に笑い出した。澤村も、尾関もどうしていいかわからず、仕方なしに苦笑いをした。

「次官、君の負けかもしれんよ。やられたなあ」

大臣は天井を見上げて、さらに豪快に笑った。「でもなあ、田布施さん、スウェーデンの例を知っているか？」真顔に戻った大臣が言った。

「スウェーデンが、米国のスリーマイル島の原発事故を受け、原発全廃の国民投票を行ったというやつですか？」

「そうだ。結果、当時12基あった原発を２０１０年までに全廃することを決議した。だが、残念ながら、停止したのはわずか2基だ。その他は今でも何事もなかったように動いている。それはなぜか？」

「代替エネルギーを見つけることができず、資源確保もできなかった……」

「現実を見るとそういうことになる。もし君がモザンビークで明日にでも、ＬＮＧの永続的な確保に道筋をつけるというのなら、私もそのストーリーにすぐにでも乗るだろう。でもそうはいかないのが現実ではないかね」

「もしそれができたら――」

「政府もすぐに乗り出すだろうね」

大臣は仕方なさそうに肩をすくめる。

「それ、約束だと受け取っていいですね」

「約束だと？」

「約束」というフレーズで、大臣も本間も嫌な顔をした。たしかに目に見える成果はまだない。でも、もう失うものはない。やるかやらないかなら、勝負するしかない。

「約束ねえ……構わないよ。でも無理だと思うがね。いずれにせよ、君との議論は面白かったよ。今日のところは、ここまでにしましょう」

軽い調子で流すと、大臣は秘書官を呼んだ。それに呼応するように、澤村、神野、尾関もそそくさと席を立つ。

「俺……、やってみせますよ！　でも、あんたらのためじゃねえ。失った仲間のため、そしてこの日本のためにだ」

立ちあがってそう叫んだ。本間はじっとこちらの目を冷めた目で見ていた。尾関は慌てて田布施の腕を摑み、部屋の外に連れ出そうとする。これ以上、大臣や社長の前で暴れられようものなら、尾関の首も危ない、そう思ったのだろう。強引に引っ張られ、引きずられるような格好でもう一度最後に言った。「やるかやらねえか。答えはそれだけですよ、大臣！　約束、果たしてくださいよ」そう、やるかやらないか、今の日本にはそれしかない。

第十章　勇気の証明

2011年7月、宮城工場　北條哲也

「そのプレス機、まだ少しだけ傾いているぞ！　全員で動かすぞ！　手が空いている奴は手を貸してくれ」

新田自動車の宮城工場で陣頭指揮を執る。この工場長に就いたのは2ヵ月前のことだ。

「ダメです！　震災の影響だと思いますが、下のフロアが、少しですが、歪んでしまっています」

反対側でプレス機を持ち上げようとしていた若い作業員が叫んだ。ニッタは、フロアの水平度合に、マイクロメートル単位で厳密さを求める。フロアが傾くということは、機械の性能が乱れ、それは車のできあがりに微妙な精度の狂いを生み出す。たとえわずかであろうと、絶対許されない。

「やっぱり、基礎工事からやり直さなくてはならないということですかね？」

「仕方ないな……一からやろうぜ！　あきらめるのは早いよ」

「北條工場長、そうはおっしゃいましても……」

「なに情けない声出してるんだ。ニッタが誇る最新鋭の小型ハイブリッド車を、12月にはこの地で生産開始させるんだ。この東北を復興させるのは誰だ？」

「俺たちです！」

周囲の作業員たちが一斉に叫んだ。そうだよな、田布施。やるかやらないかだよな。

東日本大震災で659ヵ所のグループ会社やサプライヤーの生産拠点が被災、最大で1260品目の部品が調達できなくなった。最終的には約80万台もの生産に影響を及ぼしていた。震災後すぐ、被災した宮城工場で、基幹システムのエンジンや小型ハイブリッド車の生産を行うことを新田自動車は決定した。被災した東北を復興させると同時に、この地での事業強化を狙った大胆な戦略だった。

もちろん、生産だけではない。人材育成の拠点もこの地に作る。これはインドで学んだ人間として経営陣に提案をした。震災の復興支援の中心で、ニッタとしての利だけを追求してはならない。地域の雇用を増やし、人材の育成のためにニッタみずから汗をかかなくてはならない。田布施や楠見と見た被災地の現場で学んだ大切な思いの一つだ。

生産開始に向けて、本社から生産・調達を中心とした混成の専門家部隊が次々に生産工場に到着していた。連日、深夜まで額を突き合わせ、被災した工場の復旧のみならず、新しい生産ラインの立ち上げに向けた対応策を練った。

「工場長！　阿部副社長がご到着です！」

工場の正面玄関のほうから声がした。外はじめじめとして、プールサイドにいるような蒸し暑さが続いていた。相変わらず音を立てて地面を叩きつける強い雨が降り続き、このまま一生やむことはないのではないかと思わせた。その雨の中を、薄汚れたバンが大きく車体を揺らして玄関に着く。

あのインドで阿部が視察しにきたときは、来なくていいのにと思ったが、今はこの被災地に足繁くやってくる阿部をなぜかとても頼りに感じていた。復興は、地道で、孤独で、時として不安な気持ちにさせられるものだ。右も左もわからないインドで奮闘した自分でさえ、本当に以前のようにこの東北の地にニッタみずからの足で立てるのか、そんな不安が過《よぎ》ったときさえあった。

「もう少しで那珂工場の機能不全は解消できそうだ」

そう言いながら阿部は車を飛び降りる。あの甚大な被害を受けた茨城にあるマイコンの部品メーカー、ジャパン・メモリーテック社の那珂工場に、阿部はみずから操業状況を確認しに行ってくれた。「当社をはじめ、多くのメーカーのエンジニアが工場復旧のために全力を尽くしてくれた。みんなのおかげだと、工場長へもお礼を伝えてくれとのことだ」

「ありがとうございます。力添えできて本当によかったです」

那珂工場に派遣されたエンジニアの数は、のべ8万人にも及んでいた。それだけマイコンの不足は、完成車メーカーにとって死活問題だったということだ。「そうなると、来月から当社も正常レベルで生産を開始できそうですね」

「なんとしても、そうしなくてはならん。絶対にだ」

工場の玄関で、長靴についた泥を払い落としながら阿部は鼻息荒く言った。「君が主導している小型ハイブリッド車の生産プロジェクトも、被災地だからといって、私は手加減するつもりはないぞ」

「当然です」

「この東北の地に、国内第三の拠点を作り上げるんだ」

阿部の視線は復旧・復興の先にあるモノを見据えているように思えた。緊急の対策本部となっている大会議室へ向けて阿部はずかずかと入っていく。

「新型のハイブリッド車は、エンジンをはじめとした基幹システムの小型化というだけではなく、薄くて強度のある高張力鋼板の開発、さらには一層の効率を求めた生産ラインを使う予定です。同時に、この地で〝人づくり〟にも力を入れていきます。インドのとき以来の大勝負ですが、やる自信はあります」

「人づくりか。君らしい意見で、結構なことだ。だが、作業員の習熟には慎重に時間を使ってくれ。品質を後回しにすることは許さん」

あのリコールの教訓があるのだろうか、品質を後ろに置いていかないマインドセットは、阿部の心の中にしっくりと根づいているように見えた。「それとその生産する小型ハイブリッド車だが、新興国での販売を見据える。競争力はぎりぎりまで高めてくれ。そのためには――」

「東北での現地調達を極限まで高めるつもりです」

「わかっているじゃないか」阿部は一瞬だけニヤリとした表情を見せると、会議室入り口近くにあった錆び付いたパイプ椅子に腰を落ち着けた。

「被災地で基幹部品から完成車まで、すべて一貫して手掛けるという目標のためにも、この東北での現地調達にはこだわりたいと思っています」

「そうは言っても、東北は自動車産業の基盤が十分あるわけではない。部品確保は至難の業かもしれんぞ」

「今、現地東北での部品調達率80％をめざし、昼夜交代でメンバーは近隣のケイレツの部品メーカーへと足を運んでいます。私は、あのうだるようなインドの暑さの中で、北はヒマラヤから南はインド洋沿岸まで、仲間たちと歩き回って部品供給網を構築したのです。この東北でできないことはないと信じています」

あのインドの日々が思い出される。あのとき、いかにしてニッタらしい低価格車を生みだせるか、その純粋に前を向く気持ちだけで動いていた。今もこの日本を復興させる一翼を担い、日本のモノ作りの強さをこの被災地から証明してみせるという思いだけだ。

阿部は部屋の喧騒を目で追う。30名近いニッタ社員やケイレツ・サプライヤーの面々が、部屋の中でひしめき合っていた。肩を寄せ合って議論をしている者、電話口に向かって大声で何かを要求している者、資料を抱えて駆け抜けていく者、全員がこの目の前にある復興という名の挑戦に立ち向かっていた。その中で悠然と散歩をするようにこちらへ近づく男がいた。経理部長の伊勢崎だ。

「阿部副社長、雨の中、お疲れさまでございます」

なれなれしく、そして平身低頭して伊勢崎は言った。こちらの存在にも気がついたが、何も言わずにちらりと見ただけだ。相変わらず本社への帰還だけが生きる証なのだろう。

「君か……」面倒くさそうに阿部は返す。

「いやあ、本当にこの地はどうなってしまうのかというつらさの中で、どうやって新田自動車は生き残るべきか、そんなことを毎日私も考えている次第です」

「伊勢崎君といったな。わが社は本当に生き残れると君は思うかね？」

「北米のリーマン・ショックによる業績の急降下、続く大量リコール、この壊滅的な震災……、時間はかかるでしょうなあ」

「時間のせいにする気かね？」

「いや……私だけの力でできるものでもないですから……」伊勢崎の言葉がつまる。

「北條、君はどう思う？」

「モノ作りの原点に立ち、その先の奥深くにあるモノを見る、それができれば必ず私たちは生き残れると思います。新しい技術を生み出し、開発や生産の原動力となり、そして〝世界のニッタ〟の先頭をこの日本の現場が先導する、私はそのことにこれっぽっちも疑問を抱いたことはありません」

　その言葉を聞きながら、阿部は伊勢崎に正面から向き直る。

「自分がなんとかする、自分が一人になってもこの日本で培ったモノ作りを守る、それが言えないような人間は、この新田自動車、いや、この日本にいらないよ。君はここから出ていきなさい」

　阿部は縁側に佇む老人のように、無表情でその台詞を口にした。伊勢崎は口元を震わせながら後退りし、怯えながら部屋を後にした。

「北條、君はいつでも、何があろうと、その言動や信念が変わらんなあ」

　君は昔も今も変わらない、古い友人が口にしそうな言い方を阿部はした。「今のこの苦境に立ち向かっているのも、震災ということで片づけてはいかんのかもしれんな。リコール問題のとき同様、起きるべくして起きた苦境であり、そこに私たちが見なくてはならないことがあることを教えているのかもしれんな」

阿部は反省する子どものように言う。「先をきちんと見据えられなかった失策を、君にいつものように咎められても仕方ないかもしれん。認めようじゃないか」

「認める？　何を……でしょうか？」

「君が正しかったことを認めると言っているんだ」

「どうして今、そんなことを？」

「積極的な海外展開自体、私は戦略として間違っていなかったと今でも思っている。だが、震災が日本を襲ったときから、少しずつ自分の心の中で何かが崩れ、何かが変わった。正確に言うなら、何か見失っていた大切なモノを見た気がしたんだ。この自分を育ててくれた現場でそれを確信した」

　ここ数日ろくに寝ていない腫れぼったい目で阿部はこちらを見た。「数字を追うことも経営陣としての務めではあるが、そこにきちんと息が吹き込まれていることの大切さを見失っていた。モノ作りを通して組織、地域、そして社会へとつながっていく、それがウチの競争の源泉だ。それなくして、ニッタのモノ作りはない」

　意外な言葉だった。「強烈な痛みを伴う危機感です。その痛みが身に沁みてわかるときでないと、人は大切なことも見ようとしません」あの宗岡の言葉は正しかったのかもしれない。「残念ながら、その思いに確信を与える一撃を与えた奴がいた。このニッタにね」

「与えた？」

　一体誰のことだろうかと、顎に手を当てて考えた。はたして社長の新田か、技監の宗岡か。

「愚直で、馬鹿で、鈍感で、弱気で、それでいながら……信じるモノだけを大切に抱えて真正面からぶつかってくる男が、それを私に与えたんだ。君は本当に鈍い男だ」

そういうことか！　とわかったときには、阿部は立ちあがって部屋を見渡していた。たくましくタフな船長を想い起こさせた。謙虚な目で、目の前の現場という名の海原を見据え、自分の信念で舵を切る船長だ。「組織を生かすも殺すも、そこにいる人間次第だ。君も近い将来、新田自動車を率いる人間の一人になるだろう。そのときに、今と変わらずにいるのも、いいんじゃないか」

「そうありたいとは願っています」

変わりたくても変われません、とはさすがに言えない。

「リーダーと呼ばれる人間がすることは、会社のステータスやブランドを作り上げることではない。自分の信念で人の心を動かすことだ。そのテーブルに立って叫んでみろ。リーダーとして」

「はあ？」

急にテーブルに立って叫べと言われても困る。「それは副社長がなされることだと……」

「ここにいる奴らは、私についてくるんじゃない。現場のリーダーである工場長の君についていくんだ。北條、君がやるんだ」

そう言って阿部は睨んだ。仕方ない。近くのテーブルによろよろと登ると、腰に手を当てる。何が始まるんだと、その場にいる社員たちが一斉にこちらを見た。何を言うべきか見つからない。でも覚悟を決め、顎を引く。

「みんな一言、どうしても言わせてほしい。手を止めてくれ！」

しんと部屋は静まり返った。

「夜も寝ずに奮闘するみんなには、本当に感謝しています。でも今一度、われわれがこの場で何をやるべきなのかを伝えさせてほしい。

ここ数年、ニッタの誰もが海外生産の拡大によるコストの削減、効率的な生産方式の確立、そして最先端の技術開発を口にしてきた。でもわれわれの前に立ちはだかったいくつもの困難や試練の中で、改めてわれわれは気がつかされたはずです。モノ作りの原点として、一番大切なことよりも戦略や戦術が先に語られてきてしまったということをです。

現場のモノ作りは、ここにいる人たち一人ひとりの手でなされる。戦略や戦術ではなく、まずあるのは人です。現場の人が、耳を傾け、改善し、そしてモノ作りの先にあるモノを見るのは現場の人間の使命なのです。現場の人間一人ひとりのディシプリン（規律・秩序）が、本当の意味でモノ作りの方向性を決定づけているのです。

私に今回のこの震災が引き起こした事態を憂い、悲観論を述べる資格はありません。ですが、これだけは言わせてください。私もあなた方全員も、これからどんな現場に行こうとも、どうやってモノ作りの思いを成し遂げるべきかというきわめて純粋な原点に立とうではないですか！

大震災後の減産分を取り戻すべく、ケイレッツとも力を合わせて、〝挽回生産〟にここまで注力をしてきました。でもここからが本番です。さあみんな、世界最高の小型車をここで作ろうじゃないか！　そしてここを世界一の生産拠点にしてみせる。この国内現場は俺たちの手で守ってみせる。だから、苦しいけどついてきてほしい」

会議室は静まり返ったままで、誰もが息を止めたように物音一つしなかった。マイクを握り、天井を見上げるこちらの姿に従業員は釘づけになる。すると、静まり返った従業員の間から、どこからともなく拍手が湧き起こった。その拍手はしだいに大きくなり、気がつくと拍手の波となって打ち寄せてきた。沸き起こる歓声がいつ終わるともなく続く。頭を下げた目から涙がこぼれた。

阿部の姿を見たのは、この宮城工場の現場が最後だった。その後、震災から現場が再生したことを見届けたかのように、阿部は副社長をみずから退任した。

2011年12月、ドリルシップ　田布施淳平

沖合15キロメートル付近で、ドリルシップ（大型掘削船）は試掘を行っていた。船上には調査のための設備がところ狭しと積まれ、工事現場を迷路状に組み立てたように複雑な骨組みの「城」ができあがっている。空に向けて突き出たデリック（掘削やぐら）と呼ばれるドリルリグが海面から120メートルの高さまで伸び、その周囲で熟練工たちが慌ただしく作業に没頭し続けていた。

焦げ付くように太陽が降り注ぐ甲板は、刺すような痛みを肌に残し、耳障りな摩擦音だけが響く。ドリルパイプの軋む音、それを巻き上げるドローワークスという装置の竜巻のような音、リグに掘削のための回転力を与える巨大なトップドライブシステムの地響きの音、どれもが静かな海面を揺らしていた。

甲板の上に、ドリルリグへ向けて続く長い階段があった。そこに腰掛けて、マキからの手紙を読んでいた。今回の手紙には、宮城工場での北條の奮闘が描かれていた。マキの手紙にはしばしば北條が登場するが、被災地で冷静に現場をリードする北條の姿の描写には、今までにないマキの尊敬の念が込められている気がした。

現場で輝きを放つ北條とは対照的に、俺は一体何をしているのだろうか。今月、このモザンビーク・プロジェクトを進めるか撤退するかのタイムリミットがやってくる。資源が出てこなければ、すべてアウトだ。もう5年もこの地に張りついていたというのに、終わりを突きつけられるというのは実にあっけないなと思う。

しかし、死ぬ気で葛藤していようが、何も起きずに穏やかな時間を過ごしていようが、きっちりと時は刻まれ、試合終了とともに結果は出る。ここに来たときは、左遷の悲哀を味わい、神野への復讐心で心を乱され、いつか成功と引き換えに眩しすぎる自分を取り戻すことを信じていた。

今はどうか？　資源を必ず見つけるから、おまえを守るからなんてかっこつけていただけじゃないか。できることといえば、飯塚を追い込んだことを懺悔し、震災で傷ついた日本のために祈ることだろうか。いや、むしろそれしかできないだろうなと思う。なあ北條、シャットダウンコーナー（最後の砦）は俺たちしかいないって？　笑わせるなよ。俺は最後の砦なんかじゃないさ。

こんなダメな自分を見たらマキは一体何と言うだろうか。怒るだろうな。ごめんな、マキ。もう、俺はダメかもしれない。もうゲームオーバーだ。これぱっかりは腹を括るしかない。それが責任を果たすということだ。マキには、もう一度きちんと会いたかった。それに……、あの約束は果たせそうにない。

そのとき、沖合からぴんと張り詰めたような風が、一瞬強く吹いた。手に持っていたマキの手紙が、たやすく奪い取られる。ひらひらと風に翻弄され、海に吸い込まれるように消えていった。

しばらくの間、手紙が弧を描く軌跡をじっと眺めていた。おもむろに立ちあがり、腕を広げ、太陽を見上げる。もう死力は尽くした。座して死を待つような生き方だけはやめよう。下を覗き込むと、死ぬには十分すぎるほどの高さがあることは一目瞭然だった。この姿勢のまま欄干を乗り越え、海に真っ逆さまに落ちれば死ぬだろうな。あのときの飯塚と同じだ。自分の終止符が、誰かの償いになるなんて、俺らしい。

今、自分に求められているのは、輝かしい資源開発の達成感ではない。飯塚と同じ痛みや恐怖をこの肌でみずから感じ、受け入れることだ。目を閉じ、呼吸を整える。自然と淡い笑みが口元に生まれる。海に向かってゆっくりと身体を傾ける。さあ、恐怖を受け入れようじゃないか。

「おい！　なにやってんだよ！」

声がして、慌てて欄干にしがみつく。間一髪だった。目の上に手を翳して見上げた視界に、玄さんの姿が目に入った。玄さんは大抵の場合、船の上層部にある調査・解析ルーム棟に詰めていた。

船内のパソコンやサーバーがところ狭しと積み重ねられた調査・解析ルームは、玄さんの鼻息と唸り声以外、物音一つしないような息詰まる場所だ。天然ガス層を確認するためには、掘削した坑《こう》井《せい》内に測定装置を下ろしてその物理的な特性にさまざまな角度から分析を繰り返す。その情報は最先端の技術を駆使して、船上のデータ端末へとリアルタイムで集積されていた。

鉄柵に揺れる腹を押しつけ、玄さんは身体全体を使ってこちらへ向かって手を振っていた。見た目は、どう見てもグリルされた肉だ。

「きやがった！　出たよ！　とうとう出たんだ！」

「出た？」

「出たんだよ、天然ガス！　すごい量の天然ガスが埋まっている」

「天然ガス！」

玄さんは手にしたタブレットの携帯端末をふりかざし、階段をヨタヨタと駆け降りてくる。無性に泣きたくなった。予想外の感情だった。歓喜で飛び上がる気力さえも、もうどこを探しても見つからなかった。静かにその場にしゃがみ込み、そして声を出して泣いた。ただたんに感情を裸にしたまま、泣くことに溺れるだけでよかった。それが、今自分が生きていることの証のように思えた。

「見てみろよ、これ」

太い指を上下に動かして玄さんは言う。画面に流れるいくつもの数列やチャートが秒単位で忙しく変わっていく。しばらくの間、充血した目のまま、前のめりの姿勢で見続けていた。玄さんの目が、ピタリと一つのチャートの上で止まった。そして大きく深呼吸をすると、「これだよ、これ！」と大声を出した。しかし、とてもタブレットの画面を見ていられなかった。耐えようと思えば思うほど足は震え、鼻の奥のほうから声が漏れてしまう。

「それ……本当ですか……？」

「きやがったんだよ！　待ちに待ったものがさ！　馬鹿野郎、淳ちゃん、泣くんじゃねえよ」

「だって……もう目的は果たせたじゃないですか……」

涙で声が詰まる。そう、俺はゴールに辿り着いたのだ。誰もが決して否定のできない、形のあるゴールにだ。

「何言ってるんだよ、泣くにはまだ早すぎだぜ」

玄さんは、険しい顔できつい言い方をした。「俺たちの闘いはこれで終わりじゃねえんだ。〝よくやったな、淳ちゃん〟なんて声は、まだ俺にはかけてやれねえからな」

「終わりじゃない？」

「ああ。天然ガスはどうやら、溢れんばかりにここに埋まっているのは確かだ。震災で傷んだ日本を救うには、とても貴重な量に違いない。でもな、資源がここにあるっていうだけじゃダメなんだ。きちんと日本の政府官僚、そして国家を巻き込んで、このモザンビークの国創りを助けることで資源を掴む、そしてこの国とともに俺たちも新しいパラダイムを創り出す。それができてはじめて、ここの資源で日本を末永く救うことができるんじゃねえのかよ？」

「俺に……そんなこと――」

「できるさ」玄さんは真剣な表情で断言した。「できる。なのに、何で死んじまおうなんて考えるんだ？　飯塚がそれで喜ぶとでも思うか？」

死に損ねた人間の情けない後ろ姿は、どうやら目撃されていたようだ。

「だって……、玄さん、俺……、もういいんですよ」

「俺は絶対に許さねえぞ、淳ちゃん」

ドスの利いた玄さんの憤る声だった。「おまえは、そんな奴じゃないだろう」いつもの「淳ちゃん」が、「おまえ」になる。

「あの神野が、よく頑張りましたねって言うと思うか？　たしかに俺たちは、探し求めていたものを見つけた。だけど、そのために失ったモノが山のようにあるじゃねえか。淳ちゃんには申し訳ねえが、俺には、称賛や出世よりも大切なモノがあるんだ」

「そんなこと、俺だってわかっていますよ。でも、どうしようもないじゃないですか！　失ったモノは元には戻らないし、いくら俺たちがじたばたしても、神野の勝ちなんですよ」

「情けねえこと言うな！　俺はそんなちっぽけな勝ち負けのことを言ってねえよ。きちんと向き合って、ケリをつけるときじゃねえかって言ってんだよ。神野や官僚、そして大臣もこの資源にきちんと向き合わせろ。そして国創りを助けると、このモザンビークと約束したことを果たせ。飯塚のためにも、おまえ自身のためにも、そして……、日本のためにも」

「俺たちには何もないし……、何もできっこないですよ」

「あるじゃねえか、おまえにしかないモノが」

自分のみぞおち辺りを、玄さんは指さして言った。「どんな困難でもあきらめずに自分や仲間を信じ、そして闘いつづける強い気持ちがおまえにはあるだろう。いや、それは淳ちゃん、おまえにしかねえんだよ」

「俺にしかない……」

そのとき、階段を駆け上がってくる足音が聞こえる。一人二人ではない。数百人の足音だ。汗くさい作業員の男たちが、片手にヘルメットを掲げ、歓喜の声をあげて駆け上がってくる。もう資源が見つかった情報が伝わったのだろうか。薄汚れた顔をした男たちが、自分のことのように勝利の笑みを浮かべていた。

「もうばれちまったか……」玄さんは苦笑いする。「いいか、淳ちゃん、人は本当の窮地や苦境で、嘆き苦しみながら自分で選択をしなくちゃならねえ。いい思い出だったねと肩を抱き合ってキャリアを終わらせるか、きちんと向き合い、ケリをつけて前に進むかの選択をだ。しかもその選択をするのは、俺でも、尾関部長でも、五稜物産でもねえ。淳ちゃん自身がするんだ」

「もし、それができないと――」

「すべてを失って彷徨う。俺みたいにな」

玄さんの目は笑ってはいなかった。目を閉じる。閉じた瞼の裏に、マキが現れる。いつも、どんなに離れていても、マキは俺の味方だ。「遅くはないわ。約束を果たして」とマキは真っすぐにこちらを向いて言った。

２０１２年１月、船上　田布施淳平

尾関の第一声は、何もなかった。甲板の上で首に腕を回され、無言で抱きしめられた。しばらくして、二度、三度揺さぶるように力強く肩を叩くと、頭をくしゃくしゃになるほどなでられた。言葉はいらなかった。でも尾関の愛が詰まったその感情表現が、とても嬉しかった。いや、嬉しすぎた。

涙を堪え切れず、泣いた。玄さんは遠目でヘルメットを小脇に抱えて立っていた。聞こえるか聞こえないかの小さな声で、「お疲れさま、淳ちゃん。そして……洋二」と玄さんが呟く声が聞こえた。

吉報を聞きつけた関係者が、堰を切ったようにこのモザンビークに押しかけた。社長の澤村をはじめ、神野もこういうときは我一番にと駆けつけた。経産省からは事務次官の本間が、政府・官僚のトップとしてはじめてこの地に上陸した。

「おいおい君たち、感動の再会はそこまでにしてくれよ」

喜びを噛みしめ合う二人に割って入るように神野が言った。先ほどまで「ここが〝われわれの〟現場になります」と言いながら、本間を案内し、船上を忙しく動き回っていた。それが終了したのだろうか、本間も神野と肩を並べて立っていた。「次官もいらしているのに、こんなちんけなパーティーなのかい？」鼻を膨らませて神野は言った。なぜ灼熱の甲板の上で待たされなくちゃならないんだという渋い顔だ。関係者一行が到着したばかりのこの機会に、作業員全員を交え、簡単な船上での祝賀会を準備していた。

「現場で最後まで力を尽くした作業員への慰労会でもあります」

「そんなことどうでもいいから、ざっくりどのくらいを見込めるかを報告してくれ」

「まだ詳細な確定はできませんが、すでにご報告した20兆立方フィートの予想をはるかに上回る、およそ50兆立方フィートに及ぶ規模の埋蔵量であると推測されます」

「50兆立方フィート！」

その規模に圧倒された神野は、思わず声をあげた。「ロシアのサハリンB・プロジェクトでさえ、埋蔵量は17兆立方フィートだというのに……。きわめて巨大な資源の確保をなし遂げたということになる」

「単一鉱区としては、オーストラリアのガス田埋蔵量40兆立方フィートを抜いて、世界最大のガス田になる公算が高いと思われます」

「本当か？　そうなると、これは歴史的発見ということになる」

疑念と興奮、どちらにも取れる神野の言い方だ。その目には見えない資産価値を見定めるように、神野は地平線に向けた目を細くした。液化設備の建設を含む総事業費は約１６０億ドル（約１

兆２３３６億円）、２０１８年に年産能力１０００万トンのＬＮＧ基地を完成させ、生産を開始する計画だ。そのシナリオが、現実味を帯びてきた瞬間だった。

「それだけではありません。２０１５年までにその他４ヵ所以上を試掘しますが、さらに潜在的な埋蔵量を発見する可能性もあります。掘れば掘るほど確認埋蔵量が増えると思います」

「なに！」

神野よりさらに大きな声をあげたのは、事務次官の本間のほうだった。「現時点でわかっている埋蔵量だけでも、日本国内需要の約5倍近くに相当する。仮に埋蔵量50兆立方フィートなら、１０００万トンのＬＮＧを１００年間生み出すことができる」本間は丸顔から噴き出るような汗を必死で拭いながら言った。

「本間次官、世界全体のエネルギー消費量は爆発的に拡大し、２１００年には現在の約3倍、発展途上国では6倍以上にまで拡大すると国際エネルギー機関（ＩＥＡ）が試算しています。モザンビークは、それを支える一助になると考えています」

「神野さん、これはまさに五稜物産なしには、なし得なかった結果だと思います」

「お褒めいただいて光栄です」頬を緩めた神野は本間に対して深く頭を下げた。

「この分だと、最終的にプラント6基（合計３０００万トン）まで拡張して、そのうち半分を日本向けに輸出できるかもな、淳ちゃん」

祝賀会の準備に大忙しのはずの作業着姿の玄さんが、一仕事を終えて風呂に入ってきたかのように背後から言った。神野の顔に、「君は誰だ？」と書かれている。すでに玄さんは現地政府との交渉に入り、生産・輸出拠点は鉱区に近いカーボデルガド州に目星をつけていた。

「本間次官、日本政府としても、モザンビークとの資源開発協力につきまして、覚書調印に漕ぎつけなくてはならないタイミングかと考えます。そう理解してよろしいでしょうか」

「ええ。そういうことになるでしょうなあ」白々しく本間は頷く。

「神野本部長、以前から田布施も申し上げていました件ですが、本社からの派遣員の増員を要望いたします」尾関が頭を下げて言った。「本格的に生産プラットフォームを立ち上げる準備に入りたいと考えています」

「尾関君も、田布施君も気が早いねえ。これからこのモザンビークを主導していくのは、もう君たちの役目じゃないよ」

神野は絞り出すように言った。「このモザンビーク・プロジェクト開発室をアフリカ事業部に昇格させ、アフリカでのウラン資源獲得とあわせて統轄させる。そしてその部長に吹田を就ける。君たちはもういいよ」

軽く口にした神野の言葉に凍りつく。やりやがったな、神野！

「何をおっしゃっているのですか！　しかも、まだウランなんて……」

「たしかに天然ガスが出たことは、喜ばしいことだ。でも、よく考えてみなさい。原発の信頼が失墜し、中東・北アフリカでの政治情勢が混乱する中で、原油価格が高騰している。仕方なく天然ガスが注目を集めている可能性もあるということだよ」

「本部長、その言い方には語弊があるかと――」尾関が赤くなった目を剝き出しにする。

「いいかい、日本の一次エネルギー源に占める天然ガスの割合は、まだ20％程度に過ぎないんだよ。原発の再稼働、太陽光などの新エネルギー普及までのブリッジ（つなぎ）エナジーだ。言うなれば、主力選手がけがをして出てきた補欠だよ、補欠！　そんな補欠選手に将来を懸けるのは危険だよ」

「補欠」いつ聞いてもいやな言葉だ。もう黙っていられない。

「補欠？　本部長、何を言っているのですか」

「神野さんの言われていることは、経産省としても同意見ですな。日本はまだこれで浮かれるには早すぎます。増大するエネルギー消費量の中心にいるのは、どこの国かご存じですか？」

本間が丸々した顔を前に突き出すようにして、尾関へ向かって言った。

「中国……でしょうか」

「その中国が、世界最大とも言われる自国のシェールガス採掘に目を向け始めている。２０１０年に、中国は米国とシェールガス・タスクフォース協定を締結して、米国でのシェールガス開発に１７０億ドルを投資して技術を得る計画をぶちあげた。これがどういう意味か、わかりますか？」

「巨大なシェールガス層を抱える米国と中国が接近すると、仲間外れにされた日本は厳しい立場に追い込まれる可能性があるかもしれません……」尾関は腰が引けかかる。

「今このモザンビークで潤ってもそれは一里塚に過ぎず、将来的なパワーバランス自体が変わってくるということです」

「次官、それだけではないですな。２０１５年をめどに、米国では４０００万トンレベルのシェールガス輸出プロジェクトが国家を挙げて進んでいます。米国は自由貿易協定（ＦＴＡ）締結国に対して、優先してシェールガスの輸出を許可することを決めているが、大量輸出先はいち早く締結した韓国だ。すなわち、日本の頭越しに、中国・韓国は米国と急接近しているということです」

「シェールガスって……。あんな巨額の損失を出して、まだシェールガスへの投資を加速させようと？」

「損失の穴埋めは、いずれどこかのタイミングでこのモザンビークの権益を売れば、十分できる話だよ。こんな感動に浸っている場合ではないということは、よくわかってくれたかね」

あっさりと神野は言った。神野と本間の茶番はしっくりと形になっていた。「認められるどころか、責められ、追い詰められ、虐げられている。理不尽とは、こういうことを言うのです」と飯塚は言っていた。その気持ちがようやくわかった。

マキには申し訳ないが……。この船から神野を突き落としてしまおうかと本気で考える。それでどうする？ 何も残らないなと思う。残らなくてもいいじゃないか、飯塚の仇が討てるなら。恐怖を受け入れる勇気はあるか。あるさ。

そのとき、船に向かってしだいに近づくヘリコプターの回転音が聞こえてくる。針が繰り返し同じ場所を指すアナログのレコード・プレーヤーのように、それは乾いた音でパタパタと繰り返す。しだいに輪郭をはっきりと浮かび上がらせた赤色のヘリコプターが、上空から勢いよく風圧を押し下げ、船上のヘリデッキに到着した。被ったヘルメットを飛ばされないように片手で押さえる。巻き上がる風の中に最初に降り立ったのはバレワだった。バレワはモザンビークの鉱物資源省大臣に就いていた。

高級なダブルのスーツを身にまとった痩身の体軀は、あのときとまったく変わっていない。澤村や神野、そして本間も我先にとバレワに近づく。しかし、それには何も反応せず、迷いなくバレワが自分に向かって歩み寄ってくる。社長の澤村が追いかけるようにして恭しく手を差し伸べるが、バレワはそれにも目をくれず、自分のほうへ真っすぐ握手を求めた。

「ミスター・田布施、このたびは、本当におめでとうございます。今後ともぜひわが国のＬＮＧプロジェクトをお願いします。近々、わが国の大統領が日本に参るときがあるかと思いますが、改めて面談させていただきたい」

「こちらこそ、大臣に再びお会いできまして光栄です。大統領によろしくお伝えください。今後とも弊社の全力を挙げましてご協力申し上げます」

バレワは握手をしたまま耳に顔を寄せる。「あなたを釈放したことが、私が国益に貢献した最大の成果だと思っています。〝高潔〟、私の人生で最も大切な言葉です」と囁いた。この船上での祝賀会にバレワを招待したが、まさか大臣みずから訪れてくれるとは思ってもいなかった。バレワは居並ぶ作業員たちに笑顔をふりまきながら挨拶をして回る。

「なんだ、私は素通りか？」澤村が不機嫌そうに顔をしかめた。

「大統領が来日された際には、ぜひ社長、よろしくお願いいたします」

取って付けたように尾関が頭を下げる。

「彼らにとって、五稜物産を摑まえておくのは悪い話ではないからな。採掘技術もカネも提供して、しかも資源に飢えた日本の電気・ガス会社を連れてきてくれる。大臣もカネの匂いのする奴らをよく心得ているってことだ」

バレワの後ろ姿を見ながらそう澤村は毒づいた。澤村にとっては、この日が日本の何を癒し、どんなパラダイムを生み出す試金石になるのかなど、どうでもいいことなのだろう。しかし神野は違った。バレワを追い、その腕を摑む。

「エネルギー事業本部長の神野でございます。もう田布施は近々日本へ帰国させることになろうかと思います。ですので代わりまして私めが――」

「どうしてミスター・田布施が、帰国されるのでしょうか？」

きょとんとした顔でバレワは言った。

「ここまで資源の採掘に時間をかけてしまっておりますし、当社といたしましても、新しいメンバーで一気に生産までこぎつけたい、そういう思いでおります。そこで、今日満を持してご紹介させていただきたいのですが、こちらが日本の経産省事務次官のミスター・本間でございます」

話をそらすようにして、神野は一気にまくし立てた。本間も恭しく頭を下げる。

「いや、私がお聞きしているのは、ミスター・田布施がなぜプロジェクトを――」

「大臣、お目にかかれて光栄です！」本間がバレワの手を奪うようにして握手をした。「今後は、将来にわたりまして石油・天然ガスにおける安定供給を目的とした支援協力だけではなく、レアメタルや石炭といった鉱物資源の資源探索における情報交換や協力関係の構築までも、日本は協力の用意がございます。ですので今後とも――」

「あなた方は、何もわかっていない！」バレワが突然叫ぶ。周囲にいた関係者も、一様に凍りついた。「わが国が信頼の名の下に心を許し、腹を割って将来の資源開発を語れるのは、〝高潔〟の意味を知る相手だけです」

そう言ってしっかりとこちらを指さした。バレワに向かって頭を深く下げる。その言葉で、身体の芯に渦を巻くように絡み付いていたモザンビークでの苦しい思い出が、下げた頭の後頭部から噴き出していく。

「あなた方は、高潔の意味をご存じかな？」

「コウケツ？」神野が間抜けな声を出す。

「高潔さとは、〝世界を変え、よりよくすること、真実で正しく、よいと信じることを擁護するということ〟です。そんなことさえもわからないあなた方と、私はこれ以上、モザンビークの未来について語り合うつもりはない」

そう言い切ると、バレワは再び作業員たちの中に入り挨拶して回る。

「神野さん、一体どうなっているのですか」本間がうろたえ、神野を睨む。

「次官、申し訳ありません……。社長、これはどうすれば――」

神野は恐怖で引きつった顔で澤村を見た。神野のこの窮地を救えるのは社長の澤村しかいない。

澤村は口をへの字にして神野を睨んでいた。

「神野君、君は自分がしたことをきちんと理解しているのかね？」予想外の澤村の言葉だった。

「君が旗を振っていたウラン権益の取得は、この震災で逆風にあい、風前の灯だよ。それにシェールガス権益の損失問題の責任もある。それどころか、シェールガスで調達価格が下がる確証もまだなく、日本への安定供給に十分めどがつくかも不明確だ。一体誰が、その責任を取るんだ」

神野は口を開けて肩を落としていた。味方のはずの澤村から、まさかそう言われるとは思ってもいなかったのだろう。あのロシアのサハリンBで見せた、澤村お得意の変わり身の早さだった。神野の肩を持ち、原発燃料やシェールガスへの邁進を許した澤村が、自分の権力を維持するための〝新しい風〟を読んだ瞬間だった。

「しゃ、社長……どういうことでしょうか」

「先ほどから黙って聞いていれば、神野君も好き勝手言ってくれるじゃないか。いいかい、このモザンビークでの埋蔵量は、日本に貢献するという次元の資源量ではない。世界レベルで何ができるのか、そして何を癒せるかを問われるスタートにわれわれが立つことを許す資源量なのだよ。そうだな、尾関君？」尾関が大きく頷く。

「神野君、君はだね、昨年の3・11、福島第一原発の事故が起きたときに、自分が誤ったエネルギー推進をしてきたと感じなかったのかね？」

「いえ……社長のご了解のもとにそれは推進してきたわけでして――」

「言い訳はよしたまえ！　君はまったくもって、当社に対する時代の要請をわかっておらん！」

あまりの澤村の変わり身の早さに、神野はついていけないようだった。鼻の下が伸び、口角が落ち、眉毛が垂れるように下がった。半ベソをかいた子どものようだ。「エネルギー政策はあきらかに変化しているのだ。〝エネルギールネサンス〟ともてはやされた原子力エネルギーは、もはやこの日本を支えるエネルギーの核ではないのだよ。そんなことを理解もできていない君は本部長失格だ。すぐに帰国したまえ」

「そ、それだけは……」

「何度も言わせるんじゃない！　私は君の本部長職を解くと言っているんだ」

あまりにも白々しい澤村の台詞だが、さすがにここまで長期政権を維持してきただけのことはある迫真の演技だった。その後、澤村は次官の本間をエスコートするようにしてホテルへと向かい、神野は来たヘリコプターに乗ってそのまま日本への帰路につく。わずか1時間ほどの滞在だった。

ひととおり従業員と握手を終えたバレワが自分のもとへと戻る。

「ミスター・田布施、あなたは勇気があった」

「とんでもない。私はいつも何かに怯えていました。弱い人間です」

「〝勇者とは怖れを知らない人間ではなく、怖れを克服する人間のことだ〟と、ネルソン・マンデラは言った。あなたも、ミスター・飯塚も、勇者だと思います」

バレワの口から意外にも、飯塚の名前が飛び出した。ネルソン・マンデラは1960年代に国家平和反逆罪で逮捕され、27年間の投獄生活を送った後、第8代の南アフリカ共和国大統領に就いた。ノーベル賞を受賞したアフリカを代表する政治家だ。「私の知る限り、あなた方は勇者だ。心より、祈り、そして讃えます」

飯塚のために、自分も祈り、讃えよう。その思いを込めて、飯塚の代わりにバレワともう一度固い握手を交わした。

2013年9月、ヤオノイ　田布施淳平

タイの離島「ヤオノイ」は、プーケットの東海岸に位置するアオポー・グランドマリーナから、スピードボートで約45分のところにある。周囲を無人島に囲まれた島だ。島民の大半が漁師で、一周25キロメートルほどの緑溢れる島内には信号機もなく、手つかずの自然を大事に抱きかかえたような趣がある。ここは山間の一番高台にある「ヒルトップヴィラ」の専用プールだ。

髭を剃り、きちんと頭も刈り込んだ。あるべき場所にいる自分が、そこにいた。音のない暗くて

穏やかな水底に仰向けで横たわっていた。そこから、おぼろげに満月を映し出す水面を見上げる。揺れながら〝儚さ〟を見せる満月はしだいにかすれ、風に遊ばれる水面の振動に合わせてその姿は少しずつ崩されていく。まるできちんと輪郭を持っていた大切な思い出や、その中にある匂い、肌で感じてきたモノが、時間が経つにつれて薄れるように。

あの船上での祝賀会の後日談がある。直後の2012年3月、神野は、本部長も執行役員の役職も外れ、権限のない顧問となった。実質更迭されたのだ。同時に、尾関がエネルギー事業本部長に就いた。その年の6月に開かれた株主総会で、澤村は代表取締役会長に就き、なんとか自分の長期政権を維持した。

「これで、ようやく日本もエネルギー戦略上深く刺さることができる国が、アフリカにできましたね。本来であれば資源開発のための資金援助も含めて、より突っ込んだものを期待したいところですが、あまり贅沢も言えません」

2012年6月、飯塚の墓標があるイニャンバネの丘の上に、尾関、玄さんと立つ。

「LNGの生産・輸出拠点を整備して、2018年に日本などアジア向けに500万トンの輸出を開始できる素地が整うことになるな」

その4ヵ月前、モザンビークとの資源開発協力の覚書が締結された。本格的にモザンビークと日本の間で、国家レベルで手をつないでいく素地ができたのだ。

「実は、この覚書合意の最大の成果は、別のところにあると俺は思っています。両国が官民合同で資源開発に関する会合を、隔年で開催する点です」

「それは、インサイダーとしてこの国における重要な情報の獲得、さらには一足早い仕掛けが可能となることを意味する。日本にいたまま、どこかの人づてにプロジェクトの話を聞き、それから動いているようでは世界の競争には勝てないからな」

資源を追い求めるプロと素人の間に存在する目には見えない境界線を、尾関はつねに「インサイダー」というセリフで表現する。

「イングランド・エナジー社も、同鉱区の8・5％権益を保有していますが、イングランド・エナジーの買収合戦が熱を帯びていますね。ロイヤル・ペトロリアムやタイの石油公社が買収に名乗りを上げているようです」

「提示価格は18億ドルの高値だという話だ。イングランド・エナジーの保有する権益資産の大半がこのモザンビークだということからしても、ここの権益が高く評価されている証拠だ。20％を保有する俺たちにとっても悪くないニュースだ」

腕組みをしながら、尾関は納得するように首を縦に振る。五稜物産が保有する20％権益も、試算では約42億ドル（約4100億円）は下らないに違いない。あの評価損が疑われたときが嘘のようだ。汗をかいた甲斐がある。

「なあ、田布施、言っておきたいことがあるんだ」

「何ですか？」

「LNG事業部長に就いてもらう」

「俺が……ですか？」突然すぎて言葉が出ない。たしかにいまさら次長職をやる歳でもないが、一度本社で主役の座を降りた人間が、また脚光を浴びる人事は異例だ。

「ロシア事業部をLNG事業部が吸収する。世界全体のLNG戦略の中で、きちんとサハリンBのプロジェクトを位置づけ、そして組織的に推進していく段階に入っている。だからおまえが対ロシアのプロジェクトもリードしろ。吹田は……、もともとあいつがいた鋼管本部に戻す」

「はあ……」返事とため息の中間にある声がこぼれでた。

「それと、サンクトペテルブルクにおけるAPEC(アジア太平洋経済協力)において、今後展開予定の〝サハリンC〟に関してロシアからメッセージがあったそうだ。日本企業の参加表明を期待するってな」

「まさか、冗談はよしてください!」

「すでに中国や韓国、インドといった新興国がプロジェクトの参加に手を挙げている。それに俺は喰いつくつもりだ」

「サハリンC」など、聞いてはならないフレーズだ。あれだけ二転三転したサハリンB・プロジェクトを思い返すと、体中の毛が逆立ち、そして気持ちが萎えた。

「尾関さん、その件はまだ――」

「両国政府の強力な支援があるという前提で、前向きに五稜物産は考えていると、ロシア側には伝えるつもりだ。おまえが何と言おうと」

有無を言わせない強い意志を尾関に感じた。ロシア国営ガス会社・ガスプロムが計画するサハリンCの推定規模は、年産1000万トン、日本のLNG輸入量の約11%に当たるといわれていた。

「やるしかねえだろ、淳ちゃん。尾関は本気だよ」玄さんが言った。

「尾関?　呼び捨てですか?」

「なあ尾関、そうだろ？　やるしかねえよな？」

急に玄さんがぞんざいな口のきき方をした。なぜ玄さんがという気持ちと、なぜ尾関はその口のきき方に怒らないのかという気持ちが、同時によぎる。尾関は神妙に頷く。何が起きているのかわからなかった。

「玄さん、やるしかないな。ＬＮＧの必要性、安定した資源確保、そしてグローバルレベルと同等の低い調達コストの確立、日本が直面するこの３つの課題を政府に堂々と語らせようじゃないか」

「このモザンビークを皮切りに、日本を本当の意味で救う選択肢を、俺たちが突きつけるしか道はねえよ」玄さんは満足げに部下を見るような目で言った。

「お二方……、一体どういうご関係なのですか？」

「このおっさんだよ。俺が若い頃に資源ビジネスの要諦をすべて叩き込んでくれたのは。今俺がここにいるのは、玄さんのおかげでもある」

「玄さん、本部長の先輩だったのですか！」

玄さんはげらげらと大声で笑うと、親しげに尾関と肩を組み合う。部長になれないと、次々に子会社や取引先に出される社員が多い中で、なぜ玄さんが今でも現場の最前線でその揚々とした身のこなしでいられるのかが、ようやくわかった気がした。

「まあ今じゃ、〝突貫小僧〟だった尾関も、偉くなっちまったけどな。あのロシアのサハリンや米国でのシェールガスのときみたいに、俺たちがやるかやらないかだぜ、尾関」

「やるかやらないか」、その合言葉の原点は、玄さんだったのだ。

「ああわかっているよ。逃げ道なしでやってやろうじゃないか。この日本のためにも」

尾関はいつもの屈託のないボスらしい笑顔を見せると、まるでラグビーのスクラムを組むように、玄さん、自分と肩を組んで歩き始めた。

2013年6月に横浜で開催された第5回アフリカ開発会議（TICAD）を契機に、政府は民間企業のアフリカ投資を促すための金融支援強化を決断した。アフリカでの資源開発やインフラ整備事業への出資、融資保証の基金を約5000億円に倍増し、アフリカ向けの円借款も5年間で約1500億円と大幅に増額された。

さらに8月には、五稜物産がモザンビークの国営石油公社と、天然ガス関連産業の創出で提携した。2018年に本格的に始まる天然ガス生産を見据え、インフラの整備、火力発電所や化学プラントなどの共同事業化を探り始めていた。長い間追い求めてきた「国創り」への参画が、現実のものになろうとしていた。

それだけではない。資源高を背景にしたアフリカの成長力を官民一体で取り込むべく、念願の首相によるアフリカ諸国歴訪も決定された。まさに日本が覚醒し、やるべきことをやりはじめた感覚があった。しかし、ともに走ってきた尾関はもういない。アフリカ開発会議の成功を見届けた後、辞表を提出していた。

先月、尾関からは、念願のエベレストへの登頂を果たしたという手紙を受け取っていた。しかし、尾関が資源ビジネスに戻ってくることはなかった。その後の尾関の足取りを知る者は誰もいない。今もどこかの山に挑戦しているのだろう。最後は尾関らしい生き方をしてほしいと願っていた。

突然、ザボンッと人が水中に勢いよく飛び込んだ。プールの冷たさを打ち砕き、目の前で揺れていた月を一瞬でかき消した。飛び込んだ人影は、細く、しなやかで、白い。ゆっくりと水底にいる自分に近づき、しだいにマキの輪郭を映し出す。その胸には、あのモザンビークのアクアマリンが、水底のかすかな光を独り占めするように美しく輝いていた。

水中でもつれ合う。互いの口から勢いよく出た気泡は、その居場所を探して水中を駆け上がった。音のない世界で、視界から消えていく気泡を見上げる。手をつなぎながら思った。マキは今生きているという感覚を与えてくれる。資源を追い求めて苦しさに悶える〝痛み〟を忘れさせるのだ。まるで凍りついた大地が一筋の光によって溶け出し、草木が本来持つ芽吹きの力強さを取り戻させるように。俺はまだ生きている。

マキは閉ざされた空間から手を引いて解放するように、ゆっくりと水面へ誘う。水面で身を起こし、何も言わずに目の前にいるマキを強く抱きしめた。そのマキの細い腕から伝わる肌の感覚は、改めて自分が今何のために生きているのか、その意味を教えてくれる。

「俺……今までタフで完成された人間だと思っていた」

穏やかな視線を向けるマキは何も言わない。肩よりも長かった髪は切られ、顎のあたりで美しい緩やかな曲線を描いている。その髪の隙間から白い陶磁器のような艶やかな耳を覗かせていた。

「でも今ではそんなことどうでもいいと、思えるようになった」

「どうして？」そこではじめてマキは白い歯を見せる。

「誰かのために本当に何ができるかを考えることは、タフで完成された人間だけに許されるものじゃない。その目には見えない本質に向き合う人間なら、誰にでもなし得ることなんだ」

「たとえば、日本のために何ができるかを考える場合でも？」

「もちろん。あの震災のときに、わかったんだ。北條からもそう教わったよ」

マキは首を少しだけ右に傾け、淡い微笑みを見せた。

「いいな、男の友情って。熱すぎて、うざくて、それでいてかっこいい」

「最初の2つは要らないよ」

「その熱い友情で結ばれた北條さんから伝言があるわ。俺たち、シャットダウンコーナー（最後の砦）としての役目を果たしたよなって伝えてほしいって」

「ああ、あれか」

東北の被災地に3人で行ったときを思い出す。生きることにさえ疲れ果てていた頃だ。あの地で、自分の誇りが埋まるグラウンドの土の匂いを感じた。大観衆の中でプレーするときのような、鉄を打ったように煮えたぎる熱さも取り戻せた。立ち止まり、何かを失い続けてきた自分に、一握りの勇気とともに、もう一度信じることを選択させた。そこに資源があると信じ、仲間がいると信じ、そして日本を守ると信じた。

「俺は……、不器用で、惨めで、そして自分勝手な存在でしかなかった。だからこそ、信じることを選択できたのかもしれない」

「そうね、たしかにあなたはお行儀のいい商社マンじゃないわ。社内にそつなく気を配り、人間関係の中で虎視眈々と出世を狙う器用さもないし。外に出ても、自分の本能の赴くままに不器用に動く。そして重荷を一人で背負い、弱さも見せられずにいた。だから傷つきもしたし、多くのことを失った。でも、あなたは信じ続けた」

マキはそう言うと、首に腕を回してくる。「あなたは、いかれたガン・ファイターよ、多分」その目は、いかれたガン・ファイターのままでいいと言っていた。

「はじめて会ったとき、同じようなことを言われた気がする」

「それがあなたなのよ。正義心だけは強くて、繊細で純真な心を持った拳銃の名手。危険を冒すけど、他の人が尻込みするようなところで、絶対的な闘争心を見せられる。そんなガン・ファイターよ。世界で闘う人は、普通じゃダメよ」

マキは小動物が何かの木の実を齧るように、小さな笑いを言葉の最後に残した。そして片手の指で拳銃を作ると、子どものように撃つまねをする。「北條さんに伝言は？」

「あいつは、たしか……」

「宮城工場での任務を果たして、南アフリカ駐在になったわ。南ア新田自動車のダーバン生産工場の工場長に就いた。自分から駐在を直訴したみたい。なんかヨハネスブルクにいるあなたに会ってから、そう決めていたみたいね」

「あいつに、本社は似合わねえって。やっぱし現場だろ」

「アフリカ全体では１７０万台の市場規模がある。それは10年で３００万台に拡大するといわれているの。生産能力22万台のダーバン工場で人づくりに力を注ぎ、日本と変わらないモノ作りができる拠点にするって意気込んでいたわ」

「あいつらしいや。〝どこにいようとも、シャットダウンコーナーは俺たちしかいない〟、そう伝えてくれないか？」

マキは「シャットダウンコーナー」と、正しくブレのない発音で繰り返す。マキが言うと、発見されていない未知の鉱石のような響きがある。

「私はそれになれないの？」

大人の仲間入りをしたい、ませた少女のようにマキは言った。

「ダメだ。似合わない。マキはマキのままがいい」

「どっかで聞いたセリフ」

「そういえばあのとき、〝そのままで素敵ってことです。かっこつける必要もないし、何かに悲観する必要もない。まるで、道に咲くシロツメクサみたいに〟って言ったよね」

「言ったわ」

「あれはどういう意味？　シロツメクサってあの野原を覆い尽くす雑草だよね？」

「雑草なんかじゃないわ。クローバーのほうが馴染み深いかしら？　あなたは、昔から孤独だったのよ、多分。そして資源ビジネスの中で身を削り、翻弄され、そして長い時間をかけて大切なモノを失い続けてきた。まるで新緑の中に、淡い色合いのアクセントをつけるシロツメクサのように、不器用に咲いていたの」

「不器用に咲いていた……」マキの唇をじっと見つめ、その言葉の先にあるモノを見定めようと言い返す。

「私ね、シロツメクサが好きなの。お父さんが帰ってくるのを待っている間、小さいときから一人でよく摘んでいた。たしかに、人目を大胆に引きつける花とは言いがたいかもしれない。でも、そのテーブルに置かれたシロツメクサは凛として、それでいて人を落ち着かせる存在が瑞々しかった」

美しい旋律に聞き入るように、耳を傾ける。「そんな花の奥深くにある本当の瑞々しさ、それがあなたに重なったの」と言うと、マキは少しだけ小さな笑顔を添えた。

「でも、本当にシロツメクサが好きな理由は、その花言葉。シロツメクサの花言葉は、〝約束〟よ。あなたは不器用だけどきちんと約束を果たす人。たとえどんな立場に置かれようとも」

「そうかな？」

「あなたは何があっても決してあきらめないと約束してくれた」首にかかるマキの腕に力が入る。

「当たり前だろう」

春の草原に寝ころんだときのように、マキは表情を緩める。そんな彼女を見つめながら、心の声に耳を傾けるように、耳をマキの胸に当てた。その頭をまるで折れそうな花束を抱えるようにマキは抱きしめる。「田布施淳平、これからも〝約束〟を果たして」と小さく囁きながら。

佐伯龍一（さえき・りゅういち）
大手総合商社勤務の現役商社マン。国内・海外での企業買収・投資、事業再生に従事。

おまえの手《て》を汚《よご》せ

2014年11月６日　第１刷発行

著　者　佐伯龍一《さえきりゅういち》

発行者　鈴木 哲

発行所　株式会社講談社
東京都文京区音羽2-12-21　〒112-8001
電話　出版部　(03)5395-3522
販売部　(03)5395-3622
業務部　(03)5395-3615

本文データ制作　講談社デジタル製作部

印刷所　豊国印刷株式会社

製本所　株式会社国宝社

ISBN978-4-06-219111-1　N.D.C.913　383p　19㎝